ILHA DE PÁSCOA

JENNIFER VANDERBES

Ilha de Páscoa

Romance

Tradução
Manoel Paulo Ferreira

Presente das netas queridas Mariana e Valéria no dia das mães
8 de maio de 2005

COMPANHIA DAS LETRAS

Título original
Easter Island

Capa
Angelo Venosa

Foto de capa
David C. Tomlinson / Getty Images

Preparação
Otacílio Nunes

Revisão
Ana Maria Barbosa
Marise Simões Leal

Dados Internacionais de Catalogação na Publicação (CIP)
(Câmara Brasileira do Livro, SP, Brasil)

Vanderbes, Jennifer
Ilha de Páscoa / Jennifer Vanderbes ; tradução Manoel Paulo Ferreira. — São Paulo : Companhia das Letras, 2005.

Título original: Easter Island.
ISBN 85-359-0632-0

1. Ficção norte-americana I. Título.

05-2127 CDD-813.5

Índice para catálogo sistemático:
1. Ficção: Literatura norte-americana 813.5

[2005]

EDITORA SCHWARCZ LTDA.
Rua Bandeira Paulista, 702, cj. 32
04532-002 — São Paulo — SP
Telefone (11) 3707-3500
Fax (11) 3707-3501
www.companhiadasletras.com.br

Para meus pais e meu irmão

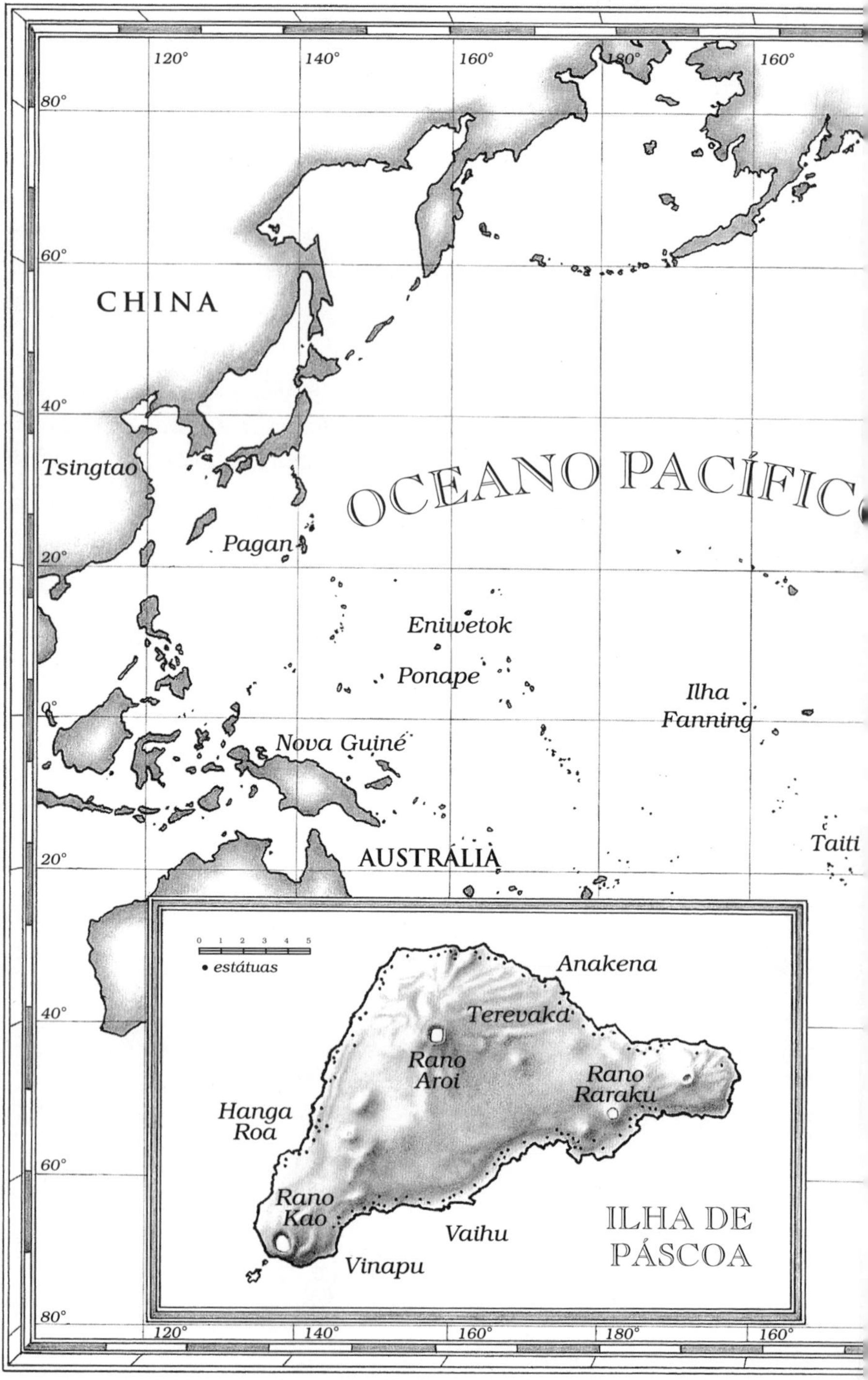

120°
140°
160°
180°
160°
80°
60°
40°
20°
0°
CHINA
Tsingtao
Pagan
OCEANO PACÍFICO
Eniwetok
Ponape
Ilha Fanning
Nova Guiné
AUSTRÁLIA
Taiti
0 1 2 3 4 5
• estátuas
Anakena
Terevaka
Rano Aroi
Rano Raraku
Hanga Roa
Rano Kao
Vaihu
Vinapu
ILHA DE PÁSCOA

120°
100°
80°
60°
40°
80°
60°
INGLATERRA
ESTADOS
UNIDOS
Boston
40°
20°
EQUADOR
0°
AMÉRICA
DO SUL
20°
Ilha de
Páscoa
CHILE
Valparaíso
Santiago
40°
N
O
L
S
Magalhães
Estreito de
Ilhas
Falkland
60°
80°
120°
100°
80°
60°
40°

Uma noite, na ilha de Marae-Toe-Hau, Hau Maka estava deitado sob a lua cheia e teve um sonho.

A alma onírica de Hau Maka voou na direção do sol nascente, passou sobre sete terras e inspecionou cada uma delas. Mas não gostou de nenhuma. Assim, seguiu em frente, voando para mais longe, sobre o oceano vasto e vazio. Por muito tempo não viu terra, só o mar agitado, até que finalmente chegou a uma costa de areia. Ali a alma onírica desceu numa praia branca e cintilante e, na água, viu o peixe Mahore. Depois caminhou pela terra e viu frutos maduros de todas as cores, que provou e de que gostou. Sentiu o perfume de cada flor e colheu uma branca, para prender atrás da orelha. Em seguida subiu ao ponto mais alto da terra, de onde avistou o oceano e o céu encontrando-se em toda a volta. Quando olhou para a ilha, sentiu uma brisa suave vindo em sua direção [...]

Foi ali que a alma onírica teve vontade de viver.

Quando acordou, Hau Maka foi ao encontro do rei Hotu Matua e contou-lhe o que sua alma onírica tinha visto.

"Nós vamos encontrar essa terra", disse o rei.

A lenda de Hotu Matua
e a descoberta da ilha Te Pito O Te Henua

1.

Para a frota da Alemanha, o momento decisivo na Grande Guerra foi, inquestionavelmente, sua inoportuna chegada às ilhas Falkland. Durante os três primeiros meses após o início das hostilidades, conseguiu não ser detectada pelos aliados, mas teve o grande azar de seguir direto para as Falkland poucas horas depois de a frota britânica ter ali atracado para se abastecer de carvão. Se tivesse percebido a situação e desfechado uma ofensiva, teria apanhado os britânicos na desordem do reabastecimento. Em vez disso, porém, e por razões desconhecidas, os oito navios comandados pelo vice-almirante conde Von Spee tentaram fugir. Essa decisão fatal foi agravada por condições de tempo atípicas: o céu estava claro, sem nuvens; não havia a massa de neblina nem as nuvens baixas de tempestade habituais para ocultá-los, ainda que momentaneamente. Os britânicos, com seus cruzadores superiores, lançaram-se em rápida perseguição. Os alemães foram alvejados de todos os lados. Após três horas de batalha, a nau capitânia de Von Spee, o *Scharnhorst*, adernou na altura da caverna-mestra, foi gradualmente tombando para bombordo e afundou no Atlântico gelado, sob uma nuvem de fumaça preta que se ergueu das caldeiras. Só um navio carvoeiro, que mais tarde seria retido na Argentina, e o pequeno cruzador *Dresden*, que seria encontrado e feito em pedaços dali a três meses, escaparam à batalha feroz. Em questão de horas o resto da esquadra estava no fundo do mar.

O que provocou esse evento decisivo? O que explica a desastrosa chegada de Von Spee às Falkland? Por que deu ordem de fuga a seus navios? Como um almirante tão valoroso e habilidoso, conhecido pela precisão, causou a destruição da Esquadra Leste-Asiática Alemã e mudou para sempre o rumo da Grande Guerra?

A esquadra do infortúnio: o conde Von Spee e a impossível viagem de retorno

2.

Hertfordshire, 14 de janeiro de 1912

Meu querido Max,

Não tenho certeza do lugar onde você está, mas vou enviar esta carta a Grete, em Gjellerup Haus, na esperança de que ela tenha recebido notícias de sua casa e possa encaminhá-la.

Alice e eu estamos numa situação bem difícil. Meu pai faleceu há um mês e eu deixei imediatamente meu emprego em Lancashire. Não fique zangado comigo por eu não ter escrito antes, por favor. Eu precisava de tempo para avaliar exatamente a situação em que fiquei e sinto dizer que é pior do que imaginei de início. Como eu gostaria de amaldiçoar a indústria têxtil e esta interminável confusão de greves! Parece que a fé que meu pai tinha na mão-de-obra inglesa lhe custou quase todas as economias que fez na vida. Pelos meus cálculos mais modestos, Alice e eu podemos viver no máximo seis meses com o que restou. Não tenho como aceitar um novo emprego, a menos que possa levá-la comigo, e nem mesmo sua extravagante carta de referência (indispensável? francamente, Max!)

pode superar a óbvia dificuldade de ter Alice à solta numa casa de família respeitável. O advogado, que aparenta menos idade do que eu, parece convencido de que uma mulher empobrecida de vinte e dois anos não tem como cuidar das necessidades de outra de dezenove. Pelo bem-estar de Alice, pelo meu e pelo bem da comunidade, ele "recomenda, muito enfaticamente" que eu a ponha numa das instituições da Coroa em Bethlam ou St. Luke's. Bem, eu, de minha parte, disse a ele, em termos nada elegantes, que antes internaria a mim mesma do que a Alice. Confinamento está cada vez mais em moda hoje em dia. Neste exato momento, está passando pelas duas câmaras do Parlamento o projeto de lei de Controle dos Deficientes Mentais. Progresso — é assim que médicos e legisladores gostam de chamar essa lei. Se for aprovada, não sei bem o que faremos. Alice só tem a mim agora e não posso decepcioná-la.

Sei que não fizemos promessas um ao outro. Mas nesses últimos doze meses sentia-me feliz sonhando em revê-lo. O que poderia ser mais esplêndido do que pensar em você desistindo de tudo e vindo ao meu encontro? Esquecendo suas responsabilidades, sua vida, chegando à minha porta com um punhado de lírios do seu jardim? Como essa esperança parece tola agora. Você notou como posso ser infantil? Mas, agora que meu pai se foi, a minha impressão do mundo se anuviou. Perdi a convicção de que a vida acaba dando certo.

Sei que você está frustrado com a minha situação. Também eu gostaria que as coisas fossem diferentes. Mas zangar-se com a minha situação é zangar-se com meu pai. Como posso censurá-lo por tentar melhorar nossas perspectivas? Espero que, assim como eu, você acredite que minha educação foi um presente muito mais valioso do que qualquer investimento. O fato de, com ela, eu não poder fazer mais, como você sempre quis, do que ajudar crianças a conjugar verbos e a desenhar mapas do mundo é simplesmente o destino que herdei. É melhor que eu o aceite. Não me considere fraca por causa da minha resignação, por favor. Ainda compartilho do seu espírito de luta, só que, no momento, não tenho recursos para nutri-lo.

Estou aqui na Inglaterra e não tenho notícias suas há meses. Na certa seus deveres o impedem de escrever, mas já não devo ter esperança de que um dia você vá aparecer à minha porta. Sempre soubemos que você tem obrigações com sua família e sua carreira. Qual é o sentido de eu desejar que um dia você seja capaz de deixar a vida que leva há anos? Agora entendo perfeitamente que isso jamais acontecerá — nunca mais o verei.

Lembro com carinho do tempo que passamos juntos. Não me arrependo nem por um momento das conversas que tivemos naquele banco à sombra, das caminhadas pelo jardim. Ainda dou risada quando penso que logo você sabe o nome de cada planta e arbusto. Quem imaginaria que você tem tanto amor pela natureza? Na verdade, é terrível: não posso ver uma flor sem pensar em você. Mas, quando você partiu, eu já não podia ficar em Estrasburgo. Não podia enfrentar sozinha a sua família, só com uma esperança muito vaga de que você voltasse por um ou dois dias em vários meses.

Sei que você se preocupa com a possibilidade de Alice consumir minha vida e que acha que devo cuidar de mim. Nessas últimas semanas, tornei a ouvir, mentalmente, todos os seus argumentos. Mas, meu querido, tenho que me perguntar: que vida? A verdade é que Alice é a única companhia que jamais tive. Faz dezenove anos que ela é a minha vida. Cuidar dela é cuidar de mim. Entenda, por favor.

Suponho que eu tenha que lhe contar afinal: o professor Beazley (colega de meu pai no Departamento de Antropologia e, sim, o "homem da selva" com quem eu às vezes fazia pilhéria) concordou em olhar por Alice e por mim. A universidade deu a ele o cargo de meu pai, e ele fez investimentos inteligentes com o grande patrimônio de sua família (ah se ele tivesse aconselhado meu pai), que deve-

rão nos permitir viver com bastante conforto. Vamos nos casar ainda neste mês.

Será realmente tão difícil ensinar a ele algumas coisas úteis sobre simpatia? Talvez uma breve aula sobre a arte de rir? Nunca conheci um homem tão pouco à vontade; as únicas coisas que parecem descontraí-lo são ler, escrever e ocasionalmente desenhar mapas. Se eu mantiver um livro erguido o tempo todo diante dele, talvez consigamos criar algo parecido com uma casa normal! Não. Ah, Max, o que há de errado comigo? Afinal de contas, se ele não tivesse me pedido em casamento... bem, Alice e eu logo estaríamos vagando pelo East End. Posso mesmo pedir mais?

Max, nem pense, por favor, que preferi o professor Beazley a você. Simplesmente escolhi cuidar de Alice a esperar pelo impossível. Gostaria de poder lhe dizer isso pessoalmente, mas não posso me dar esse luxo. Talvez isso torne as coisas mais fáceis para você. Talvez você tenha sempre sabido que isso aconteceria. Acho que sentiu muito antes de mim que havia pouca esperança para nós. Mas, para mim, é uma mudança, um doloroso despertar. Não há ninguém além de você a quem eu possa escrever, ninguém além de você que seja capaz de compreender.

Não é estranho? No momento em que você receber esta carta, serei uma mulher casada.

Perdoe-me.

Elsa

Elsa pousa a caneta, dobra a carta e a enfia entre as páginas de seu diário encadernado em marroquim. Edward logo estará em casa. Ela a enviará de manhã, depois que ele tiver saído para a universidade.

Pelas altas vidraças da sala de estar, vê que está anoitecendo. Levanta-se, acende um fósforo e, depois, cada lâmpada do candelabro. As sombras se movem pelas cortinas, pelo papel de parede bordô, pelo verniz espesso do armário de nogueira. De todos os cantos reluz elegância. E com cuidado, como uma criança avisada para não fazer movimentos súbitos, ela arrepanha a saia preta e avança lentamente para o divã. Ainda não consegue imaginar este lugar como sua casa. Lembra-a demais das casas onde trabalhou, das vastas salas de jantar com grandes lustres, dos saguões de entrada frios e atapetados. Em Estrasburgo, na casa de Max, movia-se com cuidado ainda maior, sempre ajoelhando-se para endireitar o canto de um tapete, afofando cada almofada de franja dourada quando se levantava do sofá, como se a prudência dos movimentos pudesse compensar, ou disfarçar, sua indiferença emocional.

Ao se acomodar no divã, sente-se contente com o que escreveu. Atingiu o equilíbrio certo entre afeição e firmeza. Sabe que ele se surpreenderá com o tom — tão mais adulto do que o das cartas anteriores. Agora é *ela* quem pede desculpas. Max não deve esperar que ela termine com tudo; sempre soube da intensidade de seus sentimentos. Mas certamente compreenderá as circunstâncias. Mesmo que isso signifique uma reviravolta nos ideais dele sobre liberdade, em sua crença de que todos os objetivos podem ser alcançados por meio de ardor, habilidade e determinação. Afinal, era o que ele dizia admirar nela: o ardor. E era o que ela amava nele. Mas de que serve isso agora? Apesar de toda a sua solidariedade, Max jamais soube o significado de estar encurralado.

Elsa corre os olhos pelo diário, de cujas páginas sobressai a ponta do envelope. Que estranho ter sua decisão encerrada em algumas folhas de papel, poder expô-las a qualquer momento à chama de uma vela, ou jamais enviá-las. Mas a decisão é definitiva e tem pouco a ver com o fato de Max ser informado. Afinal, vai levar meses para que ele receba a carta. Talvez ela a tenha escrito para si mesma, para entender mais uma vez as dificuldades da própria situação, a idéia insatisfatória do que agora parece ser seu futuro.

Sobre a mesa a seu lado está o último livro de Edward: *Os povos indígenas da África Oriental britânica*. Ela tira a fita que marca a página onde está e começa a ler. Até agora o livro lhe prendeu a atenção — e como é agradável ter finalmente o luxo de ler um estudo tão abrangente. Práticas religiosas, vida doméstica, transferência de propriedade: a cada um desses tópicos Edward dedicou um capítulo minucioso. Seu pai sempre elogiava o talento dele para pesquisa de campo. A linguagem, porém, ela acha formal demais — *Um ritual mensal para prantear os mortos permite aos membros adolescentes da tribo demonstrar emoção na forma de lágrimas, gritos ou cantos ocasionais* —, mas não disse isso a Edward. "É absorvente!", anunciou da outra extremidade da mesa de jantar, com a toalha branca estendida entre eles como uma avenida recoberta de neve. "Edward, quantas aventuras você viveu! Viu tantos lugares maravilhosos!" E notou um breve sorriso afastar a reserva do rosto dele: "Fico muito satisfeito, minha cara, de que esses estudos que ocuparam a maior parte dos meus dias lhe capturem a atenção. Há muitos outros lugares maravilhosos no mundo, prontos para serem estudados. Talvez um dia você possa compartilhar dos meus esforços. Realmente. Sinto-me extremamente tocado pelo seu interesse por meu trabalho". É o mínimo que pode fazer, pensa Elsa. E como não ficar intrigada com aquelas terras distantes e com a vaga promessa de que ele talvez a leve a uma delas?

No centro do tapete da sala de estar, Alice está deitada de bruços, fazendo desenhos, com os pés calçados só de meias, entrelaçados e levantados, numa distraída animação. As longas tranças castanhas, resultado do trabalho matinal de Elsa, já se desfizeram numa profusão de ondas. A intervalos de poucos minutos, ela se levanta de um pulo e agita um desenho diante de Elsa: "Beazley", anuncia com um sorriso. Depois de anos ouvindo o pai usar esse nome, não há como convencê-la a chamá-lo de "Edward".

"Maravilhoso, querida", diz Elsa. Depois arruma o vestido da irmã, enfiando para dentro as pontas de renda que escaparam do corpete, ajeitando as alças que saíram do lugar. Quinze dias antes, Alice estava jogada no sofá, com a saia enrolada em torno da cintura como um lençol, os calções branquíssimos sobressaindo nas sombras escuras da sala. Edward, chegando da universidade, entrou para cumprimentá-las e teve um sobressalto com a indecência de Alice. Ela devia no mínimo poupá-lo de novos embaraços. Agora, sob as mãos exigentes de Elsa, Alice se contorce, suspira e se amua — as notas de abertura da ária do mau gênio que começa a se manifestar.

"Alice, eu tive uma idéia." Elsa assume rapidamente uma expressão de prazer exagerado. "Você desenharia *outro* para mim?"

Alice atira-se no chão, com a saia preta armando-se à sua volta, e recomeça.

É claro que Elsa terá de esconder os desenhos antes que Edward chegue. Enfatizam demais seus olhos fundos, a ruga de preocupação na testa; sem dúvida o surpreenderão. "É estranho", comentou Edward há algumas noites, "mas você *realmente* faz que eu me sinta muito mais jovem." Tem cinqüenta e cinco anos e nunca se casou. Uma mulher idosa cuida da casa para ele há muitos anos, mas é visível que a presença de mais duas mulheres o enerva. Todo dia ele consulta Elsa sobre as cortinas, o papel de parede, a casa inteira — *Vamos arrumar tudo de acordo com o seu gosto, Miss Pendleton.* (Por favor, tente me chamar de Elsa, lembra-o ela.) Edward parece tão pouco à vontade na casa quanto ela. Pertenceu a seus pais, e ele, sendo filho único, herdou-a quando o pai morreu. Nos últimos quinze anos viveu entre as cortinas de brocado, a porcelana e os talheres reluzentes de sua infância. Mas, em lugar de se acostumar com o que o cerca há tanto tempo, parece um hóspede em sua própria casa. É só agora, com a chegada de Elsa e Alice e seus cestos de aventais, chapéus e romances baratos, que Edward se dá conta de que não é uma visita. É o anfitrião, e o novo papel o absorve. Nota tudo o que Elsa toca ou parece evitar — *Estou vendo que a mesa lateral de mogno não é do seu gosto; é claro que pode ser substituída com toda a facilidade. E você não acha que as toalhas de mesa talvez devessem ser de um tom mais alegre?* —, como se as mulheres fossem outra cultura estrangeira que ele tivesse começado a estudar.

Max é só cinco anos mais novo do que Edward, mas o fato de ter família lhe deu certa desenvoltura com mulheres. Com Max, era tudo sempre, se não simples, pelo menos descontraído. Soluços, risadinhas — nada conseguia enervá-lo. Apesar de sua característica severidade, ele sempre entendia a linguagem da afeição.

Elsa sabe, porém, que em determinado momento do passado de Edward houve uma mulher. Uma prima em terceiro grau, de Dover? A sobrinha do presidente da Royal Geographic Society? Nunca lhe contaram os detalhes e ela só se lembra das alusões feitas pelo pai ao romance rompido. "O velho Beazley teve a sua cota de males de amor. Suficiente para despachá-lo para o continente africano. Já pensei muitas vezes que o mundo inteiro ainda não teria sido mapeado, não fosse o ímpeto de um coração partido." O próprio Edward nunca toca no assunto, e se essa mulher deixou alguma impressão, foi só de constrangimento. De que outra maneira explicar o desconforto dele com mulheres? Afinal, é razoavelmente atraente. Caminha com um ar de inteligência imperturbável, exibe uma intensidade de introspecção que ela se lembra de admirar quando era menina. Sempre o achou muito brincalhão, muito mais do que seu pai; ele trazia para as duas, de suas viagens, bonecas de madeira com tranças de algas marinhas, caixas de pau-rosa com chaves douradas; no final dos espetáculos de fantoches que elas apresentavam, aplaudia freneticamente, e certa vez até agarrou as flores que estavam no vaso sobre o consolo da lareira e atirou-as para ela e Alice no momento em que elas se curvavam em agradecimento. Mas ano a ano, à medida que Elsa foi se aproximando da idade adulta, ele pareceu ir ficando desconfiado dela, confuso até, e assumiu aquela reserva, como uma armadura que não servisse direito. Os presentes sumiram; o riso se aquietou. Seus cumprimentos, antes joviais, ganharam uma formalidade canhestra. E agora todos os seus atos parecem estudados: a mão que se ergue hesitante para tocá-la no ombro; a maçaneta de bronze da porta do quarto de vestir dela que gira lentamente como o mecanismo de abertura de um cofre chegando perto do último número. *Pouco à vontade* — foram verdadeiras as palavras que Elsa usou com Max, enfatizando-as para consolá-lo. Mas será justo, pergunta-se, acusar Edward de não saber flertar, de não ter a naturalidade, a experiência de um homem casado?

Pelo menos quer agradá-la. Ela sabe que pode contar com a paciência dele com Alice, apesar da aflição óbvia que ele sente com o comportamento dela. Toda vez que Alice chega perto, ele recua, como se tivesse medo. E depois do incidente dos calções, pelo qual pediu desculpas a noite inteira — *Não estou acostumado a bater na porta. Um solteirão com hábitos antigos. Peço mil desculpas a ambas* —, agora passa rápido pela sala sempre que ouve Alice lá dentro, ou faz ruído suficiente ao se aproximar, para poder evitar qualquer exposição indecente. Mas ela não foi honesta quando descreveu Alice? Ele achou que ela estava exagerando? Deve ter presenciado alguns dos ataques histéricos dela com o pai — visitou a casa com freqüência suficiente para isso enquanto Elsa estava no exterior; o pai dizia que Beazley parecia gostar de Alice. Mas Elsa também advertiu que em circunstância alguma toleraria que Edward tratasse sua irmã como uma retardada. Alice sabia ler e escrever, sabia identificar pelo contorno todos os países no globo, sabia recitar os nomes de todas as espécies que apareciam no guia de ornitologia de Swaysland. As aves eram sua grande paixão. Um dos primeiros livros que Elsa leu para ela foi *Aves vistas através de um binóculo de ópera*, e desde então Alice só pediu livros sobre observação de aves. Quando Edward a pediu em casamento e convidou as duas a se mudarem, até o casamento, para a casa do cocheiro, desocupada na propriedade dele, uma das exigências de Elsa foi que elas levassem junto Pudding — o papagaio cinzento africano que o pai dera de presente de aniversário a Alice.

"Ele é muito agradável. Na verdade, quase não fala", disse Elsa, lembrando o triste fato de que Alice só conseguira ensinar algumas palavras a Pudding: *pássaro, beijo, superior* (o adjetivo favorito do pai) e *Alice* — as palavras que considerava essenciais.

"Minha cara Miss Pendleton, eu jamais pensaria em separar Alice de seu amado animal de estimação. Também gosto muito de animais. E até vivi entre pessoas que os cultuam como deuses."

"Eu simplesmente gostaria", disse Elsa, "que a situação de Alice ficasse perfeitamente clara antes que quaisquer..." Parou, não querendo parecer desconfiada demais, calculista demais.

"Decisões permanentes sejam tomadas?"

"Bem, sim."

"Compreendo. Antes de aceitar meu pedido, gostaria de garantir a proteção de Alice. Sim, Miss Pendleton, posso garantir isso."

As palavras dele a acalmaram e Elsa se sentiu grata por ele lhe compreender os receios. Mas sabia que suas exigências eram uma encenação. Estava fingindo que tinha outras opções, que podia recusar a oferta dele, caso Edward não concordasse.

"Mas é muito mais do que proteção, Edward. É respeito que eu quero garantir. Alice é diferente, sim. Às vezes difícil de compreender. Mas é muito mais inteligente do que você supõe. Ela entende e sente muita coisa que não é capaz de articular da maneira como você e eu faríamos. Mas na realidade é muito parecida conosco. Só que às vezes ela se deixa dominar pelas próprias emoções." Que as emoções vinham na forma de ataques, Elsa não disse.

"Há quem diga, Miss Pendleton, que as emoções são o que temos de melhor. Se é respeito que a preocupa, eu lhe garanto que Alice tem o meu. *In totum*."

"Tem certeza?" Mas, ao dizer isso, Elsa soou insolente demais, até aos próprios ouvidos.

Em voz baixa, Edward respondeu: "Sim... Certeza absoluta". Mas as palavras vieram matizadas de desconforto.

"Bom", disse Elsa. "Excelente. Estamos perfeitamente entendidos, então."

Elsa olha de relance para Alice, ainda esparramada em cima do tapete, desenhando lentamente. Os grandes olhos castanhos, a poucos centímetros do papel, engolem cada detalhe da imagem que se forma. O pai a descrevia como "uma beleza delicada", com feições bem definidas, ossos em ângulos graciosos sob a pele. O rosto era pálido e oval, emoldurado por grossas tranças castanhas. Desde que Alice era bebê seu comportamento em público atraía olhares estranhos. Mas, quando atingiu os dezesseis anos, as pessoas começaram a olhar antes de qualquer peculiaridade se revelar. Ao abrir a pesada porta de madeira da casa deles em St. Albans e sair ao sol da manhã, ela podia, por um momento, dar a impressão de ser a mais adorável das garotas, girando a sombrinha e meditando nas frases gentis com que recusaria o pretendente mais recente. Mas aí descia uma cortina de torpor. Elsa sabia que não era estupidez, nem fraqueza da mente; era um distanciamento. O lábio inferior pendia, os olhos pareciam vagos, como se fitassem algum pensamento só dela, assistissem a uma peça de teatro particular. Isso durava minutos, às vezes uma hora, até que alguma coisa — uma centelha em sua mente, um ruído abrupto a seu lado — tornava a acender-lhe o rosto e ela redespertava, atordoada mas animada. Era nesses momentos que a histeria a dominava. Quando a mente saltava de volta aos odores e sons de um simples aposento, à visão de rostos familiares, Alice assinalava seu retorno com um guincho ou um pulo, por vezes pisoteando descontroladamente no tapete e sacudindo as tranças pesadas, como que para celebrar uma distância percorrida, um lugar visitado que ninguém, nem mesmo Elsa, podia compreender.

"Beazley!", torna a gritar Alice. Na penumbra da sala, suas mãos brancas e delgadas, como duas luas crescentes, fecham-se em torno das bordas do papel. Nesse desenho as sobrancelhas de Edward convergem num violento V de preocupação.

"Lindo", diz Elsa. "Vamos fazer outro?"

Elsa fecha o livro de Edward. Pelos vidros quase pretos da janela, vê que os postes foram acesos, um colar de ouro ao longo da linha escura da Heslington Road. Várias bicicletas passam depressa e Elsa vê um Rolls-Royce branco parar suavemente diante de uma casa na esquina. No bairro onde seu pai morava havia apenas um carro: o do dr. Benthrop, que o usava para chamadas de emergência em domicílio. Mas seu pai, mesmo quando o dr. Benthrop lhe oferecia uma carona, preferia a bicicleta. Uma de suas muitas teorias era que indolência do corpo resultava em indolência da mente. Quando as *Humbers* para senhoras começaram a ser vendidas, ele imediatamente comprou uma para Elsa e outra para Alice, insistindo que elas pedalassem trinta minutos por dia. De início Alice se recusou a montar na sua. Foi só depois que Elsa, com dezessete anos na época, deu umas voltas desajeitadas em torno dela que Alice tocou a estranha estrutura de aço. Levou seis meses para conseguir se equilibrar, com Elsa correndo a seu lado e segurando o guidão pelo meio com uma das mãos.

Mas, quando Alice finalmente conseguiu, que entusiasmo! Elsa adorava os passeios que davam, pedalando pelas ruas estreitas no final da tarde, parando na farmácia e Alice pondo em sua cesta de vime o saquinho de raiz de sassafrás ou o frasco de óleo de germe de trigo para o pai. Quando voltavam para casa, Alice gritava "Estou atrás de você!", Elsa acelerava e o suor lhe ardia na raiz dos cabelos. A velocidade deixava Alice encantada, e quando finalmente desmontava, de bochechas coradas e olhos lacrimejando por causa do vento, logo insistia em saber quando sairiam de novo. Pedalavam assim quase toda tarde. Mas, quando Elsa partiu para seu primeiro emprego em Heidelberg, os passeios cessaram. Alice ficou abatida. E, por uma carta do pai, Elsa soube que, frustrada por não ter permissão para sair sozinha, Alice enfiara um alfinete de chapéu nos pneus da bicicleta da irmã.

Ao longe, um sino de igreja dá seis badaladas vagarosas. Alice, agarrando o creiom como se fosse um bisturi, parece fazer incisões lentas no papel. Alice precisa dela; disso Elsa tem certeza. Seria impensável deixá-la aos cuidados de outra pessoa, colocá-la numa instituição, separada do mundo. Seria como uma punição por ser diferente, uma punição excessiva. E significaria apenas que Elsa recusara a tarefa de cuidar da própria irmã. O que ela escolheu é melhor: uma vida com Edward, em que pode olhar por Alice. E escrever a Max era uma necessidade. Assim é a vida, pensa Elsa. Assim é o destino. Escolhas são luxos, e Max terá de entender isso. Como posso me ressentir da minha situação, pensa Elsa, com Alice aqui, um lembrete permanente de como tenho sorte? Eu tenho sorte, diz para si mesma. E, lembrando-se da carta, sente descer sobre ela uma resignação pesada — *Posso mesmo pedir mais?* —, como se, ao tentar convencer Max de que aceitou, tivesse finalmente solidificado essa aceitação. Assim que ele receber a carta, estará tudo encerrado, aqueles meses confusos que ficaram para trás. Quantas noites uma pessoa pode passar na vida deitada sem dormir, imersa em agitação e especulação? Noites assim eram sintoma de uma vida sem responsabilidades — uma vida que terminou quando seu pai morreu, quando ela voltou para casa e segurou a mão de Alice no cemitério. Foi só então que se deu conta de como fora frívolo seu sofrimento anterior. Enquanto esteve parada diante do caixão do pai, seus olhos se recusaram a umedecer-se. Quando chegou a hora de dizer a prece final, ela se manteve em silêncio. Passaram-se semanas. Ela não conseguia chorar; não conseguia falar sobre o pai. A perda se instalara dentro dela para sempre.

E agora, na sala de estar, pensa: Não há apenas essa tristeza, mas há Alice também. E em breve um marido. Ela tem que expulsar todas as indagações sobre os sentimentos de Max, sobre seus próprios sentimentos. Precisa se ver como uma adulta.

A batida da porta da frente a assusta. Edward cumprimenta do saguão: "Boa noite, senhoras!". Tem voz forte de barítono, uma voz acostumada às salas de aula.

Elsa se levanta, recolhe os papéis do tapete. "Lindo", sussurra, afagando as costas de Alice. "Vou colocá-los na minha pilha, junto com os outros."

Alice abandona o beicinho de frustração ao ouvir os passos de Edward, que se aproxima. Há muito movimento do outro lado da porta, como se estivessem puxando e jogando coisas. Um tanto exagerada essa tentativa de anunciar a própria entrada, pensa Elsa.

"Beazley!"

Edward pára no arco da porta. Tem o cabelo cuidadosamente penteado e a barba aparada. É alto, tem ombros largos, e veste com elegância uma longa sobrecasaca preta. O peso da pasta ao ombro o faz pender ligeiramente para um lado. "E como estão as minhas garotas hoje?" Será que ele se dá conta de que o pai também as cumprimentava assim todas as noites? Edward adotou muitos dos maneirismos do pai delas, levando Elsa a desconfiar que o pai lhe pediu que fizesse isso, que o substituísse.

"Estamos muito bem", responde Elsa.

Isso certamente explicaria o pedido de Edward. Depois de tantos anos solteiro, a idéia de casamento — e com Elsa, nada menos, que durante anos não demonstrou o menor indício de afeição por ele — poderia ser tão tentadora? Se o pai pediu, Edward jamais contaria. Seu decoro proibiria uma confissão tão direta. Mas a possibilidade de ter sido negociada causa desconforto em Elsa. Essa nova vida terá sido algo traçado para ela, algo esperado, como se o pai tivesse dito *Elsa vai buscar o chá para você*, e ela agora estivesse apenas segurando o bule fumegante? Algum fio da minha própria vontade, pensa Elsa, por menor que fosse, deveria ser tecido no meu futuro. Mesmo que soubesse que ia morrer amanhã, eu não deveria poder escolher entre veneno e pistolas?

Atravessa a sala para encontrá-lo. "Bem-vindo, Edward." Pousando uma mão no cotovelo dele e levantando o rosto, beija-o no rosto.

"Beazley!" Alice dá um pulo, envolve-lhe o pescoço com os braços delgados e lhe dá uma série de beijinhos. "Beazley, Beazley, Beazley!"

Enquanto ela o aperta, ele permanece imóvel como uma estátua, um santo de mármore rendendo-se a um estranho ritual de afeição.

"Allie, por que não deixamos Edward sentar e descansar?"

Lentamente ele se solta dos braços de Alice, ergue até o estômago a pasta de couro e dá nela umas batidas afetuosas. "Não haverá descanso. Hoje não!" Tira um rolo grosso de papéis, desenrola um e o alisa sobre a superfície laqueada da mesa. Um mapa. Da América do Sul. O indicador dele, pairando no ar, acompanha a rede de longitude e latitude. Mas, quando sua mão desce,

Alice agarra o mapa e, com um gritinho, o leva para o centro do tapete.

"Ora!", exclama ele. "Parece que Alice gosta do mapa!" Elsa recolhe os creions do tapete, disparando um olhar de reprimenda na direção de Alice. Edward dá uma risada leve mas inconvincente. Seus papéis, sobretudo seus mapas, lhe são preciosos. Mas, para ele, ralhar com Alice parece inviável. Talvez os pedidos de compreensão feitos por Elsa tenham dado certo.

"Bem, talvez Alice queira ser o nosso navegador", declara ele.

"Navegador?"

"Surgiu uma oportunidade, Elsa. Uma oportunidade para explorar outro 'lugar maravilhoso', como você diria. Uma *terra incognita*."

"Uma expedição?"

"A Sociedade propôs uma missão."

"É mesmo? Para nós? Agora?"

"É claro que é preciso fazer muitos preparativos. Providências para a viagem, equipamento. Vai levar meses até podermos partir. Mas, sim, minha querida. Se você concordar." Com um amplo sorriso, abre os braços para ela. A severidade, a calma, a falta de jeito dele desaparecem. "Se quiser, querida, considere a viagem como uma lua-de-mel longa e aventurosa. Mas somente, é claro, com a sua aprovação."

Elsa corre para ele, mas, quando está prestes a abraçá-lo, detém-se. "E *Alice*?"

"Ela viria conosco. Eu não concordaria de outra maneira."

Elsa sente uma onda de entusiasmo. Uma viagem! Tem vontade de perguntar para onde, mas deve conter-se. E se Alice se recusar? Qual é o sentido de imaginar um lugar que ela talvez nunca veja? Calma, diz a si mesma. Modere-se.

"Allie, meu bem, você gostaria... de fazer uma viagem?" Alice ergue brevemente os olhos do mapa. Elsa se vira para

Edward, tentando conter a ansiedade. “Preciso pensar nisso com cuidado. Como seria para ela. Se a deixaria angustiada. Minha decisão depende de muitos fatores.”

Edward enfia as mãos nos bolsos do casaco. Inclina a cabeça. “Com toda a certeza.”

Está desapontado com a falta de entusiasmo dela?

“A decisão é dela”, diz Elsa, firme. “Ou, melhor, a decisão depende dela.”

Mas e a vontade da própria Elsa? Da rua abaixo vem o som estridente de rodas de carruagem, o estalido agudo de um chicote. Ela corre os olhos à volta, pelo armário alto, as cortinas grossas, o brilho escuro e pesado desse novo lar, dessa nova vida. O mapa, um retângulo amarelo de possibilidades, parece chamá-la do tapete escuro. *Uma expedição.*

“Allie, haveria muitas aves para ver nessa viagem.”

Alice encara a ambos, com os olhos estreitos de desconfiança. “Que *tipo* de aves?”

“Bem, não tenho certeza. Petréis pintados, acho. E petréis, albatrozes.” Elsa olha para Edward, que assente com a cabeça. “Ah”, acrescenta Elsa, “e papagaios.”

Alice torce as tranças, como se estivesse entediada. “O Pudding é um papagaio”, diz. Costuma falar como se estivesse respondendo perguntas que ninguém fez. “Um papagaio cinzento africano.”

“Você acha que o Pudding gostaria de conhecer um papagaio amazônico?”, pergunta Elsa.

“A Amazônia fica na América do Sul. O Pudding não pode voar até a América do Sul. Isso é bobagem. Há um oceano muito grande no meio.”

“Você tem toda a razão”, diz Elsa. “Foi muita bobagem minha dizer isso. Mas, sabe, Alice, nós poderíamos *levar* o Pudding até lá.”

Por um momento o rosto de Alice perde a expressão, como se ela estivesse vendo Pudding numa terra estranha, voando de poleiro em poleiro, voltando a cara cinzenta para o sol. Alice fecha os olhos, torna a abri-los, e torna a estudar o mapa.

"Allie, você me mostra a América do Sul?" Elsa aproxima-se dela. "Neste mapa."

"Elsa, *é* a América do Sul", diz Alice.

"Chile", intervém Edward.

"Muito bem. Mostre-me o Chile, Allie."

A isso Alice se anima e achata vigorosamente o mapa, como se tentasse grudá-lo no tapete. "Sente, Elsa. Você tem que sentar. Para poder ver."

Elsa agacha-se a seu lado.

"Pronto!", anuncia Alice, dando com o dedo na borda ocidental da América do Sul. "Chi-le. Chi-le. Está vendo? Olhe, Elsa."

Bem juntas, Elsa e Alice olham fixo para os países cor-de-rosa, laranja e púrpura que se aninham como partículas agrupadas em torno de um núcleo continental magnético.

"Alice", diz Edward, de cima, "mova o dedo um pouco para a esquerda..."

O dedinho de Alice zarpa da costa e lentamente singra o Pacífico azul e vazio.

"... ah, um pouco mais. Mais adiante, um pouco mais adiante."

Seguindo o trópico de Capricórnio, o dedo dela faz um percurso em linha reta pelo mar.

Por fim, do outro lado da sala, Edward diz: "Aí". A palavra é a chegada dele a um destino imaginado. "Aí."

Fitando a manchinha de terra de olhos semicerrados, Elsa passa o braço pelos ombros de Alice. "É para aí que podemos ir", diz. "Viajar até lá. Todos nós." Sente a respiração de Alice acelerando-se. Alice nunca viajou com Elsa, nunca saiu da Inglaterra.

"Pelo *oceano*?", murmura Alice.

"Pelo oceano, Allie, Exatamente como Cristóvão Colombo. E Vasco da Gama."

"Como... Hernando Cortéz?"

"Como Hernando Cortéz, Allie. E como Fernão..." Elsa deixa o nome pairar no ar.

Alice arregala os olhos ao entender o jogo. "... de Magalhães!", exclama ruidosamente e dá com as tranças no pescoço ao sacudir a cabeça.

"E como o capitão..."

"O capitão Cook! James Cook!" Alice agora joga a cabeça de um lado para o outro de contentamento, e a cada vez solta uma cascata de risadinhas. E então se lembra de sua piada favorita: "Não, não cozinhe James! Não cozinhe James!"* Apóia-se com força no ombro de Elsa e quase a derruba. Guincha e balança o corpo, com uma exuberância que se espalha como gotas de chuva. "Pare, Elsa! Você está sendo boba. Elsa, você está sendo boba."

"Sim", diz Elsa, firmando-se contra a força do entusiasmo de Alice. "Estou sendo muito boba."

A isso, Alice ri ainda mais, depois pára para tomar fôlego. Desce a cortina familiar. Oscilando o corpo em silêncio, ela examina o mapa. Então, com ar de grande preocupação, ergue os olhos: "Eles têm banheiro de senhoras?".

Edward ri, um som autêntico e sincero, o primeiro que Elsa ouve dele. "Estou vendo que vou precisar levar em conta as preocupações das senhoras nesta expedição."

"Sim, Allie", diz Elsa. "Eles devem ter algum tipo de banheiro de senhoras."

"Eu posso ir?"

"Com toda a certeza."

"Pelo oceano?"

* "*Don't cook James! Don't cook James*" (N. T.).

"Sim, Allie."

"E você também vai? Você vai estar lá?"

"Sim", diz Elsa, olhando de relance para Edward. "Eu também vou estar lá."

Edward faz um leve aceno de cabeça, com os olhos brilhando de orgulho e demonstrando que entendeu o consentimento dela.

Por um instante Elsa se pergunta se toda aquela cena — o convite dele, a deliberação dela, o fervor de Alice, sua resposta — foi imaginada por ele de antemão, se Edward não está igualmente ciente do forçado fingimento de liberdade por parte dela e se de alguma maneira não estava achando divertido observá-la. Afinal de contas, ela poderia ter se recusado a ir?

"Meu Deus!", diz Alice. "Meu Deus, meu Deus. Tenho que fazer a minha mala."

Aplauso. Elsa vê que Edward está com as mãos juntas. Em seu rosto há algo semelhante a prazer, ou uma confusão satisfeita. "Esperem um momento."

Do saguão vem o som de empurrar, de arrastar, e logo ele aparece puxando um grande baú. As dobradiças de metal brilham contra o imaculado couro preto. Ele o arrasta até o centro do tapete, desaparece no saguão e volta com outro.

Alice já pulou para cima do primeiro; ele põe o segundo ao lado dela.

"Dentro de cada um, senhoras, encontrarão uma frasqueira, uma sacola e um diário. Devem fazer uma lista dos outros artigos necessários e eu providenciarei para que ..."

"Este é meu?", pergunta Alice, abrindo o baú à sua frente.

"Sim", responde Edward.

"E aquele?" Alice aponta para o outro.

"O de Elsa."

Alice olha consternada para o baú à frente, abandona-o e corre para o outro. "Este é meu."

"Alice, você pode ficar com o que preferir", diz Elsa, levantando-se. Sente-se atordoada com a pressa da decisão, com o mapa daquela terra desconhecida e com o conhecimento de que mais uma vez sua vida está prestes a se transformar.

"Edward, isso é muito atencioso de sua parte. É um gesto muito gentil."

"Não é nada. Bagagem adequada é uma necessidade. E, repito, os outros artigos necessários devem ser postos numa lista. Tomarei providências para que vocês tenham tudo, para que nós tenhamos tudo. *In omnia paratus*."

"Obrigada, Edward."

"Não é preciso agradecer. Você está fazendo a maior cortesia ao me acompanhar, Miss Pendleton. Sonho há muito tempo com essa viagem. Fico muito contente de que queira vir comigo."

É evidente que ele não duvidou nem por um momento que ela fosse concordar.

"É claro. É claro que eu quero ir. Eu estava esperando que você sugerisse alguma coisa assim. Acho que estava até contando com isso."

"Ah, sim? É mesmo? Como se finge bem de surpresa, então!"

Elsa sente que começa a corar, mas o entusiasmo de Alice a salva.

"Te Pito O Te Hen-o-a?", pergunta Alice, com o rosto a poucos centímetros do mapa.

"É outra língua, Alice", diz Edward. "Uma língua polinésia. Isso quer dizer 'o umbigo do mundo'. Só que nós chamamos o lugar de ilha de Páscoa."

"É longe?"

"Ah, sim." A voz de Edward está calorosa e contente. "Vai levar quase um ano para chegarmos lá."

Alice está feliz. Edward está feliz. Então por que Elsa vai deixar que a suposição de Edward a incomode tanto? Ele só teve boa intenção. E ela quer mesmo ir, é claro. Afinal, já teve o bastante de tristeza. A oportunidade é extraordinária.

Elsa baixa os olhos para seu baú, depois fita Edward e Alice, esta sentada com as pernas abertas em torno do mapa. Pensa que este é um momento importante, que um dia se lembrará dessas imagens e da animação que está sentindo agora, a sensação de mistério em relação ao que está por vir. A quilômetros desta casa, desta cidade, pensará nisto como um começo — mas de quê? Enquanto tenta imaginar o momento futuro no qual olhará para trás, sente que o momento presente lhe escapa, como se, ali parada na sala de estar, tivesse se tornado a própria recordação: ela é a lembrança de si mesma aos vinte e dois anos, na Inglaterra, na casa do noivo, de mãos postas, olhos brilhando, observada de uma grande distância por seu eu futuro.

"A mente", diz Edward, arrancando-a de seus pensamentos, "está sempre ansiosa por começar a explorar, não é mesmo?"

"O quê? Ah, sim", ri Elsa, arrastada de volta ao presente. Tem vinte e dois anos de novo, está simplesmente atravessando a sala, movendo-se para junto do seu baú. Abre-o como a um livro gigantesco. Lá dentro estão a frasqueira, a sacola de couro macio, o diário preto e dourado amarrado com uma fita.

Minha imaginação pode fazer seu reconhecimento, pensa. Mas alguém tem de fazer as malas.

Na manhã seguinte, sentada à penteadeira, começa um pós-escrito à carta:

Uma viagem que eu estava esperando, bem, agora parece que vai acontecer. Vou me ausentar de Hertfordshire por um bom tempo...

3.

Era fevereiro de 1973.

Com um autocontrole resultante da experiência, Greer Faraday fechou os olhos quando o pequeno avião da Lan Chile começou a descer. O piloto tinha anunciado que a extremidade oriental da ilha logo se tornaria visível do lado direito, o lado de Greer, mas ela quis esperar até que a ilha inteira estivesse visível, para absorvê-la numa única vista abrangente.

Com ela de olhos fechados, as hélices zumbiam ainda mais alto em seus ouvidos. Em toda a sua volta brotaram *Ohhhs!*, *Magníficos!* e *Dios míos!*, como num campo de margaridas. Quando o avião finalmente se estabilizou e Greer abriu os olhos, a ilha, como a barbatana denteada de uma criatura do mar, erguia-se da água abaixo dela.

"*Vértigo?*", disse alguém do outro lado do corredor. Ela se virou e viu o rapaz de camisa de linho observando-a novamente. Tinha o cabelo castanho-escuro penteado para trás, exceto por uma mecha grossa que lhe dividia a testa ao meio. As maçãs do rosto eram altas e salientes, e as sobrancelhas, duas linhas firmes.

Era bonito e, surpreendentemente depois daquele longo vôo, não estava amarrotado. Durante o almoço, quando ele pedira mais uma fatia de bolo à aeromoça, Greer oferecera a sua: "Eu não vou comer. *La quiere?*". Ele aceitou, sorrindo, mas os olhos traíram surpresa. Ela se deu conta de que tinha violado a etiqueta dos aviões, oferecendo uma parte de sua refeição a um estranho. A consternada aeromoça voltou logo depois com outra fatia de bolo — e nesse momento Greer começou a ler seu exemplar de *Morfologia do pólen e taxonomia das plantas*, de Erdtman. Isso lhes daria certeza de que ela não ia começar a oferecer goles do seu café a torto e a direito.

Balançando a cabeça, disse: "Não. Não vertigem. Entusiasmo. *Emoción. Sí?*"

"*Ah, sí. Emoción.*"

Depois Greer virou a cabeça.

Entusiasmo — era isso o que estava sentindo. Era seu primeiro trabalho de campo em vários anos. Fazia meses que pesquisava sobre a ilha, escrevendo carta após carta para providenciar acomodação, espaço de laboratório e equipamento de embalagem. Sempre quisera estudar o ecossistema de uma ilha, mas sem certeza de que iria de fato. Os preparativos foram uma distração tão útil da vida, de Thomas, que ela começou a temer que essa fosse a única finalidade deles. Mas na véspera, quando o despertador tocou, ela se levantou, fechou as mochilas, trancou todas as janelas e portas, desligou da tomada os aparelhos elétricos, diminuiu a intensidade da calefação, passou tudo em revista mais uma vez e finalmente entrou no táxi, sem se virar para olhar a casa silenciosa que estava deixando para trás. Agora, ali estava ela, a dez mil quilômetros, aos trinta e três anos, e sozinha. Ninguém dependia dela. Pela primeira vez em anos, e de um modo que quase a assustava, era livre.

Greer encostou a testa na janela do avião, que emoldurava

como uma ocular gigante o espécime de basalto longamente aguardado. Uma massa de cúmulos pairava logo adiante da extremidade meridional. O vento deve estar soprando para lá, pensou ela. O ar quente que sobe da ilha é soprado para o mar, onde se condensa. Foi assim que os polinésios, um século antes de os exploradores europeus sequer pensarem em içar velas, descobriram suas ilhas, instalando-se em todas as habitáveis que encontraram numa área de um milhão e meio de quilômetros quadrados. A Nova Zelândia era conhecida como *Aotearoa* — "a terra da longa nuvem branca" — antes de os delgados cascos das canoas dos polinésios chegarem às suas praias. Eles não teriam tido a impressão, pensou Greer, de que a nuvem dera a terra à luz? Mesmo em pesquisa era fácil confundir causa e efeito, ver primeiro a nuvem e pensar na terra abaixo como a sua sombra. A nuvem, porém, era a verdadeira sombra, uma silhueta branca, o fantasma da ilha pairando acima de sua gêmea ígnea.

Greer agora avistava a ilha de Páscoa inteira — o vértice a sudeste do triângulo de ilhas conhecido como Polinésia. A ilha em si era um triângulo isósceles, torcendo-se para dentro em seus três pontos médios. Em cada canto havia um vulcão extinto, bulboso e perfeitamente redondo, e dezenas de crateras menores espalhadas pela paisagem. A ilha era oceânica, a irregularidade do terreno era vestígio de uma antiga erupção no fundo do mar. Léguas abaixo, uma cicatriz com oito mil e quinhentos quilômetros estendia-se pelo fundo do oceano; paralela à costa ocidental da América do Sul, corria a cordilheira do Pacífico Leste, uma cordilheira de montanhas vulcânicas, e seu ocasional sangramento magmático deixara conhecidas crostas vulcânicas: as Galápagos, as ilhas da Sociedade, as Marquesas. Cerca de dois milhões de anos antes, um dos vulcões entrara em erupção e deixara outro monte de lava resfriada e sem vida: a ilha de Páscoa.

A ilha era o experimento controlado ideal — e era isso o que intrigava Greer. Sem nunca ter sido ligada a um continente, tivera de esperar pacientemente que a flora e a fauna fossem levadas pelo vento ou por correntes oceânicas, e por umas poucas aves determinadas cujas penas tinham colhido sementes. Ilhas continentais, como Bali e a Tasmânia, estavam repletas de lêmures, mamutes e marsupiais quando o mar subiu, e foram à deriva como arcas superlotadas. Mas ilhas oceânicas eram tábulas rasas, as favoritas dos naturalistas. O arquipélago malaio atraíra Wallace; as Galápagos, Darwin. Mas a ilha de Páscoa era um tema ainda melhor. Situada a mais de dois mil quilômetros de outra massa terrestre, a vida vegetal teria levado milhares de anos para chegar às suas praias e o *Homo sapiens*, muito mais tempo. Devido à extensão de tempo, o número de influências externas, incógnitas e extras que tornavam todas as respostas científicas eternamente dúbias, podia ser reduzido. A ilha de Páscoa era o microcosmo perfeito, pensou Greer.

Tamborilou com os dedos uma última vez no livro que tinha no colo e enfiou-o na mochila. Teve prazer em ver seu material de campo: caderno para anotações, guia de polens, máquina fotográfica. Estava precisando dessa viagem — oito meses de pesquisa sólida. Envolver a mente em dados sempre a acalmara. Já quando era criança, olhando pelo microscópio do pai, descobrira que a ciência era uma sala em que a mente pode entrar, uma câmara segura de contemplação onde não havia lugar para a tristeza. Mais tarde deu-se conta de que era uma questão de escala. O minúsculo — grãos de pólen — e o enorme — tempo geológico, a passagem das épocas — tornavam o dia-a-dia, até os meses e os anos, muito simples, e faziam as decepções em escala humana parecerem triviais. Ao longo dos anos a ciência veio a ser a manta para a qual ela estendia a mão quando a vida lhe dava arrepios de frio.

E, com a morte do marido, um frio profundo se instalara. Andando pela casa em Marblehead e juntando as coisas de Thomas, tudo que ela tocava — fotos antigas, as camisas de flanela dele, seus cadernos — a deixava atordoada com lembranças e pesar. Quando já não conseguia agüentar ver as coisas dele, ou de ambos, sentava-se na varanda e ali ficava durante horas, olhando o oceano. Com a chegada do inverno, retirou-se para o laboratório no porão, lendo com indiferença velhos registros de dados, examinando novas coleções de pólen. Se saía de casa, geralmente era para dar uma lenta caminhada pelo herbário da Harvard ou ir até o museu Peabody.

A idéia da viagem, porém, finalmente começara a arrancá-la do mal-estar. As providências a ocuparam, mantiveram-na em contato com o mundo exterior. Durante meses a ilha de Páscoa assomou à sua frente como um objetivo, algo com que se entusiasmar na desorientação de sua dor. E, finalmente, ali estava ela.

O avião abaixou o nariz. Em torno de Greer, os passageiros se seguraram nos braços dos assentos e examinaram o cinto de segurança. Mas o que a deixara nervosa fora entrar no avião; chegar era fácil. Limitou-se a prender o cabelo atrás das orelhas e a tirar do bolso um chiclete.

As rodas do avião aderiram ao asfalto e a máquina se estabilizou, enquanto o silêncio enchia a cabine. Pela janela, Greer viu as hélices duplas diminuírem a velocidade, as lâminas prateadas revelarem sua forma real: sâmaras de aço rodopiando, descendentes de ferro das sementes aladas de bordo que, quando criança, ela via cair no chão em redemoinho. São tão poucas as formas viáveis, pensou ela. A semente alada da abóbora trepadeira asiática (*Alsomitra macrocarp*) tinha inspirado o projeto dos primeiros aviões e planadores. A asclépia (asclepiadáceas) e a cercefi ocidental (*Tragopogon dubius*) podiam atravessar vales inteiros com seus guarda-chuvas penugentos. Greer sempre gostara de imaginar o espanto respeitoso dos primeiros seres humanos ao verem aquelas sementes. Quanto tempo teria levado para que despertassem inveja, para que alguém pensasse: será que *eu* poderia fazer isso?

O avião parou suavemente. Um breve aplauso percorreu a cabina e imediatamente os passageiros em torno de Greer se levantaram. Pegaram bolsas, sacolas de palha, e alguma coisa — um cotovelo? uma mala? — bateu atrás da cabeça dela. O "*Perdón, perdón*" foi se movendo para a frente. Depois de passar nove horas pacientemente sentada, parecia absurdo ter pressa agora, apesar da animação que sentia. Ela permaneceu sentada, deixando os outros desembarcarem primeiro. Quando chegou à saída, a aeromoça impecavelmente arrumada lhe sorriu. "*Buen viaje!* Aproveite a visita!", disse, em tom cativantemente alegre. Greer não pôde deixar de se perguntar o que aquela mulher fazia nos maus dias, na dificuldade que encontraria em sorrir assim no meio de um divórcio, ou depois de lhe terem descoberto um caroço no corpo, ou de o homem com quem estava casada fazia oito anos ter morrido.

Greer foi a última passageira a descer pela escada portátil para o ar quente da pista. À sua frente estendia-se um prédio atarracado, de só um andar, identificado como AEROPUERTO MATAVERI; abaixo lia-se *Iorana, Bienvenido, Welcome, Wilkommen*. Uma bandeira chilena esvoaçava de um mastro alto. Era o menor aeroporto que ela já vira, mas a ilha tinha só cerca do dobro do tamanho de Manhattan e na maior parte era desabitada. Tinham lhe dito que toda correspondência, embora ela não esperasse muita, poderia ser simplesmente endereçada para Dr. Greer Farraday, Correo Isla de Pascua. Havia só um vôo da Lan Chile por semana, e ela sabia que isso começara fazia muito poucos anos. 1967 — o mesmo ano em que MacArthur e Wilson publicaram

A teoria da biogeografia das ilhas, monografia que representara um momento decisivo para o trabalho dela. Greer se lembrava de estar sentada à mesa da cozinha e notar um anúncio da linha Santiago—Rapa Nui—Taiti, da Lan Chile, na seção de viagens do *Globe*. Parecia perfeito. Biogeografia de ilhas, uma teoria nova sobre distribuição e especiação em territórios isolados e na ilha de Páscoa, a mais remota do mundo. Mas na época ela estava trabalhando no laboratório de Thomas. E o entusiasmo dele por um estudo da ilha de Páscoa foi moderado — assim como todos os seus entusiasmos — pelas preocupações com a pesquisa que estava fazendo sobre magnólias. Como não havia chance alguma de Greer conseguir verba para ir sozinha, ficou em Cambridge.

A porta do compartimento de carga estava aberta, e um homem de macacão puxava a caixa comprida com seu descaroçador de Livingston, brigando com o peso desigual da haste e do êmbolo de aço de dois metros de comprimento. Greer se aproximou para ajudar — tinha carregado aquele descaroçador com muita freqüência e não podia correr o risco de o danificarem —, mas quando chegou perto o homem fez com a mão um sinal de estar ofendido, dando a entender que estava tudo sob controle. Greer assentiu com a cabeça e fixou a atenção nos caixotes adiante do descaroçador: os que estavam identificados como EXTREMAMANTE FRÁGEIS, em que ela embalara com todo o cuidado o microscópio, os encaixes para as lâminas, os frascos e a centrífuga. Outro, identificado com PRODUTOS QUÍMICOS TÓXICOS (SIM, A EXALAÇÃO PODE MATAR VOCÊ), com adesivos mostrando caveiras e ossos cruzados, continha os vidros de ácidos clorídrico e sulfúrico. Ela trouxera tudo de que precisaria para colher amostras de sementes e analisar dados — era impossível conseguir instrumentos científicos na ilha. Ao lado da caixa de produtos químicos havia um saco de lona cheio de cartas — a entrega de correio da ilha, imaginou ela. Adiante do saco, outro caixote, com PORTALES carimbado em todos os lados. Portales. O nome trouxe uma vaga lembrança, que ela não conseguiu situar. Greer achou melhor não ficar rondando por ali e, lentamente, encaminhou-se para o terminal.

Depois do sol forte da pista, achou o prédio fresco e escuro. A maioria dos outros passageiros tinha ido embora. Uma mulher gorducha, com o cabelo preso num coque frouxo e levemente grisalho, segurava um letreiro onde se lia FARRADAY e olhava com determinação para a pista, além de Greer. Tinha os olhos grandes e fundos, o nariz largo, faces cheias, a pele levemente gasta pelo sol — um rosto nitidamente polinésio. Um vestido branco agarrava-se às curvas suaves do seu corpo, alargando-se na altura dos joelhos e lhe dando um encanto caracteristicamente feminino. Ela estava parada com um pé enfiado atrás do outro, como se fosse fazer uma reverência a qualquer momento. Do pescoço pendia-lhe uma guirlanda de hibiscos brancos. Família: malváceas, pensou Greer. Espécie: *Hibiscus moscheutos*.

"Residencial Ao Popohanga?", perguntou Greer.

Uma expressão de quem pede desculpas suavizou o rosto da mulher. Tinha a solidez de quem vira filhos, maridos, nações inteiras cair, mas a gentileza de alguém que receava admitir que o leite tinha acabado ou que o vidro de biscoitos estava vazio. "*Sí, sí*. Residencial Ao Popohanga. Mas não há mais quartos. Talvez o Residencial Rapa Nui. Ou o Hotel Pascua. Eles têm mesa de pingue-pongue. Muito, muito bonito."

"Acho que já tenho um quarto." Estendeu a mão. "Doutora Greer Farraday."

"Greer? Greer? *Doctora*? *Una mujer*? Ahh."

"Sim, sou mulher", disse Greer, com um leve sorriso, tentando disfarçar a frustração que esse momento ainda produzia nela.

A mulher levou a mão ao rosto. "Eu não saber! *Doctora*.

Mujer. É bom. É muito bom. Muito americana, sim?" Com isso, sorriu, tirou a guirlanda de hibiscos do pescoço e passou-a por cima da cabeça de Greer. Beijou Greer nas duas faces. Cheirava levemente a gardênia e a coco. "Eu sou Mahina Huke Tima. *Iorana*."

"*Iorana*?"

"É alô e adeus na língua *rapa nui*."

"Bem, alô, por enquanto."

"Sim, alô, por enquanto", repetiu Mahina, pousando a mão suavemente no ombro de Greer. "Muito, muito alô."

O jipe foi coleando devagar por uma estrada de terra vermelha. Levantava pedaços leves de rocha vulcânica e uma poeira vermelha que parecia vapor. Cada vez que se aproximava de alguém a cavalo, Mahina, agora com um amplo chapéu de palha, buzinava e cumprimentava. Parecia relutar em segurar o volante, e seus dedos pendiam como tentáculos. Às vezes, quando mudava de marcha, o jipe pinoteava. Uma mulher que aprendeu a dirigir tarde, pensou Greer.

"Quantos carros na ilha?", perguntou. "*Cuantos autos en la isla*?"

"*Solamente un automóvil*", respondeu Mahina. "Para o prefeito. Outros têm jipe, como este, mas não muitos. Este jipe não é meu. É do meu cunhado. Eu ando a cavalo. Você anda a cavalo?"

"*Sí*", disse Greer. Mas seu espanhol era melhor para perguntas do que para respostas. "Faz muitos anos que não. Mas dizem que a gente não esquece."

"Sim, sim. E dirige carro?"

"Sim."

"A mulher é *doctora*. E a mulher dirige carro! Muito bom. E quantas horas no avião?"

"Quase dez. *Diez*. Desde Santiago. Outras treze, mais ou menos, desde Nova York. Mais uma de Boston."

"*Veinticuatro*! Tanto tempo no avião!"

Começou a soprar um vento forte, e Greer prendeu o cabelo num rabo-de-cavalo. Tinha pensado em cortar antes de viajar — ia fazer calor na ilha em fevereiro —, mas esquecera, e agora o cabelo lhe descia bem abaixo dos ombros, desarrumado e difícil. Deu uma olhada no espelho lateral: o rosto estreito estava pálido por causa do inverno e cansado da viagem, mas viu a mesma testa alta, os familiares olhos castanho-escuros. Era estranho: nada na sua expressão revelava a tristeza dos últimos doze meses. Não havia sinal do que o marido fizera, nem de que enviuvara recentemente. Parecia jovem, saudável, um pouco despenteada, mas basicamente calma e composta, de modo algum uma pessoa tentando começar vida nova.

Greer olhou para o litoral, onde a água cintilava, num acentuado contraste com a paisagem opaca. Embora tivesse lido sobre a depauperada biota da ilha, a visível nudez do terreno a surpreendeu. Somente mato descorado — família das gramíneas, essa obstinada monocotiledônea — se espalhara pela terra.

A ilha começou sem vida, pensou Greer, mas deve ter acolhido sementes ou esporos extraviados que foram dar nas suas praias. O solo ígneo era rico em cal, potassa e fosfatos — nutrientes fundamentais para a vida vegetal. Depois que uma explosão vulcânica exterminou completamente a vida em Cracatoa, em 1883, bastaram trinta e cinco anos para que a ilha se reabastecesse. Para os naturalistas, a explosão foi a concretização de um sonho, o mais próximo de presenciarem o nascimento de uma ilha. Legiões de investigadores documentaram o aparecimento de cada samambaia e flor novas no terreno recoberto de pedra-pomes, até que a antiga floresta voltasse a recobrir a ilha. Cracatoa, é claro, estava a meros quarenta quilômetros de Java, um depósito de flora e fauna. A ilha de Páscoa estava a mais de dois mil quilômetros do grande fornecedor mais próximo, a ilha Pitcairn. Mas, fazendo-se os cálculos, a ilha de Páscoa devia ter sido reflorestada. Dois milhões de anos era tempo de sobra. O que explicava a paisagem estéril, então? O principal suspeito era algum tipo de extinção. Uma catástrofe que teria destruído eras de hospitalidade ecológica.

"Hanga Roa", anunciou Mahina, ao fazer uma curva para o interior e afundar o pé no freio. Por alguns momentos Mahina tentou mudar para todas as marchas possíveis, até que engatou a primeira e pisou suavemente no acelerador.

"Hanga Roa", repetiu. Tinham chegado à única cidade da ilha. Casas pequenas, pintadas de azul-claro, com a entrada obscurecida por treliças com trepadeiras empoeiradas (*Senecio cineraria*) e camadas de capuchinhas alaranjadas (*Tropaeolum majus*), alinhavam-se a cada lado da rua. Um amplo cipreste dava sombra a três cachorros adormecidos cujos sonhos vespertinos lhes contorciam as orelhas. Mahina virou à esquerda numa rua menor, pontilhada de prédios baixos de cimento — lojas, ao que pareceu — com telhado de estanho corrugado. De repente várias crianças surgiram na frente do jipe, apostando uma corrida para chegar ao coqueiro solitário no final da rua.

Mahina ralhou com elas em *rapa nui* e voltou-se para Greer. "Temos a igreja, o *correo* para as cartas, a escola. Somos pequenos, mas temos o necessário aqui. Acho que você vai gostar."

"Tenho certeza de que vou."

"Agora, *mi residencial*", disse Mahina, virando à esquerda e estacionando o jipe embaixo de um eucalipto *amygdalina* de cheiro penetrante.

"Avenida Policarpo Toro", continuou ela. "Para ir ao laboratório, você anda até a rua Te Pito O Te Henua e vira à esquerda na rua Atamu Tekana. Se quiser, desenho um mapa."

À frente delas erguia-se uma construção de cimento, de só um andar. As flores cor-de-rosa de duas eritrinas emolduravam a porta de madeira escura. Um pequeno letreiro, com letras feitas de fita preta, estava caído no chão: RESIDENCIAL AO POPOHANGA.

Mahina desceu do jipe, foi até a traseira e começou a puxar as duas mochilas de Greer. Greer protestou, mas Mahina insistiu, levantando cada uma delas com uma força surpreendente. Bem nesse momento, acompanhando uma fileira de arbustos ao lado da casa, veio um homem idoso, com um boné de beisebol vermelho desbotado e esfregando os olhos: evidentemente a troca de oferecimentos e recusas lhe tinha interrompido a sesta. O homem falou com firmeza a Mahina em *rapa nui*, gesticulando na direção da bagagem, mas alguma coisa no tom que usou sugeriu uma grande ternura em relação a Greer. E pelo ritmo comedido dos movimentos de ombros e suspiros, ela teve a impressão de que aquela cena tinha ocorrido muitas vezes. O homem examinou o jipe e, ao que pareceu, como não encontrou nenhum dano, sorriu para Mahina. Esta, de cara fechada, fez sinal a Greer para entrar. Apontou rapidamente para o homem: "Ramón Liragos Ika", disse, e gritou: "Vamos, Ramón", ao que ele levantou as mochilas de Greer e seguiu-as casa adentro.

Um repique de sinos delicados anunciou a entrada deles numa sala espaçosa. O ar estava fresco; as paredes, escuras. Do teto pendiam duas fileiras de esferas de vidro verde em redes de corda. Mahina pôs o chapéu com cuidado em cima da escrivaninha ao lado da porta e, da abarrotada gaveta de cima, tirou uma chave presa a uma ficha branca de pôquer. Greer seguiu-a através da sala e por uma porta que dava para um pátio luxuriante: flores-de-coral africanas, bambus e ciprestes altos. No meio dessa abundância de vegetação, erguia-se uma estátua da Virgem Maria, quase em tamanho natural, com o vestido azul descascando nas dobras. Na extremidade oposta do pátio havia uma varanda estreita, com quatro portas enfileiradas. Mahina passou pelas três primeiras e, diante da quarta, levantou a chave, destrancou o quarto e, com um empurrão do quadril, abriu a porta.

O quarto era pequeno. Uma cama de casal e dois criados-mudos de vime ocupavam toda a extensão da parede oposta. Acima da cama pendia uma placa redonda com a imagem da Virgem Maria. Ao lado da porta havia uma escrivaninha e uma cadeira, aparentemente de mogno. A única janela era coberta por uma cortina de aniagem.

"Bom?", perguntou Mahina.

"Muito bom." Greer ia precisar de no mínimo seis meses na ilha para coletar e analisar sementes, mas passaria a maior parte desse tempo em seu laboratório.

"Bom para a *doctora*?", sorriu Mahina. "Claro, sem piano. Sem pingue-pongue. E outras *residenciales* têm cobertores muito mais bonitos. Mas estamos perto do laboratório. Sim? E eu faço a melhor comida."

Ramón revirou os olhos e pôs as mochilas de Greer ao pé da cama.

"Está ótimo", disse Greer.

"O banheiro é ali", disse Mahina, fazendo um gesto para uma porta estreita ao lado da escrivaninha. "Quando quiser água quente para o chuveiro, tem que ligar lá fora. Vou mostrar. Também podemos trazer outra lâmpada. Ou mudar a escrivaninha de lugar. E se não gostar daqui, arrumamos outro quarto."

O quarto era tão pequeno que era difícil imaginar mais mobília ali dentro. Mas, pela expressão de Mahina, Greer teve a nítida sensação de que outros hóspedes tinham demonstrado mais entusiasmo.

"Este está perfeito. É maravilhoso." Na verdade o despojamento do quarto a atraía. Sua casa em Marblehead se tornara uma montoeira de móveis, livros e artefatos, pilhas de caixas abertas com a roupa de Thomas, com que ela ainda não decidira o que fazer. Além de tudo mais, era da confusão que ela precisara se afastar.

"O jantar eu sirvo hoje às oito horas", disse Mahina, novamente beijando Greer nas duas faces e retirando-se.

Greer pôs a bolsa em cima da escrivaninha e tirou as sandálias de couro. O chão estava agradavelmente fresco. Pegou da bolsa e desembrulhou com todo o cuidado o vidro com a semente de magnólia e ergueu-o contra a luz: ali estava ela, reluzente e gorda, em seu banho de água salgada. Fora o presente de casamento que Thomas lhe dera: iam ver quanto tempo a semente sobreviveria em água do mar. Oito anos até agora, mais do que ela jamais esperara. Durante algum tempo achara que a semente era um talismã. Levara-a em todas as suas expedições de campo e a pusera sobre criados-mudos de hotéis, na Bélgica e na Itália. Mas quando a pesquisa de Thomas se tornara frenética, quando ela parara de fazer trabalho de campo e começara a passar a maior parte do tempo no laboratório dele, Greer deixara o vidro em cima do consolo da lareira em Marblehead, juntando pó. Em dois anos ele mal se movera dali, mas, ao fazer as malas para a viagem, ela achara que não podia deixá-lo para trás. Estava arrependida agora. Olhar para a semente lembrava-a demais de Thomas nos primeiros anos que viveram juntos, quando ele ainda se importava com ciência, e com ela.

Pousou o vidro e ergueu os olhos para a placa da Virgem Maria. Havia uma semente que viajava à deriva que recebera o nome da Virgem Maria. A semente de Maria, *Merremia discoidesperma*, detinha o recorde de distância mais longa percorrida por uma semente: mais de vinte e dois mil quilômetros.

Movendo-se de joelhos sobre o colchão mole, Greer alcançou a placa, tirou-a da parede e colocou-a sobre o criado-mudo de vime com a face virada para baixo.

Melhor assim, pensou. E começou a tirar as coisas das mochilas.

Era final da tarde quando foi para o laboratório. Ramón a tinha levado de carro até lá mais cedo, com o equipamento. Mas agora, mais desperta do que imaginara, decidiu explorar o povoado. Foi andando pela rua de terra, e vários cães vadios a seguiram até perder o interesse. Um galo confuso cantou ao longe. Greer passou por uma construção onde uma placa anunciava o HOTEL ESPÍRITU. Reconheceu o nome: era um dos outros hotéis que hospedavam pesquisadores. Pela porta da frente saiu um casal mais velho, no meio de uma discussão e com os dedos brigando entre as páginas de um guia. Os dois usavam camisas havaianas idênticas.

"*Iorana!*", cumprimentaram.

"*Iorana*", respondeu Greer.

"Deixe-me adivinhar", disse a mulher. "Americana. Costa Leste."

"Impressionante", disse Greer, perguntando-se o que a traíra.

"Está vendo?" A mulher voltou-se para o marido. "Dez em dez. É uma técnica, estou lhe dizendo. Eu devia trabalhar para o Departamento de Estado, para uma embaixada ou coisa assim. Detectora de conterrâneos." Empurrou o guia na direção de Greer. "Então, o que acha destas coisas?"

"Que coisas?"

"As *moai*."

"Eu acabei de chegar. Cheguei há poucas horas."

"Bem", disse a mulher, assentindo com a cabeça para o marido, "ela vai ter uma bela surpresa. Você vai ter uma bela surpresa, eu lhe garanto. Não há uma foto que você tenha visto que faça justiça a eles. São e-nor-mes."

"As fotos eram bem pequenas", disse Greer. "Imagino que as estátuas sejam maiores."

A mulher lhe deu uma olhada de soslaio e depois sorriu. "Engraçado."

"Bem, aproveitem a estada."

Dobrou na esquina e continuou ao longo de outra fileira de casas. Todas tinham amplos quintais. Galinhas agitavam-se e cacarejavam em pequenos cercados de arame. Nos gramados espessos cresciam goiabeiras (gênero: *Psidium*) e pés de inhame (gênero: *Colocasia*). Era só ali, no povoado, em jardins muito bem cuidados e protegidos do vento, que a vegetação conseguia vingar.

Mais adiante ficavam as construções de cimento. Não havia nenhuma tabuleta anunciando para que serviam, mas atrás de cada fachada Greer avistava um sinal característico: reconheceu o correio e o banco; o mercado se deu a conhecer quando uma mulher saiu abraçada a um saco cheio de enlatados. Greer entrou e deixou os olhos se adaptarem à penumbra. De trás do balcão, um ruivo sorriu. "*Iorana.*"

"*Iorana*", respondeu ela.

Ele era pálido, com o rosto salpicado de sardas. Ela lera que a ilha tinha uma população mista. Os primeiros viajantes tinham notado que algumas pessoas pareciam caracteristicamente polinésias e outras, européias, conhecidas como *oho-tea*: "os de cabelo claro". Essa era uma das razões de se questionar a origem dos ilhéus. Mistura de raças deixava muitas possibilidades em aberto.

Greer passeou por entre sacos de arroz e de cereais, caixas de doces e velas, uma pirâmide enorme do que aparentava ser latas de pêssegos. Convertidos em dólares, os preços lhe pareceram altos, especialmente os dos pêssegos. Mas todos aqueles produtos tinham sido trazidos do continente, um empreendimento caro. Pegou uma banana de uma penca, algumas caixas de biscoitos para o laboratório e levou a pilha desajeitada para o balcão. Tinha trocado dinheiro no aeroporto de Santiago e entregou ao proprietário um maço de pesos.

"*Inglesa?*"

"Americana."

"Ahh. Nova York? Los Angeles?"

"Massachusetts, Marblehead."

O homem puxou de trás da escrivaninha um atlas surrado e abriu-o sobre o balcão. "Você mostra."

Greer deu uma olhada na América do Norte e viu que pequenos Xs em preto tinham sido colocados sobre Los Angeles, Nova York e Salt Lake City. "Aqui", disse, apontando para a Costa Leste. "Marblehead. Massachusetts é o estado."

"*Riva riva*", disse ele, tirando uma caneta de trás da orelha e fazendo um X na linha costeira. "Marblehead. Ilha? Sim?"

"Península."

"Pe-nín-su-la. *Riva riva.*" Fechou o mapa e lentamente contou o troco dela.

"*Gracias*", disse ela.

"*Iorana.*"

Lá fora, à claridade que diminuía, descascou a banana e continuou andando na direção do laboratório. Tinha trazido um velho folheto com um mapa da ilha, onde Mahina tinha feito um círculo em torno do laboratório. Num único parágrafo, o folheto apresentava os destaques históricos da ilha: a lendária chegada do primeiro rei, Hotu Matua; a construção das enormes *moai*; os hieróglifos *rongorongo* não decifrados; a visita do capitão Cook; a queda das *moai*; o surgimento do culto das aves; a guerra entre os orelhas longas e os orelhas curtas; o canibalismo nas cavernas da ilha; o desaparecimento da expedição científica britânica; os oito dias que o almirante Von Spee passou ancorado durante a Primeira Guerra Mundial. Não havia menção, é claro, à história geológica da ilha nem à sua depauperada biota. Impressionante como as pessoas prestavam pouca atenção à narrativa da própria ilha. Como se cento e sessenta e cinco metros quadrados de pedra fossem apenas um palco para a tardia chegada de atores humanos, cujo desempenho, em termos geológicos, ocorrera num piscar de olhos.

Greer seguiu em frente e ouviu ao longe os cascos de um cavalo em lenta caminhada. Uma leve brisa moveu a terra vermelha do caminho. Fora do seu campo de visão, um cachorro latia. O silêncio a lembrou de Mercer, a cidade em Wisconsin onde crescera. Nas noites de verão, antes do jantar, ia a pé até o armazém geral, vendo mulheres varrerem a poeira de suas varandas, homens com as mangas enroladas empurrando as filhas no balanço de pneu embaixo de amplos bordos. Uma cidade tranqüila, onde pouca coisa acontecia — era assim que se lembrava dela. E a tranqüilidade aqui era a mesma, como se as antigas catástrofes da ilha tivessem sido lacradas e fossem intocáveis.

A construção sem janelas surgiu à sua frente como um gigantesco tijolo cinza. Não se fizera muito para disfarçar sua finalidade utilitária. Não havia goiabeiras nem ciprestes, nada de capuchinhas nem de margaridas. Em letras brancas, acompanhando a borda superior do prédio, lia-se SOCIEDAD DE ARQUEOLOGÍA DE AMÉRICA DEL SUR. Greer reservara o laboratório com antecedência, por intermédio da SAAS, que, alguns anos antes, construíra aquele local de trabalho para pesquisadores. Na verdade, havia um pouco de trapaça no esquema: os cientistas pagavam pelo espaço e pelo equipamento, mas, em suas publicações, eram obrigados a se apresentar como convidados da sociedade. A permissão para trabalhar na ilha de Páscoa dependia sobretudo do governo chileno, um membro importante da sociedade.

Greer entrou num corredor comprido e nu. Cada sala era identificada por uma placa com um nome escrito à mão, e na metade do corredor, à direita, pendia a dela: DR. FARRADAY. Abriu a porta e levantou e abaixou o interruptor algumas vezes até que as três lâmpadas fluorescentes dessem sinal de vida. Seus caixotes estavam empilhados com cuidado, com o descaroçador em cima deles. Com exceção disso, o laboratório estava quase vazio. As paredes de cimento poroso tinham sido pintadas de branco; o piso áspero, num tom de rosa — coral, talvez —, no que parecia uma divertida tentativa de alegrar o ambiente. Ao longo de paredes opostas estavam colocadas duas longas mesas de metal, com um banco de madeira enfiado embaixo de cada uma. Num canto havia uma pia de metal, com uma mangueira verde de jardim coleando até uma torneira lá fora; ao lado da pia, uma pequena geladeira branca para as amostras de sementes. Acima de uma das mesas de metal erguia-se uma coluna de prateleiras vazias. Na prateleira superior Greer viu um béquer empoeirado — o único instrumento científico na sala —, como um crânio numa tela renascentista, um lembrete: A *ciência está aqui*.

Certamente havia espaço suficiente para seu equipamento. Olhou para os caixotes; precisava de um pé-de-cabra, de um martelo para abri-los. Não tinha nada assim entre suas coisas. E o prédio parecia deserto. Olhou para o relógio: seis e meia. Logo de manhã poderia pedir uma alavanca a Ramón e voltar. Pousou as compras na mesa mais distante da porta, deu uma última olhada na sala cavernosa e virou-se para sair. Ao tentar fechá-la, a porta pegou num envelope no chão. Continha um bilhete:

Doutor Farraday,

Faz muito tempo que admiro o seu trabalho e estou ansioso por conhecê-lo. Estou na última sala, do lado direito do corredor. Nós todos jantamos no Hotel Espíritu às quintas-feiras, às oito horas. O senhor precisa vir jantar conosco e contar a todos sobre seu trabalho aqui. Iorana! Bem-vindo!

Vicente Portales

Greer tornou a enfiar o bilhete no envelope, fechou a porta e foi na ponta dos pés até o fim do corredor. A última placa à direita dizia DR. PORTALES. Abaixo dela estava o caixote que ela vira no aeroporto: PORTALES. Lembrou-se do nome agora. Enquanto coletava amostras com Thomas em Belize, lera sobre o trabalho dele com hieróglifos maias. Mas o que sobressaía no artigo era que ele era jovem e já possuía uma espécie de recorde mundial — alguma coisa a ver com balões de ar quente ou escalada de montanhas. Alguma coisa atlética.

Greer tirou uma caneta do bolso, apoiou o envelope contra o cimento do corredor, escreveu *Obrigada, mas estou ocupada me instalando*, e enfiou o envelope por baixo da porta do dr. Portales.

Voltou para sua sala, tirou a placa da porta e entre DR. e FARRADAY acrescentou, em letras pequenas, GREER.

Teria sido agradável ir a um jantar, mas não fora Greer que ele convidara. E logo o dr. Portales descobriria que ela não era o dr. Farraday cujo trabalho ele admirava, mas a viúva dele.

Greer virou-se e caminhou pelo corredor escuro. Foi invadida por uma fadiga repentina, como se tivesse nadado durante horas e sua mão tivesse acabado de tocar em terra. Mais do que qualquer outra coisa, queria dormir.

O interior do navio era forrado de veludo; o piso do salão nobre, coberto com tapetes persas; das paredes de aço pendiam aquarelas do Bois de Boulogne. Sobre as mesas havia taças de champanhe, baralhos abertos, cinzeiros de jade cheios de pontas de cigarros, xícaras com chá de jasmim. Num banco abaixo de um mapa das estações de reabastecimento de carvão do cáiser no Pacífico havia um tabuleiro de ônix de xadrez, onde o rei estava encurralado num eterno xeque-mate. As salas estavam cheias de fumaça, de gente, de risos. Naquele exato momento um *Kapitänleutnant* contava uma piada: "Então, há um inglês, um alemão e um chinês, e o gênio diz a cada um que faça um pedido...".

"Já ouvimos essa antes!", berrou alguém. Eram sempre ingleses, alemães e chineses — o grupo habitual nos navios que se encontravam na enseada de Tsingtao, no mar Amarelo, na China.

"Esta não..."

"Está bem, está bem, vá em frente..."

Aí, para a sala cheia de fumaça flutuou o som esquecido do

rádio, o antigo crepitar do rádio. Houve um arrastar de pés e logo um oficial interrompeu as festividades. Levantou-se a agulha do fonógrafo.

O assassinato do arquiduque deu início a uma guerra, anunciou o oficial.

Seguiu-se um momento de silêncio enquanto todos se entreolhavam. Fazia anos que aqueles homens treinavam para aquilo, tinham passado o último mês esperando aquilo, e agora tinha chegado.

Os ingleses levantaram-se e sacudiram o pó da lapela. Os chineses pousaram as xícaras. Uma estranha energia invadiu a sala — todos sabiam que tinham iniciado um jogo. E, como crianças concordando em fechar os olhos e contar até dez enquanto alguém se esconde, trocaram cortesias. Houve apertos de mãos e pedidos de desculpas. Disseram-se adeuses em alemão, inglês e chinês. Logo os alemães — centenas deles, que mal tinham vinte anos de idade — foram deixados em meio ao silêncio de seu navio de guerra engalanado, sem dúvida imaginando aquele som terrível — um, dois, três, quatro, cinco —, mas sem saber ao certo quem estava contando e quem devia se esconder. Estavam na China, a milhares de quilômetros da Alemanha, de casa. O que significava aquilo?

Para obter a resposta, olharam para o vice-almirante, conde Von Spee, que, em seu uniforme com remates dourados, avançou a passos largos em meio à festa interrompida de tempo de paz, à elegância abandonada.

"Homens", disse ele. "Preparem o navio. Despojem-no para a guerra e aguardem novas ordens."

Assim, as tapeçarias foram removidas, os tapetes retirados do chão. Levaram tudo para o compartimento de carga: poltronas, sofás, pianos, quadros. Debruçados sobre a amurada, os homens olhavam enquanto vasos de porcelana balançavam enseada afora e guitarras e bandolins davam piruetas sobre as ondas. Aquelas águas em que seus navios tinham passado anos ancorados pareciam agora agourentas. Era só uma questão de tempo para que os ingleses tentassem iniciar um bloqueio e pô-los a pique ainda ancorados, e depois só uma questão de tempo para que os russos, os franceses e talvez os japoneses também começassem a caçá-los.

Sabiam que tinham de escapar. Mas para onde?

No meio do caos, alguém na sala dos oficiais, um jovem de visão, inspecionou o salão de aço, agora vazio, e disse aos amigos a seu lado: "E assim se escreve a história".

Von Spee, estudando seu diário de bordo, ouviu isso e ergueu os olhos. Com uma ponta da arrogância pela qual era famoso, disse a seus homens: "E assim a escreveremos".

A esquadra do infortúnio: o conde Von Spee e a impossível viagem de retorno

5.

Dados compilados para o professor Edward Beazley
pela Royal Geographical Society
Lowther Lodge, Kensington Gore

Te Pito O Te Henua, conhecida como Rapa Nui;
comumente chamada de ilha de Páscoa,
Oceano Pacífico Sul
Latitude 28°10'S, Longitude 109°30'W

1722 (Dia de Páscoa): Almirante Jakob Roggeveen (Países Baixos): Primeiro contato documentado com uma população nua de raça mestiça que cultuava estátuas enormes, "de cócoras e de cabeça baixa... De início as imagens de pedra nos deixaram perplexos, porque não conseguíamos compreender como pessoas desprovidas de madeira grossa ou pesada e também de cordas resistentes, com que construir equipamento, tinham sido capazes de erguê-las, e algumas das estátuas tinham uns bons dez metros de altura e eram de proporções largas". Notou-se que alguns nativos tinham os lobos das ore-

lhas rasgados, pendendo até os ombros, e que podiam amarrá-los por sobre as bordas das orelhas. Os habitantes foram descritos como alegres, pacíficos e corteses, mas hábeis no roubo. Nadaram e remaram em canoas frágeis até o navio. Devido a um mal-entendido, um deles foi baleado a bordo e uma dúzia em terra. No navio do almirante, deu-se falta de uma toalha de mesa e de vários chapéus.

1770: Don Felipe González (Espanha): Informou que os nativos tinham escrita própria. Ele calculou uma população de três mil, mas não se viram crianças. Notou grandes estátuas pontilhando o litoral. Uma declaração dirigida a Sua Majestade, Carlos III da Espanha, foi apresentada aos nativos, que assinaram seus nomes (na forma de pássaros e figuras curiosas), "com todos os sinais de alegria e felicidade". A ilha ganhou o novo nome de ilha de San Carlos. Depois de quatro dias os espanhóis partiram e nunca mais voltaram a seu "território".

1774: Capitão James Cook: Informou de uma população desfalcada e dominada pela miséria, de aproximadamente seiscentos homens e trinta mulheres. Notando vários montes de pedras diante de declives estreitos, Cook desconfiou de uma rede de cavernas subterrâneas onde houvesse nativos escondidos. Os nativos recusaram acesso a essas áreas. Os colossos já não eram venerados e a maioria parecia ter tombado. Um taitiano a bordo, capaz de entender parcialmente o dialeto nativo, determinou que os colossos não eram imagens divinas, mas monumentos a pessoas falecidas.

Cook anotou em seu diário: "Mal conseguimos conceber como esses ilhéus, sem nenhum conhecimento de qualquer poder mecânico, puderam erguer essas figuras estupendas... Devem ter levado um tempo imenso para construir, e revelam a engenhosidade e perseverança dos ilhéus na época em que foram construídas, pois os habitan-

tes atuais com toda a certeza não tiveram participação alguma nelas, pois nem mesmo consertam as bases das que estão se deteriorando".

A expedição partiu com uma pequena carga de batatas-doces.

1786: Jean-François de Galaup, conde de La Pérouse (França): Notou aproximadamente duas mil pessoas na ilha; os franceses foram admitidos às cavernas e passagens subterrâneas onde estavam escondidas mulheres e crianças; acredita-se que esse acesso foi conseqüência do comportamento pacífico do capitão Cook. Tentativas malsucedidas de introduzir porcos, cabras e ovelhas na ilha.

1864: O irmão Eugène Eyraud, missionário católico francês, instalou-se na ilha. Acredita-se que a maioria da população tenha se convertido ao cristianismo. Não havia estátua alguma em posição vertical.

1877: População: cento e onze (notícias de uma epidemia de varíola relacionada com incursões de traficantes de escravos peruanos).

1886: Visita de George S. Cook, cirurgião, Marinha dos Estados Unidos, a bordo do USS Mohican.

1888: Anexação pelo Chile.

A Sociedade deseja que os investigadores respondam as seguintes perguntas:

Como as estátuas colossais foram construídas? Transportadas? Foram feitas por ancestrais dos habitantes atuais ou por uma raça anterior e desaparecida?

O que causou o colapso uniforme dos colossos?

A escrita observada por González relaciona-se a alguma outra conhecida? O que foi registrado nessa escrita?

Os nativos são aparentados a outros polinésios ou aos sul-americanos?

Qual é a alimentação deles?

Qual é a estrutura familiar? A proporção atual de homens e mulheres?

Pratica-se ou praticou-se poligamia?

Março de 1912.

O navio de carreira *White Star* avança fumegando pelo Atlântico cinzento. Três grossas chaminés coroam a embarcação. Logo adiante da ponte da bússola, depois dos aposentos do capitão, Alice e Elsa dividem uma pequena cabine apainelada de madeira. Suas frasqueiras novas, de couro, estão pousadas sobre a penteadeira; a gaiola do Pudding está sobre o criado-mudo. O aposento é elegante, arrumado. Foi na cabine de Edward, ao lado, que enfiaram os caixotes com tendas, selas e arreios, e livros de referência. "Nosso equipamento é muito importante e não pode ser jogado de um lado para outro no compartimento de carga", explica ele a qualquer passageiro que o veja emergir, preocupado, do labirinto de equipamentos. E, espanando o paletó, acrescenta: "Estamos indo numa expedição".

A verdade é que Edward fala da viagem a qualquer oportunidade. No café-da-manhã, durante o chá, ao passar o açucareiro para o outro lado da mesa posta com elegância, diz: "Nós mencionamos que, depois disto, vamos seguir para o Pacífico Sul?". Às vezes, pergunta: "Tem família em Boston?", ou "Está viajando a Massachussetts a negócios?", meramente para esperar a mesma pergunta e poder responder: "Boston é um mero ponto inicial para nós!". Conversa com arquitetos, com magnatas americanos do aço, com viúvas solitárias de Cambridge — exibindo com estranhos, observa Elsa, um à-vontade que é incapaz de ter com ela.

No quinto dia, quando acordam para ver nuvens de trovoada no horizonte, retiram-se para o salão acarpetado de vermelho para uma partida de besigue. Ali são abordados por um homem idoso que se apresenta como Andreas Lordet, da Bélgica, viajante experiente que administrou durante três anos a mina de cobre Lemaire, no Congo, e anuncia que pretende fazer-lhes companhia por um breve período.

O homem senta-se e olha desanimado para as janelas molhadas de chuva. Diz que está esperando que a esposa venha a seu encontro. Depois, examina-os, lenta e meticulosamente: primeiro Edward, depois Elsa, em seguida Alice. Seus olhos se detêm um instante em Alice, intrigado com o maço de cartas que ela segura com força e com o modo como as segura: parece hesitar entre oferecê-las, como um mágico, ou abraçá-las. Com um gesto rápido da mão enrugada, chama o garçom e pede um gim.

"Congo", diz Edward. "Passei muito tempo na África Oriental alemã. Sou antropólogo, e na verdade nós todos estamos iniciando uma expedição à ilha de Páscoa."

"Ah, sim. Antropologia", pondera o homem. "Humm." Seus olhos se fecham e só tornam a abrir-se quando ele ouve o garçom aproximar-se com a bebida. "*Merci*", diz, e toma um longo trago de gim.

"Claro que o Pacífico Sul é muitíssimo diferente do continente africano", diz Edward.

"África! Sim!", exclama o homem. Depois, entusiasmado, inicia a história de sua experiência com o que chama de "descontentamento dos selvagens" — um fenômeno sobre o qual espera escrever em breve um ensaio acadêmico. Um antropólogo como Edward certamente se interessaria pelas suas observações. E ele vai em frente com relatos de revólveres roubados e bandos de nativos, de flechas envenenadas chovendo do céu, arrematando cada história com um gole de gim, como se ainda estivesse pasmado com a própria capacidade de sobreviver a tantos perigos. "*Bien sûr.*" Bate com o copo vazio na mesa a seu lado. "No entanto, aqui estou eu. Estão vendo?" Dá com o punho no peito. "É preciso ter força. Coragem. Determinação. E aí esses levantes serão meramente" — agita as mãos no ar — "uma cura para o tédio."

"Não seria mais fácil", pergunta Elsa, pegando mais uma carta da mesa, "ficar na Bélgica e ir ao teatro?"

Ele se vira para Edward. "Teatro?"

Elsa muda suas cartas de ordem com muita concentração. Está cansada de ouvir aquele homem entediante.

"Bem. O que o senhor diz sobre a coragem é verdade, de fato", diz Edward. "Há muitas experiências novas e perturbadoras no exterior. Só a mudança na alimentação já pode ser uma causa de alarme."

"*Théâtre?*", repete o homem, pronunciando a palavra inteiramente à francesa.

O senhor fala como um grosseirão, Elsa tem vontade de lhe dizer. Levantes como uma forma de diversão! Ela já ouviu o suficiente. E por que Edward tem de ser tão diplomático? Ela sabe que ele concorda com ela — em seu livro, enfatizou a necessidade de os súditos imperiais respeitarem os povos das colônias. Mas uma briga? Edward não vai aceitar isso. Ela gostaria de lembrá-lo do último capítulo de seu livro, "Rumo a maior compreensão". O favorito dela: o texto que a fez pensar que Edward, além de coletar e compilar dados, nutria uma profunda simpatia por seus temas. Agora, porém, tem suas dúvidas sobre a sinceridade dos sentimentos dele.

De repente o homem olha para Elsa. "Hélène!"

Elsa se vira. Uma mulher muito bem vestida, de uns setenta anos, avança na direção deles. De seu peito pende um grosso colar de ouro. Três braceletes largos agarram-se a cada um de seus pulsos. Edward levanta-se e Andreas faz as apresentações. Finalmente a mulher senta-se com cuidado na beirada de sua poltrona e vira-se para o marido.

"*Nous parlons de voyages*", diz ele.

"Estamos indo para o Pacífico Sul", diz Edward. "Numa expedição para a Royal Geographic Society."

"Ah, *le Pacifique du Sud*. Bem, precisam ter cuidado com os mosquitos. Espero que estejam levando muito quinino. Quinino nunca é demais."

Será que essas pessoas, pensa Elsa, não gostam de outra coisa além de alertar os outros sobre perigos?

"Quinino?", pergunta Alice, que, Elsa vê, está com quase um baralho inteiro acumulado na mão.

"Qui-ni-no", responde Madame Lordet. "Usa-se para o tratamento da febre da malária. É extraído da casca de uma árvore. O melhor é tomar três gotas na hora de dormir."

"Febre?!" Alice afrouxa as mãos e várias cartas caem no chão.

A mulher pende a cabeça para um lado, contemplativa.

"Temos tendas com redes", diz Elsa. "Mosquiteiros. Não se preocupe, Alice."

"Febre?"

"*Ma chérie*, não fique preocupada", diz Madame Lordet, suavemente. "Você vai simplesmente dizer ao mosquito que vá embora e a deixe em paz! Você diz 'xô!' e ele vai!"

Alice sorri e atira as cartas para um lado.

"Acho que alguém ganhou o jogo!" Madame Lordet inclina-se para Elsa, fazendo soar o colar, e sussurra: "Minha sobrinha em Antuérpia" — e balança a cabeça, pesarosa — "é idêntica".

Depois do jogo de cartas, Madame Lordet oferece-se para levar Alice até o salão para aplaudir as partidas de pingue-pongue. "Minha Adèle simplesmente adora ver as bolas indo de um lado para o outro", diz, erguendo um dedo pálido para ilustrar o movimento.

"Bem", começa Elsa, polidamente, "Alice tem vários interesses mais estimulantes do que olhar bolas." Como são cansativas essas intermináveis suposições! "A senhora poderia lhe pedir que desenhasse o seu retrato. Ela é muito boa artista."

"Uma artista!" A mulher sorri e balança a cabeça, encantada, como se um macaco de cartola estivesse fazendo cabriolas à sua frente. "*Merveilleux!*"

Elsa força um sorriso e diz um até-logo cortês, dando um beijo na cabeça de Alice. Pega da mesa *Sobre a origem das espécies* e o segura com o braço. Edward sorri. O livro, uma bela primeira edição, foi seu presente de casamento para ela. Na noite antes de partirem da Inglaterra, dera-lhe uma coleção de Darwin: cinco livros, todos encadernados em couro vinho, a lombada escrita em ouro, e as novas iniciais de casada dela — EPB — gravadas em todas as páginas de título. Elsa tem carregado esse volume da cabine para o convés e para o salão, ainda sem ter tido um momento para estudá-lo. Agora terá alguns minutos.

Ela sobe a escada até o convés superior, mas está ventando e, assim que chega, sente vontade de voltar para dentro. Pensar naquela mulher arrastando Alice pelo salão como um animal de estimação a nauseia. Tenta afastar a imagem da mente. O pai sempre a censurou por isso: seu desejo de defender os talentos de Alice. Alice é Alice, dizia ele, não importa como os outros a vejam. A ignorância feria somente o ignorante. Mas, para Elsa, era uma questão de defender a honra da irmã. Ainda que se pudesse ignorar cada olhar de desdém, ela não conseguia deixar de achar que, se não fossem contestados, o peso deles todos logo poderia se tornar opressivo para Alice. E uma parte de Elsa desconfiava que o pai estava simplesmente cansado demais, velho demais para se indignar. Ela o vira indignado só uma vez: tinha nove anos, estava sentada com ele e Alice no consultório do dr. Chapple, em Londres, ouvindo o médico explicar as especificações médicas de amência — *estado de potencialidade restrita... pausa do desenvolvimento cerebral... neurônios corticais insuficientes* —, que, na época, eram palavras intermináveis e confusas para ela, mas que ouviria de novo por anos a fio. O que entendeu foi o dr. Chapple dizer que havia lugares para onde poderiam mandar Alice — o Royal Albert Asylum, em Lancaster, a Sandlebridge School for the Feeble-Minded —, lugares que acomodariam, e essa palavra ficou gravada na mente de Elsa, *deficientes mentais*. Elsa finalmente inclinou-se para a frente na cadeira e fez o que lhe pareceu a pergunta mais relevante: "O senhor pode consertá-la?".

"Infelizmente, minha cara menina", respondeu o médico, tirando os óculos para o pronunciamento final e esfregando a ponta do nariz, "o estado de amência, embora suas manifestações externas possam ser reduzidas por meio de um equilíbrio adequado entre estímulo e repouso, é permanente e intratável."

Em silêncio, o pai concordou com a cabeça.

Depois o médico começou a escrever alguma coisa. "Mas, pegue-se uma parte de sementes de cariz, uma parte de gengibre e sal e passe-se no pão com uma pitada de manteiga. Essa combinação tem conseguido conter temporariamente episódios leves de histeria." O pai estava de olhos cravados no chão, de modo que foi Elsa quem recebeu o papel do médico.

Quando se viram lá fora, na escada do consultório, depois que a porta se fechou atrás deles, o pai levantou a mão e lhe deu uma bofetada. Nunca tinha feito isso.

"Compreenda isto", disse. "Alice não precisa ser consertada. Precisa que cuidem dela. E você nunca vai se referir a nenhum comportamento dela como um problema ou defeito. Preciso repetir?"

Elsa baixou a cabeça. Tudo o que quisera saber fora se era possível ajudar Alice. Recusou-se a responder. Não era ela quem sempre brigava em nome de Alice? De repente irrompeu um guincho a seu lado. Alice, de mão erguida acima da cabeça, o rosto vermelho de raiva, começou a girar, até que a hélice do seu braço aterrissou com uma pancada firme no estômago do pai. Pôs-se a girar para desfechar outro golpe, com os olhos completamente injetados, mas o pai lhe segurou o pulso.

"Alice. Minha Alicinha."

Mas Alice limitava-se a olhar fixo para ele, com a veia da testa dilatada de raiva, o peito estreito subindo e descendo por causa do esforço. Ele largou-lhe o pulso e ela lançou o braço novamente.

"Allie", disse Elsa, agarrando-a. "Está tudo bem."

O pai as olhava como se procurasse a reação justa. Elsa percebia que aquilo era demais para ele. Era a primeira vez que demonstrava tanta exaustão, tanta confusão. Ele balançou a cabeça e desceu a escada para a movimentada rua de Londres.

"Elsa, eu bati nele!" Alice soltou-se das mãos de Elsa. "Bati no papai. Você viu?" Ela se pôs na ponta dos pés e começou a pular.

Puxando Alice pela manga, Elsa desceu a escada correndo, até estarem as duas ao lado dele. "Pai", disse. "Por favor... pai."

Ele não parou; nem sequer olhou para elas.

"Desculpe, pai."

"Hum? O que foi?"

"Desculpe."

"Elsa está pedindo desculpas!", gritou Alice.

Ele parecia desorientado. "Precisa tomar fôlego, Elsa. Acalme-se. Por que ficou assim agitada?"

"Elsa está pedindo desculpas!"

"Elsa? Pedindo desculpas? Por quê?" Ele ergueu os olhos para o céu e suspirou, um som longo e cansado que pareceu ter levado anos para encontrar a saída do seu peito. "Não. Ninguém precisa pedir desculpas. Ninguém. Vamos voltar para casa antes que escureça."

E seguiram juntos pela calçada, em silêncio, como se nada tivesse acontecido.

No convés do navio lavado pela chuva, Elsa ouve o ronco do motor, a voz estridente de uma mãe proibindo o filho de correr, os murmúrios de um casal debruçado na amurada para ver o sol aparecer entre as nuvens. Parou de chover, mas o convés é varrido por um vento frio. Elsa passa as pontas dos dedos pela amurada fria e observa o horizonte. Nada de Inglaterra; nada de Europa. Será realmente possível deixar o passado para trás? Começar de novo? Mas Elsa conhece muito bem o anseio que está sentindo. Quando saiu de casa para seu primeiro emprego como governanta, imaginou que poderia recomeçar, tirar a antiga moldura de solenidade e moldar uma garota nova, despreocupada, o tipo que sempre invejara. Mas a moldura era velha demais e, apesar de suas esperanças, apesar de seus esforços, permanecera firme.

Sentando-se num banco seco, abre *Sobre a origem das espécies*. Já leu uma parte antes — o pai, é claro, tinha um exemplar; e era freqüente ela encontrar o livro na biblioteca de seus patrões. Mas este é o *seu* volume. Couro cor de vinho, lindo. Sorri ao pensar que pode vincar as páginas. Pode fazer anotações nas margens. Pode pingar chá nas imaculadas páginas cor de marfim. "Primeira edição" não significa muita coisa; o que importa é que o livro é dela, e assim deve ter sinais de ser usado por ela. Com isso em mente, passa para a introdução e, com o polegar e o indicador, faz uma incisão no canto superior da página. Pronto. Ergue os olhos, esperando, talvez, que alguém a tenha visto. Um gesto tolo, ela sabe disso, mas que a enche de uma súbita satisfação, como se esse pequeno ato de destruição, de rebelião, tivesse, por um momento, contrabalançado a prudência de todas as suas outras escolhas.

Começa a ler e, com o lápis, sublinha passagens de interesse. Também isso lhe dá grande prazer, e ela se pergunta se responde a algum instinto primitivo. Seus alunos sempre rabiscavam o próprio nome nos livros de estudo — na primeira capa, na última capa, em páginas escolhidas ao acaso —, como se tivessem uma inabalável necessidade de documentar o fato de estarem aprendendo, de marcar o território por onde a mente deles viajava. Será que não sou diferente de uma menina de escola, pensa ela, que espera que alguns pertences façam o mundo se lembrar da minha existência?

Continua lendo.

> *Há um impressionante paralelismo nas leis da vida ao longo do tempo e do espaço; as leis que governam a sucessão de formas em tempos passados são quase as mesmas que aquelas que governam o tempo presente* [...]

As palavras parecem fluir através dela. *Tempos passados, tempo presente* — sim, existe uma largueza em tudo, algo que a ultrapassa, ultrapassa este vasto navio e este oceano interminável. Elsa faz uma anotação a lápis, vira a página e, de repente, sente que está sorrindo. Adoro isto, pensa. Sinto-me como uma verdadeira acadêmica. Acabaram-se todas aquelas aulas de gramática, geografia, matemática — aqui está Darwin; aqui está uma teoria espantosa.

Uma gargalhada a distrai: mais adiante, no convés, duas jovens de chapéu de palha trançada passeiam. Estão de olhos cravados num rapaz que lê, e quando passam à sua frente dão outra gargalhada, que desvia a atenção dele da revista. Vencido esse jogo rápido, as mulheres inclinam-se uma para a outra, aos cochichos, e os chapéus formam uma copa acima delas. Há um à-vontade nessas mulheres, uma despreocupação que Elsa inveja. Ela nunca foi assim. Desde a infância vive em vigilância constante. Sempre teve de cuidar de Alice, olhar pelo pai. Alice precisava de sua paciência. O pai, de sua obediência. E quando se tornou governanta, adquiriu, de má vontade, a atitude mais difícil para ela: humildade. Com o passar do tempo, esses deveres produziram uma seriedade que causava desconforto nos outros. Deixava os homens constrangidos. Afinal de contas, ela não era feia; tinha a pele lisa, o cabelo castanho era sedoso, ainda que um pouco fino. Quando se olhava no espelho, suas feições lhe pareciam suaves e equilibradas e ela achava que devia ser tão agradável de olhar quanto qualquer outra garota. No entanto, a tensão em sua conduta fazia com que os homens a ignorassem e olhassem para garotas mais alegres. Até Max, que compartilhava de sua gravidade, tinha mantido distância no começo.

Vários dias depois de ter retornado de Kiel, ele fora falar com ela na sala de aula. Elsa estava à mesa com Otto e Huberta, estudando preposições em inglês, quando ele entrou, estendeu uma mão e pousou-a por um instante sobre a cabeça de cada criança. Olhando para os livros deles, perguntou em inglês a Otto, o mais velho: "E você gosta da nova governanta?".

"*Sehr gut, Papa.*"

"Nós a fizemos viajar desde a Inglaterra para ajudar você a falar alemão?" Voltou-se para Elsa. "Já está bem acomodada?"

"Sim", respondeu ela.

"Preposições?"

"Sim, senhor."

"Excelente."

E com isso retirou-se. Passou-se um mês inteiro até que tornasse a lhe falar. Mas, para ela, o desinteresse dele era sinal de que estava fazendo bem o seu trabalho. Os empregados eram os alicerces de uma casa — era melhor passarem despercebidos.

A conversa seguinte deles teve a ver com um relógio de bolso que Huberta tinha tirado do escritório do pai e, quando Elsa tentara tirá-lo dela, deixara rolar pela escadaria de mármore. Quando o pegou do chão, Elsa viu que a face de vidro tinha rachado. Em vez de castigar Huberta — que era extremamente irrequieta e desajeitada e às vezes a lembrava de Alice —, Elsa disse à chefe das empregadas que fora ela quem quebrara o relógio e que o custo do conserto devia ser descontado do seu salário.

No dia seguinte ele a interrompeu durante a aula. Disse que havia uma dívida a discutir.

"Como, senhor?" Elsa fechou os livros e pousou as mãos sobre o colo.

"Meu relógio. O que a inspirou a pagar o conserto?"

Huberta, cujo inglês progredia rapidamente, remexeu-se na cadeira.

"Não estou entendendo." Mas de repente Elsa entendeu: o relógio já estava quebrado quando Huberta o deixara cair. "Ah, sim, senhor. Peço desculpas."

Ele se demorou mais uns instantes, olhando para os filhos, para os livros, para Elsa.

"Eu ganhei de presente quando tinha treze anos."

"Ganhou o quê, senhor?"

"O relógio. Era de meu pai."

"Ótimo, senhor."

"Tem um significado para mim."

"Sim, senhor."

"Para alguém que dá aulas de conversação, seu inglês é bem limitado."

Elsa não gostava de levar alfinetadas. Esse era um risco da sua posição contra o qual ela havia resolvido proteger-se. Patrões eram temperamentais. Alguns dias — se estivesse chovendo, se eles não tivessem dormido bem — podiam querer saber detalhes da sua vida, ou oferecer detalhes da própria. Depois ficavam com medo de que você fosse longe demais, abandonasse o trabalho e passasse o dia em mexericos. Aí se tornavam mais frios e assumiam uma pose de superioridade ainda maior. Se você se permitisse acreditar na amizade, isso representava um golpe. Portanto, era mais fácil, e mais seguro, nunca tomar esse caminho.

"Acho que sim", disse ela.

"Muito bem, então. Continue com suas aulas. E, se lhe vier a vontade, não deixe de ensinar a eles alguns períodos compostos."

Não voltaram a se falar até o dia em que ela recebeu uma carta do pai, contando sobre o projeto de lei de Controle dos Deficientes Mentais. Elsa tinha ido sentar no seu banco favorito no jardim para ler a carta e ficara visivelmente perturbada. Quando Max, que estava dando uma caminhada, a viu, perguntou qual era o problema e fez um gesto pedindo licença para sentar. Elsa estava infeliz e preocupada demais para responder. Pensava em Alice; por isso, quando ele se sentou a seu lado, foi da irmã que falou — descreveu os episódios de Alice, seus talentos, o termo *amência*, os detalhes da legislação. A franqueza de Elsa correu o risco de ser inconveniente, mas Max não pareceu importar-se. Pareceu intrigado com o problema de Alice, como se fosse um grande enigma que lhe ofereciam para resolver. Alisava a barba e olhava fixo para a frente enquanto Elsa falava. A árvore acima deles farfalhava com o vento e, à medida que o sol se punha, longas sombras se estendiam das sebes, como toldos. Havia uma sensação de refúgio naquele banco, e Elsa entendeu, com muita clareza, que a empatia dele por ela só podia ser expressada ali. Suspeitava que era porque ela compreendia isso que ele ficara à vontade.

Mesmo depois de outros encontros, depois que ele começou a levar as crianças para longas caminhadas de que insistia que ela participasse e em que ficava horas ensinando aos filhos os nomes das árvores e arbustos pelos quais passavam, mesmo depois de ele tê-la procurado várias vezes, quando a esposa, Margarete, tinha ido visitar amigos, Elsa nunca o tratou de outra maneira que não fosse como seu patrão. Era uma amizade, um simples companheirismo, que nenhum dos dois sonhava que se tornaria mais séria. Podiam conversar com facilidade e gostavam um do outro, embora de início Elsa não fosse capaz de dizer com certeza de que gostava nele. Max era atraente, mas ela nunca se considerou muito impressionada com isso. Era inteligente, mas, na universidade, Elsa conhecera vários homens inteligentes. Mas Max era a primeira pessoa que ela conhecia que não precisava que cuidassem dele. De vez em quando ela o ouvia perder a calma em alguma ala distante da casa, sua voz erguia-se por um instante por causa de um telegrama entregue com atraso, de uma porta deixada destrancada, mas isso passava logo. Ele nunca parecia aborrecido, cansado, nervoso, e os criados faziam piada com o fato de que sua auto-suficiência os deixava loucos. Era dono de uma força imponente que exercia um poder sobre Elsa, embora ela não soubesse dizer se era atração ou inveja. E então, inesperadamente, ela se apaixonou. Às vezes se perguntara se o fato de estar tão longe de Alice lhe permitira essa indiscrição. Se estivessem juntas, jamais teria acontecido. Disso ela tinha certeza.

Mas Elsa está feliz de ter Alice consigo agora. E aos poucos suas dúvidas em relação à viagem diminuem. Edward prometeu que, se a viagem se revelar difícil demais para Alice, eles voltarão para casa, mas por enquanto ela está vibrando. Em Southampton, quando zarparam, ela imitou o apito do navio e acenou para a multidão no cais. Explorou e desenhou cada nível do navio. E fica encantada com as amenidades da viagem — os livros, as malas. Várias vezes por dia abre sua pequena sacola de couro, examina o conteúdo, depois fecha e guarda embaixo da cama. Nessa sacola, pôs um pente e um espelho, uma tesourinha para aparar as unhas de Pudding, uma fotografia do pai, o saquinho de seda perfumada que Elsa comprou para ela, um punhado de pedaços de giz e creions amarrado com uma fita azul, um binóculo, a bomboneira de prata da sala de estar de Edward (que ela arrasta atabalhoadamente sobre a penteadeira cada vez que Edward é autorizado a entrar na cabine delas — "Ainda não!", grita, enquanto ele espera à porta, com as palmas das mãos cobrindo firmemente os olhos) — e, apesar da insistência de Elsa em que ela não precisaria disso, um dicionário de alemão-inglês — o mesmo objeto que Alice vira a irmã colocar na bagagem na primeira vez em que saíra de casa.

É claro que a parte mais longa e árdua da viagem ainda está por vir. Climas tropicais, línguas estranhas, povos de índole desconhecida. Elsa sabe que o potencial de perigo é bem real. Mas não havia perigo na Inglaterra? Toda aquela história da Comissão Real para o Cuidado e Controle dos Deficientes Mentais, os intermináveis artigos e propostas da comissão, o projeto de lei para tornar obrigatória a internação, que tentaram fazer o Parlamento aprovar às pressas — tudo isso a aterrorizava. O pai, em seus últimos meses de vida, enviara três cartas ao *Daily Telegraph* execrando *The Journal of the Eugenics Education Society* e as alegações de que a esterilização poderia impedir o alastramento da idiotia. "Alastramento!", tossiu ele da cama, atirando a revista no chão. "Eles acham que é varíola?" Ainda mais perturbador era um nome no cabeçalho da *Eugenics Review*: dr. William Chapple, o homem que tinham ido procurar anos antes para diagnosticar o problema de Alice.

Quando Elsa e Edward estavam limpando o escritório do pai, ela encontrou na gaveta da escrivaninha dele os últimos volumes da *Review*. Por que os teria guardado? Teria achado que, estando em sua gaveta, ele poderia controlar-lhes o conteúdo? Que típico de seu pai supor que sua constante obsessão, suas cartas de dez páginas resolveriam o problema. Nunca fora culpado de indolência, de rendição. Mas seu trabalho árduo podia ser muito mal orientado. Têxteis — um investimento sério, mas terrivelmente insensato. Correndo os olhos pelos livros empoeirados, pelas caixas de papel — o grosso de sua herança —, Elsa pensou: Estou sem um tostão. Seria preciso mais do que a vigilância dele para que Alice não acabasse nas mãos de médicos dementes. Elsa tirou os volumes da gaveta e procurou um cesto de papéis no meio da montoeira.

"Por favor, Miss Pendleton", disse Edward, do outro lado da sala. "Descanse um pouco. Eu teria todo o prazer em lidar com esta desordem. Esse tipo de coisa é sempre penoso para nossos sentimentos."

"Eu estou bem, professor Beazley", disse ela, e a frieza na voz obviamente o arrancou com um susto de seu momento de ternura. Parecia desconcertado com a ausência de luto da parte dela, pela calma que demonstrara no enterro. Por que Edward e todos os demais esperavam que ela estivesse consumida por emoções? Se não tivesse tantas outras preocupações, talvez estivesse. "Só estou procurando um lugar onde pôr este lixo idiota." Olhou ao redor: na verdade, tudo parecia uma lata de lixo — malas e caixotes atulhados de papéis, livros e páginas de jornal. Por fim, rasgou um volume por vez e deixou os pedaços caírem no chão. "Pronto. Agora não vou confundir isto com nada que valha a pena guardar."

"Entendo sua irritação. A Sociedade de Educação Eugênica. Uma coisa terrível."

"Na certa meu pai lhe contou tudo a respeito."

"Uma parte, sim." Edward balançou a cabeça. "É um ultraje, realmente. É isso o que os especialistas em medicina da Grã-Bretanha tramam? Não uma cura, não um remédio, nem mesmo uma tentativa de aliviar os desconfortos dos perturbados. Mas isolamento? Esterilização?" Ele ergueu as mãos. "Meu Deus."

A súbita veemência surpreendeu Elsa. Edward passara a manhã em silêncio, enquanto enchiam os caixotes. Mas ela se deixou contagiar pela raiva dele e ficou feliz de poder manifestar sua frustração.

"Eles são tolos assustados, professor Beazley. Em dezoito anos, não houve um único médico capaz de explicar o que aconteceu com Alice. Mais de vinte supostos profissionais foram consultados e nenhum soube dizer se ela nasceu assim, se foi ferida ao nascer. Os médicos não conseguem dar um passo para identificar a origem dessas diferenças. O que fazem então? Querem que todas as pessoas diferentes desapareçam porque a existência delas os lembra da própria incompetência."

"É um exemplo do senso de nação da Grã-Bretanha sendo levado longe demais. Esse foco no bem da unidade política e não no bem do indivíduo. É um traço terrível de nossa cultura. Entre os *hoonais* e os *mugundis*, na África Oriental, os que nascem defeituosos ou com feições incomuns são vistos como filhos dos deuses, entregues aos cuidados dos seres humanos."

"Talvez eu devesse levar Alice para a África Oriental."

"Não se preocupe, Miss Pendleton. Não vamos deixar que nada aconteça a Alice."

Sim, pensa Elsa, mesmo naquele momento ele disse "nós". *Não vamos deixar que nada aconteça*... Antes de tê-la pedido em casamento, como se previsse que sua preocupação seria Alice. E com que frieza ela se comportara. Poderia imaginar que ele a ajudaria a sair da própria situação que a fizera agir com tanto desprendimento?

Quando falou dessa viagem ao Pacífico Sul, ele mencionou a proteção a Alice, a segurança de terras estranhas. "Elsa, seu pai e você sempre garantiram que Alice fosse cuidada por pessoas que a amavam. Nesta viagem, bem, certamente não será semelhante à Inglaterra, mas ela estará com a família, com as pessoas que gostam dela. Será bom para ela. *Desideratum*. Não haverá risco de uma lei horrível tomá-la de você, de nós."

Ele estava certo.

Elsa só espera que as pessoas da ilha de Páscoa sejam tão clementes quanto os *hoonais* e os *mugundis*.

À noite eles trabalham no salão do navio.

"Seremos peritos antes mesmo de chegar", diz Edward, sentado na beirada de um sofá de veludo e separando papéis. Está com várias caixas de correspondência de membros da Royal Geographic Society. Ao lerem sobre a expedição nos jornais, outros tinham escrito para oferecer seus serviços. Só de candidaturas a administrador, ele tinha trinta e duas na pilha. Geólogos pediram espécimes de rochas de cada porto onde fizessem escala. Alguns missivistas forneciam teorias: *Devo informá-lo, professor Beazley, de que a sua ilha misteriosa faz parte do continente perdido da Lemúria (ver o mapa em anexo), do qual sou um habitante original*; outros, advertências: *"E as águas prevaleceram excessivamente sobre a terra; e todos os altos montes que havia debaixo de todo o céu, foram cobertos. E expirou toda a carne que se movia sobre a terra, tanto de ave como de gado e de feras, e de todo réptil que se arrasta sobre a terra, e todo homem". O senhor aventura-se por milhares de quilômetros quando a resposta ao seu "mistério" se encontra bem aqui, nas Escrituras do Senhor? Não Lhe incite a ira!*

Separar as cartas de uso imediato coube a Elsa. Mas é como procurar uma agulha num palheiro: as teorias e as advertências obscurecem cada fato relevante. Ainda assim, ela logo se pega continuando a ler, mesmo depois de haver extraído os dados. *Eu sempre quis viajar. Certa vez sonhei com uma ilha no Pacífico. Meu filho, que a tuberculose levou no ano passado, queria ser arqueólogo.* Esse vislumbre da vida de pessoas que ela jamais conhecerá é apenas mais uma porta para novidades que a expedição abre. Sem pressa, ao som de leves *staccatos* de tango que vêem do salão de baile embaixo, ela compila uma lista de expressões polinésias. *Olá, paz, cavalo, comida, água* — em taitiano, havaiano, samoano e tonganês. Também anota em detalhes o clima da ilha, a precipitação e as temperaturas médias. Plantas e animais domésticos ganham uma lista própria. E a partir desses dados sua mente começa a formar uma imagem do seu misterioso ponto de destino: vertentes cobertas de grama, centenas de ovelhas pastando, ventos fortes arremetendo do mar.

"Eu não tenho um livro! Por que eu não tenho um livro?" Alice, sentada no chão, conscienciosamente desdobrando cartas para a pilha de Elsa, pára o que está fazendo. Concentra-se em Elsa. "Alice tem que ter um livro."

"Mas você tem seu diário, Allie", diz a irmã.

"Tenho. Tenho meu diário. O que eu ponho nele?"

"O que você quiser, Alice", diz Edward, caloroso, erguendo os olhos da desordem de papéis à sua frente. O trabalho o descontrai.

"Imagens. Ora, você deve ser a artista oficial da expedição", diz Elsa.

"Meu livro está no quarto. Quero ir buscar."

A cabine delas fica a poucos metros. Elsa lhe diz que ela pode ir devagar até lá, pegar o livro e voltar imediatamente. Alice desaparece num relâmpago. Elsa fecha seu livro e fica olhando o corredor estreito. Alice volta com o diário numa mão e a gaiola de Pudding na outra.

"Allie."

"Ele queria ver o barco!"

"Ponha-o ali, ao lado do sofá. Isto é um salão. Se ele começar a grasnar, vamos ter de levá-lo para baixo."

"Fique calado, Pudding. Senão Elsa leva você embora."

Alice empoleira-se dramaticamente numa cadeira, imitando a postura atenta de Elsa, e abre o livro em branco no colo.

"O que você vai desenhar?", pergunta Elsa.

"Quem está na expedição?"

"Nós. Você, eu e Edward."

Um sorriso malicioso recurva os lábios de Alice. "Três pessoas."

"Três, sim, Alice."

Cuidadosamente, Alice conta três páginas. Olha para Elsa. "Retratos."

"Excelente. Três retratos." Quando o lápis de Alice salta para o livro, passa um jovem casal, elegantemente vestido.

"Boa noite!", diz Edward, e o casal retribui a saudação, mas, pela maneira como examinam Edward e seu amontoado de papéis, Alice, ela própria e a reluzente gaiola do Pudding, Elsa vê que eles não têm muita certeza de como interpretar o grupo. Pudding grasna e a mulher agarra o braço do homem.

"Uma ave", diz ele. "Só uma ave, querida."

"Allie", adverte Elsa.

"Pudding", ralha Alice.

"Eu lhe disse que teríamos de levá-lo de volta para o quarto."

"O que há no seu livro, Elsa?"

"Allie."

"O que você está escrevendo?"

"Palavras para usarmos quando conhecermos pessoas que não falam nossa língua."

"Escreva algumas no meu livro."

"Esta bem." Elsa pega o livro do colo de Alice e escreve:

Iorana: Alô
Ahi: Fogo
Ana: Caverna

"Agora estude essas palavras para poder usá-las quando chegarmos. Todo mundo vai querer falar com você."

Alice sorri e pega o livro de Elsa do colo da irmã. "Você precisa de desenhos."

Abaixo deles começa outra música — lenta, com violinos. Elsa imagina todos os casais bem vestidos de mãos dadas, balançando de um lado para outro. Imagina as duas jovens que viu no convés usando longos vestidos brancos, os olhos à procura do homem com a revista. Vê o casal belga deslizando pela pista, o colar de ouro da mulher iluminado pelo luar que entra pela escotilha. Mas, quando olha para Alice, afasta a imagem.

"Desenhos. Sim. Preciso mesmo, não preciso? Acha que poderia fazer alguns para mim?"

"Ele pode ficar?", implora Alice, olhando para Pudding.

"Está bem, Alice. Ele pode ficar."

Após duas semanas ao mar, chegam a Boston, e Elsa se despede em silêncio do vasto transatlântico, dos estranhos elegantes, do salão de baile, da sala de jogos e dos conveses cobertos. Parados no rebuliço do cais, entrincheirados atrás de seus caixotes, eles observam as saudações: valises que são largadas no chão, braços que se abrem, nomes que são chamados — *Charles! Clarissa! Pai!*). Baús são postos no porta-malas de carros. Saias são arrepanhadas em mãos delicadas enquanto sapatos pretos de fivela, um após o outro, sobem para o assento de trás. Portas se fecham com batidas surdas. A multidão se adelgaça e os carros partem roncando. Que estranho, pensa Elsa, ver gente passar de um recipiente para outro. De navio para carro. E logo, na certa, para apartamento, para casa. Ela sempre gostou de estar ao ar livre, pedalando na sua Humber ou passeando por Kew Gardens. O movimento a acalma, dá-lhe uma sensação de avanço e liberdade. No dia seguinte ao da morte do pai, ao entardecer e depois de ter sido informada sobre os detalhes das finanças dele, pegou a bicicleta de Alice (a sua ainda estava com os ferimentos causados pelo alfinete de chapéu da irmã) e saiu pelas ruas que escureciam, pedalando mais rápido do que nunca, as pernas ardendo com o esforço, como se fosse capaz de pedalar através de sua sensação cada vez maior de fracasso, atirar-se para a frente, por sobre essa sensação, para uma vida nova e alegre.

E agora o movimento *está* levando-a para uma vida nova. Atravessaram o Atlântico e em breve navegarão ao longo da costa de dois continentes. Como Elsa adoraria dizer àquelas pessoas: "*Nós* não seremos levados por um carro! *Nós* não vamos nos enfiar em camas estreitas em casas bem-arrumadas! Somos aventureiros!". E, com uma mão pousada sobre um caixote, fica parada em meio ao barulho do cais, sorrindo, até que um rapaz corado vem na direção deles e se apresenta como Ryan Fitzpatrick.

"De Fitzpatrick e Filhos?", pergunta Edward.

"O filho número quatro. Estou aqui para levá-los à sua escuna."

O rapaz contrata quatro carregadores e os conduz por um longo embarcadouro. Logo se vêem diante de uma escuna de dezesseis metros que Edward providenciou ainda da Inglaterra. Alugou a embarcação por quatro anos, num contrato subsidiado pela Royal Geographical Society, o que lhes permitirá passar dois anos na ilha e viajar um ano na ida e outro na volta.

"Dêem uma olhada", diz Edward, enquanto examina uma grossa pilha de documentos com Ryan Fitzpatrick.

Elsa ajuda Alice a descer quatro degraus para a comprida cabine principal. Apainelado em madeira clara com uma espessa camada de laca, o espaço é luminoso e alegre. É dividido em cozinha, com fogão e geladeira, e sala de jantar. Na área de estar, na extremidade, há dois bancos de encosto alto. A cabine inteira não é maior do que os quartos no sótão que seus patrões lhe davam. É menor do que imaginava — mas há sempre o convés, onde ela passará a maior parte do tempo. Atrás da escada, uma porta de madeira fina abre para uma espaçosa cabine quadrada, os aposentos do capitão, com uma cama grande. Ela e Alice dormirão ali.

"Gostou?", pergunta Elsa. "Exatamente como nosso quarto na casa do papai, quando éramos pequenas."

Alice corre os olhos pelo aposento. "Onde o Pudding vai ficar? Lá em casa ele ficava em cima da minha penteadeira. Não há penteadeira aqui."

"Talvez a gente possa pôr um gancho e pendurar a gaiola."

Mas Alice já está em cima da cama, arrastando-se por cima do colchão e empurrando uma escotilha diretamente acima da cama. "Uma rota de fuga!"

"Cuidado, Alice."

Ela força o vidro até que a escotilha se abre, rangendo as dobradiças. "Olhe, Elsa! Olhe!" A cabeça de Alice desaparece no convés e ela logo solta um berro. Encolhe-se para dentro da cabine de novo.

"Allie, você não deve enfiar a cabeça para fora desse jeito. Pode se machucar. E quem é que sabe a força que essas dobradiças têm?"

Mas Alice está vermelha. Inclina-se para Elsa, de olhos arregalados, e sussurra: "Eu vi o Beazley".

Edward contrata dois irlandeses, Kierney e Eamonn, como tripulantes para ajudá-lo a navegar até a ilha e depois voltarem sozinhos para o Chile. A sociedade providenciará tripulantes para a viagem de regresso à Inglaterra. Os homens dormirão no beliche na extremidade dianteira do barco. São jovens, musculosos, têm a pele coriácea, mas vêm recomendados pela confiabilidade e pela experiência. Gabam-se dos portos que conheceram — os vendedores chineses em San Francisco, os ladrões em Acapulco —, enquanto empurram do cais para o convés os intermináveis suprimentos de carvão e água, as provisões de papel, tinta, chá, biscoitos, carne fresca, baldes de frutas e legumes, os sacos de ataduras e máquinas fotográficas. Kierney, exibindo constantemente para Elsa um sorriso onde falta um dente, faz uma pausa para examinar cada peça de equipamento que carrega para baixo.

"Ouça, Eamonn. Você já tinha visto esta coisa aqui?" Está segurando um grande paquímetro, girando-o para cima e para baixo. "Acha que pode ser para um médico? Para operações? Para segurar a cabeça no lugar enquanto ele corta a pessoa?"

"Ponha lá atrás e amarre para não ficar pulando quando zarparmos. Está vendo esse porão? Todo esse espaço vazio aí? Temos que enchê-lo. Você e eu. E não é na conversa-fiada que a gente vai dar conta do trabalho."

"Sei", diz ele a Elsa com um bufo. "Ele parece a minha mãe falando."

Depois de dias abastecendo, embalando e examinando o barco, em 6 de abril os homens içam as velas, e Elsa e Alice vêem a embarcação ganhar vida. Edward, orgulhoso e bonito no terno branco novo, assume um régio poleiro atrás da roda do leme. Acima deles, as velas enfunam-se com a brisa, e a escuna deixa as águas da enseada de Boston.

Graças a um vento constante, a primeira semana é tranqüila. Elsa senta-se no convés e estuda o cordame e o equipamento, aprendendo os nomes: sarilho, cunha de Aladim, Charley Noble. Adapta-se aos ritmos peculiares da vida no mar, o balanço ocasional da retranca, o arrasto rápido de cabos pesados e úmidos. Acostuma-se ao tedioso desamarrar e tornar a amarrar da chaleira e da lata de biscoitos toda tarde. Tudo precisa ser amarrado para não sair voando pela cabine, caso o barco balance — uma lição que ela logo aprende quando, dois dias depois de terem partido de Boston, um melão negligenciado a atinge com força nas costas.

Ao largo do cabo Hatteras, o barco é apanhado por uma súbita ventania. Lufadas de chuva e vento fustigam o convés, e a escuna joga durante horas. Alice corre pela cabine principal, agarrando-se ora a Edward, ora a Elsa, até que vomita sobre uma carta de navegação.

"Cuidado, garotinha! Um barco não é lugar para esse tipo de travessura!", berra Kierney, limpando a carta e abanando o mau cheiro do rosto. "Enfrento a chuva com todo o prazer, para respirar um pouco de ar fresco!"

Alice enrosca-se embaixo da escada. "Alice é má", murmura. "Alice é má. Nada de travessuras." Então seus olhos se retiram para seu mundo particular.

"Sim, vá respirar um pouco de ar fresco. E não tenha pressa de voltar", diz Edward, fazendo um gesto na direção do convés.

Kierney não se move.

"Não vai? Então sugiro que se controle, ou terá tempo mais do que suficiente para explorar o Recife. Acho que o Brasil lhe conviria muito bem."

Elsa não consegue deixar de sorrir: Edward está firme. E por causa de Alice. Na penumbra da cabine, Edward vê o sorriso dela e, muito de leve, deixa-se contagiar.

Em junho, estão no litoral nordeste do Brasil. A semanas do porto de Recife, paralisados e lutando com o fluxo da corrente da Guiana que corre para o norte. A não ser por algumas leves ondulações na superfície, o mar se estende imóvel a perder de vista. O ar é quente e denso, o próprio sol parece vibrar. Elsa passa dias a fio sentada no convés, olhando para os quadrados de lona que pendem imóveis, a mente embalada pela estagnação, os pensamentos voltando para a carta a Max. Ela o vê desdobrando as páginas, examinando cada frase como se fosse um código, lendo em voz alta, medindo o som. Ela o viu estudar convites para jantar como se fossem charadas. Mas será essa a primeira vez em que pensará nela depois de meses? Os deveres dele lhe terão desviado os pensamentos assim completamente? Afinal de contas, ela conseguiu tirá-lo quase totalmente da cabeça. É só nesta lerdeza que se pega fechando os olhos e se lembrando dele, ainda que não queira. Só serve para entristecê-la, uma tristeza que parece deixar Alice agitada. Às vezes, ao abrir os olhos na forte claridade do convés, vê a irmã sentada do outro lado da proa, olhando-a de modo acusador, como se soubesse que a mente de Elsa esteve vagando por lugares para onde ela não foi convidada.

Esses olhares de acusação sempre lembram Elsa do que aconteceu com Rodney Blackwell. Anos antes, quando ela tinha dezesseis, Rodney, filho do presidente da Sociedade Zoológica, cortejara-a brevemente. Levou-a a partidas de críquete, a Kew Gardens, ao Royal Victoria Hall para ver um espetáculo, e uma vez, depois de muita insistência, para um passeio num dos novos táxis motorizados. De um modo sossegado, apreciavam a companhia um do outro. Rodney gostava de discutir as *Meditações* de Descartes, o governo autônomo para a Irlanda ou as deficiências do governo parlamentar; idéias e problemas o entusiasmavam. Elsa sabia que ele não tinha nenhum apego *emocional* a ela. O que o conduzia pela vida era pura curiosidade intelectual. Quando era criança, lambuzara uma mão com mel e provocara uma abelha a lhe dar uma ferroada, só para satisfazer um interesse.

Uma noite, parados à porta da casa do pai dela, ele tirou o chapéu e disse: "Elsa, eu gostaria de experimentar um beijo rápido antes de nos despedirmos". Elsa nunca tinha sido beijada e, assim como Rodney, tinha, se não a paixão, pelo menos a curiosidade pela experiência. "Muito bem", disse. Ele se aproximou e apertou a boca tensa contra a dela. Elsa sentiu o cheiro do cabelo dele, da água-de-colônia, sentiu-lhe o nariz frio contra o seu. Quando ele recuou, ela disse: "Ótimo. Uma coisa nova. Boa noite". Abriu a porta pesada, subiu a escada na ponta dos pés até seu quarto e viu Alice, de camisola branca, sentada no peitoril da janela. A irmã permaneceu em silêncio por um instante, depois correu na direção dela. "Eu sou o Rodney! Eu sou o Rodney!"

"Allie! Você vai acordar o papai!" A voz de Elsa soou severa.

Alice recuou.

"Desculpe, Allie. Venha cá. Quietinha."

"Por que eu não posso beijar você?"

Elsa olhou para o cabelo de Alice, as tranças desfeitas, uma coroa de cachos em torno do rosto miúdo. A testa estava vincada de preocupação. "Você quer me beijar?"

Alice fez que sim com a cabeça.

"Está bem."

Alice fez uma pausa, como se não estivesse confiando na concessão. Depois, lentamente, deu uns passos na direção de Elsa. "Vou ser o Rodney", disse, de olhos brilhando, prendendo um cacho atrás da orelha. Ajeitou a camisola, como se estivesse nervosa, como se realmente fosse Rodney, ou outro rapaz pedindo para chegar perto de Elsa.

"Está pronta?", perguntou Elsa.

"Estou." Elas ainda estavam a uma pequena distância uma da outra.

"Quer que eu vá na sua direção?", perguntou Elsa. "Ou você vem na minha?"

Alice hesitou.

"Foi Rodney que veio a mim."

Alice se pôs na ponta dos pés. "Está bem. Está bem. Elsa, feche os olhos."

"Estou fechando os olhos."

No escuro, Elsa esperou, ouvindo o som abafado de algodão amarrotado, um leve suspiro quando Alice soltou na noite a sombra de um pensamento misterioso, e depois o estalido suave da tábuas do assoalho sob os pés de Alice. O hálito morno de Alice banhou-lhe o rosto, e seus lábios, cheios e úmidos, tocaram os de Elsa e se afastaram. Depois voltaram, mais confiantes, para aninhar-se contra os de Elsa. Começou a soar um leve zumbido e Elsa sentiu no rosto as ondas de som. Não era diferente do que tinha feito com Rodney, pensou. E era um beijo mais sincero. Suave, amoroso. Sua vida fora cheia dessas concessões íntimas e privadas a Alice. Quando era criança, Alice às vezes implorava a Elsa que a deixasse provar a comida que a irmã tinha mastigado; quando Elsa começou a menstruar, Alice entrou em pânico ao encontrar uma gota de sangue no banheiro e insistiu com Elsa para que lhe mostrasse de onde o sangue tinha vindo. Elsa não falava a ninguém sobre esses momentos.

Quando Alice finalmente se afastou, Elsa abriu os olhos. Um largo sorriso iluminava o rosto de Alice.

"Gostou?", perguntou.

"Eu vou dar centenas de beijos", respondeu Alice.

"Milhares, Allie."

Elsa desabotoou o vestido no quarto escuro, encheu um copo de água e levou-o para o criado-mudo. Quando as duas finalmente estavam embaixo das cobertas, Elsa sussurrou um boa-noite.

"Milhares", murmurou Alice.

Elsa apagou a vela e pousou o rosto sobre o travesseiro frio.

Após duas semanas flutuando sem destino, finalmente cai uma chuva breve. Todos eles pegam uma tigela ou uma xícara e sobem para o convés para apanhar os minguados borrifos e lamber as gotas. Em poucos minutos, porém, o céu cancela o presente e oferece outra onda de calor, acompanhado agora de uma umidade opressiva. Edward desabotoa o colarinho e desce ao porão para conferir as reservas. Momentos depois volta com um ar preocupado. "Vamos todos dividir nossas rações até sabermos que vamos chegar a Recife a tempo."

"E o Pudding?", pergunta Alice, agarrando-se à amurada para se levantar. "Ele tem que tomar água duas vezes por dia! Não é, Elsa? Eu sempre dei água a ele duas vezes por dia." E olha de esguelha para o sol, indignada.

Kierney, agachado na coberta de proa, revira os olhos e bebe o que sobrou de sua xícara de água de chuva. "No mar existe uma hierarquia, Miss Pendleton. E as aves, mesmo as que sabem dizer *superior*, não estão no topo dela."

"O Pudding pode tomar água duas vezes por dia", diz Elsa. "Não vai haver problema, Allie. Pelo amor de Deus", anuncia para o barco, "não vamos ficar sem água."

"Já vi isso acontecer", diz Kierney. "Pode falar de qualquer catástrofe, que eu já terei visto."

"Não vamos ter problemas", declara Edward. "Isto é meramente uma precaução." Volta-se para Alice. "A ave pode beber da minha ração."

Pela primeira vez Elsa sente-se ansiosa. Poderiam mesmo ficar sem água? Censura-se por beber demais, por se lavar com excesso de liberalidade. Separa para Alice o que resta de sua ração do dia. Ela pode agüentar.

Mas, na manhã seguinte, quando sai para o convés, tem a impressão de que os cabelinhos num lado de sua nuca estão formigando. A língua misteriosa que vem aprendendo há meses, o roteiro silencioso das brisas, está sendo escrito em sua pele. Com o ar fresco compondo letras ao longo de seu pescoço, chama: "Allie, venha correndo! Acho que um vento alísio está se aproximando". Ao meio-dia, o barco ganha vida nova e põe-se em movimento, retesando todas as cordas.

No Brasil, param em Recife, na Bahia de Todos os Santos, na baía Cabrália e no Rio de Janeiro. Cada vez que ancoram, recebem visitas de capitães do porto, funcionários alfandegários e médicos. Em terra, Edward visita o cônsul e procura as edições mais recentes do *Daily Graphic* e do *Spectator*. Elsa providencia carne e legumes frescos com os comerciantes do porto. Abastecido o barco, passeia com Alice pela enseada, mordiscando peixe frito embrulhado em jornal. Alice arrasta os pés sob as saias compridas, na distração habitual. Elsa adora esses finais de tarde, explorando o labirinto de lojas, barracas e tendas, banhado no brilho dourado do crepúsculo tropical. E carrega o tempo todo seu caderno de anotações, agora cheio de informações para a expedição.

Está contente por Edward ter permitido que ela contribua. Ele parece reconhecer o trabalho que seu pai teve para lhe ensinar ciência e história, e costuma consultá-la: *Elsa, lembra-se do ano em que o Brasil se tornou república?* Ela espera que, na ilha, mesmo que não tenha experiência de pesquisa, ele a deixe escavar, fazer entrevistas e anotar em detalhe os costumes dos nativos. Mas, à medida que avançam para o sul e ela é constantemente chamada para amarrar um cabo, encontrar provisões ou procurar a tradução para o português de "atestado de saúde", enquanto Alice recebe a tarefa de remendar velas, torna-se claro que ele não terá escolha e precisará recorrer plenamente aos talentos dela. Ele *precisa* de ajuda.

Elsa sabe que Edward fez suas pesquisas na África sozinho. Durante dois anos, caminhou do litoral para o interior, montou um acampamento e anotou dados sobre casamentos, nascimentos, mortes e ritos de iniciação dos *kikuyus*. Catalogou ervas medicinais, caçou leões e leopardos, colecionou e analisou fósseis de primatas — tudo sem um único colega. Isso foi há quinze anos, quando ele estava com quarenta. A certa altura foi um marinheiro excelente. Até foi tripulante de Sir Thomas Johnstone Lipton, que disputou cinco vezes a Taça da América — um fato que ele agora entremeia nas conversas no convés com uma constrangedora freqüência. Mas, toda manhã, quando sobe a escada para o convés, enxugando a testa, parece menor, como se o corpo lhe traísse a capacidade. Quando era mais jovem, freqüentemente navegava sozinho, e com um olhar sabia o que devia fazer — *segurar a verga, mover a bujarrona, virar a favor do vento*. Às vezes até tem a impressão de que consegue ver, estendidos à sua frente, seus braços mais jovens levantando o guincho e enrolando cabos em cunhos — membros fantasmas. Mas agora sempre delega a tarefa.

"Eamonn, vamos içar a bujarrona externa. Elsa, importa-se de esticar a vela grande?"

"De maneira alguma." Elsa gira a manivela do guincho com facilidade. Nos últimos meses os músculos de seus braços se enrijeceram; ela tem calos nas palmas das mãos. "Está se sentindo bem?"

"Estou ótimo. Perfeito. Em ótima forma."

"Porque, se quiser trabalhar lá embaixo, Edward, tenho certeza de que nós damos conta das coisas aqui."

Sua solicitude parece magoá-lo, como se ele imaginasse que suas poucas palavras de jactância tivessem, depois de todos aqueles meses, chamado a atenção dela. Olha fixo para o horizonte. "Na qualidade de capitão, é tudo responsabilidade minha. Gosto de ficar de olho aqui, de cuidar das coisas. Em mais algumas semanas, Elsa, você será capaz de velejar esta escuna. Você se tornou um marujo e tanto. É maravilhoso. Eu não esperava isso. O que não quer dizer que eu não a tivesse em alta conta. Eu admirava todos os seus talentos, mas a vida no mar não é para todo mundo. Eu simplesmente, bem ..." Faz uma pausa; está tropeçando nesse meio elogio. "O que quero dizer é que você não deve se preocupar comigo."

No final de agosto, atingem a costa do Uruguai. Estão novamente em meio a uma calmaria, avançando à deriva quarenta e cinco quilômetros por dia, levados para o sul pela corrente brasileira. Mudam de posição o tempo todo, mas é inútil. Em várias ocasiões, quando a corrente cessa, até são levados para o norte. Do porão sobe o cheiro de carne, peixe e laranjas estragando. O barco foi invadido por um enxame de mosquitos, e toda noite, depois de acenderem as lâmpadas a óleo na cabina, segue-se uma frenética sessão de tapas e palmadas para esmagá-los, e, não fosse a ameaça de malária, o burlesco da cena poderia acalmar algumas tensões. Na hora de deitar, Elsa começa a administrar quinino.

Durante essas semanas sem vento, ficam todos cada vez mais nervosos. Edward, especialmente, torna-se brusco com os tripulantes. Enquanto ele está no convés, tarde da noite, Elsa ouve Kierney queixando-se a Eamonn.

"Se o capitão Beazley e a mulher dividissem a cabina, ele talvez não berrasse tanto com a gente."

"Ah, cale a boca, Kierney. Ir à deriva deste jeito é de irritar um santo."

"É, mas um santo daria no mínimo uns apertõezinhos na mulher."

"O capitão é um cavalheiro", diz Eammon. "É só isso, Kierney. Você simplesmente não sabe o que essa palavra significa."

"Cavalheiro. Dama. Chame como quiser, Eamonn. Mas se isso é o que os ricaços chamam de casamento, você não vai me ver tentando entrar para a aristocracia."

Eamonn ri. "Você vai estar ocupado demais tentando entrar numa esposa!"

"Cale a boca."

Deitada no escuro, ouvindo-os, Elsa pensa que Kierney, na verdade, foi direto à causa da agitação de Edward. Não o esquema propriamente dito — devido às circunstâncias, Edward parece tão disposto quanto ela a adiar dividirem uma cama —, mas o fato de haver uma tripulação para testemunhar o esquema, para julgá-lo. A privacidade desapareceu no momento em que puseram o pé a bordo. Certamente Kierney e Eamonn, que Elsa desconfia que passam as noites em terra bêbados de rum e na companhia de prostitutas, olham para Edward com ares de superioridade. Uma esposa que dorme com a irmã — deve parecer ridículo para eles. E não contribuiu em nada para melhorar a situação o fato de que no Rio, a irmã do cônsul, parcialmente surda devido a uma tonsilite grave — "Vocês vêem, meus caros, para mim não faz diferença se alguém está falando português, inglês ou banto!" — supôs que Elsa e Alice fossem filhas de Edward. Apesar dos protestos e esclarecimentos, em meio à névoa da surdez e de vários conhaques ela insistiu que Elsa tinha as mesmas encantadoras maçãs do rosto de Edward.

Elsa e Alice passam os dias lentos na proa em competições de identificação de peixes. Alice exagera o tempo todo. *Quantos tubarões, Alice? Cinqüenta? Espero que você não caia na água!* Observam a tartaruga ocasional que passa deslizando; de vez em quando, ao passarem por um cardume, um peixe-voador pula para bordo, deixando Alice histérica. Solta risadinhas enquanto o peixe dá com as barbatanas laterais no piso do convés, até que, alarmada com a aflição da criatura, a joga de volta para o mar.

Os petréis pintados também a encantam. Edward lhe dá pedacinhos de carne para atirar às aves e agacha-se atrás de sua câmara fotográfica para tirar várias fotos delas. Depois, com um prazer óbvio, bate uma de Alice com o braço estendido por sobre a amurada, um sorriso aberto no rosto, enquanto um pássaro malhado de cinza mergulha diante dela.

Alice e Elsa usam chapéus largos no convés, as fitas se enrolam acima de suas cabeças quando o vento é forte, mas a pele delas já escureceu. À noite Elsa passa óleo de amêndoa nas mãos, nos braços e no pescoço das duas; elas se aproximam para dormir uma ao lado da outra numa névoa de ar marinho e marzipã.

Em Buenos Aires, encontram suprimentos e cartas da Inglaterra. Uma semana depois, desembarcam brevemente para se abastecer de água em Bahía Blanca — onde as nativas dão de presente a Elsa ovos de pingüim e conchas do mar — e em seguida em Puerto Desejado. O calor tropical dissolve-se, substituído por dias claros e com brisa. Mais ao sul, à medida que se aproximam da Patagônia, esfria mais; toninhas fazem acrobacias em torno da proa, focas deslizam ao lado da embarcação. Dois albatrozes, com as amplas asas brancas suspensas num arco suave, voam em círculos acima da popa, seguindo o barco em silêncio.

O hodômetro balançando na água atrás deles registra velocidades de seis nós, mas a sensação de movimento vai diminuindo à medida que os dias se alongam interminavelmente com a aproximação do verão. Elsa e Alice preparam o café às três da manhã — hora do amanhecer. Quando se deitam, às dez da noite, o sol ainda está entrando pela janela da cabine. E no meio de uma noite, Pudding, atordoado, cai do poleiro.

"Você está doente, Pudding? Está doente?"

"Boa Alice. Pássaro superior. Pássaro. Pássaro."

"Allie", diz Elsa, levantando-se da cama. "Acho que o Pudding precisa dormir."

"Ah, não, Elsa. Ele está zangado. Eu estava olhando para os outros pássaros e ele deve ter achado que esqueci dele. Mas não esqueci, Pudding, não esqueci."

"Olhe, Alice", diz Elsa, cobrindo a gaiola com um xale, "ele só precisa de escuridão para poder descansar."

Só que para Alice isso é o mesmo que escondê-lo. Levanta-se a intervalos de minutos para espiar por trás do xale. "Pudding", sussurra, "onde você está, Pudding?"

Na cama, à noite, incapaz de dormir, Elsa pensa: A escuridão agora é como um cobertor pequeno demais para cobrir a pessoa inteira. A gente tenta se envolver nela, mas a luz do dia ainda encontra um ponto por onde se insinuar.

A claridade é cinza, enevoada, envolve a paisagem numa neblina constante. O frio úmido faz Elsa pensar em Londres. Tão longe agora. Faz oito meses que estão ao mar e vão se passar anos até que ela reveja a Inglaterra. A torre do relógio de St. Alban, as muralhas romanas, as ruas estreitas onde andava de bicicleta, a casa do pai. Pela primeira vez, sente saudade.

Mais ao sul, brisas antárticas invadem a cabine. Elsa veste perneiras e um segundo par de calções em Alice. À noite, aninham-se uma contra a outra, batendo os dentes.

"Que frrrrriiiiiiioooooo", diz Alice no escuro.

Elsa comprime a boca contra o pescoço de Alice e solta um hálito lento e quente. Alice dá risadinhas. Elsa acha um ponto no couro cabeludo de Alice e sopra de novo. Sente o vapor juntar-se em seus lábios. Alice se contorce de prazer.

"Sou seu aquecedor agora", diz.

Alice vira de repente. "Alice também é um aquecedor." Seus olhos brilham de entusiasmo. "Quente, quente, quente!", grita. Estica os lábios num bocejo exagerado e chega ao pescoço de Elsa. A rajada é quente e úmida. Depois Elsa sente uma breve sucção e cócegas frias no pescoço, quando Alice pousa os lábios e aspira. Deve ser isto o que uma mãe sente, pensa Elsa, quando ouve a respiração do seu bebê. O som a acalma.

Na noite de 10 de outubro, Kierney grita lá embaixo: "Estou vendo as luzes das Cape Virgins!".

Chegaram ao estreito de Magalhães. Elsa agora conhece o suficiente sobre navegação para saber como será difícil a travessia — um longo trecho de oceano agitado, estreito e em ziguezague. Max tinha chamado esse estreito de o maior adversário de um marujo. "Cila! Caribde!", dissera. "Ulisses teve sorte de não precisar atravessar o estreito de Magalhães!"

Na Tierra del Fuego, ancoram por duas noites, esperando que o vento diminua. O cônsul britânico, interessado na expedição, convida-os a jantar. "Sempre tive intenção de fazer essa viagem. Mas a saúde me impede. Asma." Durante o conhaque, comenta sobre os perigos do estreito e sugere que contratem um navio cargueiro para rebocá-los.

Edward, porém, desencorajado pelo período que passaram à deriva, agora faz questão de provar sua capacidade. Endireita o corpo na cadeira. "Não vamos nos desencorajar com pequenos perigos."

"Edward." Elsa pousa o copo.

O cônsul sorri. "Ah, está vendo? É freqüente as senhoras terem idéias próprias."

"Elsa", diz Edward. "Não somos amadores. Eu naveguei com Lipton, considerado um dos melhores. Espero que você tenha fé em meu julgamento nesses assuntos."

"O que está em questão não é minha fé nem meu julgamento", diz ela, categórica, ciente de que está estragando a atmosfera. O cônsul, à sua direita, muda de posição na cadeira. "Eu só penso que devíamos avaliar melhor a situação antes de decidir o que fazer."

"Senhora Beazley", diz o cônsul, "é tarefa oficial do capitão determinar a rota do navio."

"A rota segura."

"Muito bem, vamos avaliar melhor a situação", atalha Edward.

A sala enche-se de um silêncio constrangido. Edward evita o olhar de Elsa.

Mas, no terceiro dia, eles zarpam. A travessia do primeiro estreito revela-se complicada. A água espuma acima de destroços enferrujados — cascos esmagados e mastros quebrados, recobertos de craca. Alertas, de mãos a postos para afrouxar ou apertar um cabo, eles se postam no convés. "Lembrem: mantenham as velas frouxas", diz Edward. "Não queremos pegar nenhuma lufada repentina." Lentamente, o barco avança pela estreita passagem, e ao primeiro sinal do anoitecer eles lançam âncora. Edward pelo menos reconhece os riscos de navegar sem claridade total.

Às seis da manhã, acordam para atravessar o segundo estreito na maré estofa, e chegam, exaustos mas em segurança, a Punta Arenas. Ali o terreno é plano e exposto ao vento; é região de ovelhas, coberta de grama e baixa. "Um rebocador!" Edward lança a palavra em direção ao mar. Esfrega o joelho, olha para Elsa. "Está vendo, Elsa, eu não ia permitir que nos extraviássemos."

"Estou vendo, Edward. Estou vendo agora."

"Estou cuidando de nós. De nós todos."

"Eu sei." E arrepende-se. Arrepende-se de ter lhe revelado sua dúvida. Ele agiu com cautela e generosidade o tempo todo e, quando tiverem chegado e estiverem instalados, ela espera poder provar a confiança cada vez maior que sente.

Durante quinze dias atravessam os canais da Patagônia, um labirinto de fiordes, angras e baías. Centenas de petréis gigantes e albatrozes sobrevoam a popa em círculos, formando com as asas uma vaga copa branca. Envolta numa manta, Alice acomoda-se na coberta de proa, de braços cruzados e cabeça inclinada para trás. Passa horas observando intensamente as aves, avisada por Eamonn para não acenar para os petréis nem gritar com eles, que são conhecidos como "fedorentos" por vomitarem quando se assustam.

Elsa desenha um mapa e planeja o avanço da escuna comparando-o com a rota de Darwin. Agora está lendo *A viagem do Beagle*, devorando as descrições do Rio de Janeiro, Bahía Blanca, Buenos Aires, ilhas Falkland e Patagônia — lugares por onde passaram. As páginas se enrolam por causa dos borrifos da água do mar.

Na ilha Desolación, são detidos durante cinco dias por granizo, mas à medida que avançam em ziguezague para o norte pelos canais, o tempo vai esquentando. Acima deles agora, em enevoado esplendor, erguem-se os picos cobertos de neve dos Andes.

No dia de Natal, ancoram no golfo de Penas, ao largo da costa do Chile. Um leve chuvisco lava o barco enquanto eles fazem uma refeição especial de carne salgada e batatas cozidas. Mas o ar úmido é quente e, pela primeira vez em semanas, Elsa transpira. Depois de comer, e apesar da chuva, Elsa, Alice e Edward vão de bote até a praia. Alice insiste em levar Pudding. Puxam o bote para o seco e caminham por uma trilha sinuosa de vegetação gotejante.

"Elsa!", chama Edward da dianteira. Empurrando para o lado um amontoado de trepadeiras úmidas, ele espia para dentro da boca escura de uma caverna. "Vamos dar uma olhada?"

"Ah, vamos!", responde ela, pondo-se a correr. O esforço lhe dá prazer. Que maravilha estar em movimento! Alice fica para trás, retardada pela gaiola de Pudding.

Edward tira da mochila um revólver e uma pequena lanterna. "Estão prontas?"

Mas Alice dispara na frente. "Olá! Olá!", grita para dentro da caverna.

"Allie, meu bem, cuidado." Elsa puxa-a para trás com delicadeza. "Você não pode simplesmente ir entrando. Pode haver morcegos."

"Morcegos!"

"Morcegos não atacam, Alice", diz Edward. "E é provável que não haja nenhum aí. Eu entro primeiro, só para ter certeza. Você segura a mão de Elsa."

"Eu não vou entrar num lugar que tem morcegos."

"Allie."

Alice balança a cabeça.

"Então você fica aqui, cuidando do Pudding", diz Elsa. "Edward e eu não vamos demorar."

"Por que você quer entrar aí se há morcegos? Ah, não. Não entre, Elsa."

"Queremos explorar, Allie. Só vamos demorar um minuto. Mais nada. Prometo que não teremos problema nenhum."

"Promete?"

"Prometo."

Os olhos de Alice vão e vêm entre Elsa e Edward, até que ela sai do caminho e se põe de cócoras junto à entrada da caverna, acomodando a gaiola de Pudding num trecho de grama. A ave esvoaça e grasna, agitada pelos pingos de chuva. Elsa desamarra a capa e a passa sobre a cabeça de Alice, como um capuz.

"Por que você não conta ao Pudding sobre o albatroz que você viu?"

"Eu já contei."

"E o peixe-voador?"

"Ah, não. Ele não gostaria. Peixe não foi feito para voar. Se eu contar isso, ele vai achar que pode nadar. Vou falar sobre morcegos para ele, Elsa. Morcegos grandes e horríveis, dentro de cavernas."

"Alice, nós não teremos problema algum. Eu lhe digo lá de dentro."

Edward passa a lanterna a Elsa e segura-lhe a mão. Com a

outra mão, empunha o revólver. "Voltamos num instante", diz Elsa.

Lá dentro o ar está fresco e úmido. Os sapatos deles emitem um som surdo contra o chão duro; ouve-se um gotejar lento contra as rochas. As paredes estão escorregadias de musgo, o teto é baixo, e eles se agacham para avançar pela passagem estreita. Elsa vai de olhos no chão, atenta para onde pisa. Logo Edward lhe solta a mão e se espreme para seguir em frente.

"Nenhum morcego aqui, Allie!", grita Elsa, vendo Edward agachar-se mais, desengatilhar o revólver e bater com a arma na face da rocha. Elsa aponta a lanterna. "Até onde você acha que ela vai?"

"Acho que estamos no final. Está ouvindo isto?" Torna a bater na rocha com o cabo do revólver. "Há alguma coisa oca. Talvez outra passagem, mas não vejo outra abertura."

Elsa desliza para junto dele. "Tem certeza?" Ela esperava uma aventura breve.

"Nada é tão final quanto uma parede de rocha."

Elsa percorre o fim da passagem com a lanterna. "Nem mesmo uma rachadura."

Edward enfia o revólver no cinto e pega a lanterna. "Siga a minha luz", diz, roçando nela ao passar. Estende-lhe a mão.

"Eu posso ir sozinha", diz ela.

Tateia as paredes para se equilibrar e põe os pés cuidadosamente atrás dos dele. Do lado de fora a claridade é cinzenta e eles desviam o rosto um do outro, embaraçados pelo breve contato físico que tiveram.

"Meu Deus!", exclama Edward.

Alice não está sentada ao lado da entrada da caverna. A capa, largada no chão, é um monte encharcado.

"Allie!", grita Elsa. "Já saímos."

"Alice!", grita Edward, com pânico na voz.

"Ela não está longe", diz Elsa. "Na certa está esperando perto do bote."

Andando rápido por entre a vegetação úmida, os dois refazem os passos, chamando por Alice ao longo do trajeto. Quando finalmente a vêem, ela não está esperando perto do bote. Está dentro dele, remando com regularidade para longe da praia, com a cabeça inclinada para trás e a chuva caindo sobre seu rosto miúdo. A gaiola de Pudding está a seu lado e o pássaro bate as asas, muito agitado.

"Allie! Allie! Allie!" As vozes, frenéticas, atropelam-se. Mas Alice mantém a cabeça para trás. Parece mover a boca, os lábios finos fazem formas estranhas, mas Elsa não é capaz de dizer se Alice está falando com eles ou simplesmente lambendo pingos de chuva.

6.

Greer acordou com o sol do final da tarde filtrando-se pela cortina de aniagem. Apoiou-se na cabeceira da cama, esfregou os olhos para despertar de todo. Olhou ao redor na penumbra do quarto — criados-mudos de vime, paredes de cimento. Na escrivaninha junto à parede oposta, uma pilha de livros numa espiral instável: *Plantas da Polinésia, Os aldeamentos do Pacífico, A teoria da biogeografia das ilhas, Manual de análise do pólen.* Ah, lembrou, Rapa Nui.

Saiu da cama e abriu a cortina. O pátio, cuja vegetação eclética a fez pensar nas pinturas de Rousseau, estava banhado por uma luz tépida. Certa vez Greer passou um mês investigando cada imagem de flor em *O sonho* depois de ter lido a dissertação de um botânico da virada do século que acusou Rousseau de inventar sua flora tropical. "Disputas na selva e brigas botânicas" alegava que Rousseau forjava plantas esteticamente agradáveis: largas hastes esmeralda com frondes gigantescas, flores brancas em galhos negros aveludados. Em *O sonho*, Greer encontrara um galho de mimosa subtropical descrito com dez vezes o tamanho normal, uma flor de trevo japonês e uma agave nativa do deserto africano. As plantas eram reais, mas as proporções eram confusas, e sua combinação biogeográfica, uma mistura confusa de estufa: uma biota digna da imaginação do dr. Frankenstein. Na verdade, foi esse o título que ela deu ao artigo que escreveu e enviou a várias publicações sobre botânica: "A selva de Frankenstein". Todas o rejeitaram, por falta de relevância científica. Ela então o enviou a dezenas de revistas sobre arte, que também o rejeitaram, dessa vez por ser inconseqüente para a arte. Agora ele estava numa gaveta em Marblehead, dentro de uma pasta cheia de artigos sobre assuntos híbridos, impublicáveis — assuntos que, ela sabia, depois que a pessoa estivesse estabelecida na comunidade científica, sugeriam aos colegas um robusto apetite intelectual, mas que, numa jovem pós-doutorada, simplesmente sugeriam falta de concentração e tendências imaginativas, talvez emocionais.

Greer fechou a cortina, pegou os livros da escrivaninha e colocou-os em cima da cama. Tinha trazido guias sobre pólen e botânica; suas coleções de Darwin, Wallace, Lyell e Lineu; dois volumes contemporâneos sobre a história da ilha, com citações dos primeiros visitantes europeus. Mas sabia que ia precisar dos relatos integrais deles. Afinal de contas, o diário de Cook ou o de Roggeveen talvez mencionassem a flora da ilha. A SAAS tinha uma boa biblioteca em algum lugar no prédio, mas o material estava fechado a chave e o acesso a ele exigia burocracia. Teria de esperar.

Acomodou-se na cama e seu estômago roncou. Não tinha comido nada desde a banana da véspera. Vestiu um cardigã e uma saia comprida e calçou as sandálias. Pegando um dos textos sobre pólen e *Sobre a origem das espécies* — sempre um bom companheiro para o jantar —, seguiu para a sala com os globos verde-esmeralda. Não viu Mahina em lugar algum. Chamou-a, depois abriu uma cortina de contas atrás da escrivaninha, dando com um escritório vazio. Eram quinze para as sete, quase hora do jantar.

Greer, então, sentou numa das cadeiras de vime de encosto alto, ao lado de uma mesa de jogo, e releu a famosa passagem de Darwin:

> *Ninguém deve se surpreender com o fato de muitas coisas ainda permanecerem inexplicadas no que diz respeito à origem das espécies e das variedades, se tiver em devida conta nossa profunda ignorância sobre as relações mútuas entre todos os seres que vivem a nossa volta. Quem pode explicar por que uma espécie varia amplamente e é muito numerosa, e por que outra espécie semelhante tem estreita variação e é rara? Essas relações são, contudo, da maior importância, pois determinam o bem-estar presente e, creio, os futuros sucesso e modificação de cada habitante deste mundo. Ainda menos sabemos das relações mútuas entre os inúmeros habitantes do mundo durante as muitas eras geológicas passadas de sua história. Embora muita coisa permaneça obscura, e assim permanecerá por muito tempo, sem dúvida posso sustentar, depois do estudo mais deliberado e do julgamento mais desapaixonado de que sou capaz, que a visão sustentada pela maioria dos naturalistas, e que eu próprio sustentava antes — a saber, que cada espécie foi criada de modo independente — é errônea.*

Estudo deliberado e julgamento desapaixonado, pensou Greer. Darwin, que após vinte anos de estudo meticuloso, correu como um louco para publicar sua teoria da seleção natural antes que o jovem George Wallace fizesse isso antes! Greer adorava essa história, que seu pai costumava contar. Darwin, escondido com medo em sua casa em Down, na Inglaterra, escrevendo a Charles Lyell e a Joseph Hooker para pedir conselhos. Devia compor pacientemente sua obra sobre a evolução ou escrever rapidamente uma teoria provisória, antes que Wallace viesse a público? Seu julgamento, no final, foi inteiramente emocional. Ele agiu rápido, ganhou fama, mas não sem a insistente pergunta nas cartas que recebeu de Wallace — cartas que de algum modo desapareceram — e no próprio manuscrito de Wallace sobre a seleção natural, que Darwin recebeu, mas alegou ter posto de lado, sem ler, como se o assunto o entediasse. Mas seria possível não haver paixão, pensou Greer, numa ciência que exigia décadas de observação para se compreender um princípio fundamental? Seleção natural — uma idéia tão básica, tão *natural*, que pareceria óbvia a cada geração futura. Ciência exigia paixão acima de tudo. Mas o que ela admirava em Darwin era a capacidade de falar como se suas idéias não tivessem conseqüências pessoais, de apresentar-se como um observador clínico. O problema de Greer sempre fora esse: a dificuldade em ocultar seu interesse particular, em fazer seus julgamentos parecerem distanciados.

As sinetas acima da porta soaram e Mahina entrou, com um ar de preocupação. "*Doctora! Hola, doctora!* A senhora está bem agora? Eu vou ao meio-dia arrumar o quarto e a senhora está dormindo."

Greer fechou o livro. "A viagem deve ter me esgotado. *Cansada?* Estou ótima agora. Mas não comi nada. Se não for dar trabalho, será que posso jantar um pouco mais cedo?"

"Sim. Jantar. Nós lhe encontramos jantar." Mahina saiu e fechou a porta. Usava uma saia branca e uma blusa num tom forte de rosa, com botões de conchas. Através do tecido aparecia um sutiã de renda. "A senhora vem." Sem tirar o chapéu, levou Greer por um corredor até uma sala caiada de branco, onde havia quatro mesas redondas cobertas por toalhas estampadas com motivos florais, postas com todo o cuidado com fileiras de facas e garfos reluzentes. "Sente, *doctora*", ordenou Mahina, puxando uma cadeira de sob a mesa junto da janela.

"Por favor, nada que dê trabalho. Qualquer coisa estará ótimo. Talvez só algumas frutas. Eu até posso ir comprar."

"*Pollo*", anunciou Mahina, olhando distraidamente pela janela. "*Pescado* amanhã à noite. Hoje, *pollo*. Sim?"

"Perfeito."

"Ramón!", gritou Mahina, e logo o homem apareceu à porta. Ouviu instruções em *rapa nui* e desapareceu num quintal, de onde logo se ouviram cacarejos e bater de asas.

"*Un momento*", gritou Mahina. Desapareceu por uma porta de vaivém e reapareceu lá fora. Atravessou o pomar, colheu habilmente dois abacates e uma goiaba e colocou-os numa dobra da blusa. Ajoelhou-se, agarrou um talo e arrancou uma cenoura do chão. Bateu a raiz contra a coxa, para soltar a terra. Logo veio da cozinha o bater de panelas, um chiado, o cheiro doce de manteiga dourando ao fogo. Greer respirou fundo, saboreando o aroma. Uma refeição feita em casa. Nos últimos meses vinha se alimentando de lanches — frutas, biscoitos e queijo, lasanha fria. Tinha jantado algumas vezes com gente do laboratório de Thomas, que a convidara para comer bolo de carne e ensopados. Uma vez ou duas, saíra sozinha para desfrutar da companhia de estranhos. Afinal de contas, era o que as pessoas lhe diziam que fizesse: voltar para o mundo. Mas não era tão fácil quanto parecia.

Greer abriu na seção de Darwin sobre os habitantes de ilhas oceânicas, em que ele explicava padrões de fauna e flora insulares:

Pesquisei cuidadosamente os relatos dos viajantes mais antigos, mas não concluí minha pesquisa; até este momento não encontrei um único exemplo, isento de dúvida, de um mamífero terrestre (excluídos os animais domésticos mantidos pelos nativos) que habitasse uma ilha situada a mais de trezentas milhas de um continente ou de uma grande ilha continental; e diversas ilhas situadas a distância muito menor são igualmente estéreis. As ilhas Falkland, que são habitadas por uma raposa que se assemelha ao lobo, são as que mais se aproximam de uma exceção; mas esse grupo não pode ser conside-

rado oceânico, dado que repousa sobre um banco ligado ao continente; ademais, outrora icebergs levaram blocos de rocha para suas praias ocidentais, e eles podem ter outrora transportado raposas, como acontece com tanta freqüência nas regiões árticas [...]. *Embora mamíferos terrestres não ocorram em ilhas oceânicas, ocorrem mamíferos aéreos em quase todas as ilhas* [...] *pois nenhum mamífero terrestre pode ser transportado através de uma grande extensão de mar, mas morcegos podem cobrir essa distância voando. Morcegos foram vistos errando durante o dia sobre o oceano Atlântico, a grande distância da terra; e duas espécies da América do Norte visitam regularmente ou ocasionalmente as Bermudas, à distância de seiscentas milhas do continente.*

Greer pousou o livro. Sim, ilhas oceânicas só hospedavam plantas e animais com a perfeita combinação de forte impulso para viajar e resistência. A maioria dos mamíferos terrestres não tinha a menor chance em dispersão pela água. Alguns anos antes, porém, ela tinha lido sobre uma elefanta da ilha Sober que simplesmente entrara no mar e nadara até o Ceilão — uma distância de apenas quinhentos metros, mas ainda assim uma façanha impressionante. Vários turistas fotografaram a cansada criatura no momento em que saiu da água e seguiu para o interior. Mais tarde houve notícias de outros elefantes nadando sozinhos. Portanto, alguns mamíferos terrestres tinham a capacidade de se dispersar através de água. Era freqüente verem-se ratos e camundongos atravessando o oceano sobre pedaços de destroços flutuantes. Na verdade, roedores e morcegos eram os únicos mamíferos que habitavam a maioria das ilhas.

Mas era estranho o destino evolucionário que aguardava criaturas que rumavam para praias distantes. O que Darwin chamava de "tornarem-se ligeiramente modificados" ficava muito aquém da realidade. As modificações podiam se descontrolar de uma maneira chocante. As ilhas nutriam excentricidade, produzindo um carnaval faunístico de mamutes anões, répteis gigantes e aves incapazes de voar. Os piores eram os insetos — besouros e baratas cujo corpo crescera ao longo de gerações até atingir o tamanho de pequenos roedores continentais. Felizmente, à medida que o corpo crescia, as asas, como observou Darwin, "contraíam-se", e a maioria desses artrópodes se via condenada a disparar pelo chão do quarto dela durante a noite; graças a Deus, não iam pousar no seu rosto enquanto estivesse dormindo. Quanto às aves, porém, a incapacidade de voar era trágica. O dodô, uma ave cujo antigo ancestral era forte o suficiente para voar até as ilhas Maurício, uma massa vulcânica no oceano Índico, cerca de seiscentos quilômetros a leste de Madagáscar, descobriu que após várias gerações suas asas tinham atrofiado. Quando os homens importaram porcos e macacos, mamíferos que gostavam de comer ovos de dodô, as aves não tiveram escapatória. A última delas foi avistada em 1681.

"*Bueno*", anunciou Mahina, atravessando a sala com um prato.

"O cheiro está delicioso." Greer empurrou o livro para um lado. "Obrigada."

Mahina serviu vários legumes cozidos. "*Pollo* daqui a pouco, *doctora*. Para beber?"

"*Agua, por favor.*"

Mahina logo trouxe um copo de água, de olho nos livros de Greer. "Pa-li-no-lo-gi-a?"

"O estudo do pólen", disse Greer.

"*Ah, sí*", disse Mahina. "A senhora estuda o pólen de Rapa Nui?"

"Vou colher amostras do fundo dos lagos", disse Greer, fazendo o gesto de enfiar um descaroçador no chão e girar, "e depois ver que pólen está enterrado lá no fundo. Dessa maneira ficarei sabendo que plantas cresciam aqui antigamente."

"*Bueno*. Eu li que os médicos estudam o pólen do pano de *Jesucristo*! É o pólen, não é, que diz que era para Cristo."

"Você leu sobre isso? A maioria das pessoas nunca ouviu falar de palinologia. Passam a vida sem nem pensar em pólen, a menos que sejam alérgicas."

Mahina balançou a cabeça, orgulhosa. "Eu, não alérgica. Eu li na nossa revista da Virgem Maria. Vem duas vezes por ano da Espanha. Essa chegou atrasada, quase um ano, mas li tudo."

"Você ficou convencida?"

"Convencida?"

"Você acredita no que disseram sobre o pólen?"

"Acredito que o pano era para Cristo, sim. Mas não por causa do pólen. Não sei o suficiente sobre pólen. Sei o suficiente sobre *Jesucristo*."

"Então não vai ficar desapontada quando eu lhe disser que a análise feita na mortalha não foi boa. O pólen que se encontrou nele era de plantas da Palestina. Mas existem mais de setenta espécies de cada uma dessas flores. Um grão de amaranto básico, supostamente de Jerusalém, parece idêntico ao de milhares de outras espécies de margarida. Além disso, as pessoas sempre puseram flores diante de relíquias religiosas; as coisas ficam recobertas de todo tipo de pólen." Greer espetou uma cenoura fumegante, soprou e deu uma mordida.

Uma expressão de piedade suavizou o rosto de Mahina. "A *doctora*, eu acho, acredita muito na ciência. Talvez não em *Jesucristo*." Levantou uma sobrancelha. "E talvez ela não goste que ciência seja usada para *Jesucristo*?"

Ah, não, pensou Greer. Por que fora abrir a porta para aquilo? Não estava contestando a existência de Deus, estava contestando um estudo. Cada um que acreditasse no que quisesse: um Deus, dez deuses, não fazia diferença. Mas não havia lugar para religiosidade na ciência. E ela não conseguia deixar de achar que o cristianismo, que passara séculos contestando os maiores avanços do pensamento humano, fora muito descarado ao usar um microscópio para provar que um objeto era sagrado. Mas seu espanhol não era bom o suficiente para expressar seus argumentos, e em inglês Mahina não os entenderia. Greer não queria que Mahina pensasse que ela estava rejeitando sua fé, quando, na verdade, a respeitava. Não era fácil manter a fé.

"Vamos chegar a um meio-termo, Mahina. Vamos dizer que o pólen não prova que o sudário de Turim tocou o corpo de Jesus Cristo, mas também não prova que não tocou." Isso teria de esperar pela análise do tecido, um teste que lhe determinaria a idade. Grãos de pólen sozinhos não revelam nada sobre o tempo. Pólen não envelhece.

Mahina considerou isso. "*Bueno, doctora. Bueno.*"

Deixando Greer a comer lentamente o resto das cenouras e cebolas, desapareceu novamente na cozinha e voltou com um prato de galinha fumegante. "Agora o *pollo*. *Moa*, em *rapa nui*."

Ficou enquanto Greer dava a primeira mordida. "Delicioso."

Mahina sorriu. "Em *rapa nui: kai ne ne*. Comida deliciosa."

"*Kai ne ne*", repetiu Greer.

"*Bueno*. Agora a senhora trabalha, *doctora*. Eu ando por aqui, mas a senhora, por favor, não vai me ver." Mahina pegou o livro de Darwin e abriu-o diante de Greer na página marcada. "A senhora está aqui para trabalhar. Trabalho importante. Eu não perturbo a senhora."

"Você não me perturbou de maneira alguma."

"Uma *doctora* precisa de silêncio para trabalhar. Para pensar. Eu entendo."

Mahina saiu e voltou com quatro copos de vinho, de tamanhos diferentes, com as hastes enfiadas entre os dedos. Com movimentos destros, pôs cada um à direita de um prato e depois foi buscar outros quatro. Após colocar todos eles nas mesas, examinou o próprio trabalho e esfregou as mãos.

Embora o livro ainda estivesse aberto, Greer tinha acompanhado isso tudo. "Mahina, francamente, eu quero que você se sente comigo."

Mahina bateu palmas. "Ah, Mahina só está aqui para trabalhar." E com isso voltou para o salão. Greer terminou a refeição em silêncio, dobrando páginas de interesse, depois levou seus pratos para a impecável cozinha e os pôs dentro da pia.

Quando retornou a seu quarto, viu que a cama tinha sido arrumada, os sapatos alinhados com cuidado contra a parede, e as mochilas pretas, empilhadas num canto. Os livros que deixara em cima da cama estavam arrumados sobre um dos criados-mudos de vime, apoiados por um suporte de livros que não estava ali antes. Acima da cama, a placa da Virgem Maria tinha sido restaurada à sua posição de vigia, e agora um pequeno crucifixo pendia do lado dela.

Greer riu. Os próximos meses iam ser interessantes.

Jogou o livro de Darwin em cima da cama, deixando-o para travar batalha com a religião, e pegou um blusão e uma lanterna de uma mochila.

O prédio da SAAS estava novamente escuro e vazio, e Greer sentiu-se agradecida pelo fato de os outros pesquisadores seguirem um horário normal. Anos antes, no curso de doutorado, quando era uma das cinco mulheres no departamento, só lhe haviam dado acesso ao laboratório de botânica tarde da noite, quando mais ninguém queria trabalhar. Acostumara-se tanto ao silêncio, ao escuro e à solidão que achava difícil romper o hábito, mesmo quando tinha acesso ao equipamento durante o dia.

Os caixotes estavam ao lado da porta, exatamente onde os

deixara, mas dessa vez ela trazia uma alavanca. De joelhos, abriu com cuidado o topo lascado do primeiro e levou a coleção de produtos químicos para a mesa de metal mais próxima da pia, dispondo os frascos na ordem habitual — potassa cáustica, anidrido acético, ácido sulfúrico, ácido muriático —, com todos os rótulos virados para a frente.

Era meticulosa na arrumação do equipamento, um traço que herdara do pai, professor secundário de biologia. No porão da casa deles em Wisconsin, ele montara um laboratório de pesquisa completo: vidros de produtos químicos cuidadosamente rotulados, gavetas identificadas por cores contendo lâminas, arenitos e conchas, prateleiras de livros de referência em ordem alfabética e um belo microscópio de latão que trouxera da Hungria e que, para Greer, na primeira vez em que o viu, pareceu um tesouro antigo.

Quase toda noite, depois do jantar, o pai descia para examinar uma amostra nova: uma borboleta ou uma flor prensada, às vezes uma mosca comum ou uma joaninha que chegara da Califórnia ou do Maine num envelope. Era comum ele escrever a professores no país inteiro pedindo que lhe mandassem material orgânico local. À sua casa em Mercer chegavam sementes de dente-de-leão, saquinhos de terra e agulhas secas de sequóia. Certa vez recebeu de um professor do Tennessee um pacote com um bilhete que dizia: "Esta planta foi cultivada a menos de trinta e cinco quilômetros da nossa escola. Divirta-se". A caixa continha um maço de cigarros.

Criança, Greer ficava hipnotizada com o mundo secreto do pai lá embaixo, com a parafernália misteriosa que o rodeava. E como ele não queria que sua organização fosse perturbada, durante anos ela não teve autorização para tocar em nada, o que só lhe aumentava a curiosidade. Imaginava que ele fosse algum tipo de gênio. Algumas vezes, depois de convencer a mãe a deixar que a acompanhasse enquanto ia tirar o pó, Greer conseguiu examinar os puxadores e cilindros de latão do microscópio, os belos frascos de vidro da alquimia particular dele.

A mãe tratava o laboratório com menos seriedade. Tubos de ensaio e lâminas exerciam pouco fascínio sobre ela. Poderiam ser pedaços de um modelo de navio, fragmentos de um passatempo adequado que qualquer marido pudesse ter. Ela preferia ficção a fatos; passava as noites sentada na varanda, com um romance no colo. Para ela, o mundo natural era uma tela para narrativa, um lugar de mitos e lendas. Na hora de dormir, contava a Greer histórias sobre almas que viviam em árvores — amantes perdidos transformados em madeira, crianças levadas transformadas em arbustos —, que eram segredos entre elas. "O papai só enxerga através do microscópio", dizia, com o cheiro doce do creme no rosto misturando-se ao cheiro do cigarro. "Você e eu enxergamos *tudo*."

Eram as recordações mais fortes que Greer tinha da mãe: o cheiro, os sussurros da hora de dormir e o jeito que tinha de fazer que tudo — *Vou sair para comprar manteiga* — parecesse um segredo. Tinha nove anos quando a mãe morreu por causa da ruptura de um aneurisma.

Foi então que o pai, num esforço para consolá-la, finalmente deixou que usasse o laboratório.

Dois meses após a morte da mãe, Greer voltou para casa uma tarde com um sapo que pegara num riacho. Com o animal entre as mãos, entrou na cozinha. "Peguei um sapo", anunciou, "e vou chamá-lo de Harvey."

O pai tirou os óculos de leitura e dobrou o jornal. "Vamos dar uma olhada."

Greer ergueu diante do rosto dele a criatura úmida e escorregadia, pulsando entre suas mãos.

"Não é um Harvey", disse o pai. Segurou o sapo, disse a ela

que pegasse uma tigela, e Greer ficou olhando enquanto ele balançava o sapo acima da tigela e lhe apertava o abdome. Logo uma cascata de pequenas vagens pretas caiu dentro da tigela. "Ovos", disse ele. "Quer cuidar deles?"

Greer mal conseguiu acreditar no que ele estava sugerindo. Seguiu o pai pela escada do porão às escuras. A um puxão na corrente enferrujada a luz se acendeu com um clique. A desordem do lugar a surpreendeu. A pia estava cheia de béqueres sujos; a mesa, coberta de pó. O pai puxou o microscópio, pegou uma lâmina e, de uma lata de utensílios, uma pinça e um conta-gotas. "Pegue alguns ovos, ponha três gotas de água, depois cubra com a lâmina. Agora, enfie a lâmina com cuidado no microscópio. Bem aí. Devagar, Lily Pad. Não quebre. Agora espere um momento."

Levou o olho à ocular, ajustou o foco. "Pronto. Tente."

Greer se pôs na ponta dos pés e apertou o olho contra a peça de latão.

"O que você está vendo?"

"Círculos."

"O que mais?"

"Círculos inchados, círculos grandes e inchados, com bordas grossas, como se fossem desenhados com um caleidoscópio Magic Maker."

"Mas o que você está *vendo*, Lily Pad?" Ele pareceu nervoso. Havia uma resposta certa. "O que você está olhando?"

"Vida?", perguntou ela.

"Ah, Lily Pad." Ela sentiu a mão dele, firme e orgulhosa, pousar nas suas costas. "Você e eu."

Bem no momento em que começava a sentir a felicidade da própria façanha, a lâmpada acima deles crepitou e Greer ouviu pingos de água num canto. Olhou e viu uma goteira no teto. Sentiu um aperto na garganta. O lugar que havia tanto tempo ela queria usar desaparecera, a soleira que ela tanto esperara para atravessar não levava a nada agora, senão à desordem.

Agora, anos mais tarde, ela entendia o perigo de permitirmos que a dor entre em nosso santuário.

Abriu o caixote que encerrava seu destilador — água da torneira continha pólen e tinha de ser purificada — e montou as peças cuidadosamente. Desembalou a centrífuga e colocou-a sobre uma das mesas; depois, ergueu a tampa, examinou os oito baldes vazios dispostos em círculo e viu se alguma coisa tinha quebrado durante a viagem. Tirou a prensa de plantas, limpou todas as peças e colocou-a ali perto.

O último caixote, onde estava o microscópio, foi mais difícil de abrir. Ela deu um leve empurrão para baixo na alavanca, mas isso fez a alavanca cair no chão. Greer então cravou a ferramenta mais fundo e pisou com força. A madeira despedaçou-se, a alavanca saiu do lugar, fez uma pirueta e atingiu-lhe a canela.

"Ah, que merda!", gritou ela, pulando com a perna ilesa. Sentiu uma dor aguda e por um momento seus olhos se encheram de lágrimas, mas, ao se virar, viu um rapaz à porta. Era o homem do avião — o homem do bolo.

Ele levantou o indicador. "Temos um estojo de remédios." Desapareceu pelo corredor e Greer se recompôs. Quando ele voltou com um chumaço de gaze numa mão e um vidro na outra, ela já conseguia fazer uma razoável exibição de estoicismo.

"Eu estou bem."

"É importante desinfetar. Para evitar tétano."

Greer ainda estava recurvada, apertando a mão com firmeza na canela, mas a onda inicial de dor estava passando. Tentou endireitar o corpo. "Está ótimo. Verdade."

"Você quer dizer *ah-que-merda* ótimo?"

"Em teoria."

Ele se agachou ao lado dela. "Bem, sim. Claro que está ótimo", disse. "Só que também devia estar limpo, não?"

Abriu o frasco, molhou a gaze e deu a ela. O cheiro penetrante de álcool lhe fez cócegas no nariz.

"Está ótimo", disse ela, aplicando a gaze levemente no corte. Tinha surgido um fio de sangue no ferimento. "Está mesmo."

"Ótimo", disse ele. "Ótimo. Ótimo. Hummm. Meu inglês não é muito bom. Desculpe, mas acho que não conheço essa palavra." Um sorriso repuxou-lhe os cantos da boca. "Preciso procurar compreensão na linguagem do corpo. Sangue, corpo recurvado, rosto contraído de dor. Acho que essa palavra *ótimo* talvez signifique o mesmo que horrível."

"Não", suspirou Greer. "Quer dizer realmente horrível. Doendo horrivelmente."

"O inglês é uma língua fascinante. Você pode me ensinar muita coisa." Ele se levantou. "Uma vez, muitos e muitos anos atrás, eu tive uma queda com um planador para vôo livre quebrado, logo depois de decolar de um pico ao norte de Santiago. Aterrissei sobre a perna. Uma fratura bem definida. O perigo, é claro, não era o osso, mas a poeira da montanha. O médico disse que tive muita sorte de limpar rapidamente os ferimentos." Fez outro gesto na direção do frasco de álcool.

"Vicente Portales?"

"Isso seria ótimo para você?"

"O melhor tipo de embaraço." Ela levantou a gaze da perna e viu que o sangramento tinha cessado.

"Está vendo? Quase nova", disse ele. "Bem, pelo menos eu vejo que você está realmente muito ocupada se instalando. Claro que não precisa vir jantar. Eu só queria dizer alô à nossa nova convidada, que eu sei que é a doutora Greer Farraday. Eu sou mesmo Vicente Portales. Criptógrafo. E lhe dou as boas-vindas a Rapa

Nui e a nossos colegas: doutor Sven Urstedt e doutor Randolf Burke-Jones, que também gostariam de conhecê-la. E vou lhe dar um pequeno conselho: se alguém quiser evitar o mundo inteiro, Rapa Nui é uma escolha excelente. Talvez não exista lugar melhor. Mas se a pessoa quiser evitar os outros em Rapa Nui, vai ter muito pouco sucesso, porque a ilha é muito, muito pequena." Com isso, agachou-se, tirou do bolso um rebuscado canivete do exército suíço, ergueu com uma pancada uma lâmina grossa e, em quatro movimentos rápidos, levantou a tampa do último caixote dela. "Para ajudá-la a se instalar um pouco mais depressa", disse, tornando a enfiar o canivete no bolso. "*Iorana*, Greer."

Ela acompanhou os passos dele sumindo com vagar pelo corredor.

"Obrigada", disse, embora não achasse que ele pudesse ouvi-la. Só o eco de sua voz voltou.

No dia seguinte, acordou ao amanhecer, trocou o Band-Aid do ferimento e preparou uma mochila: sacos para amostras, cortadores, caderno para anotações, máquina fotográfica, uma muda de roupa. Passou filtro solar nos braços e no pescoço e saiu pelas ruas de Hanga Roa que mal despertavam, para encontrar o primo de Mahina, Chico, que, segundo lhe tinham dito, poderia alugar-lhe um cavalo. A impressão que teve foi que a notícia do seu plano tinha se espalhado rapidamente: o homenzinho com um rebelde bigode grisalho estava parado no meio da rua, segurando as rédeas de um cavalo castanho um tanto emaciado, e acenou quando a viu. Depois de acertarem um preço, ele a ajudou a montar e lhe deu um velho mapa da ilha, onde estavam desenhadas várias *moai*.

"As melhores *moai* aqui." Apontou para um ponto no lado ocidental da ilha. "Ahu Tahai. Não mais de quinze minutos. E aqui", bateu com o dedo numa extensão de areia no litoral norte, "é bom para nadar. Anakena. Duas ou três horas, talvez."

Ela agradeceu e chutou levemente o flanco do animal. Fazia anos que não andava a cavalo, desde a infância na verdade, e gostou do balanço do próprio torso sobre o dorso do animal e do leve oscilar de seus pés nos estribos. Freqüentemente cavalgara sozinha pelos campos, vendo a casa dos pais ir sumindo até se tornar um pontinho branco ao longe, para coletar peixinhos e tritões no riacho. Desde a infância o pai a criara numa dieta de ciência. Enchera-a de histórias de maravilhas naturais: plantas centenárias que cresciam durante décadas, até finalmente darem flores e frutos por um breve momento; uma orquídea asiática que podia florescer por até nove meses. Mas a favorita dela era a história das pequenas sementes em formato de coração que caíam de trepadeiras tropicais e eram levadas pela chuva para o mar. Em qualquer época havia milhões de corações à deriva durante meses nos oceanos do mundo, até darem em praias distantes para começar uma nova vida. Os corações do mar viajavam tão bem, dizia seu pai, que os viajantes enchiam os bolsos com eles para dar sorte.

Enquanto os amigos se reuniam depois da escola para trocar bonecas Ginny e figurinhas de beisebol, Greer saía para explorar o bosque, virando pedras e troncos apodrecidos para ver os mundos em miniatura que se encontravam embaixo deles. Durante horas rondava civilizações emboloradas de aranhas, lesmas e centopéias. Ou cavalgava pelos campos colhendo flores silvestres, às vezes desmontando e seguindo uma abelha que cabriolava de flor em flor, tentando ver se conseguia discernir um padrão nas preferências do inseto. Fazia muito tempo que se acostumara à solidão, a uma silenciosa aliança com a natureza.

Continuou lentamente pela rua que levava para fora da cidade, com o oceano num tom de miosótis à sua esquerda. Logo surgiram do meio da relva fileiras desordenadas de cruzes brancas. Segundo o mapa, aquele era o cemitério local, iniciado quando os missionários chegaram e começaram a pregar o sepultamento cristão. Antes os mortos eram enterrados nas cavernas ou sob as *ahu*, as longas plataformas de pedra sobre as quais, originalmente, se erguiam as *moai*.

O caminho era ladeado de samambaias, que Greer imaginou estivessem em Rapa Nui havia muito tempo. Os esporos de samambaias são dos mais leves no reino das plantas, não mais pesados do que o grão de pólen médio, e podiam ser levados pelo vento por centenas de quilômetros. As samambaias foram das primeiras plantas a se regenerar em Cracatoa: três anos depois da erupção da ilha indonésia, elas constituíam mais da metade da flora da ilha, muito mais que os quinze por cento habituais. Greer gostava de pensar nas samambaias como em polinésios florais — itinerantes, aventurosos, adaptáveis — instalando-se em cada ilha através de oceanos inteiros.

Ao longe, à sua frente, avistou várias figuras de pedra gigantescas caídas na relva: *moai* — as estátuas que tinham gravado a ilha de Páscoa na consciência do mundo. De acordo com o mapa do Chico, era Tahai, o grupo de *moai* mais próximo da aldeia. Muito mais deprimente do que impressionante, pensou ela. Narizes compridos comprimidos contra o chão, costas expostas ao sol. Pareciam escombros. Greer tentou imaginá-las em pé, da maneira como Roggeveen as vira em 1722: um alinhamento de altaneiras formas humanas. Mas a majestade desaparecera havia muito tempo. Greer não desmontou: não era por causa das *moai* que estava ali.

Seguiu para o interior da ilha para dar uma olhada na antiga colônia de leprosos, no local onde, supostamente, a terra era a mais fértil da ilha e fora usada pelos leprosos para cultivar frutas e legumes. No começo foi difícil vendê-los, mas as pessoas acabaram vencendo o medo. Depois de alguns minutos Greer se viu diante das cabanas dispersas e abandonadas, em cada uma das quais, em certa altura, tinham vivido quase vinte leprosos. O último morrera poucos anos antes. Desde então, as cabanas tinham sido abandonadas à violência do vento e da chuva. Ela contornou o aldeamento até achar o que parecia um campo de cultivo. Desmontou, recolheu uma amostra do solo e voltou em direção à praia.

A praia, lá embaixo, estava coberta de dezenas de *moai* tombadas. De longe, algumas simplesmente pareciam rochas. Através do binóculo, porém, a curva dos ombros e o entalhe dos olhos fixados ao chão se tornavam claros. As estátuas de tufo vulcânico, com mais de seis metros de altura, tinham sido esculpidas com traços idênticos: pareciam gigantes delgados, com enormes cabeças retangulares. Não tinham aparência natural nem eram ornamentadas, mas o tamanho e a pura quantidade delas eram impressionantes. Greer era capaz de entender por que tinham capturado a imaginação de Roggeveen, González, Cook e La Pérouse. Era mais do que arte, era indústria. Esculpir centenas de gigantes de pedra e depois posicioná-los ao longo do litoral da ilha — impossível de imaginar.

O sol, alto agora, batia forte nos braços e pernas de Greer, que pôs os óculos escuros. Fez o cavalo seguir por mais uma hora pela trilha recoberta de pedras, parando uma vez junto a um amontoado de arbustos baixos salpicados de bagas vermelhas. Gênero *Lycium*, desconfiou ela. Era a única planta selvagem entre as gramíneas. Cortou um galho e enfiou num saco de amostra. Nas vertentes viu dezenas de cavalos e ovelhas pastando. Passou por duas fazendas de gado, onde teve de guiar o cavalo para evitar as cercas, e viu várias perdizes pulando no mato.

Por volta do meio-dia, tinha chegado a Anakena, uma meia-lua de areia branca onde várias pessoas faziam piquenique. Os americanos da véspera tomavam sol deitados numa manta xadrez, com um radinho escorado entre eles. Mais adiante, várias mulheres de biquíni jogavam uma bola de praia. Um punhado de palmeiras — plantadas havia poucos anos, pelo que Greer lera — dava sombra às bordas da praia e, sob uma delas, de tronco grosso e recortado, três mulheres idosas se abanavam com folhetos. Desfrutavam do trecho minúsculo de sombra, o primeiro que Greer vira a manhã inteira. A maneira como a ilha se desnudava ao sol realmente a surpreendia — era quase como se também as sombras tivessem se extinguido. O único oásis era aquela praia delgada, com sua copa de folhas de palmeira. Fora ali que Horu Matua, o primeiro colonizador da ilha, desembarcara de sua canoa e que a famosa expedição britânica perdida fizera seu acampamento. Greer tinha planejado almoçar na praia, num trecho de sombra, mas mudou de idéia. Turistas demais. Não estava ali para tirar fotos e depois dizer aos amigos em casa: *Estive na ilha de Páscoa*. Estava ali para entender.

Afastou-se da praia, acompanhando o aclive íngreme da costa. Seguiu a linha do litoral por mais uma hora, depois saiu da trilha e seguiu por um emaranhado de mato e pedras. O cavalo avançava devagar. Um vento forte e salgado ergueu-se da água, batendo no rosto de Greer. Isso e o som das ondas abaixo abafaram brevemente a batida dos cascos do cavalo. Acima, aves marinhas davam mergulhos no céu, num silêncio estranho. Mas o vento logo diminuiu e ela ouviu um *uush* oco. Nas rochas abaixo, um jorro de água disparava direto para o céu: um respiradouro. Segundo o mapa, ela estava quase na metade do trajeto de volta a Hanga Roa — um bom lugar para parar e almoçar. Um caminho batido levava até a água. Greer desmontou e amarrou o cavalo à cabeça de uma *moai* quebrada.

Apertando as tiras da mochila, desceu o penhasco, pisando com cuidado nas pedras soltas. Quando finalmente chegou a terreno plano e tirou a mochila das costas, ouviu o vago som de passos sobre o basalto áspero. Olhou para a face do penhasco e viu um velho de calça marrom folgada e suéter bege subindo pelas rochas até a trilha. Ia a passos rápidos e leves, visivelmente mais confiantes do que os dela. Um ilhéu. O cabelo era grosso e grisalho; as sobrancelhas, rebeldes. Olhando nervoso para Greer, sumiu de vista. Foi aí que uma brisa trouxe o cheiro de comida: um assado e o cheiro adocicado de inhame. Sobre as rochas, a uns seis metros, ela avistou um prato coberto com uma tampa de metal e um halo de vapor subindo das bordas. Estranha aquela refeição abandonada, mas a ilha parecia governada por suas próprias regras e rituais.

Greer sentou e tirou o almoço que Mahina tinha empacotado: duas bananas, um sanduíche de queijo e uma garrafa de Cola quente. Ao longe, um pequeno quebra-mar se estendia água adentro, com cordas esfiapadas pendendo de suas pedras. O mar abaixo de Greer batia no penhasco, e ela ouviu o ritmo das ondas com um surpreendente prazer. Sempre gostara do oceano, e nos últimos meses, em Marblehead, quando a confusão de sentir a perda de Thomas parecia esmagadora, era o oceano que a acalmava. Aqui, porém, acima do mar interminável, neste lugar tão distante, sentiu mais do que calma: sentiu o primeiro indício, pequeno, de alegria voltando. Conseguira vir à ilha de Páscoa e estava fazendo sua primeira pesquisa de campo sozinha. Pegou o caderno e começou a escrever:

Dia 1: *Levantamento inicial da vegetação atual da costa noroeste da ilha: muitas gramíneas e samambaias, sem arbustos visíveis nem cobertura de solo. Uma amostra* (A1)*, possivelmente de* Lycium, *colhida a cinco quilômetros da aldeia de Hanga Roa.* (*As bagas são comestíveis para seres humanos? Quais são os outros possíveis predadores dos frutos entre a fauna? Meios de dispersão?*)

Solo erodido e seco. Aproximadamente duas dúzias de coquei-

ros crescem na praia de Anakena, na costa norte da ilha, mas além disso não há...

O respiradouro soltou outro assobio, um borrifo de água do mar caiu em cima de Greer, e, quando ela olhou para cima, viu uma figura fantasmagórica acima do prato fumegante. Uma velha, pálida e magra, descalça, num avental sujo. O vento lhe agitava o longo cabelo branco. Ela arqueou as pernas cautelosamente para erguer o prato e depois virou-se para Greer.

"*Iorana!*", gritou Greer. "Ventando. *Viento! Fuerte!*" Nunca se sabe que diferença uma palavra simpática pode fazer. "A vista", continuou, abrindo os braços para o oceano. "*El mar, hermoso.*"

A velha correu os olhos pelo horizonte.

"*Hermoso!*", repetiu Greer.

"*Vai kava nehe nehe*", disse a mulher numa voz baixa e frágil, quase perdida no ronco da água. Virou-se para o penhasco e desapareceu.

Deslizando para a frente, Greer viu uma pequena fenda na face da rocha, uma abertura mínima. Uma caverna, claro. A ilha inteira era perfurada com relíquias do seu passado vulcânico: tubos de lava deixados pelo magma que fluíra milhares de anos antes. Embaixo da grama amarela, do basalto, essas cavernas formavam um mundo subterrâneo de passagens complicadas, escondidas dos olhos de todos e semeadas de esqueletos de antigos ilhéus. Segundo a história oral, as cavernas tinham servido de abrigo e esconderijo em épocas turbulentas. Nelas famílias tinham dormido, cozinhado e esperado; e, quando necessário, enterrado seus mortos. Também os primeiros cristãos, pensou Greer, entenderam os benefícios de redes subterrâneas, escavando câmaras mortuárias sob a Roma antiga, e depois, em períodos de perseguição religiosa, abrigando-se embaixo da terra, ao lado dos mortos. Estranho como os mausoléus costumam se transformar em refúgios.

Acreditava-se que muitas das cavernas da ilha ainda não tinham sido descobertas. A que estava à sua frente, porém, parecia servir de residência para a velha. Quantas outras, pensou Greer, ainda seriam habitadas?

Greer terminou rapidamente de almoçar — estava ficando tarde — e recomeçou a registrar as observações da manhã. Descreveu em detalhes o trajeto que fizera, o tempo, o número de cavalos que vira. Tinha prometido a si mesma que faria muitas anotações, documentaria cada etapa da pesquisa, como se de fato tivesse a responsabilidade de encaminhar as notas à sociedade inexistente que financiava a pesquisa. Mas agora, no pé da página, acrescentou uma pequena nota inapropriada a um registro oficial, o tipo de nota diante do qual Thomas teria balançado a cabeça.

Uma velha que mora numa das cavernas saiu para buscar um prato de comida quente, deixado ali fora por um homem idoso. Parece uma eremita. Interessante. É clara, tem o cabelo branco. Pertence à raça oho-tea.

Vai kava nehe nehe — traduzir.

Sorrindo, fechou o caderno, embrulhou as sobras do almoço e tomou o rumo da aldeia, enquanto o sol descia no céu.

Depois de devolver o cavalo, seguiu a pé pelas ruas de Hanga Roa para o *residencial*. Eram oito da noite e as poucas lojas na avenida Policarpo Toro estavam fechadas. Na esquina, um pequeno restaurante parecia estar ganhando vida. Um homem de camisa marrom levava cadeiras e mesas para a rua poeirenta, estendia toalhas de algodão xadrez e dispunha com ruído saleiros e vidros de pimenta sobre as mesas. Alguns turistas já estavam sentados, soltando-se de viseiras e correias de máquinas fotográficas, empilhando guias em cima das mesas. Palavras em espanhol, alemão e inglês misturavam-se na rua. Aquele era o único sinal de vida. Quando virou na rua Te Pito O Te Henua, Greer avistou Vicente Portales andando com um jornal embaixo do braço. Notou a precisão da postura dele. Não era alto, mas o modo como mantinha os ombros erguidos dava a impressão de que era. Ele acenou e veio confiante em sua direção.

"Está vendo? A ilha é pequena."

"Obviamente."

Os olhos dele pousaram na volumosa mochila dela. "Parece que passou o dia ocupada, explorando a região. Divertiu-se?"

"Sim", respondeu Greer, embora não conseguisse dizer que tinha preferido olhar longamente para o oceano a admirar as *moai* mundialmente famosas. "O lugar é interessante."

"Boa palavra: interessante. Bonito, não. Mas interessante, sim, muito. Talvez o lugar mais interessante onde eu já estive."

"Há quanto tempo está aqui?"

"Pergunta difícil. A trabalho, há cinco meses. Mas eu faço viagens ao continente, no vôo da Lan Chile, como você sabe. Bem, eu gostaria muito de ouvir sobre o seu trabalho, sobre o que você está estudando. A *sociedad* parece saber pouco sobre as pessoas a quem hospeda, mas se compartilharmos nossos conhecimentos vamos todos contribuir para o trabalho uns dos outros. Toma um pisco azedo comigo?"

Greer tinha reunido perguntas suficientes sobre a ilha para sentir vontade de conversar com alguém que conhecia o local. E, como ele dissera, a cidade era pequena. Olhou para o relógio. Mahina dissera que o jantar era às nove horas; ela ainda tinha uma hora.

"O que é pisco azedo exatamente?"

"Uma das bebidas típicas do Chile, doutora Farraday! Precisa experimentar. Infelizmente não temos bares aqui. O Vittorio ali" — apontou para o homem que carregava mesas e cadeiras — "está tentando abrir o primeiro restaurante. Mas é para turistas. Vamos tomar um drinque em estilo *rapa nui*. Está bem?"

"Um drinque chileno, então."

Seguiram para o lugar onde ela tinha feito compras na véspera. A porta estava fechada, mas Vicente bateu. "*Iorana!* Mario? Vicente *aqui*!" Mario logo apareceu com um sorriso meio grogue. "Ah! Marblehead! *Iorana! Hola,* Vicente!"

"*Una botella de pisco azedo?*", perguntou Vicente.

"*Sí, sí.*" Mario desapareceu na loja escura e logo voltou com uma garrafa e dois copos minúsculos.

"*Maururu*", disse Vicente.

Os dois desceram a colina até a *caleta,* onde se espalhava uma dúzia de pequenos barcos de pesca, e sentaram no muro baixo de pedra que dava para a enseada. Vicente abriu o jornal entre eles e virou as páginas até achar um artigo. "Este eu já li." Alisou o papel e pôs a garrafa e os dois copos em cima dele.

"Está vendo?" Apontou para a data do jornal. "É só de três dias atrás. Um artigo muito valioso em Rapa Nui. Vamos tentar não derramar." Abriu a garrafa. "Bem, eu só sei que você está aqui para coletar amostras de sementes. Causou um bocado de problema para a *sociedad* quando pediu uma geladeira. Um dos burocratas achou que fosse para a sua comida." Enquanto falava, tirou um lenço do bolso e limpou os copos. "Fizeram muitas acusações aos luxos exigidos pelos pesquisadores americanos. É claro que um dos especialistas deles logo explicou que sementes têm que permanecer frias."

"Bem, eu estou aqui para estudar registros de polens fossilizados. Gostaria de descobrir que plantas existem aqui, há quanto tempo, o que aconteceu a elas. Uma amostra decente do lago vai conter pólen de vários milhares de anos."

"Plantas, sim", disse ele, servindo o líquido turvo. "Um mistério importante. Vai tornar a compreensão desta ilha um pouco mais fácil para nós."

"E você?"

"Estou tentando decifrar os *rongorongo*."

"As tabuinhas misteriosas."

"Ninguém ainda conseguiu decifrar essa escrita. Mas entender o que está escrito nesses pedaços de madeira nos ajudaria muito a compreender o que aconteceu na ilha."

"De que tipo de madeira eles são feitos?"

"Ah, uma pergunta de botânica! Acreditamos que alguns são de madeira da árvore *toromiro*. Outros são de louro, ou murta. Acho que um é de freixo. Só sobraram vinte e um, é claro. Os missionários do século XIX obrigaram os ilhéus a queimá-los. Dizem que há muitos escondidos em cavernas, mas nunca foram encontrados."

"Eu adoraria vê-los. Ver a madeira."

"Talvez na próxima vez em que você for à Europa. Londres, Paris, Berlim, Viena, Leningrado. Estão em museus nessas cidades. Neste hemisfério só ficaram três. Dois em Santiago e um em Concepción. Eu os vi pela primeira vez em Santiago, há muitos anos, e foi isso que me despertou o interesse por decifração. Eu era jovem e o mistério deles me atraiu. Mas agora..." Passou-lhe um copo. "Seu pisco azedo, *señora*."

"*Gracias*."

Vicente olhou-a levar o copo à boca. O líquido era ácido e forte, como uma *margarita* com sumo de limão.

"É bom", disse ela, com voz áspera.

"O pisco é feito da uva moscatel do vale do Elqui, a região que chamamos de Zona Pisquera, ao norte de Santiago. Uma bela região para caminhar ou voar de planador, para onde desce a água dos Andes. Todo mundo bebe pisco no Chile. Mas a maioria dos estrangeiros não gosta sem a mistura azeda — é doce demais para eles. E forte demais também. *Pisquo* é uma palavra aborígine que significa 'pássaro voador'. Acreditamos que era usada para explicar a sensação que se tem na cabeça quando se está bêbado. Você vai ver daqui a pouco." Sorriu e tomou um gole, com os olhos demorando-se no copo. "Gostou da nossa taberna *rapa nui* aqui?"

"Muito agradável."

Havia alguma coisa no prazer que Vicente sentia naquele momento, sentado num muro de pedra e servindo drinques em copos minúsculos, que a fez pensar que ele era de família rica. Como se os verdadeiros luxos para ele fossem todas as coisas simples ou arcaicas.

"Mas se não há mais nenhuma tabuinha na ilha, por que você continua aqui?"

"Você quer dizer que a ilha não lhe parece do tipo onde se fica indefinidamente? Sim, ótima pergunta." Pareceu que ele tinha feito essa pergunta a si mesmo inúmeras vezes. "No começo, é claro, eu tinha esperança de encontrar mais tabuinhas. Mas desisti. Se a escrita não é alfabética, se é simbólica, é provável que os símbolos tenham se originado como representações dos objetos relevantes para os primeiros *rapa nui*. Naturalmente, a melhor maneira de determinar qualquer relação entre os caracteres e coisas do mundo real é examinar as coisas do mundo real. A língua se relaciona com a vida. Surge da vida. Por exemplo, os *rapa nui* agora têm uma expressão nova: *peti etahi*. Quer dizer 'que é pêssego', ou, como vocês dizem em inglês, '*peachy*'.* Faz muito pouco tempo que *peti* entrou para a língua, porque o navio chileno de

* Americanismo derivado de *peach*, "pêssego": "agradável", "excelente". (N. T.)

abastecimento começou a trazer um produto novo para a ilha: pêssegos enlatados. Não havia pêssego na ilha antes. Mas agora há por toda parte e as pessoas adoram. Qualquer coisa que seja boa, qualquer coisa de que eles gostem é *peti etahi*."

"Você descobriu outras correlações?"

"Muitos símbolos parecem ser aves, ou parte ave, parte ser humano. Alguns parecem peixes. E muitos parecem árvores."

"Árvores? Isso é surpreendente."

"É a minha interpretação, pelo menos. O *rongorongo* é um grande mistério, o feito mais espetacular desta ilha. As *moai* atraem os turistas. Mas o *rongorongo*, bem... estamos falando de uma coisa que só ocorreu cinco vezes na história do mundo." Vicente levantou a mão e, a cada nome, ergueu um dedo: "Mesopotâmia, México, Egito e China. Esses são os únicos lugares onde se *inventou* uma língua escrita. Todos os outros exemplos de escrita foram tomados de empréstimo, ou revistos, dessas quatro. Quatro invenções espontâneas de escrita. E aqui, na minha ilha favorita" — ergueu o polegar —, "a número cinco. E a única escrita ainda não decifrada."

"A sua tarefa", disse ela.

"É, minha tarefa."

"Parece evolução convergente."

"Papo de biologia?"

"O mesmo desenvolvimento se manifesta em espécies diferentes, em continentes separados e até em épocas diferentes. O cacto americano e a eufórbia africana estão separados por um oceano, mas daria para jurar que são aparentados. Os mesmos talos inchados, as mesmas corolas. Ou a erva-leiteira e a ervilha-de-cheiro. Famílias inteiramente diferentes, mas, de dez botânicos, nove não saberiam distinguir as flores. Até as sementes aladas do bordo, do freixo e da tipuana. Espécies diferentes, lugares diferentes, mas todas elas têm o formato de uma hélice. Alguns desenvolvimentos fazem sentido."

"Como a criação da escrita."

"Exatamente."

"E só evoluiu em cinco lugares. Um deles foi bem aqui", disse ele, tocando o muro de pedra. "Impressionante."

"É verdade", concordou Greer. "Só espero que as tabuinhas não acabem sendo como algumas das cuneiformes. Listas de compras, livros-razão da Antiguidade. Seria ótimo se realmente contassem alguma coisa." Bateu o copo no dele, tomou um longo gole e sentiu o álcool subir-lhe às têmporas. Passou os dedos pelo cabelo. "No mínimo 'Romeu ama Julieta', 'Antônio ama Cleópatra'. Alguma coisa mais saborosa."

"Não 'Romeu deu a Julieta catorze galinhas'."

"Combine os dois — 'Romeu deu a Julieta catorze galinhas porque a ama' — e aí você terá alguma coisa. O começo de um épico."

Vicente riu. Greer sentia que ele a observava, e inclinou-se para trás. Não tinha a intenção de flertar. Só estava um pouco tonta.

"A decifração parece um projeto excelente", disse ela, pousando o copo. "Um desafio."

"Seria muito bom saber o que elas dizem." Vicente também pareceu contente de deixar passar o breve constrangimento. "Mas, mesmo quando decifrarmos a escrita, haverá poucas para ler. Desapareceram muitas desta ilha. Quer saber por que todas essas *moai* ainda estão aqui? Porque são pesadas demais para serem levadas embora."

Greer riu.

"Todos os primeiros visitantes levaram objetos valiosos. Os ilhéus trocavam seus artefatos por chapéus e lenços. Uma tragédia. Quem sabe o que ainda existe por aqui? No momento estou trabalhando com alguns registros que podem localizar mais algumas tabuinhas. Ouviu falar da frota alemã que ancorou aqui durante a Primeira Guerra Mundial?"

"O almirante Von Spee. Na verdade, ele também era naturalista. Fazia registros botânicos dos portos que visitava."

"Não li esses relatos. Eu me concentrei principalmente na correspondência naval dele, no registro de bordo. Nos detalhes da carga. Um naturalista, sim. Era um homem interessante. Participou da primeira missão alemã de colonização do Oeste da África. Foi promovido a contra-almirante em 1912 e designado para Tsingtao, onde estava quando a guerra começou. Um homem corajoso. Claro, foi posto a pique com toda a frota nas ilhas Falkland. Cometeu um engano terrível: tentou fugir. Ninguém sabe por quê."

"Medo não é razão suficiente? Se bem me lembro, havia uma frota britânica inteira atrás dele."

"E uma francesa, uma russa e uma japonesa. Mas ele era um grande almirante. Realmente grande. Homens assim não se intimidam muito facilmente."

"Claro que sim."

"Segundo todos os relatos dos oficiais dele, até dos adversários, Von Spee era um homem sem medo."

Mas, pensou Greer, ausência de medo é uma emoção, não um temperamento. Ninguém, por perfeito que seja, pode evitar o medo. Quem teria imaginado que Thomas Farraday tinha medo de fracassar?

"O fato é que ele esteve aqui", disse ela. Estava se divertindo e não queria estragar tudo. "O almirante valoroso, sem medo e com inclinação para a botânica. Aqui na ilha de Páscoa. Como é que isso se relaciona com o *rongorongo*?"

"Acredita-se, e eu espero que esses registros confirmem, que a frota levou objetos de valor da ilha. As lendas locais falam de coisas desaparecendo da ilha com os navios de guerra. A minha esperança é que esses objetos de valor, que estou convencido de que eram tabuinhas, tenham sido levados para a Alemanha."

Greer ergueu os olhos. As estrelas começavam a brilhar no céu noturno. Do oceano erguia-se uma brisa fresca. Era tudo que ela queria: uma conversa agradável, num lugar novo, com uma pessoa nova. Cruzou as pernas à moda de índio. "E os alemães vão admitir, caso os tenham?"

"Não", respondeu Vicente. "Acho que não vão admitir que estão escondendo os objetos. Mas se eu tiver documentos provando que estão, aí a situação será diferente."

"E você quer trazê-los de volta para a ilha?"

"Quero. Mas a situação é difícil para o Chile. O Chile vai querê-los, porque os considera seus."

"Os ilhéus não iam concordar com isso."

"Eu sou chileno. Muita gente em Rapa Nui é chilena ou tem pai ou mãe chileno. Agora não existe antagonismo entre Rapa Nui e o Chile. Ainda não. Mas os ilhéus têm a sensação cada vez mais forte de que não deveríamos estar aqui. Eles nos chamam de *mauku*, ou, em espanhol, *pasto*. Conhece essa palavra? Significa 'erva daninha'. Quer dizer que estragamos o que é bom."

"Há muita erva daninha aqui. Do tipo vegetal. E não esqueça que o que é erva daninha para uma pessoa, é flor para outra."

"Bem, mesmo que haja pouca coisa aqui, os ilhéus continuam querendo a terra. E é deles, afinal de contas. Nos anos 50 e 60, o governo proibia os ilhéus de viajar. Aí, alguns *rapa nui* roubaram barcos a remo da Marinha chilena, alguns até construíram barcos a vela e canoas, e viajaram para o Taiti. Mas não tinham equipamento de navegação. Você pode imaginar a cena terrível quando a aldeia acordou, de manhã, e descobriu que muitos dos homens tinham partido." Vicente balançou a cabeça. "Alguns nem contaram à família que iam embora, com medo de serem detidos. A maioria desses barcos se perdeu no mar. Foi outro capítulo terrível para os ilhéus. Homens bons, homens que poderiam ter sido líderes, perdidos."

"Você não soa muito pró-chileno."

"Eu adoro Rapa Nui. No fundo, sou um *rapa nui*. Essa é a verdade, o que eu sinto aqui dentro." Tocou no peito. "E gostaria de ver as pessoas de posse da ilha delas. Mas, mesmo que eu consiga decifrar o *rongorongo*, vai haver ressentimento. Não sou ilhéu. Continuarei sendo *pasto*."

"Acha mesmo que vai conseguir? Decifrar a escrita?"

"Acho que tenho de pensar que sim, caso contrário não tentaria. Mas estou esperando alguma coisa nova com que trabalhar. Estou esperando minha pedra de Rosetta."

"A pedra de Rosetta era de basalto, você sabe. Esta ilha é de basalto. Um bom presságio."

"Esperemos que sim", disse Vicente, tomando o último gole de seu drinque.

O céu estava preto agora, e as estrelas, tão brilhantes que pareciam derramar-se do céu. Um poste distante lançava uma luz suave sobre eles, mas Vicente estava no escuro. Greer pegou a lanterna da mochila, acendeu-a e colocou-a em cima das pedras entre eles. "Melhor assim", disse.

Ele riu. "Ah, doutora Farraday, vai se acostumar logo com a escuridão aqui. Eu nem tenho uma dessas." Pegou a lanterna e examinou. "E você? Vai coletar amostras de sementes? Parece um trabalho capaz de produzir resultados bons e concretos."

"Depois que a gente supera a parte suja de coletar as sementes."

"Uma atividade intelectual com trabalho físico. Gosto disso."

"Eu também, até me ver enfiada num pântano até os joelhos."

"Bom, aqui não há pântanos."

"Tenho certeza de que os lagos nas crateras vão dar muito trabalho."

"Lagos nas crateras?"

"As amostras têm que ser coletadas de áreas úmidas. O pólen pode ser preservado em água por milhares de anos."

"Ah, sim. Nas crateras há água doce. Mas todos os outros lugares são secos. E já sabe o que quer encontrar?"

"Procuro não pensar nisso, para não predispor a minha análise. Mas estou interessada em saber por que não há árvores nativas aqui, não há arbustos. Alguma coisa aconteceu — uma erupção, um terremoto —, alguma coisa destruiu a vegetação toda."

"É o que eu disse: tudo aqui desaparece. As plantas também."

"Parece que sim. Vou ter que examinar uma semente. Extrair pólen de várias profundidades, contar os grãos, analisar os agrupamentos. A partir daí poderei começar a determinar a aparência que a ilha tinha antes."

"É um projeto excelente", disse Vicente. "Sou um grande admirador das ciências botânicas. Quando o trabalho da gente se encontra num impasse, o trabalho dos outros sempre parece muito mais estimulante, muito mais importante, não parece?"

Greer riu. "As gramíneas sempre têm mais clorofila..."

Vicente ergueu as sobrancelhas.

"Papo de botânica. A grama é sempre mais verde", disse Greer.

"Ah, sim. Já ouvi isso. Do outro lado da cerca... É verdade. Não consigo deixar de me fascinar com a frota alemã. Por que veio até aqui. O que fez. Também acontece com você? Esse tipo de distração?"

Greer concordou com a cabeça. "Prefiro dizer a mim mesma que não é uma distração. Que às vezes a mente precisa olhar para o lado para entender o que está à frente."

"Sim, bem, talvez você queira olhar as fotos do *rongorongo* e eu queira coletar uma amostra de semente. Sempre me interessei por esse trabalho. Como sabe, eu era um fã de Thomas Farraday." Vicente a olhou. "Ele era seu marido?"

"Era."

"Li muito sobre o trabalho dele."

Não o suficiente — ela teve vontade de dizer — para saber como ele morreu.

"Desculpe tê-la confundido com ele. Escreveram só 'Dr. Farraday' na porta e eu fiz uma suposição. Espero que me perdoe."

"É claro." Ele não podia saber que todo mundo fazia a mesma suposição. Mas a menção a Thomas anuviou-lhe o estado de espírito de repente. "Espero que me dê licença. O jantar é às nove. E preciso organizar as minhas anotações de hoje."

"Não deve se atrasar para um dos banquetes *umu* de Mahina."

"Conhece Mahina?"

"Ah, doutora Farraday. Todo mundo conhece Mahina. Uma mulher extraordinária. Como eu disse antes, esta ilha é muito pequena."

"Bem, obrigada pelo drinque." Greer tocou com seu copo no dele. "E pela conversa." Quando se levantou e pôs a mochila às costas, sentiu-se um pouco tonta. Uma bebida forte num estômago vazio depois de um longo dia — má combinação. "Tenho certeza de que o verei no laboratório. E em outros lugares."

"Agora, doutora Farraday, eu gostaria de que soubesse que vou continuar sentado aqui no muro, porque desconfio que prefira caminhar sozinha."

"Uma interpretação justa", disse ela.

"Depois do *rongorongo*, todo o resto é fácil."

Ela tinha que admitir que ele era atraente. E em outra ocasião talvez até tivesse tido vontade de que a acompanhasse.

"É só que eu estou num estado de espírito solitário."

"É permitido. Mas precisa saber que é difícil para mim. Homens chilenos não estão acostumados a deixar que mulheres voltem a pé para casa sozinhas."

"Esta americana está muito acostumada a voltar a pé para casa sozinha."

"É justo. Por enquanto. Mas, quando em Roma, doutora Faraday..."

"Essa é uma história inteiramente diferente." Ela sorriu. "Aí estamos lidando com homens *italianos*."

"Você me abandona, insulta o meu país e a minha masculinidade, tudo em menos de um minuto. O que foi que sobrou para os próximos meses?"

"Trabalho."

"Estou vendo que você vai ser uma ótima influência para mim. Muito bem." Vicente serviu-se de outro drinque e virou a página do jornal, apertando os olhos. "Ah, houve uma eleição ontem e só na próxima semana vamos saber quem ganhou, quando o avião chegar. Está vendo como tudo aqui pode se transformar em mistério?"

"Boa noite, Vicente."

Ele ergueu o copo. "*Salud, mi amiga*. Estou muito curioso para saber o que vai descobrir no seu microscópio."

"Eu também. Eu também."

E seguiu o estreito facho de luz da lanterna até a rua.

7.

Desde o começo foi uma questão de provisões.

Os dois mil oficiais e homens que se voltaram para Von Spee à espera de instruções precisavam de comida e água. Os canhões do navio precisavam de munição. E, acima de tudo, os cinco cruzadores blindados não poderiam se mover um centímetro sem carvão.

Carvão: esse combustível simples de fósseis vegetais escreveria o destino de Von Spee. Só o *Scharnhorst*, a nau capitânia de Von Spree, queimava por dia quase vinte e cinco por cento da sua capacidade de duas mil toneladas de carvão. Após menos de uma semana no mar, o navio precisava ancorar e reabastecer suas carvoeiras. Mas o império alemão tinha só uma base fortificada de abastecimento de carvão no Pacífico inteiro: Tsingtao — o porto de onde a esquadra estava fugindo. Ao longo do Pacífico havia alguns *Etappen*, países neutros onde a Alemanha tinha contatos para suprimento, e também as ilhas Apia, Yap e Rabaul, colônias alemãs. Mas era só questão de tempo para que os aliados as capturassem, silenciassem as estações de cabo e de rádio e cortassem quaisquer suprimentos de Von Spee.

Era 6 de agosto de 1914 quando a Esquadra Leste-Asiática Alemã, a *Kreuzergeschwader*, levantou âncora, iniciando sua longa e árdua viagem através do Pacífico, rumo à base de Wilhelmshaven, à Alemanha, de volta para casa. Aliadas contra ela, agora, estavam a Rússia, a Grã-Bretanha e a França, cujas belonaves fechavam rapidamente os oceanos do mundo aos navios alemães, mercantes e de guerra. Somente o mar Báltico permanecia seguro, a milhares de quilômetros de distância.

"A partir de agora", escreveu Von Spee em seu diário, "estou sozinho."

Ao deixar Tsingtao, Von Spee também deixou para trás toda esperança de comunicação com seu país. O rádio do navio tinha um alcance de poucas centenas de quilômetros e as estações de cabo iam se tornando cada vez mais espaçadas. Sozinho, sem orientação, Von Spee teria que seguir as ordens, agora estranhamente proféticas, que o cáiser emitira havia muito tempo aos comandantes em águas estrangeiras para o caso de guerra:

> *A partir desse momento ele deve tomar suas próprias decisões... A tensão constante vai exaurir as energias de seus tripulantes; a pesada responsabilidade do oficial em comando será aumentada pela posição de isolamento de seu navio; boatos de todo tipo e os conselhos de pessoas aparentemente bem-intencionadas farão com que a situação às vezes pareça desesperadora. Mas ele não deve jamais demonstrar um único momento de fraqueza. Deve sempre ter em mente que a eficiência e a capacidade da tripulação para suportar privações e riscos dependem sobretudo de sua personalidade, de sua energia e da maneira como ele cumpre seu dever...*

Assim, Von Spee cumpriu seu dever. Decidiu atravessar o Pacífico, contornar a costa da América do Sul e depois seguir para a Europa.

A primeira parada da esquadra na longa viagem foi em Pagan, uma pequena ilha de propriedade dos alemães nas Marianas. Ali encontraram vacas e porcos vivos, legumes frescos, farinha, uísque, vinho e tabaco. Os homens desembarcaram, passaram noites ouvindo as canções dos ilhéus, vendo a lua subir no céu. Durante aqueles poucos dias, foi quase como se a guerra ainda não tivesse começado.

Mas quando os quatro navios de abastecimento que eles esperavam não chegaram, capturados pelos aliados, todos, especialmente Von Spee, entenderam que a busca estava em andamento.

A esquadra do infortúnio: o conde Von Spee e a impossível viagem de retorno

8.

Erguendo os remos em círculos irregulares, Alice corta o mar encapelado rumo à escuna. Kierney, em pé na popa, balança a cabeça, incrédulo. “Eamonn, venha cá e olhe isso. Acho que Miss Pendleton se fartou da praia! Deve ser algum tipo de motim!”

Quando ela finalmente colide com a escuna, guinchando de prazer, Kierney e Eamonn a erguem, encharcada, para o convés e a envolvem em cobertores. Em seguida Kierney vai buscar Elsa e Edward.

“Acho que Miss Pendleton daria um capitão tremendo”, ri, remando de volta para a escuna. Mas Elsa e Edward vão calados. “No começo fiquei bastante surpreso ao ver que ela gostava tanto de aves. Sabia todos os nomes, e tantos. Depois, que ela gostava de desenhar. E não é má. Fez um bom retrato meu com um petrel pintado no ombro. Mas nunca pensei que Miss Pendleton gostasse de remar. Uma senhora de inúmeros passatempos.”

A chuva está mais forte, ondulando a água em torno deles. “Kierney, pare de falar”, diz Elsa.

"Eu só estou fazendo um elogio à sua irmã! Eta gente que não fica contente com nada!"

"Kierney." O tom de Edward é firme. Ergue um dedo, como se apontasse uma espada.

Elsa está de olhos fixos em Alice, sentada na proa da escuna, balançando-se em cima de seu casulo de cobertores. Alice sempre foi imprevisível, mas isto... Sair remando sozinha — no que poderia estar pensando? Poderia ter sido levada por uma correnteza. Se o bote tivesse virado, ela poderia ter se afogado. Por que ignorou a instrução para esperar? Elsa também precisaria ter lhe dito que não saísse com o bote, que não tentasse remar para a escuna? Precisava imaginar todo desastre possível para impedi-lo?

Elsa sente uma raiva lenta avolumando-se dentro dela. Aqui está, pensa. Tudo de que esperara livrar-se nesta viagem. A equação parece simples agora: para cada passo que Alice der rumo à imprudência, ela tem que dar outro rumo à cautela. É um equilíbrio com que não pode lutar.

A raiva que sente não é por Alice, claro, mas por si mesma. A culpa nunca é de Alice; também isso faz parte da equação, é uma constante. A culpa é sua, por pensar — por esperar — que Alice mude. Por que acreditou que vários meses sem um grande incidente significavam que Alice tivesse amadurecido? Por que ainda se apegava à falsa crença de que o tempo podia alterar Alice da maneira como alterava os outros? Alice sempre vivera fora do tempo. Para ela, momentos e acontecimentos não se acumulavam, não significavam mudança.

Elsa diz consigo que precisa ser ainda mais atenta. Esta viagem apresenta a Alice um novo conjunto de circunstâncias, e prever-lhe as reações vai exigir um alerta constante de Elsa.

Quando sobem a bordo, Alice livra-se dos cobertores e lança os braços úmidos em torno dos dois. "Beazley! Eu peguei o bote!"

Elsa segura-a pelos ombros. "Isto é o oceano, Allie. A água é fria de congelar. Mais funda do que você consegue imaginar. Nunca saia remando sozinha desse jeito. Nunca!"

"Ela está ótima", diz Edward. "Tome." Passa para trás de Alice e põe uma toalha na cabeça dela. Alice está entre os dois agora, piscando de sono. "Alice está ótima", sussurra Edward. "Não vamos perturbá-la."

"Ela não vai sair da minha vista de novo."

"Vai ficar conosco o tempo todo, certo, Alice?"

"Você não vai sair da minha vista", diz Elsa.

Alice assente com a cabeça, desinteressada. Por que é que Elsa, à noite, deita-se na cabina, abraçada com Alice, tendo a maior sensação de conexão, e agora se sente tão distanciada? As partidas mentais de Alice sempre lhe produziram uma estranha sensação de abandono. Quando era pequena, davam-lhe a sensação de que fora deixada sozinha no escuro, e ela beliscava Alice para tentar fazê-la sair daqueles estados — sem nenhum resultado. Agora tem vontade de sacudi-la para trazê-la de volta. Precisa fazer Alice entender que não é capaz de protegê-la sozinha.

Perturba-a saber que entre as mesmas duas pessoas possam existir duas emoções tão díspares: conexão total e completa dissociação.

"Ela provavelmente precisou esticar os músculos", diz Edward. "Nós vamos tomar mais cuidado."

Está tentando acalmá-la, mas ela fica ressentida com a capacidade dele de acreditar que, como nada aconteceu, está tudo ótimo.

"Foi uma péssima idéia", diz. "Esta viagem. Este barco. O que estamos fazendo."

"Elsa, por favor, não exagere. Já estamos quase lá."

"Isso não vai tornar as coisas seguras."

"Vai reduzir as variáveis."

"Você não sabe."

"Você se dá conta de como estamos perto?"

Valparaiso está apenas quatrocentos quilômetros ao norte. Elsa sabe que voltar, agora, não é mais seguro do que continuar avançando.

Sob as mãos de Elsa, os ossos de Alice parecem muito pequenos, muito leves.

"Preciso que você me ajude, Edward, por favor. A vigiá-la."

"Ajudarei."

Quase mecanicamente, Elsa dá um beijo na cabeça de Alice. "Fique com ela agora. Vou descer. Realmente preciso me deitar."

Mas na cabine estreita, tentando descansar, refaz mentalmente o trajeto úmido e cheio de folhas até a caverna, Alice empoleirada ao lado de Pudding, envolta na capa. É como se sua mente acreditasse que, se conseguir examinar os acontecimentos com atenção suficiente, surgirá uma resposta. Elsa vira-se, cobre a cabeça com o cobertor de lã áspera, depois joga-o para um lado. Não merece dormir. Desde menina sente que guardar Alice é uma tarefa que lhe foi confiada por um poder superior. E nas ocasiões em que a irmã tropeçou na escada, deu uma cabeçada num batente de porta ou quando um grupo de crianças passando caçoou dela, Elsa acreditou que tinha falhado. E impôs-se uma penitência: quatro noites sem sobremesa; dormir uma semana sem travesseiro. Uma vez deixou sua boneca favorita na escada da Igreja de Maria Abençoada, com um bilhete: *Para uma criança que mereça mais*. De que maneira aceitar sacrifício, senão acreditando que faz parte de algum plano celestial?

Levanta-se e sobe para o convés, onde Alice, envolta em cobertores, está sentada e encostada na amurada.

"Achei que você estivesse cansada", diz Edward.

Elsa esfrega o rosto para afastar o sono.

"Nunca."

Em quatro dias chegam ao ruidoso porto de Valparaiso. Da água azul-escura ergue-se uma floresta de mastros; das docas vem uma mistura dissonante de espanhol, italiano, inglês e francês. É aqui que vão se preparar para a etapa final da viagem, os últimos quatro mil quilômetros de mar aberto. Precisam de novas provisões, novos estoques. Tudo no porão precisa ser examinado. Kierney e Eamonn começam a rondar pelo porto, a tagarelar com comandantes, capitães e cozinheiros, à procura de emprego. Os homens vão fazer o trajeto final da viagem, mas voltarão para Valparaiso no navio da Companhia Chilena, que uma vez por ano coleta a lã da ilha. A viagem anual do navio está marcada para dali a três semanas, mas na primeira noite em terra Edward é informado pelo cônsul de que o navio da companhia partiu na véspera.

"Só deveria partir daqui a algumas semanas", diz Edward. "Temos que apressar a nossa partida para que os homens possam alcançar o navio e voltar. Não podem ficar na ilha um ano inteiro conosco." Em dois dias frenéticos, providenciam suprimentos, obtêm permissão oficial do governo chileno para o trabalho arqueológico que vão realizar e despacham as últimas cartas — todas profissionais, percebe Elsa, sentindo vontade, nesse momento final, de ter alguém a quem pudesse escrever: A *última etapa, estamos quase lá*. Tem vontade de escrever a Max.

Na noite antes de zarparem para a ilha, enquanto os tripulantes estão em terra, Edward e Elsa sentam no convés e fazem um último exame no equipamento.

"Quero lhe agradecer, Elsa. Eu não poderia ter desejado um assistente melhor."

"Bem, foi emocionante. É emocionante. Muito mais estimulante do que ficar sentada em Hertfordshire."

"Você se dá conta de que à nossa frente está a aventura de uma vida?" Ele parece saudável e vibrante, mais jovem do que na Inglaterra. O triunfo de atravessar o estreito de Magalhães e de liderar a expedição até este ponto o revigorou visivelmente. "Vamos compartilhar a maior das experiências."

Inclinando-se para a frente, dá um beijo na boca de Elsa. Depois de todo esse tempo, depois de todas as noites em que Edward lhe apertou a mão ou beijou-a na testa, Elsa se surpreende com a súbita manifestação de paixão. Deixa escapar uma risadinha. Edward afasta-se.

"Desculpe, não tive a intenção..."

Ele ocupa as mãos com um rolo de corda. "Eu sei que esta experiência, esta viagem será boa para nós. Você terá toda a liberdade que for capaz de imaginar. Não precisa de um diploma, de um certificado. Só precisa de curiosidade."

"Você não está nem um pouco nervoso em relação a chegar lá?"

"Você esquece que já viajei antes. Mas lembro da minha primeira viagem. Bali." Ergue os olhos para o mastro, para o cordame, perdendo-se em recordações. "Eu era o assistente de um antropólogo muito experiente que não tolerava a mais leve manifestação de nervosismo. Mas os meus nervos estavam acabando comigo. Aí, quando chegamos, foi inteiramente diferente. O lugar imaginado desapareceu e foi substituído por chão de verdade, gente de verdade. É no reino da imaginação que os nervos têm mais força." Vira-se para ela e a encara. "Mas logo estaremos lá, na ilha de verdade, e tudo será diferente."

"Acho que também em mim a expectativa é maior. Não consigo acreditar que estou mesmo fazendo isto."

"Seu pai ficaria orgulhoso."

Elsa respira fundo. Há um momento de silêncio entre eles enquanto observam os comerciantes do porto embalarem seus produtos e encerrarem as atividades por aquele dia. Os últimos sinais da civilização familiar se distanciam nas carroças ruidosas.

"Viajar para uma terra nova é uma coisa incrível, Elsa. Você vai ver. O medo nunca consegue dominar a curiosidade."

Na manhã seguinte, içam velas. Como é impossível ancorar entre Valparaiso e a ilha, terão de chegar em três semanas. Elsa, perturbada pela partida iminente dos tripulantes, dorme pouco. Durante dez meses difíceis, conviveu com esses homens, e agora se sente consumida por um estranho medo da perda. Os indivíduos, as pessoas têm pouco a ver com a sensação. Sempre que deixava um cargo de governanta, temia dizer adeus às crianças, mesmo quando tinham sido monstros. Nunca conseguia evitar fazer promessas ridículas, e acreditar nelas — *Vou tentar fazer uma visita na primavera. Venham me visitar em Lancashire*. Ou, agora: *Eamonn, prometa que vem nos ver se algum dia ancorar perto da Inglaterra, ainda que remotamente*.

"Senhora Beazley, lembre do velho Eamonn quando achar todo aquele tesouro enterrado."

Não é que ela *goste* dos tripulantes. Mas acostumou-se com a presença deles. E a vida de casada, da maneira como ela a conheceu, significou Edward dormir na outra cabine. Seu comportamento com Edward quase que depende dos tripulantes, cuja proximidade justifica a reserva dela. Depois que eles partirem, que razão haverá para decoro?

Navegam durante quinze dias sem sinal de terra, e a idéia de finalmente estarem atingindo o ponto de destino começa a oprimir Elsa. Faz milhares de quilômetros que procuram esse pequeno trecho de terra, acreditando na história de uma ilha que nunca viram. Logo serão lançados às suas areias, como um desejo que se materializa.

No décimo oitavo dia, sob um feroz sol de meio-dia, várias aves marinhas se precipitam em torno do barco. Deve haver terra por perto. Mas, sentada no convés, olhando para as velas infladas, os cabos retesados, os guinchos, Elsa já não sente que foram eles que percorreram toda essa distância. O barco parece uma criatura com vontade própria, e o oceano e o vento, conspiradores num plano misterioso. Esse pensamento a acalma: se conseguir acreditar que foram guiados por uma mão não avistada, conseguirá acreditar no bem-estar deles todos, na segurança de Alice.

Na noite seguinte, de vigia sob a lua baixa e tremulante, Elsa vislumbra o contorno de uma ilha.

"Allie! Edward!"

Não há luzes em terra. Somente os vagos vestígios de fogueiras moribundas lançam baforadas de fumaça na noite.

É isso, pensa Elsa.

"Vamos rumar para o sul do quebra-mar e ancorar para passar o resto da noite", diz Edward. "Não é seguro desembarcar agora."

Diminuem a velocidade para a abordagem. Edward assume o leme e Kierney e Eamonn soltam os cabos da verga e da vela triangular. As velas afrouxadas começam a estremecer. O barco desliza na direção da praia, e eles ouvem o estrondo de ondas chocando-se contra rochas.

"Baixem!", ordena Edward, e os homens giram o guincho em círculos furiosos, a corrente grossa estremecendo, a âncora arremessando-se para baixo e mergulhando na água escura.

Lançada a âncora, amarradas as velas, amarrados os cabos, uma névoa de exaustão instala-se no convés. Todos eles deixam-se cair contra a amurada, em silêncio, como se falar fosse despertá-los desse sonho glorioso de chegada a terra. Ouvem os sons suaves da água contra o costado no barco, o *cric-cric-cric* ritmado da embarcação oscilando suavemente na noite.

Após vários minutos, a voz de Edward rompe o silêncio. "Está na hora de descer e dormir um pouco. Amanhã será um longo dia."

Elsa levanta-se com dificuldade, pega a mão de Alice e leva-a para a cabine. Edward desce atrás delas. Sem falar, preparam-se para dormir. Boas-noites esvoaçam como mariposas no escuro.

E nessa noite, pela primeira vez desde que partiram de Southampton, Elsa sonha com Max. Ele está em St. Albans, andando pela casa vazia do pai dela, procurando por ela. Atravessa rápido a sala, os quartos, a biblioteca, chamando sem parar o nome dela — Elsa, Elsa, Elsa —, até que a palavra adquire o ritmo de um cântico, *El-sa*, e enquanto procura em aposento após aposento, sua voz cresce, multiplica-se em centenas de vozes, todas entoando *El-sa-el-sa-el-sa*.

Ela acorda com a testa úmida de suor. O barco sobe e desce, emite um longo *cric*. Aí seu estômago dá um pulo. Acima dela, pendendo da escotilha aberta, há um rosto pardo. Os olhos, brancos ao luar, a exploram, examinam, depois fazem o mesmo com Alice e o estreito espaço entre as duas. Elsa passa o braço em torno da irmã adormecida. Pensa em chamar Edward, mas tem medo de assustar ou enfurecer o visitante. Depois, lembra.

Hesitante, esperançosa, sussurra: "*Iorana*?".

No rosto do visitante espalha-se um sorriso. "*Iorana*", responde ele a todo volume, fazendo Alice se mexer. Depois vem o som de dezenas de vozes, da cabine, da cozinha, do convés, da água. Numa ondulação em uníssono, cumprimentam: "*Iorana*".

Olá.

9.

No escuro, as cordas que prendem o descaroçador ao dorso do cavalo pareciam os fios de uma gigantesca teia de aranha flutuando na frente dela. Era um pouco antes do amanhecer e Greer ia na retaguarda de uma caravana de três cavalos que seguia pela trilha costeira no norte da ilha. O cavalo do meio levava o equipamento grande. Ramón ia na dianteira. Estavam a caminho de Rano Aroi, a menor cratera da ilha.

Greer precisaria de vários dias para juntar sua primeira amostra de sementes, e estava ávida por começar. Extrair uma semente limpa era um processo rigoroso, e era a primeira vez que ia fazer isso sozinha. Ela e Thomas sempre tinham colhido amostras juntos, em pé em esquis ou trenós, abrindo buracos em lagos congelados, equilibrando-se em balsas improvisadas para enfiar o descaroçador em pântanos. Na lua-de-mel na Toscana, foram de carro até os Apeninos para coletar amostras de arenito. Isso foi quando as coisas entre eles estavam bem, quando Thomas era ele mesmo e quando, ao martelar a face da rocha, brincavam um com o outro: *Marido, quer dar uma boa martelada nesta coisa? Já estou dando, esposa*. Na cama, à noite, depois de fazerem amor e esperando que o sono chegasse, sussurravam sobre as cores do sedimento, a textura das rochas. Era um prazer que compartilhavam: extrair um pedaço físico de história, ouvir a terra resmungar ao "confessar" a seus martelos, como eles gostavam de dizer. No laboratório, apontando para uma amostra, Thomas lhe dava uma piscada: *Leve* isso *para a sala de interrogatório*. Mas a vivacidade dele, o prazer nesses processos tinham desaparecido havia muitos anos.

Greer mudou de posição na sela, tentando adaptar-se ao equipamento. Estava usando a indumentária de campo: calça cáqui, moletom e botas de borracha até os joelhos. Na mochila, bem pesada às costas, levava o caderno à prova d'água para as anotações, uma máquina fotográfica, uma garrafa grande de água, um estojo de primeiros socorros, um par de luvas grossas, três rolos de papel-alumínio e os sacos de plástico para as amostras. No colo levava três hastes de zircônio, que iam servir de extensão e refletiam a luz do sol que surgia no horizonte.

Estava gostando da longa cavalgada matinal até o local de trabalho e tentava saborear a expectativa, coisa que sabia que Thomas não teria sido capaz de fazer. Ele se tornara tão determinado a obter respostas que a investigação passara a ser um fardo. Mas ela ainda se perguntava como fora exatamente que ele perdera de vista o processo científico, por que o homem que antes estabelecia padrões tão elevados para si mesmo pudera ser tão irresponsável.

Tentou se concentrar na paisagem. O céu clareava lentamente e sombras escarpadas se revelavam como rochas e indicadores do caminho. O mar de obsidiana passou a azul. Quando tomaram o rumo do interior, cinco quilômetros adiante da cidade, o sol tinha aberto uma longa pista cintilante no oceano.

"Rano Aroi", disse Ramón, apontando para a frente. Eram as

primeiras palavras que trocavam em uma hora. Alguma coisa na escuridão tinha feito o silêncio parecer natural.

"Maravilhoso", disse ela. "*Magnífico*."

Ele parou o cavalo e examinou a cratera. "*Sí, magnífico*."

Ao longe ela via a cratera erguer-se de uma vertente coberta de grama. Nenhuma árvore ou arbusto obscurecia a visão. Sob os fiapos de nuvens matinais, só a cratera assomava à frente: seu primeiro local de trabalho.

A trilha sumiu na planície gramada, semeada com rochas vulcânicas, e os cavalos avançaram cautelosamente.

Passava pouco das sete e meia quando eles amarraram os animais num afloramento, desamarraram o descaroçador e as plataformas e puxaram tudo para a borda da cratera. Greer estava encharcada de suor depois de arrastar a mochila e as hastes de extensão pelo trecho final. O equipamento todo tinha sido projetado por homens, para homens, e exigia pura força bruta para ser transportado e operado. Até Ramón bufava com o peso. Pareceu agradecido quando Greer lhe disse, metade em espanhol, metade em pantomima, que ela agora estava bem, precisava trabalhar sozinha e ele podia fazer o que quisesse. Ter alguém desqualificado tentando ajudar a coletar amostras representava um risco grande demais. Era facílimo cometer enganos, contaminar dados com o menor gesto, ainda que bem-intencionado. Ramón foi se deitar num trecho recoberto de capim, enfiou um braço embaixo da cabeça e ergueu um livro gasto à sua frente.

Greer pegou a máquina e fotografou a cratera, cujas bordas mal cabiam na lente. O fundo do lago era um emaranhado de caniços longos e grossos — o *totora*, presumiu ela —, que os ilhéus usavam havia décadas para fazer cestos, esteiras e telhados. Os primeiros visitantes europeus não notaram essa planta. Estranho, então, que só ela ainda crescesse em abundância. Que tipo de extinção em massa fazia exceções desse jeito? Que houvesse uma profusão de samambaias, fazia sentido. Mas os caniços não eram conhecidos por deslocamentos. Eram plantas de sementes, e a melhor chance que tinham de se dispersar através de água era alojando-se na plumagem ou no estômago de aves — muito menos confiável do que vagar ao vento. Greer teria de determinar a relação entre eles e espécies em outras ilhas nas proximidades, e a partir daí poderia estimar há quanto tempo existiam ali. Se encontrasse parentes próximos por perto, o *totora* era um recém-chegado. Se só encontrasse primos distantes, era provável que estivesse na ilha havia milhares de anos, evoluindo em solidão.

Abriu o caderno, anotou a data, a hora, o local e o tempo, e depois começou a descer. Enfiou a metade da base embaixo de um braço e usou uma haste de zircônio como bengala. A água fria lhe chegou aos joelhos. Com uns dois metros de altura, os caniços erguiam-se acima dela, lembrando-a dos milharais por onde caminhava quando era criança, um mundo de grossas hastes verdes e céu. Mas eram frágeis e quebravam facilmente a seus pés. Em pouco tempo ela abriu um caminho. A praia sumia de vista e Greer se lembrava de histórias de cientistas ferindo-se enquanto colhiam amostras. De pessoas fraturando braços, atolando as botas em pântanos. Ramón estava logo do outro lado, claro. Se alguma coisa acontecesse, bastaria chamá-lo.

Quando chegou ao centro da cratera, instalou a plataforma sobre os caniços quebrados. O sol estava forte. O suor lhe escorria para os olhos. Ela se agachou e jogou um pouco de água no rosto, depois tirou a viseira, mergulhou-a no lago frio e recolocou-a na cabeça. Foi agradável a sensação de frescor.

Voltou para buscar o descaroçador e as outras hastes, e duas viagens depois, quando terminou de montar o equipamento, estava ofegando. Fazia muito tempo que não carregava aquele equipamento. Arqueou-se por um instante, com as mãos apoiadas nas coxas, examinando o local, a plataforma, o descaroçador, as hastes e, enquanto sua respiração se desacelerava, tomou consciência do silêncio que a rodeava, rompido apenas pelo leve bater da água contra suas botas. Aqui estou eu, pensou. No meio de uma cratera, na ilha mais remota do mundo. Cercada de caniços; tudo que vejo é céu. Nenhuma voz, nenhum farfalhar.

Isto é solidão, pensou, completa e implacável. E sua imagem parada ali a encheu de pavor. Era naquilo que a vida podia acabar.

Precisava romper o silêncio. Precisava mover-se.

Subiu num lado da plataforma e introduziu o descaroçador pelo buraco no centro. Calçou as luvas acolchoadas e posicionou o êmbolo.

"Vamos", disse, acalmada pelo som da própria voz. "Faça. Simplesmente faça."

E apoiou todo o seu peso contra a longa haste de metal, inclinando-se para a frente enquanto o cilindro penetrava profundamente na terra úmida.

"Ah, olhem, é a doutora Farraday! A ocupadíssima doutora Farraday! Ela vai resolver a questão de uma vez por todas! Por favor, doutora, tem que se sentar conosco."

O sol tinha quase se posto, uma brisa fresca varria a ilha e Greer estava a caminho do *residencial*. Ia pensando no trabalho que tinha pela frente — mais alguns dias colhendo amostras, semanas limpando e analisando. Seu projeto parecia mais desalentador agora do que em Marblehead. Levara cinco horas para extrair os segmentos das sementes. Depois de puxar o êmbolo durante uma hora, finalmente se deitara de costas, chutando as alças. Quando chegou à pensão, cansada e um tanto desanimada, devorou um jantar antes da hora e foi deixar as sementes no laboratório. Agora tudo que queria era uma ducha e descansar um pouco.

"Parece que o dia em campo foi longo!" De uma mesa de piquenique diante do Hotel Espíritu, Vicente acenava. Em cada extremidade da mesa estava cravada uma tocha. Os outros dois homens — um musculoso, o outro magro e um tanto arqueado — estavam sentados diante dele. Quinta-feira, lembrou-se ela. O jantar dos pesquisadores.

"Foi só um dia? Pareceu uma semana inteira!", respondeu Greer, alegre, tentando fazer pouco do próprio cansaço. Tirou a mochila das costas e pousou-a no chão. "Aqueles caniços são mais duros do que borracha. Ufa! O sol estava uma fornalha. E, quando a gente sobe para a borda, o vento, se ganha força, vira um açoite!" Mas conteve-se; estava sentindo a euforia de finalmente estar falando, após um dia sozinha. Ramón fizera em silêncio todo o trajeto de volta a Hanga Roa, e o espanhol dela não era bom o suficiente para estimular um estranho, e tímido, a conversar. Ele se interessara principalmente por olhar as sementes. Quando ela subiu para a borda da cratera, ele pousou o livro na grama e ela desembrulhou uma para ele. Ramón riu, como se achasse divertida a idéia de objetos retirados da terra.

"A doutora Greer Farraday é a nossa nova palinologista residente", anunciou Vicente. O homem mais baixo, de camisa de colarinho cinza e óculos grossos como pesos de papel, cumprimentou-a apenas com um gesto de cabeça. O outro, louro e bronzeado, levantou-se imediatamente. Uma camiseta amarela apertava-lhe o peito, com a inscrição:

Swede e π

"Sven. Sven Urstedt", disse. Seu aperto de mão era firme. "Meteorologista, geólogo amador. Peixes." Seus olhos, grandes e azuis, inspecionaram Greer. "Fazemos questão de que nos faça companhia."

Feliz de se distrair das apreensões sobre o trabalho, Greer sentou-se. O complicado aparato da chave de seu quarto com a ficha de pôquer machucou-lhe a coxa, e ela o colocou sobre a mesa. "Eu pago para ver", disse Sven, pondo sua chave, presa a uma pata de coelho vermelho, ao lado da dela. "E dobro." Serviu-lhe o que pareceu um copo de pisco azedo de um pequeno balde amarelo sobre a mesa. "Para clarear seus pensamentos. Agora. Íris roxa. Não tem nenhum significado especial, certo?"

"Significado?"

"Você está influenciando a testemunha, Sven", disse Vicente.

"Está bem. A íris roxa *tem* algum significado?"

"O que Sven quer saber é se a íris roxa, como flor, significa alguma coisa em particular. Da maneira como a rosa vermelha tem um significado especial. Ou a rosa preta."

"Como presente?"

"Precisamente", respondeu Vicente.

"Não que eu saiba", disse Greer. "Mas essa pergunta é mais para um florista. Os programas de doutoramento vêm cortando os cursos de arranjos de flores e buquês."

"Doutora Farraday, as flores devem ser cortadas!", disse Sven.

Greer riu.

"Nada de distrações, Sven", disse Vicente. "Estamos num impasse."

"*Estávamos* num impasse."

"Sven, a doutora Farraday deixou claro que não tem certeza."

"Se não conseguirmos achar alguém que nos diga se a íris significa alguma coisa, penso que é seguro supor que simplesmente não tem significado. Se tivesse, as pessoas saberiam. Essa, na minha opinião, é a *finalidade* de significado."

Greer achou que Sven tinha um bom argumento.

"Bem, parece que Von Spee sabia o que a íris significava. 'Vai ficar muito bem no meu túmulo.' Uma afirmação razoavelmente forte", disse Vicente.

"Von Spee estava deprimido. Rabugento. Pelo amor de Deus, os alemães não conseguem levar nada com despreocupação." Sven tomou seu pisco de um trago e bateu com o copo na mesa. "Um buquê e... ele afunda a esquadra." Sorriu, orgulhoso de sua última afirmação.

Vicente virou-se para Greer. Usava uma camisa azul-escura que lhe acentuava a pele olivácea. "Estamos falando do almirante Von Spee. Topei com uns documentos que..."

"Nós *paramos* de falar sobre o almirante Von Spee. Vamos fazê-la chorar de tédio."

"Está bem", disse Vicente.

O homem de camisa cinza ainda não tinha olhado para ela.

"Que tal a íris comum?", perguntou Vicente. "Tem algum significado? Como o lírio?"

"Vicente!", exclamou Sven. "Eu gosto muito mais de você quando está obcecado com o *rongorongo*. Nisso vale a pena procurar significado. Em flores — bem, simplesmente não posso apoiá-lo nessa missão."

Lily,* pensou Greer. Lillian Bethany Greer — esse era o nome que lhe haviam dado. Mas, enquanto crescia, não gostava de Lillian — matronal demais —, e de Lily em particular, sobretudo quando começou a se interessar por botânica; havia algumas piadas que não dava para engolir por uma vida inteira. E em ciência nomes andróginos ajudavam. Quando se candidatou à faculdade, tornou-se Greer Sandor: o nome do pai, invertido. E quando casou, Greer Sandor Farraday. Mas, a sós, Thomas sempre a chamara de Lily.

* "Lírio", em inglês. (N. T.)

"Muito bem", suspirou Vicente. "Outro assunto. A SAAS está falando em fazer uma conferência."

"Faz dois anos que ela fala em fazer uma conferência", disse Sven.

"Mas agora ameaçou enviar alguém do pessoal dela."

"Pessoal? A sociedade tem *pessoal*? Não, a SAAS é administrada por máquinas. Eu nunca vi uma organização para arqueologia tão desinteressada em, bem, arqueologia. Eles se preocupam com equipamento leve, memorandos, conjuntos de normas. No mês passado recebemos uma remessa, um caixote inteiro, de canetas esferográficas. Faz mais de um ano que tento obter acesso a dados do satélite meteorológico chileno. Afinal de contas, esse é o meu trabalho. Padrões do tempo no Pacífico Sul. Correntes oceânicas e sua relação com as migrações polinésias. Mas o que é que me dão? Setenta e cinco — o número exato destinado ao meu laboratório — canetas esferográficas azuis."

"Bem, Sven, se a sociedade mandar alguém do pessoal dela, talvez a situação melhore", disse Vicente. "Você poderia expressar as suas preocupações."

"Ah, já expressei as minhas preocupações. Mas chega de falar de trabalho, Greer", começou Sven, esmagando a conversa no ar com a mão. "Você parece muito musical. Tenho certeza de que toca um instrumento. Acho que oboé."

"Não tenho talento nenhum musical."

"Sven é aspirante a cantor de ópera", disse Vicente. "Sempre foi o sonho dele..."

"*Visão*." Sven deu um largo sorriso a Greer.

"... a *visão* dele termos uma espécie de espetáculo de talentos. Teatro, música, jogos. Infelizmente, ele é o único entre nós que tem algum talento."

"Sim, Vicente tem o recorde do vôo de balão mais longo

sobre os Andes, mas qual é o valor disso para entretenimento? Os talentos *dele* exigem equipamento complicado e verba."

"Infelizmente é verdade", disse Vicente, dando de ombros.

"Jogos?" A palavra veio do terceiro homem à mesa.

"Sim, jogos, Burke-Jones. Precisamos de alguns jogos. De algum entretenimento. Não concorda?"

O homem, ainda com o olhar grudado na toalha da mesa, assentiu. O cabelo dele era loiro-arruivado e dava a impressão de um dia ter sido grosso e encaracolado. Agora era fosco e emaranhado, com alguns anéis compridos agarrados à testa, como se tivessem sido traçados a lápis. Por trás dos óculos grossos, os olhos eram inchados de cansaço.

"Croqué", disse Vicente. "Ou *badminton*. Os jogos britânicos, é claro."

"Aposto que Burke-Jones consegue fazer uma peteca voar."

Burke-Jones sorriu.

"Excelente", disse Sven. "Doutora Farraday, embora os meus talentos sejam suficientes para compensar a falta de talento de todos os demais, seria ótimo ter um parceiro no crime..."

"Crime", murmurou Vicente. "Reze para nunca ouvi-lo cantar."

"... outro esteta, um artista, um amante das artes."

Greer perguntava-se se todas as reuniões deles eram tão cheias de energia, tão coreografadas, ou se ela, tal qual o observador de um experimento quântico, tinha influenciado o resultado. Ou talvez tivesse sido a isso que a falta de entretenimento na ilha os levara: a uma espécie de dança oral, de acrobacia de caçoadas.

"Bem, eu sei os nomes de quase todas as famílias, gêneros e espécies das ordens das urticales e magnólias. De trás para a frente, em ordem alfabética", disse. "Ou de frente para trás, se preferir. Mas isso logo fica chato. Suponho que você poderia musicar a lista. Mas o principal valor disso é a capacidade de curar insônia.

Como contar ovelhas, mas para os muito compulsivos e preocupados com detalhes."

"Taxonomia!" Os olhos de Sven brilharam. "Definitivamente uma coisa com que trabalhar."

Greer notou que Burke-Jones a estudava por trás de suas grossas lentes bifocais.

"Um olhar impressionante", disse. "Um bom olhar inquisitivo à moda antiga. Mas infelizmente não tenho nada a confessar."

"Esse é Randolph Burke-Jones", disse Vicente. "É o nosso engenheiro. Nosso arquiteto. Ele vai nos contar como foi que os *rapa nui* moveram as *moai*."

Burke-Jones baixou os olhos para a mesa novamente. Diante dele erguiam-se as ruínas de três drinques tropicais: pedaços de abacaxi esmagados e rodelas murchas de laranja enterrados sob uma pilha de palitos de dente coloridos. Greer perguntou-se onde eles conseguiam todos aqueles palitos coloridos, se serviam os drinques de um balde.

"Você é britânico?", perguntou Greer.

Ele ergueu os olhos rapidamente. A luz da tocha percorreu-lhe o rosto. "Sem dúvida."

"Não se deixe enganar", disse Sven. "Os britânicos tentam fingir que são só pose e decoro. Não Burke-Jones. Ele é um curinga. Embora disfarce bem."

Lentamente Burke-Jones pegou os canudos delgados dos copos vazios, colocou-os numa fileira bem arrumada, depois juntou os palitos e começou a empilhá-los. Greer sentiu uma súbita onda de afeição por ele, um homem que se permitia suas excentricidades.

Vicente deu um tapinha no ombro de Greer. "Então, coletou suas amostras?"

"Seis metros de turfa muito úmida e muito fibrosa. Deve corresponder a no mínimo seis séculos."

"E vai conseguir ver o pólen de cada período?"

"Vou. Mas vai levar um bocado de tempo. A amostra inteira precisa ser separada, limpada e tratada. Extrair grãos de pólen é trabalho meticuloso. Depois é preciso contar todos. A simples identificação desses grãos pode levar semanas." Dizer isso agora lhe trouxe de volta a sensação de exaustão. Como não se dera conta da dificuldade de fazer tudo isso sozinha? Como passara de anos trabalhando num laboratório, com uma equipe a coletar amostras, a estar sozinha numa ilha a milhares de quilômetros de tudo? "Mas é tudo a serviço de obter uma imagem exata da biota inicial da ilha."

"Esplêndido!", disse Sven. "Ou, como se diz em espanhol, *espléndido*."

"Pronto!", anunciou Burke-Jones. Quando Greer olhou, viu diante dele, sobre a mesa, uma miniatura de tenda cônica de índios americanos, feita de canudos e palitos de dentes.

"Magistral, meu amigo!", disse Sven, dando-lhe um tapa nas costas. "Ah, olhem, aí vem Don Juan." Sven fechou os olhos, apontou o queixo para a lua e começou a cantarolar: "*Che gelida manina*".

Um velho estava passando. Tinha os ombros estreitos e andava ligeiramente arqueado para a frente, o que lhe dava um ar de absorção. Era quase certo que era o homem que Greer vira deixando o prato junto da caverna.

"Quem é?", perguntou.

"Luka Tepano", respondeu Vicente.

"Esse é Don Juan", disse Sven.

"Luka é o devotado guardião da eremita da ilha."

"Está bem", disse Sven. "Lancelot."

"A velha da caverna?", perguntou Greer.

"Guinevere", disse Sven.

"Você andou explorando!", admirou-se Vicente. "Sim. Ana

mora naquela caverna desde sempre. Os ilhéus dizem que ela é uma das virgens *nerus* esquecidas — as garotas que eram confinadas em cavernas para participar de festivais religiosos. Mulheres especialmente designadas empurravam comida para dentro das cavernas. Os ilhéus escravizados, quando foram trazidos de volta pelos peruanos, trouxeram a varíola. Oitenta por cento da população morreu em questão de semanas. As virgens *nerus* não sabiam o que tinha acontecido. As mulheres que lhes levavam comida morreram, e as garotas morreram de fome."

"Mas isso foi em...?"

"1877."

"Ela não pode ser assim tão velha", disse Greer.

"Não se esqueça de que ela vive longe do sol", disse Sven.

"Ela é britânica", interveio Burke-Jones.

"É", disse Vicente. "Alguns *rapa nui* acreditam que ela é britânica. Alguns até dizem que é alemã, deixada aqui pela esquadra. Alguns acham que é um *tatane* — um dos espíritos que vivem nas cavernas. Desde tempos antigos as cavernas servem de moradia para os ilhéus, claro. Também existe uma longa tradição de excêntricos e profetas vivendo separados da aldeia."

"O que quer dizer *vai kava nehe nehe*?" — perguntou Greer, puxando o caderno de anotações da mochila e procurando a página onde tinha escrito sobre a velha. "É *rapa nui*?"

"É", respondeu Vicente. "Quer dizer 'belo oceano'."

"Ah." Não revelou grande coisa. "E o homem? Leva comida para ela?"

"Luka cuida dela. Alguns dizem que é filho dela. Que é bastardo e que ela foi expulsa da aldeia pela família. Temos muitos casos aqui de uniões vergonhosas, de filhos separados dos pais. Há tanta gente aparentada, que é difícil namorar."

"Luka é apaixonado por ela", disse Sven.

"Sven tem um fraco por mulheres mais velhas. E por isso acha que todos os homens também têm."

"Quantas ainda são usadas?", perguntou Greer. "Cavernas, quero dizer."

"Difícil dizer", respondeu Vicente. "Muitas são extremamente bem escondidas. Muitas, creio, nunca foram exploradas. Mas a de Ana é a única habitada que conhecemos no momento. As cavernas podem ser muito perigosas. Há escorpiões e viúvas-negras. Precisa ter muito cuidado. Se entrar numa delas, deixe uma peça de roupa junto da entrada, para que as pessoas possam encontrá-la."

"Se os ilhéus moravam nelas, é provável que haja vestígios da comida deles, do lixo. Poderia haver fósseis."

"Ossos", disse Sven. "Pilhas de ossos. Ossos humanos. Homens, mulheres, crianças."

"A doutora Farraday precisa de fósseis vegetais, Sven. Está concentrada em pólen."

"É a minha especialidade."

Sven tomou um gole de seu drinque. "Do seu marido também?"

"Sim."

Alguma coisa na pausa que se seguiu lhe disse que, antes de ela chegar, eles tinham falado de seu marido.

"Eu gostaria de pedir desculpas novamente por não estar a par da situação", disse Vicente. "Para nós, aqui, é difícil acompanhar o que acontece no mundo de verdade. Meus pêsames."

"Obrigada."

"Sim", disse Sven. "Uma notícia devastadora."

"Especialmente para ele". Assim que disse isso, Greer se deu conta de que eles não estavam falando da desgraça de Thomas. Tinham simplesmente apresentado condolências pela morte. Talvez nenhum deles se lembrasse dos detalhes do escândalo.

Quem não estava envolvido com palinologia raramente lembrava. Lembrava apenas que o eminente Thomas Farraday fora demitido de Harvard por alguma coisa relacionada com dados, e a única curiosidade, a pergunta que faziam a respeito dela com tanta freqüência, era simplesmente: *Greer* sabia?

"Tenho que ir", disse, levantando-se. Vicente e Sven ergueram-se; Burke-Jones tirou os óculos, limpou-os com um lenço, tornou a pô-los e examinou sua cabana indígena.

"Tão cedo?", perguntou Vicente.

"Preciso de um banho e de uma boa noite de sono. Amanhã vai ser outro dia em campo. E o dia seguinte. E o dia depois do seguinte."

"Não deixe de nos informar sobre o andamento da sua pesquisa", disse Vicente. "Como eu lhe disse, precisamos nos ajudar uns aos outros sempre que pudermos. O trabalho de todos nós está inter-relacionado. Não devemos esquecer isso. Nós nos vemos por aí." Tocou-lhe o cotovelo e sussurrou: "E a íris? Não significa nada mesmo?".

"Poderia significar muita coisa. Para a pessoa certa."

"Ah, vou pensar nisso. Bem, boa noite, doutora Farraday."

"Boa noite", disse ela, pegando a mochila.

A caminhada até o *residencial* era curta. As ruas estavam em silêncio, as pequenas construções de cimento azul e branco, separadas por trincheiras de sombras, aninhadas para a noite. O único som era o leve bater da sandálias de Greer. De repente, de uma das casas saiu um casal de ilhéus jovens, de braços dados. A garota alisava um colar de conchas brancas e o rapaz ouvia com atenção. Parecem muito felizes, pensou Greer. Confiantes. Sorriram quando ela passou.

Na Ao Popohanga, Mahina estava sentada à escrivaninha no escritório principal, fazendo anotações no livro-razão.

"*Buenas noches, doctora!* Como foi seu trabalho? Ramón disse que ficou satisfeita com sua peça."

Era difícil imaginar Ramón falando tanto com alguém. "Sim. Acho que colhi uma boa amostra."

"A senhora trabalha o dia todo em Rano Aroi, ele diz. Muito perto da senhora estava Terevaka. O ponto mais alto da ilha. Um dia a senhora vai até lá. Eu levo a senhora para ver. Mas agora a senhora tem mais trabalho, *doctora*. Ganhou muitos, muitos livros!" De trás da escrivaninha, puxou uma pilha de textos gastos.

"Para mim?"

"Sim, sim. Do *señor* Portales."

"Obrigada." Greer ficou mais animada. Trabalho — ótimo. Talvez ainda não estivesse pronta para dormir. Ler um pouco antes de pegar no sono a lembraria de que não tinha apenas trabalho físico pela frente. "Muito obrigada, Mahina."

"Eu também tenho livros, sabe?" Mahina apontou para uma estante com porta de vidro, acima dela, com uma prateleira de velhos volumes encadernados em couro. As letras nas lombadas tinham desbotado. "Se precisar, para a pesquisa, a senhora pede. Eles vêm do meu pai."

"Obrigada. Bem, boa noite, então."

No quarto. Greer tomou uma longa ducha quente e acomodou-se na cama, rodeada por um semicírculo de textos: o diário de Roggeveen, traduzido para o inglês; um exemplar encadernado à mão do registro de bordo do capitão Cook; o *Viagem ao redor do mundo* de Jean-François de Galaup, conde de La Pérouse; o documento no qual Don Felipe González declarou a ilha território espanhol; os registros da viagem de Pierre Loti; o diário do pagador Thomson, do USS *Mohican*. No livro de Roggeveen fora inserida uma folha de papel:

Creio que encontrará algumas passagens úteis enterradas nestes livros. Agora pode conversar com todos os primeiros visitantes, exceto com os britânicos, que desapareceram com seus diários e não podem ajudar ninguém. Fala francês e espanhol? Eu deveria ter perguntado. Se ajudar, posso traduzir Loti, La Pérouse e González.

Vicente

Bem, pensou enquanto apoiava os travesseiros encaroçados na cabeceira, Vicente certamente era gentil. Mas havia alguma coisa de esquisito no fato de não ter mencionado os livros antes, na frente dos outros, como se fosse um assunto particular.

Uma correnteza fria enfunou a cortina, e Greer puxou o acolchoado até o peito. Folheou o registro da expedição de Roggeveen, que detalhava tudo, do momento em que avistou a ilha pela primeira a vez até a partida. Estivera em Rapa Nui em 1722, numa missão para a Companhia Holandesa das Índias Orientais. Era dia de Páscoa, e do navio Roggeveen pensou a princípio que a ilha fosse composta inteiramente de areia.

> [...] *confundimos a grama ressecada, e o feno ou outro mato estorricado com um solo dessa natureza árida, porque, devido à aparência, não sugeria outra coisa senão uma vegetação extraordinariamente escassa.*

Não havia nenhuma outra menção à paisagem. O que havia era útil, porém: grama ressecada, vegetação escassa. Uma ilha tão estéril que foi considerada coberta de areia. Isso significava que em 1722 a ilha abrigava uma flora pouco mais diversificada do que atualmente. Qualquer extinção em massa tinha que ter ocorrido antes da chegada de Roggeveen.

Greer continuou lendo, e outra passagem lhe chamou a atenção:

> *Durante a manhã, o capitão Bouman trouxe para bordo um ilhéu, junto com a embarcação na qual o homem viera de terra até perto do*

navio; estava completamente nu, sem a menor cobertura para aquilo que o decoro impede de revelar. Essa infeliz criatura pareceu muito contente de nos observar, e demonstrou a maior surpresa com a construção de nosso navio. Prestou atenção especial ao retesamento de nossos mastros, à solidez de nosso cordame e ao equipamento corrediço, às velas, aos canhões — que examinou com a maior atenção — e a tudo mais que viu. [...]

Muitas canoas vieram até o navio, e nessa ocasião as pessoas demonstraram sua grande cupidez por tudo que viam; e foram tão ousadas que tiraram chapéus e bonés da cabeça dos marinheiros e pularam por sobre a amurada com o espólio; pois são excelentes nadadores, como seria de julgar pelo grande número desses indivíduos que veio nadando da praia até os navios. [...]

Quanto a suas embarcações, são de má construção, frágeis; pois são montadas com algumas tábuas pequenas e têm a estrutura leve, que eles amarram habilmente com um cordão muito bem trançado. [...] *Mas como carecem do conhecimento e, especialmente, do material para vedar o grande número de juntas das canoas e para torná-las firmes, elas conseqüentemente vazam muito.*

Pela manhã, seguimos com três botes e duas chalupas, tripulados por cento e trinta e quatro homens, todos armados de mosquete, pistola e espadas de abordagem [...] *seguimos em ordem, mas mantendo-nos próximos uns dos outros, e subimos as rochas, que são muito numerosas à beira-mar, até a terra plana, fazendo sinal com as mãos aos nativos, que se comprimiam em grande número à nossa volta, para que saíssem de nosso caminho e nos deixassem passar* [...] *avançamos um pouco, para dar espaço a alguns dos nossos que tinham ficado para trás e permitir que eles se alinhassem com as fileiras, que foram detidas para que os que estavam mais atrás pudessem nos alcançar, quando, de modo totalmente inesperado e para nossa grande surpresa, ouviram-se quatro ou cinco disparos na nossa retaguarda, junto com um grito vigoroso de* "'t is tyd, 't is tyd, geeft vuur"

[*Está na hora, está na hora, fogo!*]. A *isso, mais de trinta tiros foram disparados, e os índios, atônitos e assustados, fugiram, deixando dez ou doze mortos, além dos feridos...*

Roggeveen não parecia ter nenhuma explicação para a violência.

Greer fechou e pousou o livro. Com que freqüência na história do mundo, pensou consigo, não ocorrera a mesma coisa? Um grupo armado de exploração desembarca e abre fogo. As *moai*, o *rongorongo*, a extinção da flora: nada disso realmente importava. A ilha de Páscoa era como todas as outras terras do mundo: quando conheceu o resto do mundo, depois de séculos de isolamento, o mundo a atacou. Mas o que fazer? Toda a pré-história e a história — especiação, migração humana, exploração — não eram apenas um elaborado jogo de dança das cadeiras? Atravessava-se uma fronteira, tomava-se uma colônia, explorava-se uma ilha. Uma cobra escondida nos destroços de um naufrágio chegava a uma nova praia, um pé de fruta-pão cruzava o oceano nos braços de um naturalista, um mamute pré-histórico atravessava uma ponte de terra entre dois continentes. A música tocava, as posições mudavam e, no final, retirava-se uma cadeira. Um recurso era eliminado e alguém tinha que ficar de pé. Extinção, genocídio, sobrevivência dos mais fortes. Alguém sempre tinha que deixar o jogo.

Greer sentiu a aproximação de uma tristeza familiar. Geralmente a afastava com uma caminhada pela praia ou uma ida ao cinema, mas agora tinha de tentar dissipá-la dormindo. Empurrou os livros para o pé da cama, apagou a luz e fechou os olhos. Os sons da noite — as asas das mariposas batendo contra a janela, uma gargalhada vindo de algum lugar na rua — intensificaram-se. Virando-se de bruços, ela cobriu a cabeça com um travesseiro para abafar os sons, mas sua mente continuou à espreita.

Dirigiu os pensamentos para Roggeveen e recordou a narrativa dele. Com que os ilhéus construíam as canoas? Qual fora o efeito da troca de mercadorias sobre a população isolada? Uma população capaz de construir e transportar estátuas gigantescas "carecia" do conhecimento para vedar uma canoa? Qual foi o efeito psicológico da violência dos homens de Roggeveen?

Um farfalhar de folhas no pátio a distraiu. Greer virou-se de novo, ajeitou o acolchoado, acomodou-se de lado, com o travesseiro em cima da orelha. Nos últimos meses, tinha sido insônia ou exaustão total. E depois de um dia inteiro na cratera e drinques com os pesquisadores, deveria estar exausta.

Começou a sussurrar os nomes das famílias de urticales.

Urticáceas, urtiga. *Urtica dioica*, urtigão. *Boehmeria nivea*, rami.

Ulmáceas, olmo. *Ulmus americana. Ulmus parvifolia. Ulmus rubra. Ulmus alata. Ulmus procera.*

Moráceas, amoreira...

Amoreira. Greer parou. As amoreiras incluíam a famosa figueira estranguladora da floresta amazônica. Ainda no estágio de broto, trepava pelo tronco de outra árvore nas proximidades, sugando-lhe água e minerais da casca e esforçando-se para atingir a luz. Depois de se firmarem, as raízes engrossavam e se enrijeciam, nasciam galhos e folhas, enredando a árvore hospedeira e matando-a por estrangulamento. No final a figueira parecia monstruosa, bulbosa, retorcida, com as raízes fundidas como tumores na anfitriã sem vida. Cortando-se o tronco, como Thomas fizera na sala de aula na primeira vez em que Greer vira uma dessas plantas, via-se a vítima dentro dela.

"Aí está. A natureza nem sempre é bonita", anunciara Thomas apontando para um corte transversal das raízes emaranhadas. Percorrera a sala com os olhos. "Nunca se deve romantizar o mundo natural. O importante é enxergar com clareza, ver o que há, não o que se gostaria de ver. As plantas não possuem uma beleza inerente, uma inocência inerente. A *Arthemisia absinthium* solta veneno das folhas. Basta uma chuva para que todas as plantas perto dela morram. Isso não é um ato de bondade nem de maldade. Trata-se simplesmente de um mecanismo desenvolvido por determinado organismo para garantir a própria sobrevivência. A maior flor do mundo é produzida pela *Rafflesia arnoldii*, uma planta parasita do arquipélago malaio. Vive dentro de trepadeiras, depois rompe a casca da hospedeira e abre-se numa flor com noventa centímetros de diâmetro e dez quilos de peso, que cheira, sem beleza alguma, a carne podre. Essa é e sempre será a diferença entre botânicos e o resto da população, de que vocês devem se lembrar: nós olhamos uma planta e vemos uma complexa narrativa de necessidade e realização, de adaptação e mutação; todas as outras pessoas — seus pais, seus amigos, seus colegas de quarto — simplesmente verão uma coisa colorida. Alguma coisa para o jardim ou para uma jardineira. Verão uma coisa que seu caro e benevolente Deus judaico-cristão pôs à frente delas para lhes dar prazer."

Thomas tinha aperfeiçoado o papel de cientista pragmático, e gostava de causar uma impressão forte nos primeiranistas de botânica. Mas Greer, ao observá-lo naquele dia, ainda não compreendia o drama disso, o drama dele. Ele simplesmente pareceu um cínico impossível, um homem que olhara tanto tempo em microscópios que já não conseguia enxergar a beleza do mundo natural. E ela disse a si mesma que jamais se tornaria como ele: um cientista empedernido. Mas alguma coisa no cinismo dele a desafiara, fizera que tivesse vontade de lhe mostrar que na verdade o mundo era belo. E um dia depois da aula, num gesto que deu início ao namoro deles, ela enfiou por baixo da porta do escritório dele um trecho de *Canção de mim mesmo*, de Whitman, um poema de que sempre gostara muito.

O que Thomas dissera sobre a figueira estranguladora pareceu estranho a Greer, ali deitada agora. Ouvira-o dizer a mesma coisa dezenas de vezes, em cada aula de introdução que dera enquanto estiveram casados. Era seu discurso favorito. Mas ela nunca imaginara que as crenças dele iam além do mundo natural, que pudessem penetrar na vida, no casamento dos dois.

Sentiu uma náusea estranha. Atirou as cobertas para o lado e levantou-se. A sementinha estava sobre a escrivaninha, em seu universo líquido. Oito anos. Não deveria tê-la trazido.

Calçou as sandálias, vestiu uma saia por cima da camisola, pegou uma lanterna e saiu. A varanda estava em silêncio, mas, ao atravessar rapidamente o pátio, ela notou um lampejo branco entre a folhagem. Mahina estava ajoelhada, rezando diante da imagem da Virgem Maria. De olhos fechados, segurava entre as mãos postas o que parecia uma fotografia.

Era ali que Mahina encontrava paz. A prece era a maneira que as pessoas tinham de entender o passado. Mas Greer não pertencia a nenhuma igreja, a nenhuma fé, e em noites como aquela, quando não conseguia dormir, ficava simplesmente com uma sensação de solidão.

Abriu a porta que levava ao prédio principal e saiu pela noite, rumo ao laboratório.

10.

Seguindo os passos dos antigos polinésios, os alemães atravessaram o Pacífico: Eniwetok, ilha Fanning, Samoa, Bora Bora, Taiti.

Abasteceram-se de carvão onde puderam, enchendo sob sol escaldante as carvoeiras do navio ancorado. À noite, viviam na escuridão de breu dos cruzadores — uma única lanterna poderia revelá-los a um navio de passagem. Sem atividade nem diversão, só lhes restava pensar em seus perseguidores.

Os navios das marinhas britânica e francesa eram muito mais numerosos dos que os deles, e os aliados tinham um sem-número de enseadas seguras onde se aprovisionar. Com o Japão na guerra agora, as probabilidades contra eles se tornavam impossíveis.

No Almirantado, em Berlim, diminuía a esperança de sobrevivência de Von Spee. O cáiser Guilherme, por solidariedade com o solitário comandante, tentou enviar palavras de encorajamento: "Que Deus esteja com o senhor na luta iminente e severa". Mas Von Spee, fora do alcance do transmissor de rádio em Tsingtao, nunca recebeu a mensagem. Estava operando sozinho, sem meios de contatar seu país, seus navios de abastecimento, nem os outros navios de sua esquadra.

Precisava achar um ponto de encontro, um local no Pacífico onde pudesse tentar reunir a esquadra. Teria de romper o silêncio do rádio para fazer isso, correr o risco de que a mensagem fosse interceptada, na esperança de unificar suas forças. Mas era necessário.

A única questão era onde. Estudando o mapa, procurando um porto seguro, logo descobriu o lugar perfeito, um lugar sobre o qual tinha lido certa vez, que o capitão Cook visitara, onde estranhas estátuas gigantes se alinhavam na praia. O lugar mais distante do resto do mundo aonde se podia chegar: a ilha de Páscoa.

A esquadra do infortúnio: o conde Von Spee e a impossível viagem de retorno

11.

Numa estreita faixa de areia no litoral setentrional da ilha, eles erguem acampamento.

Tudo que está no porão tem de ser levado no bote a remo para a praia, através da violenta arrebentação. Elsa equilibra-se ao arfar da escuna e, sonolenta, desamarra os caixotes, sacos e baldes.

A noite anterior a deixou esgotada. Os visitantes nativos — quarenta, como acabou contando — recusaram-se a desembarcar até se cansarem da cerimônia de boas-vindas. Ela envolveu uma complicada troca de esculturas de madeira e doces, bananas e tabaco, inhame e chá. Em meio a muito entusiasmo e agitação, o chapéu de Edward foi trocado por uma galinha frenética; logo depois, o desconsolado proprietário da galinha tomou-a de volta. Mas quando Alice levou a gaiola de Pudding para o convés, quando uma onda de sussurros de admiração passou por entre os visitantes, o dono da galinha adiantou-se e, por meio de uma série de gestos, batendo os braços, sugeriu trocar a galinha pelo papagaio. Edward interveio. "Não é para comer. É um animal de estimação. *Un amigo.*" A recusa ofendeu visivelmente o grupo. Mas logo

Alice começou a atirar beijos para Pudding, que disse *ave superior*, e em meio ao espanto os visitantes esqueceram a afronta. Um dos homens, com os braços densamente cobertos de tatuagens e usando um chapéu vermelho com botões de latão, começou a reger uma canção. Mas parou, com um grunhido de desprezo, quando os garotos mais novos, com a atenção desviada pela descoberta do espartilho de Elsa, deturparam a letra.

Numa mistura de espanhol e taitiano, Edward tentou convocar trabalhadores para o dia seguinte. "Carregar? *Llevar?*" Enquanto os ilhéus o olhavam de forma fixa, ele levantou dramaticamente uma caixa cheia de latas de carne. "Car-re-gar. Trabalhar. *Anga?*"

"*Tangata rava-anva*", disse Elsa.

Um menino com o cabelo grosso caído na testa avançou e pegou a caixa de Edward.

"*Maururu*", murmurou alguém — obrigado.

"Bem, era de esperar", disse Edward, quase ao amanhecer, quando os ilhéus passaram graciosamente por sobre a amurada, embarcaram em suas canoas, aos brados de *iorana*, e, examinando o suprimento de biscoitos, feijões e cigarros que levavam consigo, empunharam os delgados remos dos botes na direção da costa. Nas saudações tinham se perdido gêneros para um mês inteiro. "É a melhor maneira de ganhar a confiança deles. Você vai ver. Eles na certa serão mais generosos na cortesia tradicional de anfitriões. Foi a mesma coisa com os *kikuyu*."

Amanheceu e Kierney e Eamonn têm de partir rapidamente, à procura do navio da Companhia Chilena, que ancora perto da aldeia, do lado oposto da ilha. Exausta, nervosa, em pé no convés da escuna, Elsa despede-se deles. Gostaria muito que pudessem ficar, nem que fosse só por uns dias. Quando eles atiram as mochilas no bote, ela lhes dá uma provisão extra de chá e café.

"Têm certeza de que vão encontrar o navio? Talvez devessem esperar até que o encontrássemos juntos. Para estarem seguros."

"Se há uma coisa que sei encontrar, senhora Beazley", diz Eamonn, descendo para o bote, "é um navio onde tenho que estar."

Uma mochila é lançada por sobre a amurada e cai no bote com uma pancada. "Ao mar de novo!", grita Kierney. Vem correndo pelo convés, agarra a amurada e pula para a escada. Faz uma pausa, olha adiante de Elsa, para baixo do convés, onde Edward e Alice estão retirando as coisas de um caixote. Sorri e sussurra: "Não é tarde demais para a senhora fugir com a gente".

"Está insinuando", diz ela, rindo, "que acabei de viajar quase quatro mil quilômetros para voltar direto para Valparaiso?"

"Nós poderíamos nos divertir um pouco." Ele pisca o olho para ela. "A senhora precisa de um pouco de diversão."

"Kierney, depois de todos estes meses, você continua não tendo nenhum senso de decoro?"

Ele a encara e ela sente o rubor cobrir-lhe o rosto. "Parece que não", diz ele, pegando as latas de chá e café aos pés dela. "Mas eu tenho visão de primeira." Ri e pula para o bote. "Tudo de bom para o capitão Beazley e para as duas senhoras Beazleys!"

Edward aparece no convés. "Ah, os homens estão prontos? Excelente." Desce a escada, empurra o bote e rema para terra. Elsa vê os dois homens saltarem para a praia e subirem correndo pelo aterro, com as mochilas atiradas ao ombro e os braços carregados de latas. No alto da colina, uma meia dúzia de ilhéus a cavalo monitora a atividade. Gesticulando e apontando para o mar, Kierney e Eamonn aproximam-se deles. Logo entregam a eles as latas que ela acabou de lhes dar e montam na garupa dos ilhéus, firmando as mochilas no colo. Com excesso de peso, os animais avançam devagar ao longo da costa, vão sumindo ao longe até desaparecer completamente.

Os poucos ilhéus que ficam observam a atividade do bote e os esforços de Edward para remar de volta para a escuna. Não fazem nenhum movimento para ajudar. Mas acenam.

"Os *rapa nui* talvez não tenham a ética do trabalho", diz ele ao subir para bordo, o rosto queimado de sol e brilhando de suor. Tira do bolso o lenço com monograma e enxuga a testa. "Mas pelo menos parecem bem sociáveis." Com as migalhas amanhecidas da difícil situação em que se encontram, Edward está visivelmente tentando fazer um bolo. Justiça seja feita: ele não esperava que Elsa e Alice carregassem tudo para terra. Mas elas agora não têm escolha.

É um dia de março, quente e sem vento. Faz quase um ano que partiram da Inglaterra, mas é um março diferente. Aqui, é final de verão.

Alice, a única pessoa que não está cansada, fica encantada com o desembarque. Atira cobertores, baldes e latas de chá para o bote, onde Edward os arruma e depois leva para a praia. Essa interminável cadeia de carregar, remar e descarregar ocupa o dia. Eles só fazem uma pausa ao meio-dia, quando descem para a sombra sob o convés.

Até o pôr-do-sol, armam duas barracas improvisadas na praia e empilham na relva a maior parte do equipamento. O bote foi puxado para a areia. E por hábito ou vontade, quando finalmente concordam que está na hora de se recolherem, Elsa se retira para a barraca com Alice. Mesmo exausto, Edward comenta: "Não acha que já é tempo de Alice ter algum espaço para si mesma?".

Elsa se detém sob o mosquiteiro frouxo. Ergue a lanterna e estuda-o — alto, ombros largos, o ar de necessidade. Após meses dormindo separados no barco, após horas montando o acampamento, como é que isso pode ter importância para ele agora? Se ao menos tivesse algum senso de oportunidade, do ritmo natural dessas coisas. Se ao menos compreendesse que não é hoje, justo nesta noite, que ela quer dar início à intimidade deles. "Edward, por favor."

"Não tem importância. Não tem importância."

Mas permanece em pé ali na areia, no amarrotado uniforme branco de capitão, os olhos brilhando de indignação. Parece que a fadiga o embriagou.

"Ah, só um minuto", lança Elsa, áspera. E nessa única frase irrompe a crescente pressão de toda a sua delicadeza anterior. A viagem está encerrada; foi-se a adversidade do tempo e das rações; o desafio que forjou nos últimos doze meses a amizade, a união deles, desapareceu. Conseguiram chegar. E como a vida já não corre perigo, Elsa tem a impressão de que lhe foram concedidos outra vez o direito de sentir-se entediada, a liberdade de ficar irritada — suspensos durante os meses de dificuldades.

É evidente que Edward percebe isso. Fica ali parado ao luar, surpreso e desconcertado.

Mas como é que ela pode ter ressentimentos contra ele quando *optou* por casar, *optou* por vir nesta viagem? O único crime que ele cometeu foi lhe oferecer sua única escolha viável, uma salvação de meio-termo que as circunstâncias a forçaram a aceitar. Na verdade ele foi bom para ela.

"Só um minuto, meu caro", diz ela. "Vou dizer boa-noite a Alice." Agacha-se à luz esverdeada da barraca e beija a irmã.

"O Pudding também."

A gaiola de Pudding está no chão. Elsa atira um beijo para a ave. "Boa noite, Pudding."

Alice dá uma risadinha. "Você está tão brava com o Beazley."

"Só estamos cansados. Mais nada. Cansados. Vamos estar logo ali fora, na outra tenda."

"Você vai dormir lá?"

"Sim, Allie."

"E nós?"

"Você e o Pudding vão ficar muito bem. Se precisar de alguma coisa, basta me chamar. Está bem?"

"Não esqueça de voltar de manhã."

"Você me chama se precisar de alguma coisa."

"Se aparecerem morcegos, eu vou chamar você."

"Allie."

"Ou aqueles mosquitos." Alice já se envolveu nos lençóis como uma múmia.

"Eu vou estar logo ali fora. Enfie a cabeça para fora da barraca e você vai ver onde eu estou."

"Estou com calor."

"Porque você se embrulhou toda nos lençóis, boba."

"Refresque-me, Elsa."

Elsa sopra na testa de Alice. "Vou estar logo ao seu lado. Agora, boa noite."

É estranha a sensação de deixar Alice, mas que alternativa ela tem? Isto é meramente um novo dever. Fecha o zíper da barraca e, lentamente, pisando na areia grossa e pesada, segue para a barraca de Edward, que está sentado num banco, de camisola branca.

"Elsa, nós somos casados, afinal de contas."

"Sim", diz ela, tentando soar gentil. "Somos marido e mulher. Eu sei. Mas ainda não é um hábito. Estou acostumada com Alice. Não tem nada a ver com você. Conosco."

Desabotoa a blusa e a saia rapidamente. "O dia foi bem cansativo, Edward, não foi? Todos esses caixotes. Eu ficaria aqui para sempre, só para não ter que mudá-los de lugar outra vez. Espero que amanhã possamos nos descontrair um pouco."

"Prometo que amanhã seremos apenas turistas. Vamos explorar."

"Ótimo. Nunca fui turista."

Quando senta na beirada de sua cama de campanha, desce um silêncio entre eles. Lá fora a arrebentação ruge. O vento ondula a barraca. Elsa não consegue deixar de pensar que num instante Kierney vai começar a gritar no convés ou Eamonn vai lhe pedir que prenda um cabo ou Alice vai berrar para um albatroz. Mas só estão ela e Edward ali, e o que um tem a dizer ao outro agora? Não há nada que precise ser feito, nenhuma tarefa, nada de que cuidar.

"Elsa... eu... a *assusto*?"

"Edward, isso é ridículo."

"Eu sei que sou muito mais velho do que você. Sou... bem, velho. Certamente não sou aquilo com que uma jovem como você sonha."

Ouvindo isso, Elsa tem vontade de aproximar-se dele, beijá-lo, mas tem medo de que o gesto gentil seja mal interpretado. Não pode estar com ele agora; é cedo demais, estranho demais. "Só estou preocupada com Alice", diz. "Sair remando como ela fez — *isso* foi assustador. A viagem foi muito cansativa."

"Claro."

"Eu só gostaria de me adaptar a este lugar. Instalar-me."

"Elsa, não há problema. Cada um de nós tem sua cama."

"Edward..."

"O mais importante é termos um bom descanso." Ele se levanta do banco e se enfia embaixo do lençol solto de sua cama. Sopra sua lanterna.

"É importante rejuvenescermos", diz Elsa.

Ele, de costas para ela agora, sussurra: "Não se esqueça de pôr algodão nos ouvidos. Certamente há lacrainhas aqui".

"Vou pôr, Edward. Boa noite."

Assim que se acomoda na cama, tapa os ouvidos com algodão e sopra a lanterna, Elsa mergulha num atoleiro de sono. Sonha que está no barco, como sonhará por várias semanas, deslizando sobre a água. Aves marinhas, brancas e lustrosas, sobrevoam em círculos enquanto ela contempla o horizonte interminável. A terra que finalmente avista é densa de musgo e samambaias, com um delgado penacho de fumaça erguendo-se do centro. Mas quando ela se aproxima da praia a fumaça desaparece.

Horas mais tarde, acorda numa escuridão de breu, num silêncio estranho e profundo, e sente o peso de um corpo contra o seu. Congela, suprime um arquejo. Tira os pedaços de algodão dos ouvidos. Ele teria *mesmo* feito aquilo? Depois um cacho de cabelo comprido cai em cima de seu rosto. Uma respiração suave e ritmada enche a barraca. Elsa se descontrai e torna a mergulhar no sono. É só Alice.

Inspecionar e fotografar consomem o primeiro mês. As distâncias são consideráveis, o terreno é rochoso, e para transporte eles obtêm três cavalos em troca de tabaco. Após vários dias de persuasão — *Allie, é muito mais simples do que andar de bicicleta* —, Alice finalmente se deixa convencer a montar e eles cavalgam juntos pela ilha, esquivando-se das centenas de ovelhas que perambulam pelas vertentes relvadas. Anotam no mapa distâncias importantes, marcos e a localização de estátuas tombadas. A intervalos de alguns dias vão a cavalo até o lago numa cratera para buscar baldes e bacias de água. Uma vez por semana percorrem quinze quilômetros até Hanga Roa, a aldeia no outro lado da ilha, para trocar frutas, legumes e carne, e recuperar seus pertences.

Panelas, anáguas, sabonete, chá, barbante — toda manhã dão pela falta de mais alguma coisa no acampamento. Quando saem das barracas, o sol nascente revela um caixote aberto na areia, um balde virado, um baú saqueado. Mas não demoram a aprender o método simples de recuperar os objetos: pedir. Um dia, indo a cavalo até a aldeia, passam por um ilhéu idoso com uma das gravatas de Edward amarrada em torno da cabeça, como se fosse um lenço. Quando Edward aponta, o homem desata a gravata, devolve e afasta-se. Eles percebem que o roubo, embora tão freqüente na ilha, é contrabalançado pela devolução igualmente freqüente, pacífica e rotineira do artigo roubado.

"A ilha é uma comunidade fechada", diz Edward uma manhã durante o café, depois que outro dos chapéus de Elsa desapareceu. "No sentido tradicional, o roubo priva o proprietário completamente de sua propriedade. Mas nesta ilha nada pode de fato ser removido, só pode ser transplantado. Portanto, nada é realmente roubado. As coisas são meramente, digamos, tomadas de empréstimo sem solicitação."

Eles armaram na praia uma mesa quadrada e simples, onde fazem as refeições. Como cadeiras, usam caixotes cobertos com lençóis.

"Sei, mas não é certo fazer chá 'emprestado'", diz Elsa, passando geléia num biscoito. Não liga muito para chá, mas seu exemplar de *A viagem do Beagle* sumiu e ela não sabe como contar a Edward. Dá azar perder um presente, pensa ela. Especialmente um presente de casamento. A sacola de couro de Alice também desapareceu.

"Eu me abstenho de contestar", diz ele. "Artigos comestíveis realmente desafiam a minha hipótese."

Pelo tom dele, Elsa percebe que falou em tom de desafio. "Mas é uma boa hipótese. Um isolamento extremo como este parece afetar as regras sociais."

"Bem...", continua ele, cortando um pedaço de goiaba, "nós representamos uma situação inusitada para eles. Se tivéssemos a mesma noção vaga de propriedade que eles têm, poderíamos sumir da ilha a qualquer momento, levando conosco os nossos pertences e os deles também. Não esqueça que temos a escuna."

"Esperemos que continue assim." Devido à força da correnteza, tiveram de levar a escuna para o lado oposto da ilha.

"Tem que haver um sistema para essas trocas, ou deve ter

havido antes de chegarmos. Creio que nós abrimos o sistema deles, por assim dizer. Criamos certa perturbação entre eles."

Perturbação. Sim. De que outra maneira, pergunta-se ela, chamar aquilo? Um dos seus volumes de Darwin foi roubado por alguém que não sabe ler inglês. Caixotes vazios desaparecem. Mulheres andam por Hanga Roa usando seus chapéus e anáguas e as jaquetas com borda de renda de Alice, enquanto meninas usam as gravatas de Edward como cinto.

Não leva muito tempo para o espírito contagiar Alice, que, uma manhã, sai de sua barraca com um avental branco de *rapa nui*.

"Alice, de onde veio isso?"

"Tomei emprestado. Sou *rapa nui*."

"Allie."

"Está vendo? Sou uma Alice *rapa nui*." E começa a fazer uma elaborada pantomima na areia: agacha-se, arregaça as mangas do avental e finge que está arrancando inhame do chão. Cava um buraco, carrega pedras invisíveis e coloca uma a uma no forno de terra, depois se levanta e examina orgulhosa seu trabalho imaginário. Como é bonita, pensa Elsa, essa capacidade, essa vontade de se imaginar como os outros. Alice consegue acreditar que é Rodney Blackwell, a irmã ou qualquer pessoa. Mas Elsa se pergunta se Alice compreende os limites de si mesma, onde termina o seu próprio ser e começa o alheio.

Vários dias depois, quando estão em Hanga Roa comprando víveres, a dona do avental os alcança. Uma mulher pálida aproxima-se de Alice, que ainda está usando o avental, e lhe dá um tapinha no ombro. Mas não parece haver ressentimento. A mulher estende a sacola de couro de Alice e a proposta de troca provoca sorrisos de ambas, como se fosse Natal e cada presente fosse uma surpresa muito atenciosa e generosa. Alice tira o avental, entrega-o à mulher e fica só de corpete e calções. A mulher, ao ver Alice abrir a sacola, alisar o couro macio dos dois lados, fechar os olhos e cantarolar, fica paralisada. Preocupada, olha para Elsa e para Edward. Por fim, dá um passo à frente e devolve o avental a Alice. Pega-lhe a mão, beija-a e depois pousa a palma da própria mão na testa de Alice.

Alice então começa a rir, a se contorcer, e logo a rua inteira está prestando atenção nela. Um menino, o mesmo que tomou a caixa de latas de carne dos braços de Edward na primeira noite no barco, observa-a num espanto silencioso.

No final do dia, quando eles montam carregando sacos de abacates, goiabas e bananas, o menino os segue em seu pônei até fora da cidade.

Esse é o Lata de Biscoitos.

O resto da aldeia demonstra muito menos interesse pelos movimentos deles do que pelas suas latas de carne e tabaco. Mas, toda vez que vão a Hanga Roa, esse menino os segue na volta até Anakena, uma sentinela silenciosa e curiosa. E quando chegam à praia, desmontam e amarram os cavalos, ele senta na areia e olha enquanto eles conferem o equipamento, acendem o fogo e preparam o jantar. O cabelo dele é uma profusão de mechas densas e pretas, despenteadas e lustrosas, como se ele tivesse acabado de sair do mar. Os olhos são de um castanho brilhante, o nariz é largo e os lábios, cheios e macios, e, quando sorri, expõe totalmente as duas fileiras de dentes brancos e cintilantes. Ele estuda intensamente o acampamento, e a cada visita chega mais perto da atividade. Após várias semanas, senta-se ao lado da barraca de Alice, espiando-a através da entrada fechada pelo mosquiteiro. Observa-a levando a gaiola de Pudding de um lado para outro; tenta fazer cócegas na ave através das barras da gaiola. Mas recusa-se a falar, até mesmo a dizer como se chama. Alice começa a chamá-lo de Lata de Biscoitos, porque o garoto só se deixa convencer a voltar para a aldeia à noite se Alice lhe der os biscoitos que ele escolher. (Para consternação de Elsa, põe a mão em todos antes de fazer sua escolha.) Mas Alice adora brincar com ele. Cansou de ser a fonte de preocupações exageradas. Agora *ela* pode se preocupar. Alegremente dominadora, repete para Lata de Biscoitos todas as advertências e recomendações de Elsa: *Tem certeza de que não precisa de um casaco, Lata de Biscoitos? Lata de Biscoitos, fique longe do mar. Há tubarões malvados lá. Tenha cuidado ao andar, essas pedras são muito, muito afiadas.* Parece uma mãe, pensa Elsa ao vê-los juntos. E alguma coisa no menino adora as advertências de Alice. Ela pode segurar-lhe o braço com firmeza, sacudi-lo, pode puxá-lo da beirada de um precipício pelo colarinho da camisa esfarrapada, e ele sorri. Mas reluta a tocar nela ou em qualquer um deles. Mantém-se à distância, polidamente reservado.

Ele adquire o hábito de tomar emprestada a camisola de Alice e sair correndo da barraca dela num esvoaçar de branco, pulando e girando como um *banshee** silencioso, aplaudido e estimulado pelos risos deles, os tornozelos acabando por ser engolidos pelas espirais da cauda de algodão branco e atirando-o de cabeça na areia. Há noites em que Elsa pensa se não deveriam se preocupar mais com o menino. O que pensam os pais dele? É seguro para ele voltar a cavalo sozinho no escuro? Por que parece tão livre para perambular pela ilha? Mas não tem como perguntar o que é adequado e o menino parece decidido a não falar. Assim, ela afasta as perguntas da mente. Por enquanto ele lhes dá prazer. E neste lugar novo, tão longe de casa, Lata de Biscoitos, embora não deva ter mais do que nove anos, é o único amigo deles.

* No folclore irlandês, espírito feminino cujos lamentos anunciam a uma família a morte de um de seus membros. (N. T.)

No segundo mês, Edward decide começar a trabalhar em Rano Raraku, a pedreira de *moai* cerca de seis quilômetros a sudeste do acampamento, que lhe desperta mais interesse porque é a cratera vulcânica onde as estátuas foram esculpidas. Há dezenas de *moai* inacabadas presas na rocha dentro da cratera; na grama da vertente externa há outras dezenas, em pé em todos os ângulos, aparentemente abandonadas no momento em que seriam levadas para algum lugar. Primeiro ele quer medir e catalogar cada estátua. Depois pretende escavar.

Elsa passa o dia inteiro deitada no capim alto, com uma sombrinha erguida a seu lado, desenhando o perfil alongado de cada rosto de pedra — o nariz inclinado, o queixo quadrado, os lobos das orelhas pendentes. Edward caminha pela encosta numerando a base de cada *moai* com giz e anotando em seu registro. "Onze metros, Elsa! Deve pesar mais de cinqüenta toneladas!" Às vezes faz descrições mais elaboradas — *Escultura oval, sugerindo um ovo, no traseiro de* 87A — que ela anota em seu registro.

Enquanto ele e Elsa examinam as estátuas, é conveniente deixar Alice brincando com o menino. Ao pé da cratera, sob um dossel improvisado, Alice passa dias a fio tentando ensiná-lo a jogar besigue; depois tenta ensiná-lo sobre aves. Mas não há gaviões nem andorinhas do mar para mostrar a ele, e Alice não pára de se queixar disso.

As *moai* são mais numerosas do que eles esperavam. Algumas estão cravadas na rocha, recobertas de capim descorado. Outras surgem como brotos selvagens de pedra. Outras ainda estão enterradas quase até a cabeça. "Acho que há mais de duzentas", diz Edward.

"É estranho", diz Elsa. "Abandonadas desse jeito. E todas caídas ao longo do litoral."

"Deve ter havido um evento sísmico tremendo aqui", diz Edward. "Não há uma única estátua em pé."

"Deve ter sido arrasador trabalhar tanto para construir essas coisas e depois vê-las todas cair."

"Um evento forte o suficiente para derrubar essas estátuas deve ter devastado a ilha. Um maremoto? Teria destruído todas as plantações, toda a criação. Qualquer atividade vulcânica teria arruinado o solo. E depois, é claro, há a reação secundária, emocional e mental. Acontecimentos como esse, catástrofes naturais, tornam-se presságios para sociedades primitivas. Quando não se tem uma explicação ou compreensão científica, um evento terrível como esse pode parecer a ira dos deuses, entre outras coisas."

"Eu gostaria de saber como era viver aqui. Conhecer somente esta ilha. Imaginar que estivéssemos aqui, bem agora, sem nossas lembranças da Inglaterra."

"Mas não podemos nos imaginar sem certas lembranças. O 'nós' que imagina sempre terá memória."

"É claro. Mas mesmo assim a pessoa pode pensar em si mesma vivendo num lugar diferente, numa época diferente. Simplesmente imaginar o que poderia ser."

"Sim, acho que entendi."

"Eu só me pergunto se nosso tempo e nosso espaço fazem realmente parte de nós, se são ligados a nós..."

Conversam assim até o pôr-do-sol, medindo, desenhando e conjecturando. Depois, retornam a cavalo ao acampamento, que agora está completamente arrumado.

O jantar é preparado o mais rápido possível. Moscas e mosquitos enxameiam no acampamento e mergulham atordoados em qualquer panela aberta; sopas e guisados ficam salpicados de pequenos corpos negros. Uma vez, enquanto prepara uma galinha para o jantar, Elsa conta vinte moscas no seu braço. Está se adaptando depressa a essa batalha diária contra os insetos. Certa noite, uma barata vermelha, do tamanho de um polegar, cai em cima de seu rosto dentro da barraca. Depois disso, as moscas pretas e sonolentas parecem toleráveis.

Ao crepúsculo, todos se reúnem na barraca de Alice (Lata de Biscoitos, se ainda está por ali, é devidamente montado no seu pônei e ganha uma iguaria para o trajeto de volta para casa) e lêem em voz alta por uma hora — *A vida e as viagens do capitão James Cook* ou *De Amurath a Amurath*, um livro da famosa aventureira britânica Gertrude Bell sobre sua viagem pela Mesopotâmia.

"Você vê, minha cara", diz Edward, "uma mulher pode ter *insights* extraordinários sobre culturas estrangeiras. Quem sabe? Você pode vir a ser próxima Gertrude Bell."

Mas ele não precisa dizer isso. Ela já pensou nisso, e a idéia lhe volta à cabeça toda noite, enquanto lêem o livro de Bell. Poderia escrever sobre a viagem? Sobre o trabalho deles? Afinal de contas, está num lugar onde nenhuma outra ocidental pôs os pés. Mas Bell freqüentou a universidade de Oxford, seu destino foi tecido com os fios dourados da antiga aristocracia, enquanto Elsa passou a vida com livros emprestados das prateleiras de patrões, demorando-se diante das portas das salas de aula da universidade do pai. Mas a possibilidade de escrever memórias lhe dá novo vigor. Enquanto lêem na barraca iluminada por uma lâmpada, ouvindo as mariposas esvoaçarem à luz, o ímpeto distante da arrebentação, sua mente fixa-se na idéia de *seu próprio* trabalho na ilha, *suas* anotações, que um dia poderiam ser um livro de Elsa Pendleton Beazley. Mas para isso tem de encontrar sua própria pesquisa. Alguma coisa diferente da pedreira — isso pertence a Edward.

Encerrado o capítulo, fechado o livro, sacrificada a chama da lâmpada ao brilho suave das mariposas, trocam boas-noites. Elsa e Edward voltam para sua barraca. Elsa agora passa todas as noites lá. Às vezes Alice se esgueira enquanto eles estão dormindo e deita no chão ao lado da cama dela ou se aninha contra ela, sussurrando "fogareiro, fogareiro". Uma ou duas vezes Elsa acorda para ver Alice agarrada ao corpo seminu de Edward. Nessas ocasiões cutuca a irmã e a move para longe dele.

Uma noite, porém, quando já não consegue afastar da mente o que Edward lhe disse na véspera da chegada — *Eu sei que não sou aquilo com que uma jovem como você sonha* —, quando a recordação da vergonha dele se torna demais para ela, quando a garantia que ele dá toda noite de que ela tem sua cama separada e de que ele ficaria satisfeito em se virar enquanto ela se despe parecem uma generosidade que ela não mereceu — nessa noite, no escuro da barraca, Elsa vai na ponta dos pés até a cama dele, senta-se na beirada e silenciosamente oferece-se a ele.

Não acha possível que Alice tenha ouvido ou visto nada da intimidade do casal. Mas Alice deve sentir alguma coisa. Alguma coisa de que, pela expressão mal-humorada em seu rosto na manhã seguinte, quando Elsa entra em sua barraca, ela não gostou.

Depois disso, as visitas de Alice cessam.

12.

Um dia depois de ter passado o poema de Whitman por baixo da porta do professor Farraday, Greer chegou à sala de aula e viu escrito no quadro-negro:

Verdadeiro ou Falso?

Creio que uma folha de relva não é inferior à jornada das estrelas,

E a formiga é igualmente perfeita, e um grão de areia, e o ovo da carriça,

E a rã-das-moitas é uma obra-prima para os mais altos...

"Uma pergunta foi provocada por um certo Walt Whitman, poeta do povo", disse Thomas, batendo com a ponteira no quadro. "Uma folha de relva é a jornada das estrelas?"

Leu o poema inteiro em voz alta, fazendo uma pausa entre as linhas. Quando terminou, sentou-se, pôs os pés em cima da mesa e cruzou as mãos atrás da cabeça.

"Acho que seria melhor se compuséssemos o nosso próprio

poeminha em resposta." E designou a um aluno a tarefa de transcrever o que resultou em seis estrofes sobre espécies de grama que produziam ácido cianídrico tóxico e sobre colônias de formigas que faziam escravos. Os alunos se divertiram; Thomas tinha a reputação de ser combativo, e para eles aquilo foi um clímax que aguardavam havia muito tempo. Ali estava o homem que ganhara o prêmio Lineu de Princeton quando calouro, que publicara três ensaios pioneiros sobre a análise de pólen fossilizado antes mesmo de ter saído da faculdade; o homem que, em 1953, aos trinta e três anos, organizara a primeira conferência mundial de palinologia. Os estudantes sabiam que aquele poema entraria para o folclore do professor Farraday, e sentiram-se felizes de fazer parte dele. Mas Greer continuou sentada em silêncio, surpresa de que se pudesse negar tão rigidamente a possibilidade de uma intenção benevolente ou de alguma perfeição cósmica por trás da natureza. No final da aula, quando já estava na metade da escada, Thomas a chamou.

"Senhorita Sandor, o poema, é claro, demonstra um excelente domínio do idioma — nem mesmo eu sou imune ao lirismo —, mas pouco domínio da, bem, nuance da ciência. Afinal de contas, se não defendermos a ciência, quem a defenderá? Agradeço-lhe o desafio."

Ela se virou para encará-lo. Ele tinha o nariz grande, quase como um bico, mas equilibrava, de maneira agradável, os olhos bem separados. Tinha quarenta e dois anos, e as costeletas grossas eram ligeiramente grisalhas. O resto do cabelo era castanho-escuro e visivelmente despenteado. Não era bonito no sentido tradicional, mas seu rosto parecia a expressão natural de uma inteligência interior, como se cada traço tivesse se erguido como uma montanha de sua mente, e o nariz, os olhos, a testa larga fossem manifestações dessa energia interior.

"Professor Farraday, o que o faz pensar que eu tenho algum interesse por esse poema?"

"Não acredito num desígnio magnífico, mas estou plenamente ciente dos padrões da vida cotidiana", disse ele, revirando um pedaço de giz como uma batuta em miniatura. "Somente mulheres enfiam poemas por debaixo de portas. E tenho certeza de que notou que é a única mulher na minha classe."

"Ah, notei."

Era patente que ele esperava mais, mas Greer se virou sem dizer outra palavra. Abriu a porta da sala sentindo o olhar dele a acompanhá-la, os passos da curiosidade dele.

É claro que desde a primeira aula Greer tinha notado que era a única mulher. E que era uma de apenas seis mulheres que faziam doutoramento em botânica na Universidade de Wisconsin. O fato fora reconhecido por todos — mulheres, homens, corpo docente. E em resposta à situação, a mais sonora e extrovertida do grupo, Mildred Ravener, convocara uma reunião das mulheres. Num dia fresco de setembro, Greer sentou-se no Union Terrace com Alice Beemer, Gerty Smith, Elaine Ferguson e Jo Banks, tomando o sorvete caseiro da universidade. Conversaram sobre seu interesse em comum por botânica, a infância e as dificuldades que tinham enfrentado como cientistas mulheres. Greer ouviu cada uma e, quando chegou sua vez, contou o único caso que lhe veio à mente.

"Eu estava provando que o que atrai as abelhas para as violetas é a cor, não o cheiro, pondo um tubo de ensaio invertido sobre a violeta e depois monitorando o trajeto do vôo da abelha. É claro que as abelhas voaram direto para o alto do tubo de ensaio, onde a cor predominava, não para a base, de onde o cheiro escapava. Mas meu professor foi picado tentando julgar o experimento, e Joshua Kleimer venceu por desmontar a geladeira da mãe dele. E por rotular todas as peças. Fim. Cinco dólares se vocês conseguirem adivinhar o que ele estava fazendo na última vez em que o vi."

"Profissionalmente? Ou o que estava fazendo mesmo?", perguntou Gerty Smith, que era casada com um dentista.

Greer suspirou. "Consertando eletrodomésticos."

"Em que série foi isso?", perguntou Mildred Ravener.

"Na terceira."

Greer sabia que não era esse o tipo de história que elas queriam ouvir. As outras tinham sido bolinadas por professores em corredores escuros, tinham ouvido dos pais que a ciência lhes arruinaria o coração e o útero. Mildred Ravener contou da ocasião em que o pai enfiou todos os seus livros de ciência no fogareiro, pôs fogo e substituiu-os por uma pilha de livros de culinária embrulhados para presente ("Para ele, isso foi um gesto de amor, entendem?"). Dois meses depois, substituiu por uma máquina de costura Singer o microscópio que ela economizara durante anos para comprar. Mildred, como ela própria disse, tinha muitos "ressentimentos em relação aos outros membros de sua unidade familiar". Era uma mulher obsessivamente articulada, profundamente religiosa, que acreditava que a comunicação podia resolver todos os conflitos. Toda semana escrevia uma carta aos pais — a mesma, parece — explicando seu amor à ciência. E nunca recebia resposta. Mas tinha fé, achava que seria compreendida e, um dia, encontraria em sua caixa de correspondência o envelope longamente aguardado.

O pai de Greer, porém, sempre a encorajara, era a razão de ela ter se tornado cientista. Portanto ela sentia ter pouco em comum com o grupo. A única ali de quem gostava realmente era Jo Banks, alguns anos mais velha do que as demais, de mente rápida e com jeito para identificar pólen. Jo parecia nunca perder o bronzeado que adquirira no Caribe, onde morara vários anos, trabalhando como instrutora de mergulho, e onde tivera alguma experiência espiritual com uma barracuda que lhe modificara a vida, uma experiência a que aludia com freqüência, mas que nunca explicava. Tinha seis irmãos — Jeb, John, Jack, Judd, Jessie e Jeremiah — a quem se referia como se todo mundo os conhecesse ("Judd também odeia baunilha"). Mas os pais, só mencionou uma vez, e foi para dizer que nunca falavam com ela. "Eles não gostam que você esteja envolvida com ciência?", perguntou Mildred. "Não", respondeu Jo. "Eles gostam." E assunto encerrado. Jo Banks ficava irritantemente à vontade em silêncio. Sentava-se, observava, assentia com a cabeça; e, quando falava, dizia o que pensava, de modo conciso. Mas era extremamente bem-humorada. Foi ela que se saiu com o apelido para o laboratório do professor Farraday: Filodendro. E depois um para ele: Nabo-da-índia. As duas plantas, na primeira estação, produzem apenas flores masculinas, e é só depois de várias estações que produzem uma pequena quantidade de flores femininas, confinadas à base da haste. Jo tinha sido aluna de Thomas um ano antes de Greer, e avisou-a:

"Concorde com a cabeça, sorria, elogie as gravatas dele. Ele pode ser um filho-da-mãe, mas é o figurão do departamento. A pesquisa dele sobre angiospermas é revolucionária. E lembre-se principalmente de parecer realmente interessada quando ele começar a falar de ateísmo." Jo arregalou os olhos, arqueou as sobrancelhas, abriu a boca — sua paródia de interesse. Tinha uma espessa franja castanha e sempre usava rabo-de-cavalo. "Lembre-se de que esse sujeito não precisa dar aulas a primeiranistas. Dá porque *gosta*. Doentio, hein? Portanto, faça o jogo. Tente inclinar-se para a frente na sua cadeira — ele adora essa merda. Você o quer do seu lado."

Greer agora se perguntava se o teria afastado com o poema.

"Merda!", exclamou Jo, quando Greer lhe contou o que acontecera. Estavam tomando cerveja no apartamento de Jo, que tinha acabado de pegar dois charutos. "No ano passado um cara tentou uma façanha deísta como essa, e bem no meio da aula o Nabo lhe disse que pegasse suas coisas e fosse sentar numa igreja. Você lhe deixou um poema de Whitman e ele não pareceu irritado?"

"Ele pareceu achar engraçado."

"Tire a ponta, assim." Jo mordeu a ponta do charuto.

"Hum", disse Greer, cuspindo a ponta na concha que Jo lhe estendeu.

"Engraçado. Hum-hum. Chame os jornais. Acho que o Nabo-da-índia está interessado."

Greer fez uma pausa: a idéia já tinha lhe ocorrido.

"Ah, merda. *Você* está interessada."

"Não devia estar."

"Bem, ele é um imbecil."

"Um imbecil inteligente."

"Um imbecil medianamente talentoso, reconheço."

"Pelo menos não é casado."

"Ele agora está parecendo um verdadeiro sonho. Pare antes que eu me apaixone."

"Bem, ele tem quase o dobro da minha idade."

"E isso nunca acontece."

"Eu sei que acontece. Acontece o tempo todo. É por isso que é menos interessante. É um clichê."

"Você está mesmo procurando alguma coisa que não seja clichê?"

"Não sei."

Jo acomodou-se no sofá e examinou o charuto. "Cuba. Podíamos ir a Cuba e comprar uns charutos de verdade. Sempre tive vontade de morar no exterior. E a gente precisa mesmo é se envolver em algum tipo de revolução. Poderíamos ser generalíssimas. Daríamos ótimas generalíssimas. Eu, pelo menos, daria, mas você aprende bem rápido. Podíamos usar uniforme. Boina. Talvez conservar os brincos e os anéis do cabelo. *Isso* não é clichê."

Greer deitou-se no tapete, olhando para as manchas de mofo no teto. "Bem, Castro não é tão feio."

"Meu Deus, você tem um gosto esquisito! A regra número um para ser uma generalíssima, Greer, é que você não pode sentir tesão pelo generalíssimo chefe da guerrilha."

"Por acaso, Fidel é primeiro-ministro agora. Muito respeitável. E na minha ditadura comunista haverá ajustes especiais para relacionamentos românticos."

"Isso não é uma ditadura comunista, é uma comuna."

Greer riu e enfiou um braço embaixo da cabeça.

"Bem", disse Jo do sofá. "Viver um clichê é muito melhor do que viver um desvio."

"Veremos."

"Só não esqueça", continuou Jo, brandindo o charuto diante de Greer, "que às vezes um professor mais velho é apenas um professor mais velho."

Mas, quando Greer voltou à sala do professor Farraday na semana seguinte, foi como se nada tivesse acontecido. Chegou cedo, de saia amarela e blusa branca. Tinha até posto maquilagem. Ao sentar na primeira fileira, enfiou lentamente a saia sob as pernas, mas Thomas, lendo um jornal na sua escrivaninha, não levantou os olhos. Foi só quando os últimos alunos entraram que ele se ergueu e se dirigiu para o quadro-negro. Estava com o terno azul de sempre, amarrotado nas costas. As mangas eram uns três centímetros compridas demais; quando queria escrever no quadro, tinha de arregaçá-las, e elas imediatamente desciam de novo. O desleixo a deixava perplexa. Por que aquele homem não tinha um terno que lhe servisse direito? Um cientista de renome, a menina-dos-olhos do departamento — certamente tinha recursos para isso.

Ela sabia que ele não era casado, mas agora se lembrou de ter ouvido falar dos hábitos solitários dele. As pessoas falavam da sua existência monástica e de vez em quando especulavam sobre sua vida amorosa, associando-o com a secretária do departamento e com uma assistente da estufa da universidade. Era tão raro o verem na companhia de mulheres, que achavam que estivesse ligado a qualquer mulher com quem conversasse. Tudo o que fazia fora da sala de aula era motivo de conversa. Mildred Ravener o vira uma vez na mercearia e, quando contou isso a outros estudantes, todos quiseram saber o que ele estava comprando. Alguma coisa na maneira como Thomas se portava dava a entender que ele não tinha tempo para trivialidades, que só prestava atenção ao essencial, a coisas com a densidade de fatos. E para ele roupa devia parecer uma inconveniência. Ou talvez Greer estivesse errada e o desalinho dele não fosse mais do que resultado de simples arrogância. Como se sua inteligência já fosse elegante o suficiente.

Quando a aula terminou, Greer não teve pressa em juntar seus livros, dando tempo a ele para dizer um alô num momento em que a sala estivesse menos cheia. Mas ele não a olhou nem uma vez. Quando outro aluno se aproximou dele, porém, para fazer uma pergunta sobre a redação de uma solicitação de bolsa de estudos, ele disse: "Simples. Exponha suas credenciais e sua solicitação. Não tente ser simpático, não tente ser engraçado. E faça o que fizer", a voz dele subiu de repente, "pelo amor à ciência, não cite Whitman."

Foi só uma semana depois, quando trabalhava sozinha no laboratório numa noite, que Greer percebeu que lhe captara a atenção. Ela só conseguira horário no laboratório entre as duas e as quatro da manhã; não se importava, gostava de ficar acordada até tarde. Mas esfriara cedo naquele ano, os lagos já estavam congelando, e a universidade ainda não ligara o aquecimento nos prédios. Com uma manta de lã áspera em torno dos ombros, dois pares de meias grossas por cima das meias de náilon e um concerto para violoncelo de Elgar tocando no rádio, estava examinando tipos de pólen não identificados, quando a porta se abriu rangendo. Não ficou assustada. Teve a sensação de que era ele. Alguma coisa tinha passado entre eles, uma corrente, e era como se durante toda a semana ela tivesse esperado aquele momento. Os passos dele aproximaram-se dela, que não ergueu os olhos — não queria parecer entusiasmada demais. Uma mão cobriu a sua e levou-a para um cilindro de metal aquecido.

"Combustível", disse ele.

Greer manteve os olhos firmes contra a ocular. Um grão de pólen de salgueiro-preto assomava sob a lente.

"Está frio, senhorita Sandor."

"Tenho uma manta."

"E é tarde. O prédio está completamente vazio." Ele pigarreou. "Não acho seguro."

"Ouvi uns rumores sobre professores que rondam pelos corredores tarde da noite."

Ele deu uma risadinha. Ela o sentia explorando seu espaço de trabalho, olhando para o caderno de anotações, os livros de taxonomia, a pilha de lápis quebrados, o rádio.

"Gosta do seu trabalho?"

"Adoro."

Ele ajustou a manta sobre os ombros dela e retirou-se. Quando a porta se fechou com um clique, ela viu uma garrafa térmica de café e uma caneca de cerâmica sobre a mesa.

Na noite seguinte, ele voltou com um aquecedor portátil. Atravessou o laboratório com a pequena máquina sem dizer nada. Greer, sentada diante do microscópio, ficou olhando enquanto ele ligou a caixa preta na tomada.

"Gostei da sua aula sobre a dispersão das sementes", disse ela.

"Ótimo."

"Estou interessada em padrões de dispersão pela água."

Ele sorriu.

Colocou o aquecedor num ângulo na direção dela, ligou-o e esperou enquanto a máquina ganhava vida. “Pronto”, disse. “O botão atrás ajusta a temperatura. É um pouco duro, portanto gire com força.”

“Obrigada.”

“Bem, boa noite, senhorita Sandor.”

“Boa noite, professor Farraday.”

“Ah, professor Farraday”, resmungou ele, como se falasse de alguém que conhecera um dia e de quem se esquecera.

Garrafas térmicas de café, biscoitos e bolinhos, anotações de naturalistas, litografias, fotografias. Isso durou meses. Ele aparecia uma ou duas vezes por semana, no meio da noite, e sempre deixava alguma coisa em cima da mesa. Às vezes devia encontrá-la adormecida, com o rosto sobre as páginas de um livro, porque ela acordava, de olhos vermelhos, e via um presente a seu lado. Trocavam poucas palavras — “Você devia comer” ou “Descanse um pouco”, e sempre as admoestações “Está frio” ou “É tarde” — como se o presente fosse conversa suficiente, como se as visitas fossem a coisa mais natural do mundo. Era como se fossem um casal com sua própria taquigrafia lingüística: *Meu bem, luzes. Porta. O cachorro.* Mas ela sentia que entre eles se desenvolvia uma lenta sedução. Enquanto examinava grãos de pólen, ele entrava, um pioneiro em palinologia, seu professor, e no entanto, mesmo quando falavam de ciência, a conversa inevitavelmente se tornava física, concentrava-se no corpo, nas necessidades do corpo dela.

Greer agora sentava no fundo da sala de aula e evitava contato de olho, mas sentia a atenção dele ainda mais intensa. Será que ela tinha descoberto um princípio matemático: para cada manifestação externa de interesse eliminada, elevava-se ao quadrado o interesse interno? Às vezes, durante palestras do departamento, ela o observava no palco, ao lado do professor Jenks, do professor Mitzger e do doutor Hawthorne, argumentando e gesticulando com a bravata habitual. Seus pensamentos voavam para bem longe do tema — a destruição das florestas tropicais, a extinção do pássaro dodô nas ilhas Maurício — e se concentravam nele, o professor Farraday, ou Thomas, como pensava nele agora. Em público ele se portava com tanta autoridade, era tratado com tanta deferência, que às vezes era difícil acreditar que era o mesmo homem que a visitava de noite levando fatias de torta de maçã. Mas isso fazia parte do que a atraía. A dicotomia. O conhecimento de que, nele, sob o eu público vivia um eu particular e namorador que só era compartilhado com ela. E por enquanto Thomas queria manter a história sob sigilo. O mesmo queria Greer, que não se esquecia, nem por um momento, de que era a única mulher na classe.

"Bem, ou ele está apaixonado por você, ou está tentando fazer você engordar", disse Jo no final do semestre, quando Greer finalmente lhe contou sobre os encontros secretos no meio da noite.

"Não sei o que é."

"Mas você gosta."

Estavam almoçando num restaurante barato, tomando milk-shake.

"Acho que gosto muito."

"Não preciso lhe dizer que neste lugar isso vai tornar ainda mais estranha a sua condição de mulher."

"Eu sei."

"Vale a pena pensar nisso."

"Você não acha que seja uma boa idéia?"

"Greer, eu não sou a melhor pessoa para você perguntar isso."

Abriram seus livros e começaram a fazer uma revisão do material para a próxima tarefa no laboratório. "Purificação de amostras", disse Greer. "Estou tentando encontrar um meio de lidar com isso. Está consumindo tempo demais."

"Tem tudo a ver com centrifugação. Observe cada etapa, decante, centrifugue. Ajuda se você não ficar devaneando com professores entre uma etapa e outra."

"Rá-rá."

"Eu repasso com você, se quiser."

"Tudo bem. Tenho que fazer sozinha."

"Imaginei."

"E as amostras do afloramento de Wichita? Parece que há uns grãos estranhos, equinados."

"Dei uma olhada nelas na terça-feira. Têm quase o formato esquisito de pêra do pólen das ciperáceas, e são definitivamente equinados. São do final do período mioceno. Seja qual for a planta, está extinta há muito tempo. Eu lhe consigo uma amostra."

"Obrigada, Jo." Greer folheou o caderno, tomou o último gole pelo canudo e empurrou o copo para o lado. "Está bem. Escute. Se eu negar a mim mesma uma atração por medo de comprometer minha situação aqui..."

"Hum-hum."

"Estou falando sério. Se negar a mim mesma alguma coisa que eu queira, por medo de comprometer minha situação, o que é que eu ganho? Vou continuar me permitindo ser dominada pelo sistema de que não faço parte."

"É um modo positivo de pensar a respeito."

"Acha que estou me auto-enganando?"

"Acho que você está apaixonada e que, neste exato momento, política feminista ou qualquer outra coisa não significa merda nenhuma para você."

"Ele me respeita, sabe? Respeita meu trabalho."

Jo pousou as mãos na mesa e encarou Greer. "Isso deveria ser um fato estabelecido, Greer. Não um privilégio. Você é a pessoa mais inteligente em todo o maldito curso. Só está um pouco apreensiva neste momento."

"Não se preocupe, Jo. Vou dar um tempo."

"Ótimo."

"Vou levar isso devagar."

"Excelente."

"Não há motivo para pressa."

"Estou totalmente convencida. Você está?"

"Mais ou menos."

"Lembre da barracuda."

Greer riu. "Jo, qual é exatamente a história da barracuda?"

"Um dia eu lhe conto. Mas os detalhes são irrelevantes. O que importa é você encarar a morte e permanecer calma, reunir sua força e dizer a si mesma que a vida e a morte estão em suas mãos, não estão fora de você."

Greer assentiu com a cabeça. "Inspirador. É claro que não tenho idéia alguma do que você está falando, mas é inspirador assim mesmo. Ei, um dia você me leva para mergulhar, Jo?"

Jo virou a página do seu livro. "Quando você quiser."

No fim do semestre, quando o curso do professor Farraday terminou, Greer foi à sala dele. Era dezembro, os lagos estavam cobertos por uma grossa camada de gelo e a cidade estava salpicada de branco. Da janela dele ela via gente esquiando no lago Mendota.

"Acho que está na hora de sairmos para jantar, ir a um espetáculo ou tomar uns drinques. Alguma coisa real." Estava na metade da frase quando atravessou a porta, com medo de perder a coragem. "Um encontro", lançou ela a palavra.

"Eu estava começando a me perguntar o que é que um homem tem de fazer por aqui para ser convidado a sair."

"Isso quer dizer sim?"

"Eu estava ficando sem bolos e biscoitos. Achei que, se tivesse de esperar até a primavera, poderia levar frutas frescas."

"Sim, não. Verdadeiro, falso. Vamos nos encontrar, professor Farraday?"

"Muito bem. Quais são seus planos para as férias?"

"Eu ia passar um tempo extra no laboratório. Sem ninguém por aqui, talvez até conseguisse receber um pouco de luz do sol por uma janela."

"Não vai viajar para casa?"

"Não."

"Não vai visitar a família?"

"Não tenho família." Greer odiou o modo definitivo como esta frase soou. Seu pai tinha morrido um pouco antes de ela ser aceita no curso de doutoramento, um golpe que a abatera profundamente. O curso lhe deu alguma coisa para ocupar a mente, mas ela sentia falta de conversar com ele sobre as aulas, sobre o laboratório, e agora gostaria de conversar com ele sobre o homem parado à sua frente. Greer não sabia o que o pai pensaria sobre sua vida romântica — os namoros na faculdade não tinham sido significativos o suficiente para merecer menção. Uma vez estava em casa, de férias, e ele perguntou: "Você tem amigos na escola?". "Alguns", respondeu ela. "Amigos especiais? Podem ser tão importantes quanto os estudos." "Quando eu conhecer um homem tão interessante quanto a botânica, você será o primeiro a saber." Depois da morte dele, ela vendera a casa para financiar o curso, e agora não havia um lar para onde voltar. Sentiu o peso da admissão que fizera pairando entre ela e Thomas. Era a primeira informação pessoal que trocavam, o primeiro indício de que por trás dos seus encontros noturnos, da pilhéria e do flerte havia vida real, havia o passado.

Thomas adaptou o humor às circunstâncias. "Bem, você certamente deve ter algum plano para o Natal. Não é um dia para se ficar sozinho."

"Eu não imaginava exatamente *você* celebrando o nascimento de Cristo."

"Vou usar o dia para colher amostras no lago Mendota."

"Muito melhor."

"Gostaria de vir comigo?"

"Um encontro, afinal."

"Um encontro de trabalho. Se fizer um bom trabalho, eu a levo para jantar depois."

Greer pensou nisso, deixando a atenção vagar pelas paredes da sala: certificados, prêmios, mais caligrafia em latim naquela sala do que já vira em toda a vida. Sabia que ele gostava dela — afinal de contas, ele a perseguia —, mas ainda era difícil não se sentir inibida pelo fato de ele ser quem era. Só conseguiu pensar num jeito de afastar a própria intimidação. "Que tal me levar para jantar na véspera de Natal e, se fizer um bom trabalho, eu talvez o ajude a colher amostras no dia seguinte?"

"No dia seguinte?"

"Podemos fazer alguma coisa." Greer escreveu seu endereço numa folha de papel e arrancou-a do caderno. "Tem que apertar a campainha com força. Se não funcionar, atire uma bola de neve na janela do segundo andar."

Pelas duas semanas seguintes, eles não se viram. Greer soube por outro aluno que o professor Farraday estava fazendo palestras num simpósio na Universidade de Iowa, e o estore na porta do escritório dele manteve-se fechado. Os prédios do campus mergulharam em silêncio, as multidões na rua State se dissolveram. Jo viajou para passar o Natal com Jeb e Jeremiah em Minneapolis, e pela primeira vez Greer, em seu pequeno apartamento, olhando para as fileiras de janelas às escuras do outro lado da rua, tomou plena consciência de sua solidão. Quando era pequena, saía sozinha a cavalo pelo campo, observando pássaros ou sapos por horas a fio — um tipo de solidão, mas resultante de uma escolha. Isto, agora, era uma sensação de gente desaparecendo, de aposentos vazios, que a deixava perturbada. Ligou para Jo algumas vezes, mas nunca a encontrou. Jantou fora para ter barulho e companhia. Sentia falta principalmente do pai. Era o primeiro inverno sem ele, e embora ocupada no laboratório, trabalhando até tarde da noite, examinando um sem-número de lâminas no microscópio, isso tudo só a lembrava da grande vontade que tinha de conversar com ele.

Na véspera de Natal, a tristeza tinha se transformado em torpor. Ela simplesmente estava cansada de se sentir só. Conseguiu vestir um cardigã vermelho que Jo lhe dissera que era bonito, prendeu o cabelo e passou um pouco de ruge. Mas quando a campainha tocou e ela desceu para recebê-lo, seu sorriso estava tenso.

"Eu já estava pronto a atirar uma bola de neve. Ah, não." Ele estava parado no passeio. "Cheguei tarde demais. O baixo-astral das férias já tomou conta de você."

"Estou só cansada", disse Greer, examinando o rosto dele, recém-barbeado, e a linha nítida do maxilar contra a gola do casaco. Não conseguia acreditar que ele estava ali. E não conseguia acreditar em como tivera vontade de vê-lo, na necessidade que sentira.

"Confie em mim. Conheço essa expressão. Levei quinze anos para conceber um meio de evitar o baixo-astral das férias. E agora, pelo preço da sua agradável companhia, vou compartilhá-lo e poupá-la de anos de desespero. Confie em mim."

"O *senhor* conhece o baixo-astral das férias?"

"Senhorita Sandor, passei a maior parte da vida sozinho. Férias. Aniversários. Simpósios. Até jogos de futebol. Está lidando com um especialista em solidão. Sou um solitário premiado."

Deve ter havido mulheres, pensou Greer. Talvez em outras

férias, talvez outras alunas. Mas não tinha vontade de perguntar sobre isso agora. Sentia-se simplesmente contente com a presença dele ali. Por baixo do sobretudo, ele usava um suéter azul em cima de uma camisa xadrez — o colarinho da camisa estava torto, com uma ponta enfiada embaixo do suéter, a outra virada para cima, parecendo uma flecha xadrez sobre o queixo. Era a primeira vez que o via sem terno. A água-de-colônia dele flutuou na direção dela numa brisa gelada.

"Mas prefere não estar sozinho", disse ela.

"Prefiro que você não fique sozinha."

"Bem", disse Greer. "Idem, então."

Deixaram que um silêncio agradável pairasse entre eles.

"Com fome?", perguntou ele.

"Morta de fome!"

"Ótimo. Eu também." Ele tomou-lhe o braço e, lentamente, desceram o caminho gelado. "Abotoe-se", disse. "Está frio."

"O senhor também", disse ela. Abotoaram cada um o próprio casaco, ajeitaram os cachecóis, viram o hálito fumegar na noite. Ele levantou-lhe a gola e deu mais uma volta com o cachecol em torno do pescoço dela. "Pronto", disse.

De repente Greer sentiu a felicidade, em toda a sua perfeita confusão, avolumar-se como lágrimas. Inclinou-se e deu-lhe um beijo — uma explosão de calor em meio ao frio. "Feliz Natal", disse.

Ele sorriu.

E ela sentiu o torpor começar a desaparecer. Sentiu que a noite seria boa, que teriam prazer na companhia um do outro, que isto — o braço dele enlaçado ao dela — era o ponto final posto numa frase iniciada meses antes. Começaram a andar e Greer olhou para o rosto dele. Há uma grande beleza neste homem, pensou.

"Tudo bem?", perguntou ele.

"Muito", respondeu ela. Ele a segurou com firmeza enquanto seguiam lentamente pelo caminho gelado. Um vento frio batia no rosto de ambos, um apoiado no outro, e ela sentia o peso e o calor dele, tudo ao mesmo tempo.

13.

Depois da viagem de quinze mil quilômetros através do Pacífico, depois do encontro de oito dias na ilha de Páscoa, a esquadra alemã obtém uma pequena vitória na Batalha de Coronel.

Em 1º de novembro, ao largo da costa do Chile, o almirante Von Spee detectou nas proximidades o *Glasgow*, britânico. Von Spee, que tinha sido informado da presença de um único cruzador inimigo na área, ordena à sua esquadra que ultrapasse o navio.

O *Glasgow*, porém, fazia parte da esquadra do contra-almirante sir Christopher Cradock, escondida por perto.

O almirante Cradock estava igualmente mal informado. Tinha recebido notícias de um único cruzador alemão na área, o *Leipzig*, e por acaso esse foi o primeiro dos navios de Von Spee que avistou. Também ele deu ordem à sua esquadra de logo entrar em combate com o cruzador isolado.

Cada lado acreditava que tinha forças superiores e, na altura em que a situação se esclareceu, a batalha estava em andamento.

Os navios alemães carregavam mais canhões de grande calibre, e o peso de seus disparos era quase o dobro do dos britânicos.

Em duas horas a Marinha Real perdeu dois cruzadores e quase mil e seiscentos homens ao largo da cidade chilena de Coronel.

Von Spee, de seu posto de vigia, observava os cruzadores britânicos, quando, de repente, partículas vermelhas, verdes e amarelas explodiram de um dos navios em chamas, como faixas brilhantes no céu. Rodopiaram em círculos esquisitos e começaram a esvoaçar. Eram papagaios. Os oficiais britânicos tinham soltado os papagaios comprados no Brasil como presentes. As aves, porém, estavam atordoadas demais pelas explosões para aceitar a liberdade. Precipitando-se em torno do castelo de proa fumegante, colidiam com os canhões, e empoleiraram-se na amurada enquanto os disparos irrompiam ao seu redor. Um jovem oficial alemão notou que logo havia quase cem aves boiando sem vida no mar. "Todos nós achamos isso um presságio muito estranho", escreveu o jovem na última carta que sua mãe receberia.

A Batalha de Coronel foi a primeira derrota da Marinha Real em mais de um século, e levou o primeiro lorde do Almirantado, Winston Churchill, a despachar quase toda a frota britânica atrás de Von Spee. As ordens de Churchill foram inequívocas: "Seu dever principal e mais importante é procurar cruzadores blindados alemães... Todas as outras considerações devem ficar subordinadas a esse objetivo". Von Spee corria um perigo enorme. A batalha consumira quase a metade da munição de seus navios, esgotando os únicos recursos que poderiam ter salvado sua esquadra e garantido seu retorno para casa.

Além disso, o afundamento do navio do almirante Cradock, o *Good Hope*, contribuiu para a crescente tensão de Von Spee. O almirante alemão conhecia sir Christopher Cradock desde que fora designado para Tsingtao; mandara para o fundo do mar um homem de quem fora amigo durante catorze anos.

Alguns dias mais tarde, num jantar para celebrar a vitória, um oficial fez um brinde: "À perdição da Marinha britânica". Von

Spee levantou-se, ergueu o copo e proclamou: "Bebo à memória de um inimigo valoroso e honrado!" Sem esperar que o imitassem, esvaziou o copo, pegou o chapéu e retirou-se.

O mau agouro dessa vitória em 1º de novembro não deve ter passado despercebido a Von Spee, que era católico. Era dia de Todos os Santos.

A esquadra do infortúnio: o conde Von Spee e a impossível viagem de retorno

14.

A ilha é toda perfurada, uma treliça de cavernas. Num passado distante, foram lares, abrigos, esconderijos para mulheres e crianças. Agora abrigam somente relíquias, ossos espalhados e, segundo a lenda, o espírito *tatane*.

Consta que dois *tatane* femininos — Java-ara e Kava-tua — vivem numa caverna na encosta de um penhasco na costa nordeste, vigiando a figura adormecida do homem por quem se apaixonaram há muitos séculos e que raptaram de Hanga Roa. Dizem que da borda do penhasco ouve-se o homem gorgolejando no sono profundo e suave e, acima dele, o canto das captoras *tatane*, que tentam impedir que ele desperte, pois se acordar seu espírito fugirá.

Essa é a única caverna que Lata de Biscoitos evita. Ele conhece todas: as cavernas fechadas pelo mato alto, as entupidas de rochas de lava, as que ficam sob os penhascos pontiagudos, banhadas pela arrebentação, como se tivesse passado sua curta vida a explorar cada centímetro da ilha. Pequeno e ágil, consegue se enfiar no menor dos buracos, voltando com um osso, um pote de argila rachado, uma figurinha de madeira, uma salamandra. Tudo que traz dá a Alice, mas ela só gosta da estranha tábua que ele lhe oferece um dia: um pedaço de madeira com um metro de comprimento, oleado e gasto, coberto com imagens gravadas. Como se estivesse lendo braile, Alice desliza as mãos sobre a escrita misteriosa.

Depois entrega a tábua a Elsa. "Rabiscos", diz.

Assim que a toca, Elsa percebe que era o que vinha procurando. É a escrita que González notou em sua viagem, quase cento e cinqüenta anos antes, e decifrá-la será seu projeto. As *moai* a fascinam, mas a história delas pertence a Edward e, embora feliz em ajudá-lo, Elsa precisa de alguma coisa sua. Quer estabelecer um equilíbrio entre eles, uma distância até. A tábua poderia registrar uma genealogia, uma lenda, uma codificação de lei antiga. Poderia ajudar a desvendar a história da ilha. Se ela conseguir aprender a lê-la, ou entendê-la parcialmente, todas as suas escolhas terão servido a alguma finalidade superior.

A primeira tarefa é ver se conseguem achar mais tabuinhas. Durante semanas, liderada por Lata de Biscoitos, Elsa procura em dezenas de cavernas, revirando esqueletos, afastando teias de aranha, movendo, uma a uma, pedras que bloqueiam câmaras secretas. Alice se recusa a entrar; Edward espera com ela do lado de fora enquanto Elsa e Lata de Biscoitos examinam as câmaras. Edward ofereceu-se para entrar e deixar Elsa com Alice, mas ela recusou polidamente. Se as tabuinhas são o seu estudo, é ela quem deve encontrá-las. E, para finalidades práticas, sabe que é mais ágil do que ele.

Logo reúnem mais de vinte tabuinhas e vários bastões com inscrições, de um tipo que Elsa nunca viu. A escrita é um fluxo interminável de pequenas figuras bulbosas, centenas delas comprimidas em cada linha. Ela não consegue perceber de imediato se a escrita é estenográfica, silábica ou alfabética. Algumas combinações de imagens reparecem inúmeras vezes, outras são únicas. À noite, na barraca, quando as dispõe lado a lado, a ambição de sua tarefa começa a oprimi-la. Por onde começar a entender os padrões? Ela precisa, desesperadamente, de uma chave, de sua pedra de Rosetta ou de sua rocha de Behistun, mas as tabuinhas parecem cheias de hieróglifos de uma única língua.

Sente-se grata, agora, por estar longe da Inglaterra, de acadêmicos, de gente qualificada para assumir a tarefa. Sabe que não é o tipo de projeto para uma ex-governanta, ainda que filha de um professor universitário. Mas ela está aqui. E, afinal de contas, o que é melhor do que a oportunidade e a vontade?

Primeiro decide pedir a Alice que copie as figuras, para que tenham pelo menos um registro preciso. Além do mais, isso vai manter Alice longe de problemas.

Passa semanas sentada na colina acima do acampamento, lendo *Comentário sobre as inscrições cuneiformes da Babilônia e da Assíria*, de sir Henry Creswicke, e *Resumo do sistema hieroglífico dos antigos egípcios*, de Champollion. Alice, sentada a seu lado, desenha reproduções quase perfeitas de trechos de cada tabuinha.

Quando termina uma série, mostra a Elsa. "Olhe."

"Parecem pássaros. Pássaros zangados. E árvores. Os meus desenhos são melhores, não acha?"

"Muito melhores."

A cópia de Alice permite que Elsa examine cada imagem individualmente. Separa os desenhos e atribui um número a cada caráter. Logo se vê com quase mil figuras diferentes, o que sugere que a escrita não é alfabética. Mas é difícil: algumas são muito semelhantes. Elsa as examina dia após dia; à noite, dançam em seus sonhos. Muitas parecem aves, plantas, animais — exatamente as coisas que não existem na ilha. Se é indígena, a escrita, devia usar representações de coisas conhecidas pelos ilhéus. Mas talvez as figuras não sejam o que parecem, talvez ela é que esteja vendo apenas o que *ela* viu antes.

Quando Alice começa a copiar as tabuinhas maiores, a tarefa parece aborrecê-la. De vez em quando joga o caderno longe e sai batendo os pés pela grama. Atira pedrinhas no seu cavalo e puxa o próprio cabelo.

"Qual é o problema, Alice?"

"Eles são feios. Essa tabuinha é feia. Todos os rostos são zangados. Não quero mais olhar para ela."

"Então vamos simplesmente colocá-la de lado. Você não tem que olhar." Elsa envolve a tabuinha em pedaços de lona. "Por que você não faz um intervalo nisso tudo e desenha alguns retratos bonitos? Você sempre fica feliz com isso. Que tal desenhar o Lata de Biscoitos?"

Alice, então, passa vários dias desenhando o retrato de Lata de Biscoitos, embora ele não consiga parar de rir por mais do que alguns segundos por vez, e só quando Alice desvia os olhos para pegar outro carvão ou um pano para esbater o desenho. Assim que ela se põe a estudar-lhe os traços, ele cobre o rosto com as mãos e dá risada. Alice ralha com ele, atira grama no rosto dele. É só nos breves momentos em que Alice parece desaparecer, quando seus olhos se retiram, quando o movimento do carvão dela pára de repente, que o rosto do menino se torna imóvel e solene. Ele se compõe e fica pacientemente sentado, como se estivesse na presença de um doente. Quando ela retorna ao mundo, a ele, chutando areia, ele fica claramente aliviado. Depois de uma semana, quando o retrato é concluído, Alice o mostra. Ele não teve permissão para ver o trabalho em andamento, e quando afinal o vê quase irrompe em lágrimas. O retrato capturou-lhe o espírito, pensa Elsa: o desalinho do cabelo, os olhos leais, o sorriso travesso, o pescoço estreito sustentando a lua cheia do rosto. Arrancando o retrato de Alice, Lata de Biscoitos dispara na corrida pela areia, depois por entre o capim alto, com o papel ondulando a seu lado.

No dia seguinte Alice desenha a casa do pai na primavera, rodeada de hibiscos grossos e rosas silvestres, as árvores fazendo sombra no caminho da frente, as colinas ao longe recobertas de trevos e tomilho. É semelhante demais ao original, e Elsa não consegue olhar para o desenho, para essa recordação de casa, do passado.

Quando Alice entrega o desenho ao menino, os olhos dele se arregalam.

"Nossa casa", diz-lhe Alice. "É aqui que Pudding, papai, Elsa e eu moramos. Eu divido um quarto com Elsa."

Com um dedo, o menino percorre as flores, os arbustos, as árvores altas.

"A nossa casa. Longe daqui. Na Europa."

Fazendo um gesto para uma árvore, o menino dá uma folha de papel em branco a Alice.

"Só uma?"

O menino a olha de esguelha, como se tentasse entender o que ela disse. Quando ela traça as duas linhas do tronco, ele move a cabeça, em aprovação.

"Vou pôr passarinhos nela. Uma árvore sem passarinhos não é bonita."

Elsa sente-se contente de que Alice esteja gostando de desenhar, mas, quando Alice volta a trabalhar com as tabuinhas, torna a ficar perturbada por elas. Uma tarde, retornando de uma visita com Edward, Elsa a encontra chorando em cima do caderno.

"Eu não gosto delas", berra Alice. "Não quero mais fazer isto."

"Muito bem, Alice. Você pode fazer o que quiser. Quer dar um passeio a cavalo comigo? Podemos ir buscar o Lata de Biscoitos para você."

"Estou com saudade do barco", diz Alice, com raiva. "Eu gostava da água, de ir rápido em cima da água. Beazley era engraçado no barco."

"Eu sei." Elsa lhe esfrega as costas. "Eu prometi que se você não estivesse contente nós voltaríamos para casa, não prometi?"

"Prometeu."

"E nós não temos que ficar aqui. Podemos voltar para Londres, por cima da água, a qualquer momento em que você queira... Quer que eu trance o seu cabelo? Vire-se. Vamos fazer umas tranças em você."

Passa os dedos pelo cabelo pesado de Alice. Sim. *Prometeu* a Alice que voltariam para casa no momento em que ela quisesse. Mas qual é o benefício de partir agora? Antes mesmo de terem feito um levantamento completo das *moai*? Não podem simplesmente abandonar a expedição. A viagem levou quase um ano, e agora que estão aqui e finalmente se acostumaram com o vento, as rochas e a língua estranha, estão de fato fazendo progresso. Afinal de contas, isto não é apenas uma lua-de-mel. O trabalho deles — as medições, a cópia das tabuinhas — não tem precedentes. Além disso, retornar à Inglaterra levará no mínimo onze meses, e durante esse tempo Alice provavelmente mudará de idéia. A promessa de Elsa a Alice foi feita antes de terem chegado à ilha, antes mesmo de terem partido da Inglaterra. Naquela altura ela havia imaginado o pior, temia ficarem isolados, sem amigos, na região mais distante da civilização. Queria viajar, mas também imaginava que a viagem fosse uma parte necessária do acordo com Edward, uma coisa que ela suportaria por causa de Alice, talvez em benefício de Alice. Era errado imaginar que, longe do desprezo dos europeus, a irmã se desenvolveria? Mas agora percebe que na realidade a promessa foi feita por sua própria causa. Garantira que ela poderia escapar caso *ela* precisasse escapar. Como podia saber que esse sacrifício se tornaria seu maior prazer?

Claro que lavar toda manhã os calções e as blusas das duas e as meias e camisas de Edward ainda lhe faz bolhas nas mãos; mexer sopa de peixe no fogo lhe dá um calor desconfortável no rosto, embora esteja aprendendo a fazer o forno de terra em estilo *kanaka*; ainda caminha até a praia ao luar para mergulhar panelas engorduradas no mar. E, como sempre, tem que cuidar de Alice — e agora de Edward. Ainda está espetada como uma borboleta à moldura das circunstâncias, mas aqui, por algumas horas do dia, pode ao menos imaginar-se livre.

Subindo a cavalo pela vertente da pedreira, gosta de olhar para as *moai*, os vastos espíritos de pedra, a obra de estranhos que viveram séculos antes. Lembra-se de ter lido sobre as pirâmides egípcias, dezenas de milhares de homens recrutados para construir os grandes túmulos de pedra calcária. Também as *moai* devem ter sido obra de centenas de homens, esculpindo e cinzelando ao sol, dia após dia. Fica estarrecida com a escala daquilo tudo — a eternidade de trabalho, as toneladas de pedra, a deterioração do abandono. Sente-se pequena, irrelevante e completamente segura. O que a consola é saber que faz parte de algo antigo, algo maior do que ela. Quando olha a pedreira, pensa: *Deus*. É o único nome em que consegue pensar para o sentimento que o lugar lhe dá. E se pergunta se Deus é simplesmente um senso de história, um senso de outros, anos antes, terem pisado exatamente no mesmo trecho de terra, de estranhos invadidos pelos mesmos receios e pesares.

Estar na ilha lhe dá uma sensação de paz que nunca teve, e com ela vem a sensação de finalidade. O passado espreita à sua volta como um mistério exigindo ser desvendado. Por que eles não desvendariam alguns dos mistérios? Talvez consigam decifrar a escrita nativa e venham a ser — *ela* venha a ser — parte de algo importante. Sua vida, apesar das soluções de meio-termo, poderia ao menos ter um significado mais amplo.

"Ai!"

"Desculpe, Allie." Apertou demais a trança de Alice. "Vou afrouxar. Sabe de uma coisa, Allie? Acho que devíamos dar algum tempo à ilha."

Alice agarra a trança, apalpando os caroços e sulcos desiguais. "Você ama o Beazley?"

"Allie, você sabe que Edward e eu somos casados. Somos marido e mulher. Exatamente como o papai e a mamãe. Mas eu não o amo tanto quanto a você. Você sabe disso. Não sabe, Allie? Você é o meu verdadeiro amor, o absoluto."

"O Beazley ama você?"

"Claro que sim. Mas não tanto quanto o nosso pequeno Lata de Biscoitos adora você! Allie, pense só como Lata de Biscoitos ficaria de coração partido se você fosse embora. Você tem que ficar, por causa dele. E a partir de agora você nunca mais precisa olhar outra tabuinha. Vou pôr em prática os meus fracos talentos de desenhista."

Por enquanto Elsa se ocupa em aprender a língua nativa, visto que a fluência parece o passo natural para desvendar a escrita. Gertrude Bell sabia árabe bem antes de fazer sua viagem pela Mesopotâmia. O livro de frases de Elsa pode dar a eles orientações sobre água doce e figueiras, mas ela quer conversar com os ilhéus a respeito da cultura deles. De onde vieram? Que tipo de sociedade criaram? O que queriam ou de que precisavam para escrever na madeira? E, agora que a tosquia das ovelhas terminou, os ilhéus estão se interessando pela expedição. Um dia várias crianças aparecem na pedreira para vê-la ajudar Edward a medir as *moai*. Montadas em seus pôneis, riem e balançam o corpo de modo ritmado, gritando num misto de *rapa nui* e espanhol: "*Amor los moai?*". Mas quando vêem Lata de Biscoitos aparecer detrás de uma *moai*, começam a vaiar. Com um roliço indicador, um menino bate no próprio nariz e emite uma série de grunhidos. Outro puxa com violência as próprias bochechas. Uma menina ruiva e sardenta revira as pálpebras e põe a língua para fora. Aí, um menino sujo de terra salta do pônei e atira uma pedra grande em Lata de Biscoitos, que se agacha atrás das estátuas. Enfurecida, Alice investe como um relâmpago, aos berros, abrindo e fechando ritmicamente sua sombrinha, como se fosse alguma arma mística. Alarmadas, as crianças começam a gritar: "*Tatane! Tatane!*". O menino que atirou a pedra atrapalha-se para montar em seu pônei. Alice continua a arremeter pela vertente gramada. Bem no momento em que chega ao topo, o menino sai a trote, com o corpo pequeno sacudido de soluços. Edward, balançando a cabeça, diz a Elsa: "Meu Deus. Preciso ter cuidado para nunca provocar a fúria dela". Quando Alice desce, Lata de Biscoitos finalmente se ergue detrás das *moai*, e não sai do lado dela pelo resto do dia.

"Eu gosto do menino", sussurra Elsa a Edward na barraca uma noite. "Muito. Mas queria saber por que é sozinho."

"Alice também gosta dele. Acho que você vai ter que deixá-la ficar com ele. Ela parece ter conquistado o coração dele."

"Eu sei."

"Você quer... Elsa? Eu não achava que você quisesse filhos..."

"Não. Claro. Não posso."

"Você tem Alice para cuidar. E pensa nela... como se fosse sua filha."

"Não. Mas penso em mim como se fosse a mãe dela. Não é exatamente a mesma coisa."

Elsa fecha os olhos. É verdade. Não consegue imaginar cuidar de Alice *e* de um filho seu. Mas é mais do que isso. É a lembrança da parteira segurando Alice contra o peito, do pai proibindo Elsa de abrir a porta da mãe. "Sua mãe deu a vida pela nossa pequena Alice", dissera ele, tentando disfarçar o próprio desespero. "Sacrificou-se por um novo bebê." Mas Elsa não compartilhou essa versão dos acontecimentos. Atrás daquela porta, Alice tinha *feito* alguma coisa à mãe delas e por isso Elsa sentiu ódio. Durante um ano inteiro amaldiçoou a irmã, sussurrando palavras enfurecidas quando o pai estava dormindo. Assim, quando começaram a notar o estranho revirar dos olhos de Alice, os acessos de raiva e os silêncios, Elsa acreditou que a causa fora seu ódio. Que as pragas, preces e acusações sussurradas tinham feito mal à irmã.

"Está dormindo?", pergunta em voz baixa.

"Ainda não", responde Edward.

"Houve momentos em que eu pensei que, bem, que Alice fosse minha culpa. Tenho certeza de que parece loucura. Mas por que uma coisa dessas deveria acontecer a uma criança? A qualquer um? Deve haver... uma razão."

"Elsa."

"A vida toda eu me perguntei se..."

"Alice é uma bênção."

"Eu sei disso."

"Você nunca deve pensar que seria melhor se ela fosse diferente."

"Às vezes, Edward, você fala exatamente como meu pai."

"Seu pai era um homem sábio."

Durante semanas depois disso não há visitas à pedreira, e Elsa desconfia que a história da *tatane* inglesa com a sombrinha foi lacrimosamente contada e aumentada. Mas logo chega à borda da cratera um homem a cavalo. Elsa reconhece o homem que liderou o canto dos ilhéus na escuna, naquela primeira noite. Tem os braços recobertos de tatuagens e está com o mesmo chapéu: um tricórnio de veludo vermelho desbotado, com uma fileira de botões de latão. Aparenta uns quarenta anos, e o cabelo cacheado, fino e castanho, com alguns fios grisalhos, cai-lhe até os ombros. Apresenta-se como Te Haha Huke.

Parece que quer oferecer seus serviços, mas é difícil entender quais exatamente são esses serviços. Primeiro senta numa *moai*, cruza as pernas ossudas e começa a cantar. Os cachos movem-se à brisa e ele fecha os olhos, perdendo-se em sua canção. Mas a voz, um fluxo irregular de baixo profundo e rompantes de soprano, desvia a atenção de Edward. "Francamente, Elsa, eu não gostaria de que ele pensasse que estou recusando o seu gentil oferecimento, mas desconfio que esteja embriagado. Não é possível que alguém sóbrio o suficiente para ouvir a si mesmo cante dessa maneira."

Sentindo o desapontamento deles, no dia seguinte Te Haha retorna com um violão, que dedilha agradavelmente em cima da *moai*. Disso eles gostam, e tentam demonstrar sua gratidão parando de trabalhar e sentando na grama abaixo do poleiro dele. Mas Te Haha logo se cansa do próprio desempenho, balança a cabeça e começa a resmungar aparentes admoestações.

"*Nota bene*", sussurra Edward para Elsa, "o chamado 'temperamento artístico' não se restringe ao continente europeu."

Na próxima ocasião em que aparece, Te Haha passa horas sentado, entalhando a imagem deles em madeira — uma arte em que é excepcionalmente talentoso. Edward sugere que ele poderia ser muito útil de outras maneiras — levando um balde de água até o alto da colina, talvez? Poderia ajudar a mover esta pilha de pedras? Poderia segurar esta ponta da fita métrica? Te

Haha ajuda em algumas dessas tarefas, mas é visível que está entediado — e Elsa não o censura. Ele pousa um dedo na testa para indicar a Elsa e Edward a fonte de sua verdadeira força: não é um trabalhador físico, é um homem da mente.

Bem, pensa Elsa, talvez possa ajudar no meu projeto. Tenta explicar que quer aprender a língua.

"*Arero*!", grita ele, e sai correndo.

No dia seguinte aparece a cavalo, com um grande saco no colo. Desmonta às pressas e arrasta o saco colina acima, ziguezagueando por entre as *moai*. Quando Elsa o cumprimenta, ele larga o saco e tira rapidamente o chapéu.

"*Hau*", diz a Elsa, arredondando os lábios. "*Hau*." É a primeira vez que ela o vê sem chapéu, com uma grande calva no alto da cabeça. "*Hau*", repete ele, tornando a pôr o chapéu. Puxa do saco um peixe seco, segura-o diante do rosto dela e faz o peixe nadar no ar. "*Ika*", entoa, "*I-ka*."

Hau. Ika. Miro Toki. Mamari. Auke. Karu. Um a um, ele acena com objetos familiares à frente dela e, quando o saco se esvazia, aponta para a cratera e diz: "*Rano*".

"Cratera?" Ela forma uma bacia com os braços e imita o estrondo de uma explosão. "Cratera vulcânica?"

Ele assente e, orgulhoso, dá um tapinha no ombro dela.

Logo se torna claro que Te Haha é um professor nato, e Elsa desconfia que é sua primeira estudante. Ele é meticuloso, rigoroso, exigente. Mostra-lhe cada sutileza da língua.

Cumprimenta-a ao nascer do sol no acampamento, diz a ela que se sente a seu lado, com o diário aberto, e, lentamente, relaciona substantivos, verbos, preposições.

E é assim que Elsa inicia seu dicionário e finalmente aprende o nome dos hieróglifos que está tentando decifrar.

Chamam-se *rongorongo*.

5 de março de 1914

Parece que causei muito divertimento entre Te Haha e os amigos dele com minhas perguntas sobre as relações entre os sexos. Para os fins da Royal Geographical Society, pareceu melhor determinar a preponderância da poligamia na ilha e chegar a alguma compreensão da posição geral das mulheres em relação a propriedade, direitos conjugais etc. Perguntei então aos homens reunidos no nosso círculo quantas esposas cada um deles tinha ou quantas esperava ter. 'O te aha?' (*por quê?*), *perguntaram todos com um largo sorriso. Não conseguiam entender por que isso era de interesse. Apontaram para o meu caderno. Por que eu estava tomando notas? (Tinham tido a mesma reação ao nosso estudo das* moai, *uma descrença generalizada em que alguém se interessasse tanto pelas estátuas para as quais eles olhavam todos os dias, desde a infância.) Achei melhor, então, tentar uma explicação, no meu* rapa nui *ainda desajeitado, sobre os hábitos monogâmicos do nosso mundo ocidental, fazendo uma insinuação mais do que ligeira de que nossos costumes eram de natureza mais civilizada. Bem, eu poderia da mesma forma ter dito a eles que eu era metade macaco! Todos os homens caíram numa sonora gargalhada. Ao querer saber o motivo dessa* kata *desenfreada, de repente me vi como o objeto de investigação. Eu não era* wha to matu'a *de Edward? Claro, respondi. E* vi'e *Alice também não era* wha to matu'a *de Edward? Esclarecida a origem da confusão deles, expliquei nossas relações familiares: Edward tinha só uma esposa e uma cunhada. Eles ficaram desapontados e um pouco perplexos.*

Decidi, porém, adiar novas perguntas antropológicas e me concentrar sobretudo no rongorongo. *É a tarefa mais importante, pois as informações mais confiáveis sobre as tabuinhas estão armazenadas na mente dos ilhéus mais velhos. Até agora apurei que os* rapa nui *acreditam que os símbolos originais do* rongorongo *foram trazi-*

dos para a ilha, num tipo de papel (provavelmente casca de árvore), pelos primeiros colonizadores. Quando o papel acabou, começaram a fazer inscrições em bananeiras e, finalmente, em madeira. Acredita-se que as inscrições eram feitas com um dente de tubarão. A maioria das tabuinhas, porém, teria sido queimada com as casas, durante guerras tribais. (Parece que houve uma longa guerra entre os dois clãs principais da ilha — Hoty Iti e Kotuu *—, sobre os quais pretendo fazer mais indagações.) Quanto às inscrições nas tabuinhas, vários ilhéus de meia-idade se ofereceram com grande entusiasmo para "lê-las" para mim, mas depois de dez leituras inteiramente diferentes, ficou patente que eles seguram as tabuinhas diante dos olhos, mas recitam histórias ao acaso. Ainda não fiz muito contato com os membros mais idosos da população (acredita-se que alguns vivam na colônia de leprosos, logo nos arredores de Hanga Roa), que espero ofereçam o necessitado conhecimento da escrita.*

Perguntei o que se sabe sobre a colonização da ilha, de onde vieram as pessoas e quando. Eles não têm datas, mas dizem que tiveram vinte e sete reis. O primeiro foi Hotu Matua, que desembarcou de sua canoa na praia de Anakena, exatamente o local do nosso acampamento. Dizem que ele veio de um grupo de ilhas na direção do sol poente que se chamava Marae-toe-hau, *o que parece significar "o local dos sepultamentos". Dizem que Hau Maka, um conselheiro de Hotu Matua, teve um sonho; no sonho, sua alma visitou a ilha, achou-a bonita e farta de recursos, e por isso eles partiram em busca da nova terra. Se a lenda for verdadeira, é de perguntar se o rei Hotu Matua ficou desapontado com a terra estéril que descobriu, se não deve ter achado que tinha descoberto a ilha errada.*

Edward está a ponto de decidir qual estátua vai escavar primeiro. Toda noite, com várias lâmpadas queimando suas novas reservas de óleo de boto, ele examina minuciosamente os dados de que dispõe. Elsa tenta atraí-lo com as tabuinhas, erguendo-as diante dele na barraca, desfiando informações — *Esta é a única* kohau *que encontramos nas cavernas perto de Puna Pau, e as marcas são diferentes das outras. Está vendo a repetição da figura corcunda seguida da árvore? Encantadora, na minha opinião.*

Mas, no momento, Edward só se interessa pelas estátuas.

"Devíamos começar a escavar logo", diz, puxando outra página de anotações. "Qualquer coisa que encontremos na base será essencial para se compreender o método de transporte. Parece que esse deve ser o impulso da minha investigação."

Quando ele decide qual *moai* vai escavar, passa a ser consumido pela logística. Com incentivos suficientes na forma de permuta, encontra um grupo de ilhéus dispostos a ajudar. Mas, devido à falta de madeira, o preparo do local se revela difícil.

"Não há um único galho nesta ilha inteira que se possa usar para construção", queixa-se ele. "É realmente surpreendente que as pessoas aqui tenham conseguido sobreviver."

Por fim, para construir o andaime, resolve desmontar alguns dos caixotes que tinham levado.

Iniciada a escavação, relaxa de novo. Toda tarde, quando ele volta da pedreira, e Elsa de suas entrevistas, contam os detalhes do dia um ao outro, invadidos de um cansaço revigorante, já imaginando o que o trabalho do dia seguinte lhes reservará.

"Acho que você talvez tenha encontrado a sua verdadeira vocação", diz ele uma noite, depois de ela ter descrito uma série de imagens de aves.

Entre eles desenvolveu-se gentileza, respeito mútuo. Tornaram-se como que parceiros comerciais, conversando animadamente sobre o trabalho durante o jantar. A rotina deles é fixa, confortável e inteiramente forjada pelo interesse comum.

Ainda assim, é nas páginas de seus livros que ela encontra companheirismo autêntico. O exemplar de *A viagem do Beagle* parece ter sumido para sempre, e ela acabou *As diferentes formas de flores e plantas da mesma espécie*. Volta mais uma vez, então, a *Sobre a origem das espécies*, onde encontra o que parece uma confissão de Darwin:

> *Meu trabalho está agora praticamente terminado; mas completá-lo ainda me exigirá mais dois ou três anos, e como minha saúde está longe de ser forte, fui instado a publicar este resumo. Fui mais especialmente induzido a fazê-lo porque o sr. Wallace, que está agora estudando a história natural do arquipélago malaio, chegou quase exatamente às mesmas conclusões gerais que eu sobre a origem das espécies. No ano passado ele me enviou uma memória sobre esse tema, com uma solicitação de que eu a encaminhasse a sir Charles Lyell, que a enviou à Sociedade Lineana, e ele está publicado no terceiro volume da revista daquela sociedade. Sir C. Lyell e o dr. Hooker, que conhecem ambos meu trabalho — tendo este último lido meu esboço de 1844 —, honraram-me ao considerar aconselhável publicar, com a excelente memória do sr. Wallace, alguns breves extratos de meus manuscritos.*

"Edward", pergunta ela, do outro lado da barraca, "conhece a obra de Alfred Wallace?"

"O homem do arquipélago malaio."

"Ele estava trabalhando numa teoria da evolução na mesma época que Darwin?"

"Estava, mas é difícil dizer qual saiu primeiro. A Sociedade de Lineu apresentou as dissertações dos dois ao mesmo tempo, mas a de Wallace não recebeu atenção. Darwin era um homem de Cambridge e Wallace era um autodidata, tinha de financiar todas as suas viagens mandando insetos e cobras empalhadas para a Inglaterra. Acho que não tinha muita chance de ser levado a sério. Então, Darwin publicou seu livro antes de Wallace e, claro, o crédito pela teoria é de Darwin."

"Wallace precisava de um diploma de Cambridge para ter uma teoria?"

"Claro que não."

"Se fosse assim, milhares dos melhores da Inglaterra deveriam ter descoberto a evolução."

"É que é assim que as coisas funcionam, Elsa. Darwin era um homem do *establishment*. Não se pode culpá-lo por isso."

"Não se trata de culpar. Só sinto pena de Wallace."

"Bem, Wallace aceitou a situação. Deu ao seu livro sobre seleção natural o título de *Darwinismo*. Isso certamente cede a descoberta."

"Talvez não achasse que podia vencer a luta."

"Não seja severa demais com nenhum dos dois. Afinal de contas, estavam ambos à procura da verdade."

Nessas palavras ela ouve um eco das advertências do pai contra seus julgamentos precipitados. Na verdade Edward se tornou muito parecido com o pai dela, ou o à-vontade que ela sente com ele se tornou o mesmo. Até as providências para vigiar Alice adquirem uma nova simplicidade. Depois que um de seus ataques encerra rapidamente uma entrevista de Elsa, Edward se oferece para levá-la para a escavação.

"Você precisa conseguir trabalhar sem interrupções, Elsa. É simplesmente importante demais. E pelo menos nós sabemos com certeza que ela não vai assustar as estátuas. Espero que você tenha confiança em mim para cuidar dela."

Ela confia, depois de todos esses meses. Ele é cortês com Alice, acostumou-se aos rompantes dela, e Alice parece à vontade com ele.

"É claro. É claro que confio em você."

Mais uma amarra que se solta. Agora Elsa pode mover-se

pela ilha livremente — uma verdadeira exploradora, uma verdadeira cientista —, sem nada para desviá-la do trabalho.

Mergulha na ilha, na língua, no *rongorongo*. Agora conversa confortavelmente em *rapa nui*, e Edward até a usa como tradutora. Faz longas anotações enquanto os ilhéus contam suas lendas e mitos, mas eles parecem carecer de uma história oral da construção e queda das *moai*. Elsa desconfia que as tabuinhas talvez registrem essa história. Deve haver, guardado em algum lugar, um relato dos principais acontecimentos, e, se não estiver na memória das pessoas, talvez esteja nas tabuinhas. Mas, cada vez que começam a dar sinal de um significado, os estranhos glifos recuam, como se a estivessem provocando. E ela começa a se fazer perguntas sobre a madeira propriamente dita. As tabuinhas são de uma madeira escura e densa que ela não viu em nenhum lugar na ilha. De onde veio? As tabuinhas poderiam ter chegado ali procedentes de outro lugar? Poderiam ter sido todas trazidas naquela primeira canoa com Hotu Matua?

Pensa na longa viagem de Hotu Matua e na viagem deles, da Inglaterra. Nem o rei polinésio, nem Edward, nem ela podiam saber o que os aguardava naquela nova terra. Até que chegassem, era um lugar mítico. Mas agora foi o passado dela que se tornou o mito: Max, o pai, a casa na Inglaterra — tudo isso parece uma ilha sonhada um dia.

E quando se deita na barraca, à noite, com seus livros empilhados ao lado da cama, ouvindo as ondas quebrarem na praia, sente que tomou a decisão correta. Tinha que estar ali, naquela ilha. Até quando dorme ao lado de Edward, está contente agora. O peso langoroso dos braços encorpados dele, o cheiro de sabonete e tabaco que lhe vem do peito ajudam-na a mergulhar num sono delicado. Está se acostumando com ele. E gostar dele, estar à vontade com ele ajuda-a a aliviar a culpa. Já não o vê como uma oportunidade para ajudar Alice e a si mesma. Vê-o como seu marido. É realmente tão terrível ser amada por este homem?, pensa. Ele é Edward, o caro e meigo Edward. E isto — Edward, Alice, esta terra batida pelo vento no meio de lugar nenhum — é sua vida agora.

15.

No segundo ano de sua pós-graduação, depois de muita discussão e debate, Greer escolheu Thomas como orientador. Já tinham tornado público seu relacionamento, coisa que Greer temera, prevendo desprezo, desconfiança, até inveja, mas que, no final, provocou da parte dos colegas de classe pouco mais do que um dar de ombros. Todo mundo suspeitava fazia muito tempo.

Não havia dúvida de que Thomas era sua primeira escolha como orientador. O trabalho dele era o mais interessante no departamento, seu laboratório tinha acesso ao melhor equipamento e à maior verba. Ele recebera recentemente uma bolsa do American Institute of Biological Sciences, fora homenageado pela universidade num jantar black-tie a que levara Greer e aparecera num artigo da revista *Life*, "A ciência de hoje e de amanhã", complementado com uma foto dele no laboratório, em pé sobre uma amostra de dois metros que ele e Greer tinham retirado, em fevereiro, das margens do Mississippi. Mas o artigo o incomodou porque dividia os cientistas em duas categorias: tradicionalistas e renegados. Thomas, que acabara de fazer quarenta e três anos, foi posto na categoria dos tradicionalistas, e havia uma menção ao fenômeno na ciência de grandes descobertas serem feitas pelos jovens, aludindo aos sucessos iniciais dele: o prêmio Lineu, a Primeira Conferência de Palinologia. Mas não havia como negar a atenção que o artigo gerou — a universidade até incluiu o laboratório dele na visita ao campus, e às vezes, pela janela do escritório dele, Thomas e Greer viam grupos de adolescentes, acompanhados dos pais, olhando para o prédio. "Eles não podem ver nada de lá", queixava-se Greer, baixando e erguendo as persianas. "Por que não mostrar pólen fossilizado a eles? Isso é interessante." "Porque", respondeu Thomas, "eles não querem ver ciência, querem ver o que pensam que é celebridade." Mas parecia muito satisfeito com esse rótulo. Todo mundo queria trabalhar em seu laboratório agora. Até Jo, que ingressara para a equipe dele naquele semestre. Mas Greer estava dividida.

"A única pergunta na sua cabeça, Greer, devia ser se você quer ou não passar tanto tempo com seu namorado. Dia e noite", disse Jo.

"Que tal trabalhar *para* ele? Parece esquisito."

"Bem, você pode trabalhar para o professor Jenks. Ou para aquele merda desprezível do doutor Hawthorne. Não importa o que faça, você vai trabalhar para alguém. Basta escolher alguém para quem queira trabalhar. Alguém em cujo trabalho você esteja interessada."

"Bem, o trabalho de Thomas é, realmente..."

"O mais interessante da cidade?"

Greer encolheu os ombros, desamparada. "É verdade."

"Seria duro perder a oportunidade."

"Poderíamos ser como Marie e Pierre Curie. Carl e Getty Cori."

"Escute. Não há uma resposta garantida para isso, Greer. Faça o que tem que fazer para o seu próprio trabalho, seu próprio desenvolvimento. E se isso significa trabalhar no laboratório do Nabo-da-índia..."

"Jo."

"... no laboratório de *Thomas*, faça isso. E depois, isso significa que nós duas também estaríamos trabalhando juntas. Como as gêmeas Bobbsey."

"Verdade."

"E como é que você pode perder essa oportunidade?" Jo soprou a franja dos olhos.

"Como é que eu posso?"

Thomas não tinha objeções.

"Lily, não consigo imaginar alguém melhor para ter no laboratório. Você é rápida, é precisa. E está comprometida com o projeto".

O projeto era pesquisar a evolução de angiospermas: plantas floríferas. Isso incluía a maioria das árvores, arbustos, flores silvestres, frutos comestíveis, bagas, nozes, cereais e legumes: 235 mil espécies diferentes que representavam cerca de noventa por cento das plantas do mundo. No entanto, houve época em que o planeta só conhecia gimnospermas — *gymnos sperma*, sementes nuas: pinheiros, ciprestes, abetos e cedros. Nogueiras-do-japão e cicadáceas, cujas sementes se formavam nas bordas de cones e esperavam para serem levadas pelo vento. Sua reprodução era primitiva e passiva. Mas com as angiospermas surgiram pistilos, estames e carpelos; pétalas franzidas, vermelhas, roxas e brancas; néctar e perfume. Atrativos. Para Greer era como se o reino das plantas tivesse atingido a puberdade e de repente os abetos ingênuos e os pinheiros monótonos começassem a usar maquilagem e vestidos de festa. As angiospermas introduziram o desejo na natureza, deram início à valsa do namoro entre estame e pistilo, pétala e polinizador, uma dança que se disseminara pelo mundo e durara milhões de anos. Por fim, pares de flora e fauna se uniram, evoluíram em conjunto, e agora cada flor tinha seu próprio polinizador e cada fruto, uma ave para comê-lo.

A mudança evolucionária de gimnosperma para angiosperma fascinava Thomas, representava para ele um avanço muito mais significativo do que o de macaco para homem. As flores davam frutos e nozes, produzindo alimentos que tinham permitido a ascensão de grandes mamíferos e, finalmente, do *Homo sapiens*. E a humanidade se tornara a maior fã das flores. "Foi a papoula, afinal de contas, como uma Helena de Tróia floral, que lançou mil navios para a guerra do ópio." Migrações humanas, rotas de comércio, invasões, guerras — tudo se relacionava com as angiospermas. Chá, especiarias, tulipas. O homem ingressara na dança, seduzido, assim como todas as outras criaturas, pela maior invenção da natureza: a flor.

Mas como ocorrera a transição? Exatamente quando e onde? Darwin, um século antes, considerara-a "um mistério abominável", e desde então ninguém sugerira uma resposta. O mistério era antigo demais; as evidências estavam enterradas em profundidade na terra. Uma investigação minuciosa exigiria amplas provas paleobotânicas — a especialização de Thomas.

O projeto de Thomas se iniciara um ano antes de Greer entrar no curso no doutoramento. Ele começou coletando rochas do período cretáceo de vários locais nos Estados Unidos e instruiu uma pequena equipe de candidatos ao Ph.D. a procurar polens fossilizados. A tarefa dos estudantes: encontrar a primeira flor, a angiosperma mais antiga conhecida no planeta. Até o momento tinham topado com um provável suspeito: a magnólia. Em várias rochas que datavam de meados do período cretáceo, 120 milhões de anos antes da era atual, tinham encontrado vestígios de pólen de magnólia. Mas isso era só o começo. A etapa seguinte e mais importante no laboratório era eliminar a concorrência da magnólia.

Para fazer isso, precisavam examinar rochas sedimentares do

mundo inteiro. Na época em que Greer começou a trabalhar no laboratório, Thomas tinha recebido uma nova bolsa e estava tomando providências para obter amostras da América do Sul e da Europa. Também se falava em trazer amostras da Groenlândia e da Austrália. O laboratório examinaria essas rochas para certificar-se de que, *além* do pólen da magnólia, não havia pólen de nenhuma angiosperma de meados do período cretáceo.

Se Thomas conseguisse provar definitivamente que a magnólia era a primeira planta florífera, isso significaria que a estrutura dessa flor representava a mudança evolucionária significativa de gimnosperma para angiosperma, a primeira pedra de dominó a cair na maior evolução ecológica do mundo. E significaria que mais uma vez Thomas Farraday ganharia a medalha de ouro científica. A primeira, a maior, a menor — em qualquer descoberta, a preeminência em tamanho ou idade era fundamental.

Greer também tinha de escolher um tema para sua tese relacionado com o projeto de Thomas e com o trabalho que faria no laboratório dele. Acabou decidindo pelos padrões de dispersão das magnólias pela água. Se a magnólia surgiu na metade do período cretáceo, foi depois que a Pangéia, a massa de terra que a certa altura reuniu os sete continentes, e a Gonduanalândia se separaram. A magnólia apareceu num mundo onde a água dividia as terras; portanto, para se disseminarem, as angiospermas tiveram de cruzar o oceano. Enquanto Thomas determinava quando a magnólia aparecera, ela rastrearia seus movimentos.

O grosso do trabalho no laboratório era o equivalente científico de datilografar e arquivar. Thomas era orientador exigente, e passavam-se semanas em que Greer não fazia outra coisa além de purificar amostras, andando entre a centrífuga e a pia. Depois tinha de determinar qual pólen viera de gimnospermas e qual viera de angiospermas. Trabalhando horas no microscópio, contava os grãos conhecidos e os desconhecidos, examinando a estrutura de cada um — a forma bulbosa, as linhas traçadas como veias ao longo das exinas, as falhas e os sinais de beleza. Ficava impressionada com a diversidade e resistência deles. O que tinha diante dos olhos era pólen soprado através de campos e vales milhões de anos antes, enterrado, perfeitamente fossilizado, esperando para ser explorado. Quando olhava no microscópio, era como topar com uma paisagem escondida, como ter um vislumbre de uma lua distante e sem nome.

Naquele primeiro ano, ela e Thomas trabalharam juntos constantemente. A sala dele ficava logo no fim do corredor do laboratório, e a intervalos de poucas horas ele vinha dar uma olhada na equipe, sempre verificando como iam as coisas com ela. Na hora do almoço, ela levava sanduíches para a sala dele e conversavam sobre o andamento do projeto. Antes de ela retornar ao laboratório, era freqüente fecharem a persiana da porta dele e se beijarem. Gostavam da tentação de trabalhar um perto do outro, divertiam-se trocando toques furtivos, demoravam-se no prédio, no final do dia, depois que todos tinham ido embora. Thomas estava sentado em sua sala, com seus livros abertos, e Greer começava a desabotoar-lhe a camisa, desafivelar o cinto, enquanto ele fingia que tentava ler. Ou ele ia ao encontro dela no laboratório silencioso e lentamente lhe tirava o guarda-pó branco, enquanto ela olhava no microscópio.

Viajavam juntos freqüentemente para coletar amostras. No primeiro ano dela no laboratório, foram ao Brasil e a Belize. No segundo, fizeram uma viagem de duas semanas à Nova Escócia e depois à Groenlândia. Ela adorava viajar. Foi nessas viagens, observando Thomas ao ar livre, longe de colegas e de admiradores, despido das bravatas da sala de aula, que Greer se deu conta de como se apaixonara profundamente por ele. Vê-lo coletar amostras era como ver um menino passar um graveto por um formigueiro, com o rosto iluminado de assombro ao ver a vida surgindo sob seu toque. Thomas podia insistir quanto quisesse que a natureza não era bela, mas ficava sem fala diante de sua complexidade.

Sem descanso, sem reservas, ambos se atiraram de cabeça no projeto, atraídos pela idéia da primeira flor do mundo. A magnólia era um sonho de pétalas brancas que perseguiam, um fantasma que queriam tocar. Algumas noites, quando pegava no sono no laboratório, Greer sonhava que estava flutuando acima de uma paisagem antiga, densa de árvores com agulhas escuras, procurando uma flor branca. Uma vez até viu a flor ao longe, cintilando numa floresta sombria.

Quando Thomas a despertou na bancada de trabalho, ela contou o sonho.

"E você não se deu ao trabalho de perguntar em que continente a flor estava? Eu vou acreditar na relevância mediúnica de qualquer sonho que responda a uma pergunta."

"Mags não gosta de perguntas", respondeu Greer.

"*Mags?*"

"Com tanta gente atrás dela, acho que ela merece um nome."

À tarde, faziam um intervalo e andavam pela estufa da universidade, conversando sobre a pesquisa.

"Algumas das amostras simplesmente não são antigas o suficiente para serem relevantes", disse Thomas num desses passeios.

"Mags está só sendo tímida", retrucou Greer. "Dê tempo a ela."

"Sabe, no fim isto vai se resumir a examinar um número suficiente de rochas de um número suficiente de regiões. Quantidade e variedade, nada mais. Provavelmente nunca encontraremos pólen de magnólia anterior a meados do cretáceo. A única coisa que podemos fazer é ter certeza de não encontrar pólen de nenhuma outra angiosperma dessa era."

"E esperar que mais ninguém encontre."

"É exatamente isso, sabe, Lily?"

"Não se preocupe. Você se dedicou a Mags, ela não vai decepcioná-lo."

"Espero que não."

"Pense apenas, Thomas, que estamos na pista da primeira flor da Terra." Tinham atravessado os trópicos, o refúgio envidraçado de samambaias e goiabeiras cobertas de umidade, e agora entravam no orquidário. Greer correu os olhos pelo mar de pétalas roxas e vermelhas ao seu redor. "Antes que houvesse um ser humano para senti-la, tocá-la, para saber que ela era bonita, antes de um polinizador saber o que fazer com ela, em algum lugar havia uma flor maravilhosa e espetacular, esperando para ser descoberta pelo mundo."

"Ah, Lily."

"O quê?"

"Bem, você é mulher, não é?"

"É o que me dizem."

"Só não deixe que a imaginação a distraia da ciência. Não procure o que é bonito para você. Lembre-se: procure o verdadeiro."

"Distrair-me? Estou lá dentro, dedicando à ciência mais tempo do que qualquer outra pessoa. Lavo com ácido, conto, analiso. É simplesmente agradável, de vez em quando, lembrar o que isso tudo significa."

"Tem razão, eu sei. Você trabalha como uma máquina. Desculpe. Só estou preocupado com este projeto, com todo o trabalho que temos pela frente."

Ela passou o braço em torno da cintura dele. "Vamos apenas nos lembrar de desfrutá-lo."

Ele a beijou. "Exatamente meus sedimentos."

Nos dois anos seguintes Thomas viajou muito para dar palestras em simpósios em Missouri, Iowa ou Ohio. Greer não gostava dessas separações, mas aprendeu a viver com elas. Ele foi várias vezes a Harvard como professor convidado. As notícias sobre o estudo dele o mantinham no centro da atenções do mundo científico, mas deixavam pouco tempo para o trabalho. Quando visitava o laboratório, geralmente era para pegar folhas de dados com Greer, Jo e Bruce Hodges, um novo assistente de pesquisa que acabara de se transferir de Harvard para participar do projeto de Thomas. Era um ex-jogador de futebol americano, que atuava na defesa e fora premiado como um dos melhores amadores, que vivia se gabando do jogo em que tivera três saques, duas más jogadas recuperadas e uma intercepção.

"Como não dá para fazer nada melhor do que isso, acabei trocando os acolchoados e o capacete por um guarda-pó de laboratório", dizia, teatralmente, no epílogo da sua saga atlética. Mas não havia dúvida de que tinha jeito para ciência, ainda que carecesse da paixão. Era capaz de desfiar classificações de pólen como se fossem estatísticas esportivas.

"E aqui temos uma dicotiledônea magnoliácea, que floresce em maio-junho, fazendo uma forte arremetida para o médio cretáceo! Nossa pequena *Clavatipollenites*, firme nas veias reticuladas e cotilédones duplos!" Depois, cobrindo a boca com as mãos em concha, gritava e assobiava, imitando o som de cem fãs a aplaudir sua vitória taxonômica.

Jo o achava entediante e lhe fazia gestos obscenos quando ele não estava olhando. Greer, porém, o considerava levemente simpático e sentia-se contente com a companhia extra; o laboratório ficava vazio sem Thomas.

Ao retornar das palestras, Thomas, fatigado, rouco, ficava sentado com Greer até tarde da noite, examinando os dados. Ela lhe falava das amostras a serem examinadas em seguida, ou de onde precisavam coletar o próximo lote de rochas sedimentares. No final, ele nunca deixava de perguntar sobre a tese de Greer. Seu interesse pelo trabalho dela nunca diminuía. Conversavam vários minutos sobre sementes de magnólia e padrões de dispersão do pólen, e ele lhe dava idéias de pesquisa, às vezes sugerindo estudos biogeográficos para ler.

"O interessante é relacionar a dispersão da magnólia com a do polinizador."

"Exatamente."

"Porque, mesmo que você tenha movimento do pólen e das sementes através de água, a planta não pode se propagar sem polinizadores."

"Estive estudando os dados e acho que estou chegando a umas relações numéricas interessantes. Têm a ver com o fator atraso, o período transcorrido entre a chegada da flor e a do besouro. Acho que pode vir a ser uma equação importante."

"A equação deve levar em conta um patamar, o número de plantas necessárias para instalar uma comunidade permanentemente." Esfregando os olhos para afastar o sono, Thomas segurava-lhe as mãos. "Senti saudade de você."

"E eu de você." Greer pousava a testa sobre o peito dele. "Você viaja muito."

"O trabalho chama."

"Eu sei." Ela ouvia a batida do coração dele, aquele ritmo calmante de vida, e levantava a cabeça. "Os números serão diferentes, é claro, entre uma planta e outra. Período de floração, gestação etc."

Thomas ria. "O trabalho também chama você."

Greer sorria. Entendiam isso um no outro, o que os motivava.

"Sabe", dizia Greer, "a magnólia tinha uma coisa que nenhuma outra planta tinha."

"O quê?"

Greer não conseguia deixar de sorrir com a idéia: "Uma ânsia por existir".

Casaram-se numa pequena cerimônia no arboreto da universidade. Bruce Hodges, Jo Banks e o professor Jenks compareceram.

Como presente de casamento, Thomas deu a Greer a semente de uma magnólia num vidro de boticário veneziano.

"Para o seu trabalho", disse. "Agora você será exatamente como Darwin. Ele testou todo tipo de semente em vidros de água salgada para ver quanto tempo podiam sobreviver no oceano. É perfeito para você."

Greer lhe deu o microscópio do pai, o que ele tivera durante anos no laboratório no porão, o primeiro microscópio que ela usara.

Thomas examinou os botões de latão, a ocular grossa. "Obrigado por me confiar isto."

Na lua-de-mel na Toscana, passaram duas semanas percorrendo os montes Apeninos de carro para coletar arenitos e marga. O Projeto Magnólia estava emperrado e precisava de amostras de maior diversidade geográfica. Greer e Thomas encontraram tempo para alguns jantares elegantes em Florença, uma caminhada rápida pelas galerias principais dos Uffizi, foram fotografados na ponte Vecchio, mas o resto da viagem foi trabalho, caçando afloramentos cretáceos e jurássicos. Tentaram aproveitar ao máximo, trocando beijos rápidos entre os procedimentos, chamando-se de marido e esposa enquanto martelavam rochas e arrastavam as mochilas pesadas de um local para outro. À noite, quando voltavam para o quarto no hotel, tiravam a roupa suja, entravam na banheira, esfregavam as costas e os braços um do outro, lavavam da cabeça a poeira das montanhas. Depois, com a pele rosada por causa do banho, enfiavam-se na cama e faziam amor.

Pouco depois de voltarem da Itália, Greer teve uma forte cãibra no pescoço e precisou procurar um quiroprático, que lhe disse que limitasse a cinco horas por dia o trabalho com o microscópio.

"Vamos providenciar uma boa cama de campanha para que você possa se deitar quando começar a ter cãibra", disse Thomas na cama uma noite, massageando-lhe o pescoço. Tinham acabado de mudar para um apartamento em Madison's West Side, nos limites do arboreto. "E um desses travesseiros especiais para o pescoço."

"Por que simplesmente não arranjamos outra pessoa para fazer uma parte da contagem? Outro estudante. Aí eu posso fazer algumas identificações. Ou ajudar na análise. Você viaja com freqüência demais agora. Está sobrecarregado. Alguém precisa conferir os resultados, os cálculos."

As mãos dele pararam. "Ouça, não fique zangada, Lily..."

"Hum-hum."

"Bruce vai ajudar na análise."

"Bruce?"

"Ele é perspicaz."

Greer acendeu a luz e se virou para encará-lo. "Eu também sou. Por que não dar a contagem para ele? Ele não tem nenhum problema no pescoço."

"Lily, não estou pedindo a você que piore seu problema de saúde. Descanse um pouco. Só estou dizendo que Bruce vai ajudar na análise."

"E eu? Ou Jo? Nós duas estamos no laboratório há mais tempo do que Bruce. Jo é quem está há mais tempo. Ela é perspicaz."

"Bruce era o primeiro da classe em Harvard. Ouça", suspirou ele. "Não posso tê-lo transferido para cá para trabalhar num laboratório sob a supervisão da minha mulher. Ou de Jo. Sinto muito, Lily. Não tem nada a ver com meus sentimentos. Ele não ficaria, e você sabe disso."

"Não, não sei."

"Lily, por favor, não seja ingênua."

"Justa não é ingênua."

Thomas parecia desamparado. "Não é assim que as coisas funcionam."

"Um ano, Thomas. Faz só um maldito ano que ele está aqui."

"Por favor. Se você se importa com o projeto e se importa comigo, vai entender. Além disso, você ainda tem sua tese. Não há como você fazer um bom trabalho na tese e trabalhar na minha análise."

"Não há como eu fazer um bom trabalho na tese e passar oitenta horas por semana aqui num microscópio, tentando ajudar você a contar polens mais depressa do que qualquer outra pessoa no mundo!" Ela sentia a raiva aquecer-lhe o rosto.

"Eu nunca lhe pedi que negligenciasse seu próprio trabalho."

"Mas o que você achou que aconteceria? Quando, exatamente, você pensa que eu trabalho na minha pesquisa?"

"Você sabe o que penso sobre a sua capacidade. Eu não a teria no meu laboratório se não a considerasse capaz."

"*Capaz?*"

"Lily."

Ela apagou a luz.

"Lily." A mão dele tocou-lhe o ombro. "Por favor."

"Bruce? Desculpe, Thomas. Simplesmente não consigo acreditar."

"Não pense em Bruce. Concentre-se na sua tese. No *seu* trabalho. Pense na sua carreira. Você vai ter uma excelente carreira, Lil. Isto não é nada no esquema das coisas."

Talvez não fosse nada. Afinal de contas, Greer não estava interessada em fama. Ser o centro da atenção, como Thomas adorava ser, atraía-a pouco. A atenção já não o lisonjeava, mas tinha se tornado um peso incômodo que ele tinha de carregar, um esforço que lentamente o desviava do trabalho.

Greer, então, concentrou-se em sua tese. Começou a passar

menos tempo ao microscópio e mais lendo sobre biogeografia, padrões de dispersão, ilhas e continentes. Gostava era dos padrões: a natureza exibia e tornava a exibir o mesmo impulso. A história nunca mudava. Cada espécie era só uma variação do nome do rei ou da cor do cabelo da princesa. A moral era sempre movimento — e vida.

Usou os dados sobre a magnólia do laboratório de Thomas e aplicou-os à sua tese. Como a magnólia passara de flor solitária no meio de lugar nenhum a uma árvore que crescia em todos os continentes? Trabalhando num pequeno cubículo da biblioteca, estudou números, gráficos e curvas. Gostava de sua pesquisa, mas sentia falta do companheirismo do laboratório. Trabalhar lá, porém, ou dar uma passada enquanto Bruce estava no comando pareceria uma rendição. Thomas continuava viajando e dando palestras, preparando sua próxima dissertação. Assim, Jo era a embaixadora dela: encontrava-a na biblioteca algumas vezes por semana e punha-a a par do que acontecia no laboratório.

"Se eu tiver que ouvir mais uma metáfora de futebol, vou enfiar uma bola na garganta daquele sujeito."

"Ele é tão mal assim?"

"Pior."

"Sinto muito, Jo. Desculpe não estar por perto."

"Ei, eu sinto mais ainda por você... O laboratório precisa de você."

"Bem, eu preciso trabalhar na minha tese."

Greer não tinha contado a Jo sobre a discussão com Thomas. Fingiu que a nova função de Bruce era resultado de uma decisão conjunta. Mas não tinha certeza se foi por lealdade a Thomas ou simplesmente para preservar a própria dignidade. Por sua expressão, era evidente que Jo sabia que Greer não estava feliz, mas fez o jogo.

"E como está indo a obra?", perguntou.

"Não polinizar meus próprios estigmas..."

"Ah, puxa!"

"Mas estou bem satisfeita com ela", disse Greer.

"Vai me deixar ler?"

"Vou obrigá-la a ler."

"Tenho certeza de que é brilhante."

"Flores. Besouros. De tudo para todos."

Jo deu um leve apertão no ombro de Greer. "Mal posso esperar."

Em fevereiro Greer tinha terminado um primeiro rascunho que a deixou satisfeita. Concentrava-se mais em teoria do que em dados, mas os dados tinham sido coletados no laboratório de Thomas, sob a orientação dele, e ela achou importante afastar-se do projeto dele. A tese estava recheada de teoria da evolução e da dispersão, gráficos relacionando populações de flores com polinizadores, o período transcorrido entre a dispersão das plantas e a dos polinizadores. Não era convencional, e Greer sabia que a banca ia erguer as sobrancelhas diante disso, mas era um risco que estava disposta a correr.

Deu uma cópia a Jo e outra a Thomas, que já se retirara da banca que julgaria o trabalho dela. Ambos disseram que a tese era maravilhosa, ambos recomendaram revisões e ajustes. Jo, no final, dedicou-lhe mais tempo do que Thomas, porque este estava ocupado terminando sua própria dissertação e viajava por semanas a fio com Bruce Hodges.

Greer voltou para seu cubículo e passou outro mês revisando o material. Em março Thomas concluiu sua dissertação e, numa concessão tardia, dispôs-se a deixar Greer lê-la antes da publicação. Mas se ele não quisera sua ajuda no começo, ela não ia oferecê-la agora. E disse que estava ocupada. Tinha decidido que o casamento era mais importante do que a colaboração profissional.

* * *

Era maio quando finalmente encaminhou a tese à banca. Depois de esperar à toa pela casa durante algumas semanas, resolveu distrair-se com uma viagem rápida a Mercer. Não entendeu bem por que, após seis anos, teve vontade de ver sua cidade natal bem naquele momento. Ela e Thomas tinham falado em ir fazer uma visita; talvez ela tivesse se cansado de adiar, esperando por uma brecha na agenda dele. Thomas estava viajando de novo, dessa vez apresentando a dissertação prestes a ser publicada, com Bruce Hodges como co-autor. O dia estava quente e ela atravessou a cidade de carro lentamente, olhando para os nomes familiares nas caixas de correio: Feyenbacher, Simpson, Gertz. Quando finalmente chegou à rua onde ficava a velha casa de seus pais, achou-a menor do que se lembrava, mas pintada no mesmo tom de amarelo, com a mesma varanda em toda a volta. Estacionou o carro e bateu na porta. Apareceu uma mulher com o cabelo preso num coque frouxo, limpando as mãos na barra meio puída de um avental azul-claro.

"A senhora deve ser Maria Compton. Eu sou Lillian Greer. Cresci aqui."

"Ah, sim, senhorita Greer. Entre, por favor. Tenho limonada, se quiser. E um bolo no forno. Com duas camadas de recheio."

"Não, obrigada. Eu só pensei se poderia subir a colina até o lugar onde meus pais estão enterrados. Faz algum tempo que não vou."

"Claro, vá sim. Não tocamos em nada. As pedras continuam lá, e Harold apara regularmente a grama em torno delas. A nossa menina, Becky, pergunta quem está lá, porque ela gosta de sentar naquela colina, e nós só dizemos que é gente simpática."

Greer sorriu. "Não vou demorar."

"Demorar? Que absurdo. Fique o tempo que quiser. Eu tenho lenços de papel, se quiser."

"Não, obrigada."

Greer subiu a colina e deitou-se entre as duas lápides simples, olhando para o céu ligeiramente nublado. O chão estava frio e úmido, e encharcou-lhe as costas da blusa. Deixou as mãos vagarem pela grama, lembrando-se do dia, anos antes, em que subira até lá colhendo flores que levara para casa, na esperança de encontrar, sob o microscópio, alguma coisa que lhe explicasse para onde sua mãe tinha ido. Greer se perguntou se havia realmente alguma diferença entre aquilo e o que estava fazendo agora, deitada ao lado dos túmulos, porque acreditava, ou queria acreditar, que a vida estava de alguma forma atada à matéria, que o espírito alojava-se na terra.

Sentiu uma aranha subir por seu tornozelo, sentou-se e deixou-a caminhar para sua mão, examinando-a atentamente. Veio-lhe à mente o verso de Whitman: *Creio que uma folha de relva não é inferior à jornada das estrelas,/ E a formiga é igualmente perfeita, e um grão de areia, e o ovo da carriça,/ E a rã-das-moitas é uma obra-prima para os mais altos...* Também a aranha devia ser igualmente perfeita. Ela perambulou por sua pele, percorreu a península de cada dedo, até que Greer a pousou suavemente na grama.

Mas Greer preocupava-se que estivesse perdendo a crença na jornada, que a natureza estivesse se tornando uma mancha numa lâmina de vidro numa sala desinfetada. Investigar para produzir respostas publicáveis — fora isso o que lhe enchera os dias nos últimos seis anos. A ciência a emocionava menos agora? Ou estava simplesmente sentindo a exaustão de terminar a tese, anos de trabalho oficialmente entregue? Levantou-se, espanou a sujeira das costas e desceu a colina.

"Obrigada", disse a Maria Compton, que bem nesse momento saía para a varanda com um bolo na mão.

"Recheio duplo!", cantarolou ela. "É recheio sobre recheio."

"Quero voltar antes que escureça."

Greer tinha tempo de sobra, mas ver a casa a deprimia. As recordações pareciam fora de alcance.

"Tenho uma reunião importante amanhã", acrescentou.

"Bem, volte quando quiser. Ouviu? Quando quiser. Vamos manter as pedras limpas."

"Obrigada." E seguiu pela rua de terra que um dia tinha parecido a rua mais comprida do mundo.

No dia seguinte, Greer acordou cedo e vestiu-se para a reunião da banca. Tinha comprado um tailleur preto para a ocasião e, com uma olhada no espelho, achou-se surpreendentemente profissional. Prendeu o cabelo com duas travessas de tartaruga e passou um pouco de batom. Fez café, encheu uma tigela de cereais e abriu o envelope que Thomas lhe deixara:

Lembre-se. Não tenha medo, meu amor. Você vai se sair muito bem. Estou com saudade.

Volto logo.

Seu marido.

Sentiu-se desapontada por ele não estar ali. O dia era a culminação de todo o seu trabalho no laboratório. Mas sabia que ele não podia escapar daquela conferência, ou pelo menos achou que ele não pudesse.

Andando devagar para Birge Hall, ia repassando mentalmente os detalhes de sua tese. Podiam lhe perguntar sobre qualquer coisa, tentar fazê-la tropeçar no menor dos detalhes, mas tinha a sensação de que seriam menos agressivos do que o normal. Afinal de contas, tinha ido a coquetéis nas casas deles todos, tinha ajudado as esposas a tirar a mesa do jantar, estivera sentada com eles noite adentro bebericando vinho do Porto e conhaque ao som de Bach. Seria difícil para eles atacá-la; e, estranhamente, isso era decepcionante. Ela se sentia confiante em relação ao próprio trabalho e não se importaria com um debate.

Era um belo dia de primavera — uma malha folgada de cirros deixava passar o sol a breves intervalos — e Greer se prometeu que faria uma longa caminhada depois da reunião e tentaria aproveitar o bom tempo no final daquele rito de passagem. Ia encontrar Jo mais tarde, para celebrar, e pensou que deveriam jantar ao ar livre, na State Street.

Chegou à sala — a mesma onde assistira às aulas de Thomas anos antes — e sentou-se na primeira fileira. Houve certa agitação quando os cinco membros da banca abriram pastas e fichários, depois o professor Jenks, que ela vira pela última vez na festa de aniversário de Thomas, chamou seu nome. Ela subiu ao pódio com sua pasta na mão.

"Senhora Farraday", começou o professor Jenks. Parecia surpreendentemente cansado, desgrenhado, quase irritado. A gravata-borboleta verde axadrezada que ele era famoso por usar todos os dias parecia ter sido atada às pressas. Por um instante ela se sentiu tentada a perguntar se ele estava bem, mas achou que isso comprometeria o decoro da reunião. A mulher dele fora diagnosticada recentemente com um câncer e isso parecia estar lhe pesando muito. Greer ouvira queixas de que ele andava negligenciando as responsabilidades de sua cátedra. Na verdade, fazia meses que não conversava com Greer sobre a tese.

"Bom dia, professor Jenks." Ela tentou dar à voz um tom amável, do tipo profissional.

"Sim, sim. Por favor, senhora Farraday." O professor Jenks levantou-se. "A senhora, é claro, colocou a banca numa posição muito desconfortável. E, antes de irmos adiante, gostaríamos de lhe dizer que a senhora terá, é claro, a oportunidade de apresentar uma nova tese. Não temos a intenção de permitir que este incidente se torne conhecido além destas paredes." Retornou rapidamente à sua cadeira. "O assunto está encerrado. Use o tempo de que precisar."

"Eu não entendo."

"Por favor, senhora Farraday. Isto é constrangedor para todos nós."

"Especialmente para mim. Desculpem a minha linguagem, mas que diabo está acontecendo aqui?"

O professor Jenks deixou a testa tombar entre as mãos. "Nós lemos a dissertação de Thomas. A senhora achou mesmo que não leríamos?" Ergueu os olhos e passou a mão pelo cabelo. "De toda forma, a questão aqui não é essa. Acabou. Acabou. E não precisamos lidar com isso. Novamente, senhora Farraday, permita-me garantir-lhe que tem a nossa palavra de que o assunto jamais sairá desta sala. Não traria nenhuma vantagem para nenhum de nós, como indivíduos, nem para um departamento com uma reputação a defender. Nós sabemos que a senhora trabalhou arduamente no laboratório. É um trabalho cansativo. Um trabalho ingrato. Pode exaurir uma pessoa facilmente. Toldar o julgamento normal de uma pessoa. Entenda que não há acusação alguma em nada disto."

A mente de Greer tentava analisar os dados: a dissertação de Thomas, a tese dela, nenhuma acusação.

"É claro", conseguiu dizer afinal, e fechou sua pasta. "Preciso rever parte do material." Pegou a bolsa, de onde se esparramaram canetas e clipes de papel quando ela pôs a alça no ombro, e saiu às pressas. No corredor, com a porta fechada atrás dela, respirou fundo e deixou-se rodear pelo estranho silêncio.

Seguiu rapidamente para a biblioteca, atrapalhando-se com os saltos dos sapatos e logo disparando a correr até as prateleiras dos periódicos. Tirou o blazer e deixou-o cair no chão. O homem sentado à mesa da recepção perguntou: "A senhora está bem?".

Ela procurou nas prateleiras até que achou: *Nature*, Primavera de 1967, Vol. III. No índice, viu o título: *Um estudo preliminar da evolução da flor da magnólia*, Thomas Farraday, Ph. D., e Bruce Hodges.

Percorreu as primeiras páginas: descrições de técnicas de coleta de amostras, locais, dados — o que ela teria esperado — e depois, no final, uma nota: *Dispersão da magnólia: uma teoria matemática*. Leu cada palavra. Eram os mesmos dados que ela usara, a mesma análise e a mesma equação que apresentara à banca. A *sua* equação. Greer fechou a revista, colocou-a de volta na prateleira. Começou a se afastar, o blazer abandonado.

O homem sentado na recepção chamou: "A senhora gostaria de um copo de água? Ou de uma cadeira?".

Mas Greer não disse nada enquanto abria a pesada porta de vidro da biblioteca e sentia o impacto do ar morno em seus pulmões.

16.

Von Spee deve ter sentido a tensão de seu apuro. As reservas de munição e carvão estavam baixas; a travessia do Pacífico fora longa e solitária. As empoeiradas ordens do cáiser teriam começado a obcecá-lo? *Ele não devia demonstrar um único momento de fraqueza*. Como isso seria possível, sabendo que a ruína se aproximava? Mesmo para um homem conhecido por uma confiança inabalável, por uma calma intrepidez?

Agora que a esquadra se encontrava ao largo da América do Sul, ele recebia novamente cabogramas e telegramas pelo rádio do navio. Apesar da óbvia impossibilidade de a frota chegar à Alemanha, Berlim recomendava: "Volte para casa". Ao mesmo tempo, Von Spee era informado de que Japão, França e Grã-Bretanha estavam concentrando todos os esforços navais sobre a esquadra dele. ("Assim", escreveria Churchill mais tarde sobre a caça a Von Spee, "para destruir cinco navios de guerra, dos quais apenas dois eram blindados, foi necessário empregar quase trinta, inclusive vinte e um blindados, na maior parte com metal de qualidade superior, sem contar as poderosas esquadras japonesas, e os navios franceses ou cruzadores mercantes armados.") Mas as informações sobre a posição do inimigo só chegavam a Von Spee semanas depois de terem sido enviadas, quando já não tinham utilidade. Enquanto ele contornava a costa da América do Sul, o inimigo, maior, mais poderoso e invisível para Von Spee, fechava o cerco.

Von Spee sabia que não podia levar em segurança para casa os dois mil homens de sua esquadra. Não é provável que isso o tenha mergulhado em desespero? Um desespero tão grande que o levou a fazer um erro de cálculo nas ilhas Falkland, um erro que, no final, lhe custaria a frota?

Pouco antes de partir para as Falkland, em Valparaiso, o almirante enviou esta mensagem ao cáiser: "Estou completamente desabrigado. Não posso chegar à Alemanha. Não temos nenhum outro porto seguro. Tenho de percorrer os mares do mundo causando o máximo de dano que puder, até esgotar minha munição ou um inimigo muito superior conseguir me alcançar".

Quando um visitante a bordo lhe entregou um buquê de íris roxas, Von Spee teria dito: "Obrigado, obrigado mesmo. Vão ficar muito bem no meu túmulo".

A esquadra do infortúnio: o conde Von Spee e a impossível viagem de retorno

17.

Os grãozinhos, no formato de corações, chegam no meio da noite.

Ao amanhecer, quando Elsa desce até o mar para lavar o rosto, lá estão eles: coraçõezinhos pretos, úmidos e reluzentes, espalhados como seixos pela praia. Ela sabe que vieram de longe. Tenta calcular quanto tempo permaneceram no mar. Se levava três meses para vir de barco do continente, vir à deriva na correnteza levaria no mínimo dois meses. Dois meses — supondo-se que tivessem vindo da terra mais próxima. Mas podiam ter vindo de qualquer lugar: Argentina, Brasil, Indonésia. E mais do que qualquer outra coisa no último ano, isso a faz pensar em terras adiante desta onde se encontra, como se cada grão fosse uma garrafa com uma saudação enviada de longe. Catando-os da areia, limpa um a um na saia e os reúne na mão. Vai fazer um colar e dar de presente de aniversário para Alice.

É outubro e o tempo está ficando mais quente. Eles vão fazer uma festa na praia, com o bolo tradicional de inhame que Elsa aprendeu a fazer com os ilhéus e Te Haha cantando. Já se passaram muitos aniversários sem celebração, Natal e Ano-Novo assinalados apenas por goles da pequena reserva de conhaque que ainda lhes resta. Mas Elsa decidiu que agora vão voltar à tradição e, se puderem, fingir que a vida segue normalmente. Assim, penduram-se algas marinhas nas barracas como se fosse ouropel. Sobre a mesinha, estende-se uma toalha de renda branca, feita de velhas anáguas de Elsa. Quando estão todos sentados nos caixotes recobertos com lençóis, abrem o coco que milagrosamente veio dar na praia na semana anterior. O fruto expõe sua polpa branca, cintilante como gelo, e é admirado de todos os ângulos antes de Alice levar à boca o primeiro crescente.

Ela rói a polpa e suga o interior da casca. "Experimente, Beazley", diz. "Co-co."

Ele pega seu pedaço, depois Elsa, Lata de Biscoitos e Te Haha. Todos mordiscam lentamente sua fatia. Podem passar meses até que outro apareça na praia.

Elsa pega do colo o colar de corações e o entrega a Alice.

"Vinte e dois corações, Alice. Pelos vinte e dois anos que faz que meu coração pertence a você."

Alice dedilha o colar. "Grãos!"

"Para usar no pescoço."

Mas Alice simplesmente o põe ao lado dos restos do coco.

"E, Alice", começa Edward, erguendo do colo algo envolto como uma múmia em lenços de seda. "Pelo aniversário da minha excelente assistente."

Ela desenrola cada lenço, até se ver segurando uma pequena *moai*.

"Está vendo?" Edward inclina-se e toca a estátua. "Foi feita do mesmo tufo vulcânico em que as *moai* autênticas foram esculpidas. Da pedreira. As proporções são idênticas às da que estamos escavando."

"Minha *moai!* A *moai* da Alice!"

"Sim, Alice, sua *moai.*"

"Edward, é maravilhosa", diz Elsa. Alice tem ajudado Edward na pedreira. Como o poço em torno da base da *moai* está se aprofundando, Alice pode descer ao nível subterrâneo para garantir que os trabalhadores não danifiquem a estátua. Descreve a Edward qualquer marca que note, desenha todos os petróglifos. Tem adorado trabalhar lá, sua felicidade despertou de um longo sono. O presente é perfeito, pensa Elsa.

"*Moai iti*", diz Te Haha. Pequena *moai*. Examina-a, claramente indiferente à arte do objeto. "Hum!", faz. Afinal de contas, é entalhador. É o artista entre eles.

Alice agarra a *moai* e a segura contra o peito. "*Moai iti*", sussurra.

Logo se serve o bolo de inhame. Te Haha ergue-se da mesa, senta de pernas cruzadas na areia e começa um de seus gorjeios. Elsa se descontrai. Sente-se grata a Te Haha, seu professor, amigo deles. Sente-se grata pela pequena família que formaram. Lata de Biscoitos, que cresceu cinco centímetros nos últimos meses, está sentado ao lado da gaiola. Alice começa a oscilar o corpo com o cântico de Te Haha, perdendo-se na música. Quando dá a impressão de desaparecer, Lata de Biscoitos a olha assustado.

Elsa pega o colar da mesa e alisa os corações. Os grãos que vieram dar na praia e o coco na areia fazem-na pensar: as tabuinhas teriam sido feitas de madeira flutuante? De onde mais a madeira teria vindo?

"Elsa." Alice está de olhos cravados nela. "Esse colar é meu."

"É, Alice. Quer usar?"

"Quero." Alice se inclina por sobre a mesa e Elsa lhe põe o colar ao pescoço.

"Meu colar", diz Alice. "Meu."

Várias noites depois, eles estão jantando na praia. A oeste, a cor do céu é amarelo-claro e as nuvens parecem pérolas derretendo ao crepúsculo. O cheiro de fumaça, batatas-doces e carneiro assando invade o ar.

"Estive pensando", diz Elsa, tirando do forno de terra uma pilha de folhas de bananeira fumegantes, "em fazer uma visita à colônia de leprosos."

"Aos idosos?" Edward está sentado em seu caixote, folheando seu caderno de anotações. Tem escavado oito horas por dia; exausto, agora só fala na estenografia mais eficaz.

"Se os boatos estiverem corretos, há no mínimo três pessoas lá, velhas o suficiente para se lembrarem dos traficantes peruanos de escravos." Espeta uma batata-doce e sacode-a em cima de um prato de metal. "E Te Haha diz que há um homem lá que sabe escrever *rongorongo*."

"Leprosos? Escrever?"

"Bem, eu tenho que ver, não tenho? Não posso ignorar uma conversa com o único ilhéu que sobrou que é capaz de ler a escrita." Depois de todas as suas entrevistas, do amplo registro que fez do folclore da ilha, Elsa tem a sensação de estar perto, à beira de uma decifração pelo menos parcial. "Considerando a idade de algumas dessas pessoas, não seria sensato protelar isso."

"Sim. Está certíssimo, minha cara. Vá, sim."

Alice está sentada na areia, ao lado do caixote de Edward. "Certíssimo, minha cara", repete. "Vá, sim."

Edward lhe dá um tapinha na cabeça e ela sorri. Diante da barraca de Alice, Lata de Biscoitos chuta a areia, que atinge o forno de Elsa.

"Pare com isso, Lata de Biscoitos", diz Alice. "Ele está se comportando mal. Estão vendo? O Lata de Biscoitos está sendo levado. Vá brincar com o Pudding."

O garoto não gosta que Alice não lhe dê atenção. Não teve

permissão para chegar perto da escavação e foi instruído a vigiar Pudding. "O Lata de Biscoitos é só uma criança", disse Alice, "e arqueologia é para profissionais. Só gente grande é profissional." Isso o deixa aborrecido — até levemente zangado, pensa Elsa. Agora ele se recusa a executar suas danças noturnas, por mais que insistam. Mas, como uma resoluta sentinela, fica com eles, encostado numa barraca ou numa rocha, mastigando um biscoito ou uma banana. Às vezes desenrola o retrato que Alice fez dele, ergue-o na direção dela, como um lembrete do afeto que ela sentia por ele. Elsa sente pena do garoto; deve estar magoado. "Talvez", diz, virando-se para ele, "o Lata de Biscoitos queira vir comigo."

"Ótimo", diz Edward, sem erguer os olhos. Fala com neutralidade, e sua falta de preocupação — lepra, afinal de contas, é uma doença contagiosa — surpreende Elsa. Sabe que ele confia no seu julgamento ao arriscar uma visita para a investigação, mas não se preocupa com o garoto?

"Edward, você está bem?"

"Sim, ótimo, Elsa."

É evidente que a escavação lhe está drenando toda a energia. Talvez esteja velho demais para isso, para cavar todo dia sob sol forte. Quando começou, no inverno, o ar era fresco, os dias eram curtos. Agora a ilha está envolta em umidade. Mas ele não se queixa, nem admite, depois de todo este tempo, a possibilidade de que o trabalho seja árduo demais. Até desistiu de ir a Hanga Roa recuperar os objetos roubados. Um par de botas suas e outro dos livros de Darwin dela sumiram, mas ele se limitou a dizer: "O ciclo é interminável, Elsa. Poderíamos não fazer outra coisa senão procurar nossos pertences. Vamos concentrar os esforços nos estudos".

"Ótimo", diz Elsa, passando os pratos a Edward, Alice e Lata de Biscoitos.

"Você vai tomar as precauções necessárias?"

"É claro."

"Nada de contato físico. Nenhum contato com objetos que eles tenham tocado."

"Vamos tomar cuidado. Ele vai ser o meu assistente, para variar. Mas não vou deixar que se aproxime das pessoas."

"Seu assistente", murmura Alice. Mas há alguma coisa áspera no tom dela. Uma irritação nova. Soa como raiva contida, uma explosão sofreada.

Será que Alice está zangada com o coitado do Lata de Biscoitos?

Ao nascer do sol, partem pela costa meridional, cada um em seu cavalo. Elsa beijou Edward e Alice e prometeu estar de volta na hora do jantar. É sua primeira excursão só com o menino, e observa-o oscilar na sela, as pernas nuas sobre o dorso do cavalo, as mãos agarradas às rédeas. Mudou muito desde aquele primeiro dia em que os seguiu de Hanga Roa. Desde seu último surto de crescimento, o pescoço, sempre estreito para a cabeça, parece de girafa; os ombros se tornaram mais pontiagudos, como se os ossos estivessem crescendo rápido demais para a pele; e os olhos ganharam um brilho de solenidade, de algo que, para Elsa, parece sabedoria. É um observador, uma testemunha pequena e silenciosa do inexplicável. Ela se dá conta de que, como o vê todos os dias, não percebeu a mudança. Ele deve ter quase onze anos agora.

"Você é um bom amigo, *poki*", diz ela em *rapa nui*. *Poki* é criança.

Ele ri. Hoje parece excepcionalmente cheio de energia. Balança no colo a *kohau* de meio metro, e Elsa o olha de relance constantemente para ter certeza de que ele a segura com firmeza. Isso parece fazê-lo rir ainda mais.

"Você vai ter que esperar do lado de fora, sabe?", diz Elsa. "As pessoas que vamos visitar têm uma doença contagiosa, *aau, mmae, e? Papaku.* E você não vai chegar perto delas. Foi por isso que elas foram colocadas longe de todos os outros. Está entendendo? Não toque em ninguém nem em nada, senão vou ter que enfiar você num balde de bórax. *Beha! E!*" Balança a cabeça e põe a língua para fora, como uma assombração.

O garoto sorri, como sempre faz quando falam com ele. Elsa desconfia que ele compreende a maior parte do que lhe é dito, especialmente as admoestações em inglês. Mas, por algum motivo, não se dispõe a falar. Como se houvesse uma inteligência nele que não quisesse ser perturbada pela fachada das palavras.

Logo depois de Hanga Roa, tomam o rumo do interior e seguem uma trilha coberta de mato — ninguém visita a colônia. No alto de uma colina há um amontoado de pequenas cabanas. Reina o silêncio. Elsa corre os olhos ao redor, à procura de uma rocha ou um toco de madeira onde amarrar os cavalos, Lata de Biscoitos já desmontou e está levando seu cavalo para um pequeno poste de metal nas proximidades. Elsa vai atrás. Enquanto amarra a corda e sopra a areia da *kohau*, ouve os passos de Lata de Biscoitos, correndo colina acima.

"*Poki! Ka noho!*"

O menino olha para trás com um sorriso animado e inocente, e Elsa corre atrás dele, mas não antes de ele atirar uma pedra na entrada de uma das cabanas. Elsa o segura.

"*He aha koe, poki!* Você tem que me ouvir!"

Mas o menino continua sorrindo, solta o braço, enfia dois dedos na boca e dá um assobio seco e agudo.

"*Poki!*"

Elsa está prestes a arrastá-lo de volta colina abaixo, quando a voz de uma mulher chama: "*Luka?*".

Uma mulher ossuda, usando um casaco de homem e chapéu de feltro, surge na entrada escura. Os olhos pequenos e penetrantes dão com Lata de Biscoitos. Atrás dela aparece um homem, envolto num grosso cobertor de lã, o cabelo preto um emaranhado de cachos pendendo sobre a testa. Coxeia até junto da mulher e ficam ambos parados diante da cabana, sorrindo. Tocando-se de lado, um estende o braço esquerdo, o outro o direito, formando um semicírculo. Lata de Biscoitos, a vários metros deles, começa a rodopiar vertiginosamente, um tornado de emoção, e enquanto ele gira e gira o casal fecha os olhos e estreita o círculo, com os braços trêmulos, enlevado no abraço de seu Lata de Biscoitos querido e invisível, que rodopia loucamente no amor daqueles braços imaginados.

É claro, pensa Elsa. É claro.

Maria e Ngaara Tepano conhecem o homem do *rongorongo*, apontam para sua cabana, na extremidade da colônia, e levam-na até ele, Kasimiro. Elsa vai vários metros atrás do casal, ladeada por Lata de Biscoitos. Parece que o menino quer que os pais pensem que foi ele quem trouxe sua nova amiga para conhecer todo mundo. Aponta para ela, balança a cabeça em sinal de aprovação. Está exibindo-a.

Elsa olha para ele, para o rosado de suas bochechas, o brilho de seus olhos. Sente um estranho ciúme ao se dar conta de que o menino pertence a outros e sempre quis estar aqui, não no acampamento. Mas agora tem que fazer o papel da professora que elogia: "*Poki... riva riva*", grita aos pais. "Inteligente. Divertido. Uma grande ajuda para o nosso estudo." O casal, metros à frente, vira-se e sorri. Ao chegar à cabana de Kasimiro, os dois fazem sinal para que ela espere do lado de fora. Logo depois, Maria retorna.

"Você tem tabaco?", pergunta em *rapa nui*.

"Não aqui", responde Elsa, furiosa consigo mesma por ter esquecido o sistema de troca de presentes da ilha. Aquele homem talvez possua a chave para todas as tabuinhas; ela precisa agir com cuidado. "Mas posso trazer em outra ocasião."

Maria torna a desaparecer dentro da cabana, e quando sai de novo vem guiando Kasimiro, com Ngaara do outro lado. Uma das pernas do homem, mais fina do que a outra, pende sem vida enquanto o ajudam a avançar. Maria pega o cobertor de Ngaara e o estende na grama. Kasimiro, com o braço em torno do pescoço de Ngaara, deixa a perna manca cair no cobertor e depois dispõe a outra em torno dela. Sua pele é marrom-escura e flácida. Do crânio brotam-lhe mechas de cabelo grisalho. Olha para Elsa e depois vê a tabuinha no braço de Lata de Biscoitos.

"Ahhh! O *rongorongo*. É claro, é claro. Você quer ler. Não há problema. Mas eu tenho histórias, sabe? Histórias boas." Dá uma piscadela dramática. "Tive duas esposas e as duas tentaram me matar!" Os Tepanos balançam a cabeça. É evidente que ouviram essa história muitas vezes. Acomodam-se um de cada lado opostos de Kasimiro, de pernas cruzadas e mãos apoiadas no chão. Movem-se em uníssono, em simetria, como se, depois de terem vivido isolados por tanto tempo, tivessem se fundido num único ser.

"Primeiro", continua Kasimiro, "cada uma tentou me pegar sozinha, e depois se uniram. Mas eu fui mais esperto!"

Elsa mantém-se a vários metros, bem de frente para a borda do cobertor. Não tem certeza de como vai lidar com isso. Se der a ele a tabuinha para traduzir, já não será seguro tocá-la. E se ele na verdade não souber traduzir? Ela não pode se dar o luxo de sacrificar a *kohua* a um charlatão. Talvez possa só segurá-la diante dele.

Kasimiro olha para ela. "Não quer histórias?" Mas antes que Elsa possa responder, ele levanta as mãos. "Ahhh! Ótimo! Luka vai segurar a *kohua* ali, você vai me dar papel e caneta para escrever, vai ficar parada ali e fazer sua cópia do que eu escrever. Sim? Ótimo. Tome muito cuidado para não tocar em mim."

"Eu só..." O rubor cobre o rosto de Elsa.

"*Mâtake*", diz Kasimiro, "*riva, riva*." E lhe oferece um largo sorriso malicioso. *Tudo bem sentir medo.*

Ela faz sinal a Lata de Biscoitos para segurar a *kohau*. Puxa da bolsa várias folhas de papel, passa-as a Kasimiro, depois uma caneta e um vidro de tinta, que entrega a ele com o maior cuidado possível. Quando ele lhe estende a mão, ela nota seus dedos retorcidos. Ela hesita, mas nada em seus movimentos parece perturbá-lo ou surpreendê-lo.

Ele sorri novamente.

"Kasimiro, há quanto tempo você está aqui?"

"Há dez anos. Dez anos com esses malucos." Faz um gesto na direção dos Tepanos, que sorriem simultaneamente. Quando ele começa a garatujar, Elsa fica a uma pequena distância, forçando os olhos para ler. Das cabanas circundantes surgem umas dez ou doze pessoas. Estendem cobertores por perto para observar. Têm as pernas recobertas de feridas; por trás de uma massa de cabelo castanho fino e comprido, vê-se que uma mulher não tem nariz.

Elsa começa a escrever. Kasimiro rabisca e ela o acompanha. *He ngae-ngae te tumu i te tokerau*: As árvores balançam ao vento. Após vários minutos, ele diz a Lata de Biscoitos: "*Harui*", e o menino gira a tabuinha, erguendo a extremidade oposta. Kasimiro continua a rabiscar. *E ai no a te tumu*: Restou alguma árvore? A intervalos de poucos minutos repete a ordem de *harui* e torna a mergulhar no transe de escrever. *Ko ngaro'a ana e au e tu'u ro mai te pahi*: Eu soube que chegaria um barco.

Elsa de repente se lembra de uma palavra que lhe vem dos recessos da memória: bustrofédon — escrita em direções alternadas. O *rongorongo* seria assim?

Kasimiro continua, febril, e se detém apenas para olhar para a tabuinha ou para exorcizar uma tosse insistente. É o primeiro ilhéu a sugerir uma leitura especial da *kohau*. Em menos de uma hora, ela tem uma cópia da tradução dele. Mas seu prazer é temperado pela necessidade de verificar a autenticidade do texto.

"Kasimiro, eu estava pensando se você também poderia me fazer um dicionário. Num lado o sinal do *rongorongo* e no outro, a palavra em *rapa nui*."

Ele olha para ela, cansado. É meio-dia e o sol está quente. Ele coça o queixo com os dedos retorcidos. "Isto não basta? Não está bom?"

"Nós temos dezenas de *kohau*", diz ela. "São muitas, para trazermos todas aqui."

"Ah", diz ele, sem hesitar. "Você tem que trazê-las aqui, uma a uma, para Kasimiro. Vamos sentar aqui com cada uma delas. Sim. Todos nós, juntos, com nossa amiga inglesa." Dispara um sorriso e com um gesto amplo do braço indica os vizinhos. "Vamos tomar chá! Sim! E fumar!".

"Talvez eu possa trazer mais algumas *kohau*. Mas ainda seria melhor tentar fazer uma espécie de código." Parece imprudência apostar sua tradução na saúde dele. Mas tem de prometer outra visita, está vendo os olhos fundos dele implorando. "É claro que eu vou voltar. Ainda que seja só para dizer alô."

Mas a suspeita endurece o olhar dele. "Eu vou lhe fazer um código, mas não hoje. Está quente demais. Volte amanhã."

"Muito bem", diz Elsa. O que ela pode fazer? "Amanhã."

Lata de Biscoitos envia de longe uma revoada de adeuses, o anfitrião de pantomima dessa festa inusitada. E voltam a trote pelo litoral, Elsa avaliando as descobertas do dia. Finalmente uma tradução, um breve capítulo da história da ilha. A história da terra mesma, com árvores, aves e flores. *He ngae-ngae te tumu i te tokerau*: As árvores balançam ao vento. Hotu Matua descobriu a ilha luxuriante do sonho de Hau Maka, mas aí as *moai* travaram guerra contra a terra. Algum tipo de enigma. E há mais por vir. As outras *kohau* devem contar outras histórias, porque a combinação de glifos é diferente. Amanhã ela começará o código, e depois será capaz de decifrar o *rongorongo*. Só isso já bastaria para colocar a expedição deles na primeira página do *Spectator*. Só isso já poderia ser o seu livro! Não. Ela repele o pensamento. Há trabalho demais a fazer, muita coisa necessitando de verificação. Ainda assim, quer ao menos dar a notícia a Edward, que deve estar na pedreira.

Ela e Lata de Biscoitos tomam o rumo de Rano Raraku. O sol está a pino. Faz semanas que Elsa não visita o local de trabalho de Edward, semanas que não se senta entre as *moai*, imaginando o passado delas. Agora, com aquela pequena tradução, começa a conhecê-las melhor. Imagina o relato de sua criação, de seu transporte, talvez de seu fim. Mal pode esperar para dizer a Edward como eles foram tolos querendo saber como as estátuas foram deslocadas sem madeira. A tabuinha encerra a resposta: havia árvores na ilha.

Aproximando-se da base da pedreira, Elsa ouve Alice gritando lá em cima.

"Você tem uma garota bem difícil nas mãos", diz Elsa a Lata de Biscoitos, para arreliá-lo, quando param os cavalos. Mas o menino, que olha para a borda da cratera, está sério.

Elsa aponta para uma rocha onde podem amarrar os cavalos. Quando começam a subir, serpeando entre o labirinto de *moai*, Lata de Biscoitos avançando com hesitação, ela ouve Edward dar um grito agudo, algo como a palavra "não". Arrepanhando a saia, Elsa dispara na corrida. O mato alto arranha-lhe as pernas, seus pés deslocam várias pedras, e ao chegar ao alto ela é quase derrubada por Alice, que passa correndo na direção oposta. Elsa se equilibra e vê Edward abaixo, com um braço apoiado numa *moai*, arquejando de exaustão.

"Você se machucou?"

"Estou ótimo", responde ele, "ótimo."

"Parece exausto! Esteve correndo? Sente-se, Edward. Sabe que devia estar na sombra a uma hora destas. Não pode fazer isso com você. Não pode se cansar desse jeito. É ridículo. Eu tenho água no cavalo."

"Estou ótimo", diz ele, retomando o fôlego.

Elsa agora nota o silêncio da pedreira. "Onde estão os trabalhadores? Por favor, não me diga que estava tentando escavar sozinho!"

"Eles voltaram cedo para Hanga Roa", responde ele, examinando a paisagem. Dá com Alice, agachada na borda da cratera. "Por favor", chama-a.

"Alice não devia estar correndo a esta hora do dia. Vai ter insolação. Você sabe disso. Allie, meu bem, venha sentar aqui."

Mas Alice balança a cabeça, com os ombros tensos, e o rubor espalha-se por sua testa.

"Allie?"

Alice levanta-se e começa a descer pela face externa da cratera, arrastando os pés, soltando murmúrios e fragmentos de frases, como pétalas apanhadas pela brisa a flutuar até Elsa. *Beazley... Eu ajudo... Ah, não, é demais para Alice sozinha...*

"O que foi que a perturbou?", perguntou Elsa.

"Como é que eu posso saber? Talvez você a tenha assustado. Você disse que ia voltar na..."

"Por que ela está fugindo? Allie! E o que há de errado com você, Edward? Por que está me olhando desse jeito? A-li-ce!" Elsa está parada na borda, olhando para a irmã, embaixo. Alice está quase na base da colina, perto do cavalo amarrado. "Vou buscá-la."

"Você ficou louca, Elsa?", pergunta Edward, vermelho e beligerante. "Pelo amor de Deus! Acabou de voltar de uma colônia de leprosos! Vá se desinfetar!" Seu tom adquire algo de violento. "Vá!", diz e, sem se voltar, também desce a colina, atrás de Alice.

18.

Em maio de 1968, Thomas e Greer entregaram o apartamento em Madison, a chave do laboratório, despediram-se de amigos e colegas e mudaram-se para Massachusetts. Harvard tinha concedido a Thomas a cátedra Asa Gray no Departamento de Biologia. Mas ele ainda queria dar a mesma aula introdutória que dava em Wisconsin, acreditando ardorosamente na necessidade e na sua capacidade única de libertar os estudantes do romantismo científico. Ainda fazia um corte transversal na figueira estranguladora na segunda semana de aula e o discurso que Greer era capaz de recitar dormindo. (*A natureza nem sempre é bonita...*) Seu Projeto Magnólia agora era conhecido mundialmente e Harvard pagava um bom dinheiro por sua celebridade científica. Ele e Greer compraram um duplex em Cambridge, de onde iam a pé ao laboratório dele, e uma casa em Marblehead, onde passavam os fins de semana, os feriados e, quando podiam, os verões. Mas férias autênticas eram raras para eles. O trabalho ocupava demais a vida de ambos, de modo que improvisaram um laboratório no porão da casa, com geladeira, centrífuga, microscópio e ácidos. Greer, a quem só fora dado um cargo de assistente de pesquisa, percebeu que muito do seu trabalho podia ser feito ali. E preferia o porão às salas frias da universidade e ao movimento incessante em torno do novo laboratório de Thomas. *Professor Farraday, eu adoraria saber sobre a conferência de 53, como foi ser o pioneiro neste campo. Professor, eu me lembro de ter lido sobre seu trabalho quando estava na faculdade. Nunca sonhei que o conheceria, que dirá trabalhar com o senhor.* A celebridade de Thomas gerava uma energia de ansiedade no laboratório, com os novos pós-doutorandos e doutorandos competindo pela atenção dele. A camaradagem de Madison desaparecera. Assim, quando Thomas voltava para Cambridge, Greer costumava ficar em Marblehead para trabalhar.

Jo assumira como assistente de pesquisa na Universidade de Minnesota (*Não é Cuba*, escreveu, *mas ao menos é longe de Madison*), mas Bruce Hodges se mudara para o Leste com eles e se instalara no laboratório de Thomas como professor assistente e parceiro de pesquisa. Bruce estava muito animado por ter voltado para Harvard, onde muito de seus velhos amigos tinham se instalado.

Greer sentia saudade de Jo e, às vezes, tinha uma sensação de abandono com a saída da amiga de sua vida. Tinha poucos amigos no novo departamento. Não havia mulheres, e os homens a viam essencialmente como um conduto a Thomas, esperando que ela dissesse uma palavrinha em favor deles. Sua única amiga era Constante McAllister, uma pós-doutoranda em biologia marinha que conheceu um dia no banheiro. Desenvolveram uma agradável amizade de corredor, tomando um ou outro café no salão, deixando uma para a outra piadas presas com adesivo no espelho do banheiro — *Se você não é parte da solução, é parte da precipitação*, ou: *Quantos evolucionistas são necessários para trocar uma lâmpada? Um, mas leva seis milhões de anos*. Mas Constance era de Boston e passava a maior parte do tempo livre com a mãe e a tia excêntrica, de quem herdara o nome. Ou então desaparecia semanas a fio em Woods Hole, o que não deixava oportunidade para que a amizade se desenvolvesse.

Greer estava satisfeita de trabalhar basicamente em Marblehead: tinha seus livros, seu pólen, seu rádio, e quando Thomas voltava de Cambridge, tinha-o só para si.

Um pouco antes de partirem de Wisconsin, terminara a tese e agora tinha seu doutorado. O departamento, como prometera, não fez menção ao incidente, e ela, sem dificuldade, pôde mudar o tema para algo mais amplo: a biogeografia floral de massas terrestres isoladas. Se ela quisesse o diploma, não havia escolha. O único problema foi com Jo, que tinha lido o trabalho de Thomas poucas horas antes da reunião da banca. Quando se encontraram para jantar ao ar livre naquela noite, na rua State, Jo encarou-a por sobre a toalha xadrez da mesa, dando batidinhas com o garfo e esperando que Greer falasse.

"Olhe, é conveniente que eu deixe você dizer primeiro o que pensa", disse. "Mas, se não disser logo alguma coisa, vou ser obrigada a lhe dar a minha opinião."

Greer respirou fundo. "Não sei o que pensar."

"Muito bem." Jo pousou o garfo. "Quer saber o que eu penso? Tenho a sua permissão para falar livremente?"

"Jo, você sempre pode falar livremente."

"Bem, então prepare-se, porque eu vou mandar bala. Você entende, não entende, que o seu maridinho, o seu querido Nabo-da-índia, usou o seu trabalho e o publicou como se fosse dele numa revista nacional. Ele arruinou a sua tese, humilhou você diante dos seus colegas e conseguiu que você fizesse o trabalho pesado dele, impecavelmente, durante cinco anos, enquanto ele viajava pelo país inteiro fazendo-se de cientista figurão."

Greer firmou as mãos na mesa. "Ninguém na posição dele faz o trabalho pesado. Todos têm assistentes de laboratório." Sabia que estava soando defensiva.

"Nem todos têm você como assistente de laboratório. Nem todos têm o seu trabalho. Meu Deus, Greer. Por favor, diga que você está zangada, diga que está furiosa, senão eu... eu vou ter que lhe dar uma bofetada."

Mas havia algo de bom na raiva de Jo. Cada passo que Jo subia na direção da fúria, Greer sentia que descia em direção à calma. "Eu estou chateada."

"Chateada?" Os olhos de Jo viajaram pelas mesas vizinhas em desespero. "Alguém me traga os meus sais. Você", e arqueou as sobrancelhas, "está inconsciente."

"Não é tão simples quanto você pensa. Faz horas que estou repassando isso na minha cabeça. É complicado."

"Eu é que sou ignorante, então. Eu não vejo complicação alguma."

"Jo, Thomas e eu trabalhamos juntos há cinco anos. Eu venho coletando dados para ele, no laboratório *dele*, há cinco anos. Usei esses dados para a minha tese, os mesmos que eu sabia que ele estava usando. Eu devia ter me dado conta."

"Os dados não interessam. É a análise. A equação. Isso não é propriedade compartilhada."

"Eu sei. Mas nós conversávamos sobre essas coisas. Dispersão através da água. Patamares de população de magnólias, populações de besouros, o lapso de tempo. Tudo isso."

"Então você conversava com ele sobre a sua tese."

"O problema é que fica difícil saber o que é meu e o que é dele. Ele tinha idéias, eu tinha idéias, nós conversávamos sobre elas. Pelo amor de Deus, ele me pediu que lesse o texto dele. Como é que vou saber quem tomou emprestado de quem?"

"Você está realmente se fazendo essa pergunta?"

De repente Greer sentiu-se cansada. Tinha esgotado sua pequena reserva de argumentos e era evidente que não conseguiria diminuir a raiva de Jo. Tinha vontade agora de que Jo tivesse estado presente a todas aquelas conversas. Aí ela entenderia por que não era fácil. Pensou em pedir a Jo que simplesmente a deixasse em paz, mas sabia que a amiga tomaria isso como uma admissão. Por fim, respondeu: "Estou, estou realmente me fazendo essa pergunta".

"Desculpe, mas você parece atolada num pântano de negação."

"Tenho certeza de que é assim que parece a você."

"Você esquece que eu trabalho naquele laboratório, que eu conheço a pesquisa de Thomas e que li a sua tese. Uma coisa eu lhe digo: você pode negar o que aconteceu tanto quanto quiser, mas eu sei, e não vou ficar calada."

"Jo, quem tem que lidar com isso sou eu."

"Mas não está lidando."

"Você não estava lá. Não acompanhou nossas conversas. Eu sei que você está tentando me proteger, mas..." Greer olhou para Jo, que estava inclinada na sua direção por sobre a mesa, de olhos vermelhos. O que havia no rosto dela? Greer não queria se aproximar de uma coisa da qual jamais poderia recuar, mas Jo não estivera sempre à espera de que Thomas estragasse tudo? Jamais gostara dele, recusava-se a gostar. "Jo, você está sendo tendenciosa."

"Então deixe uma comissão decidir. Deixe um grupo objetivo de estranhos avaliar a situação."

A isso as mãos de Greer ergueram-se de repente e derrubaram seu copo de água. "Que grupo objetivo de estranhos? O professor Jenks? Já não ficou completamente claro para você que nem em um milhão de anos alguém acreditaria que Thomas tomou emprestado de mim um sinal de pontuação que seja?" Deixou o copo tombado de lado, a água escorrendo pela mesa e pingando no seu colo. "Em nenhum momento alguém duvidou de que *eu* tivesse usado as idéias *dele*."

"O que não significa que isso não devesse ser uma pergunta na sua mente. Ou uma certeza. Meu Deus, Greer!"

O garçom apareceu nesse momento, lento e cauteloso, obviamente ciente de que as clientes estavam em meio a uma discussão acalorada. Em silêncio, levantou o copo de Greer e passou uma toalha grossa sobre a mesa. Perguntou se tinham decidido sobre o jantar.

"Lasanha", respondeu Greer, sem erguer os olhos.

"A mesma coisa", disse Jo. "E uma garrafa de vinho tinto."

"Temos um Chianti..."

"Qualquer um", disse Greer. Desdobrou o guardanapo e tentou se enxugar. Esfregou a saia, contente de ocupar as mãos, e tentou evitar o olhar de Jo.

"Sabe, nós devíamos estar celebrando hoje." A voz de Jo soou distante, como se estivesse lutando para chegar a ela através de um emaranhado de linhas telefônicas. "Devíamos estar pedindo champanhe. Você merece champanhe, Greer. O melhor do mundo. Realmente merece." Greer largou o guardanapo e levantou a cabeça. Os olhos de Jo, marejados de lágrimas, agora fixavam-se na toalha de mesa. "Merda."

"Não, Jo, por favor."

"Desculpe." Com as costas da mão, Jo enxugou os olhos bruscamente. "Você simplesmente não sabe como eu gosto de você. Como isso me arrasa."

"Eu sei", disse Greer. E depois, hesitante: "Acho que sei como você se sente".

"Sabe? Sabe mesmo?"

"Sei, Jo. Acho que eu sempre soube. Mas..."

"Você ama um homem que rouba a sua tese. E aqui estou eu, pronta para fazer qualquer coisa por você, e... bom, que porra de mundo!"

"Ele não plagiou, Jo. Você tem que compreender." Foi bom dizer isso. Acalmou-a. "Ele não plagiou."

Jo balançou a cabeça. "Só quero saber o que você vai dizer a ele quando ele voltar. 'Parabéns pelo seu artigo, meu bem?' É. Parabéns", cuspiu ela, "deixe eu lhe dar um beijo enorme."

"Jo."

"Deixe-me ver se posso lhe dar mais cinco anos da minha vida e do meu trabalho para que você tenha seu nome impresso na *Nature*." Jo olhava para longe, falando consigo mesma agora.

"Pare, Jo, eu não..."

"Porque farei qualquer coisa que meu marido pedir? Porque sou apenas uma mulherzinha estúpida?"

"Jo!" Greer quase gritou. As pessoas nas mesas próximas viraram-se para encarar as duas, vestidas para uma celebração e descabeladas de raiva.

Jo levantou-se. "Desculpe, Greer. Não posso ajudá-la neste momento. Eu vou embora."

"Você tem que confiar em mim."

"Eu sei."

"Eu vou falar com ele."

"Ótimo", disse Jo, dobrando seu guardanapo em quadrados pequenos e pousando-o com cuidado sobre a mesa. Endireitou o garfo, empurrou o copo de água para a posição original e enfiou a cadeira embaixo da mesa. Depois olhou para o lugar onde estivera sentada e assentiu lentamente, como que satisfeita, ou entristecida, pela facilidade com que apagara todos os vestígios de si mesma. À luz azulada do poste, pareceu mais pálida do que de hábito, quase doente. "Você estaria melhor com Castro", disse.

Greer não conseguia olhar para ela. "Eu teria ido para Cuba com você." Queria que suas palavras fossem meigas, mas sabia que soaram como um encerramento. "Jo", disse, como se chamasse um navio no horizonte, tão distante que ela só pensou em sussurrar.

Jo virou-se e subiu lentamente a rua State, e Greer ficou olhando a melhor amiga desaparecer num mar de estranhos.

A verdade é que Greer não acreditava exatamente em tudo o que dissera a Jo. Não que tivesse tentado mentir, mas precisara fazer o papel de advogado do diabo e ver quão bem o diabo se saía. A reunião com a banca ainda parecia um pesadelo do qual ela estava esperando para acordar. Releu sua tese, releu o artigo de Thomas, andou pelo laboratório repassando mentalmente as conversas deles, e no final chegou apenas a isto: Thomas não podia ter *roubado* a equação dela. Não teria sugerido que ela lesse o artigo dele, caso estivesse *escondendo* alguma coisa. A história toda era simplesmente uma coincidência terrível.

"Meu Deus, Lily! Não consigo acreditar que Jenks tenha dito isso, insinuado isso. Vou telefonar para ele agora mesmo."

"Thomas, falar com ele não vai fazer diferença. Não quero que ele retire o que disse. O que Jenks e toda a banca pensam está claríssimo, independentemente de você os forçar a se retratarem."

Ele voltara da conferência em Harvard, pusera a mala no quarto e imediatamente tirara uma garrafa de champanhe da geladeira. "Para a minha mulher, só o melhor borbulhante de dióxido de carbono fermentado duas vezes."

Greer tirou-lhe a garrafa da mão, acomodou-se no sofá e contou a história da entrevista com a banca.

Thomas agora andava de um lado para outro na sala de estar. "Eles obviamente não entendem o que acontece quando duas pessoas trabalham com os mesmos dados. O número de caminhos que a mente pode seguir é limitado."

"Foi o que aconteceu?"

"Pelo amor de Deus, Lily, eu confio em você!"

"É *essa* a questão?"

"Eu sei que você nunca tomaria emprestado intencionalmente o meu trabalho ou o trabalho de ninguém. É isso o que quero dizer a Jenks."

"Não é isso o que eu estou perguntando."

Ele parou. "O que é que você *está* perguntando?"

"O que você acha que eu estou perguntando, Thomas?" Ela treinara isso mil vezes. Fique calma, dissera a si mesma, não acuse. É claro que ele não roubara o trabalho dela; mas ela precisava de alguma explicação. As palavras vieram lentamente: "Você sabe, você leu a minha tese".

"Meu Deus, Lily! Você não está pensando nem por um momento... Converse com Bruce, olhe as minhas anotações! Faz mais de um ano que estamos brincando com a idéia de equações, bem antes de eu ter sequer olhado a sua tese."

"Excelente", disse Greer. "Vou falar com Bruce. Problema", levantou as mãos dramaticamente, "resolvido."

"Lily, vamos continuar concentrados."

"Está bem, concentre-se, então." Virou-se para ele. "Você estava trabalhando em equações sobre dispersão antes de eu lhe dizer no que eu estava trabalhando?"

"Lily, não se lembra? Fui eu que lhe disse o que olhar. Eu era e ainda sou seu professor, pelo amor de Deus! Seu orientador. A opção foi sua. Você me procurou, você precisava de orientação, e eu lhe dei."

"Eu não *precisava* de orientação, Thomas. Eu o procurei, não como meu professor nem como meu colega, mas como meu marido, para compartilhar meu trabalho com você."

"*Seu trabalho?*" As palavras saíram em tom alto demais, e cada uma delas soou como um sino de desdém. "Lily, eu a amo profundamente, você sabe disso, mas, por favor: o Projeto Magnólia era e é meu. E eu não poderia estar mais satisfeito por ter você no laboratório, mas não se trata exatamente de trabalho seu."

Por que, então, ela trabalhava mais e por mais tempo do que ele e Bruce para obter resultados? "Não acredito em você."

"Lily, estou lhe dizendo a verdade. Eu a respeito o suficiente para ser honesto com você. Quer que eu lhe faça as vontades? Quer que eu seja condescendente e finja que você tem seu próprio projeto? Seu próprio laboratório?"

Ela o ouvira adotar esse tom com colegas, em conferências, mas com ela, nunca. Estava perplexa.

"Sou uma candidata a doutorado, Thomas. Não me cabe ter um laboratório próprio." Até aquele momento, em que tremia de raiva, não tinha percebido como era forte a necessidade que sentia da aprovação dele, como queria sua aprovação desde o começo. "Mas, sim, eu tenho meu próprio trabalho. Ou teria, se não tivesse gastado todo aquele maldito tempo tentando garantir que ninguém no mundo encontrasse um grão de pólen mais antigo do que os seus."

"Lily." Ele se aproximou e pousou a mão na cabeça dela.

"O quê?", retrucou ela, brusca.

"Lil, por favor. Você imagina que não sei como você trabalhou ou que não reconheço isso, e está enganada. Reconheço e agradeço o que você fez. Mas, mais importante do que isso, do que o laboratório e os dados, é que eu a amo. Você é minha mulher, minha família. Você é a única vida que eu tenho ou jamais tive. Não pode esquecer disso. Você sabe o que isso significa para mim."

Pronto. Finalmente. As palavras foram como um encantamento, um cântico antigo que, para Greer, sempre eliminaria o transe de raiva mais longo. "Você é a minha vida também, Thomas. É por isso que uma coisa como esta não é apenas um pesadelo profissional." Sentiu que se descontraía. Tinham viajado até a fúria e agora, após um longo trajeto, estavam voltando para casa, para a gentileza. "Abala a base de tudo."

"Olhe, vai dar tudo certo." Ele sentou ao lado dela e tomou-a nos braços. "Vamos cuidar disso." Começou a embalá-la. "Vai dar tudo certo."

"Eu só não entendo como você não previu isto. Você leu a minha tese."

"Foi uma época muito ocupada."

Talvez ela estivesse simplesmente enlouquecendo. Esfregou o rosto e tentou lembrar. Era ela a ladra, então? O trabalho, as idéias dele a teriam fascinado tanto que teriam permeado seus próprios trabalhos e idéias?

Greer afundou mais nas almofadas do sofá; tinha a sensação de que poderia permanecer ali para sempre. "Não consigo acreditar que isto tenha acontecido. Não consigo acreditar que tenho que andar por esses corredores passando por gente que acha que sou uma plagiadora." Fechou os olhos.

"Bem, você não tem que andar por esses corredores se não quiser."

Greer olhou-o, cansada.

"Harvard. Ofereceram-me uma cátedra."

No inverno de 1969, em Harvard, Thomas concluiu que tinha reunido provas suficientes para anunciar formalmente uma nova descoberta. Depois de examinar mais de quinhentas amostras de argila xistosa, pedaços de carvão e de arenito do mundo inteiro, o pólen de angiosperma mais antigo era sempre o da magnólia cretácea. A equipe do laboratório juntou os dados de sete anos e Thomas anunciou em público: as magnólias, declarou, eram as primeiras flores.

Mas, por volta dessa época, vários outros cientistas se uniram em busca da primeira angiosperma. Um botânico da Universidade da Califórnia e um geólogo de Oxford começaram a pesquisar magnólias antigas, levando a investigação de Thomas um passo adiante. Aceitaram a descoberta de Thomas de que a família das magnólias surgira primeiro. Mas estavam fazendo novas perguntas: que *espécie* de magnólia surgira primeiro, quando e onde? Dois nomes — Gerald Beckett Lewis e Jonathan Cartwright — foram mencionados em quase toda a cobertura de imprensa do anúncio de Thomas. Se a foto de Thomas era publicada, as deles também eram. Porque a mídia tinha gerado sua própria pergunta: qual deste homens encontrará a primeira flor?

Antes que Thomas pudesse apresentar formalmente o seu artigo, estava em andamento a caça à amostra mais antiga de pólen de magnólia. Ele sempre suspeitara que podia haver pólen de angiospermas em rochas do início do período cretáceo ou talvez anteriores, e agora era preciso encontrá-lo. Os esforços do laboratório inteiro concentraram-se nisso. Durante seis meses toda a equipe examinou rochas ainda mais velhas da América do Norte, mas inutilmente.

Aí, em novembro de 1970, a situação piorou: Bruce Hodges voltou de uma viagem a Londres, contando que corria o boato de que Cartwright tinha uma espécie pré-cretácea e esperava divulgar a notícia na primavera. Thomas e o laboratório foram tomados de pânico. Ele trouxe mais três candidatos a doutor para analisar dados. O que restava da verba para o projeto foi usado para enviar à Europa os pós-graduandos Lars Van Delek e Preston Brooks, para buscar amostras de rochas pré-cretáceas.

Apesar dos novos pesquisadores e do fervor da busca, a atmosfera no laboratório se tornou estranhamente sombria. Quanto mais gente e amostras, menos entusiasmo havia. Para Greer, era como trabalhar numa linha de montagem. Horas limpando e analisando cada amostra para responder com sim ou não a uma simples pergunta: há pólen de angiosperma aqui? A resposta, claro, era sempre não. Não se aprendia nada, não se redefinia nenhuma hipótese. À amostra seguinte.

Thomas já não parava para dar uma olhada no microscópio dela. Não havia caminhadas na estufa. Greer almoçava sozinha, ou com Constance McAllister, quando ela estava por ali, porque Thomas andava assediado demais para ter intervalos maiores de dez minutos.

Greer tentou se afastar daquilo tudo, voltando para o laboratório em Marblehead e para sua própria pesquisa. Fazia pouca diferença se seu pólen era antigo ou o mais antigo. O que a interessava era como o pólen se movia, por que se movia, como o impulso de vida se manifestava na natureza. E como o departamento de Harvard não lhe oferecia espaço para promoção — mulheres não podiam avançar além de assistentes de pesquisa —, ela achava que tinha o direito de oferecer a Harvard, e a Thomas, um pouco menos de si mesma.

Usou as restrições de Harvard às mulheres para justificar seu afastamento. Afinal de contas, não podia dizer a Thomas que o projeto a entediava, nem que a agitação no laboratório estava prejudicando todo mundo, inclusive ele.

"Lil, as mulheres ainda nem têm permissão para usar os telescópios em monte Wilson e no observatório de Palomar", lembrava-a ele. "A botânica está anos à frente das outras ciências. Você tem todo o equipamento de que precisa para seu trabalho. Se precisar de alguma coisa, diga-me e eu obtenho para você. Qualquer coisa. Ninguém está fechando portas para a sua capacidade de fazer aquilo de que gosta."

Greer sabia que as pessoas iam comentar. Iam se queixar da sua posição "especial" no laboratório, mas já não ligava. Se jamais ia se tornar uma catedrática ou mesmo uma professora assistente, por que não ser a reservada esposa do famoso Thomas Farraday? O que importava era que pudesse trabalhar com ciência.

Ficara intrigada com biogeografia insular, uma teoria nova apresentada numa monografia de 1967 por Robert MacArthur e Edward Wilson. O prefácio do livro afirmava o que, para Greer, parecia uma verdade incontestável: "*Devido a sua própria multiplicidade e variação em forma, tamanho, grau de isolamento e ecologia, as ilhas fornecem as necessárias réplicas em 'experimentos' naturais com os quais é possível testar hipóteses evolucionárias*".

Em 1963, ao largo da costa da Islândia, uma erupção vulcânica no fundo do oceano criara a ilha de Surtsey. Em 1968, cessado o fluxo de lava, uma expedição preliminar aventurou-se até lá, e Greer, enquanto empacotava a vida em Wisconsin e desempacotava em Massachusetts, procurara avidamente notícias de Surtsey. A equipe acabou divulgando um relatório, documentando musgos, liquens e quatro espécies novas de plantas na ilha. Mas a flora ainda era jovem, e na comunidade científica falava-se de outra expedição, a que Greer ficou atenta. Explorar uma ilha recém-nascida seria ideal. Afinal de contas, Cracatoa fora inestimável para os botânicos do século XIX. Mas era difícil chegar a Surtsey, e pesquisa dependia de uma equipe formal e organizada. Ela teria de esperar. Aí, uma manhã, viu na seção de viagens o anúncio dos vôos da Lan Chile para a ilha de Páscoa. A semelhança pareceu perfeita.

"Thomas, o que você sabe sobre a ilha de Páscoa?"

"Estátuas grandes", disse ele, meio distraído. Estava relendo um artigo de Jonathan Cartwright numa revista. Deu uma mordida na torrada, virou uma página. "Supostamente deixadas na ilha por extraterrestres. Dizem que ela talvez até seja o continente perdido da Atlântida. Um ninho de teorias científicas, como você vê."

"Há um vôo para lá agora. De Santiago."

"É longe."

"Uns quatro mil quilômetros de Santiago. Mas é isso o que eu acho interessante. A distância. Daria um estudo de biota perfeito."

"Daria", disse ele, embora fosse óbvio que estava com a mente em outro lugar. Depois que recebera a notícia sobre o pólen de Jonathan Cartwright, Thomas cancelara a maioria das viagens e simpósios e passava todo o seu tempo no laboratório. E depois que um dos novos estudantes foi embora, optando por outro orientador, Thomas ficou ainda mais tenso. "O quê? Ele não acha que vamos encontrar?", arengou com Greer pelo telefone uma noite. "A gente simplesmente não desiste de uma oportunidade como esta. Afinal de contas, eu praticamente fundei o maldito campo!" Agora Thomas ficava a maior parte da semana em Cambridge; nas poucas noites que passava em Marblehead, se faziam amor, era às pressas, mecanicamente, e logo ele estava de roupão, de volta à escrivaninha, examinando dados do laboratório. Aquele era o primeiro domingo em mais de um mês que Thomas passava em casa.

"A ilha de Páscoa seria ótima para trabalho de campo", disse Greer.

"Tenho certeza."

"Mas custaria caro."

Thomas pousou a revista. "Você não está realmente pensando em ir, está?"

"Claro que estou. Biogeografia insular? Ilha de Páscoa? É tudo em que venho trabalhando na dispersão pela água."

Ele deu a impressão de estar pensando no assunto. "E quando você gostaria de ir?"

"Ainda não pensei nisso."

"Acho uma boa idéia. Um local excelente para pesquisa. E ninguém é mais qualificado do que você, ninguém faria um trabalho melhor." Fez uma pausa. "Mas esta é mesmo a melhor época?"

"Como assim? Por causa do tempo nesta época do ano? De distúrbios políticos inexistentes? Ou por causa do seu trabalho?"

"Você está com raiva de mim."

"Eu mal o vejo, portanto não estou exatamente com raiva. Estou frustrada, acho. E só quero um esclarecimento. Você espera que eu não vá, não porque queira a minha companhia, mas por causa do *seu* trabalho, não é isso? A magnólia. O laboratório. Thomas, se você precisa de mim aqui ou se me quer aqui, diga. Diga qualquer coisa para que possamos ter uma conversa normal sem livros abertos nem lâminas de microscópio à nossa frente."

"Eu sempre preciso de você aqui, Lily. Você é meu melhor pesquisador."

"Não diga ao Bruce."

"Eu *disse* ao Bruce. E quer saber de uma coisa? Ele não gostou nem um pouco de ouvir isso. Ficou com raiva, mas ele que lide com a própria raiva. Lil, *existem* áreas cinzentas na vida. Complexidades. Bruce é o número um no laboratório? É. É o melhor? Não. Isso é justo? Não. A culpa é minha? Não. E você não pode continuar me responsabilizando pessoalmente por um sistema social de discriminação sexual."

"Eu só o responsabilizo pelas suas escolhas."

"As escolhas de Harvard. Lil, não vivemos num mundo ideal, mas está melhorando. Por que não se concentrar nas oportunidades que você tem e não nas que não tem?"

Era verdade. A queixa dela, a exaustão dele — estavam lendo um roteiro antigo e ambos sabiam o final de cor. Desta vez, porém, ela tinha um trunfo e estava disposta a usá-lo.

"Uma proposta simples, Thomas. Se eu fizer o trabalho, e fizer mais, como você sabe que farei, quero meu nome ao lado do de Bruce como co-autora. É só. Você é o manda-chuva do departamento. Use a sua influência."

"Lily, eu nunca tentei retê-la. Tenho sido o seu defensor número um."

"Não preciso de que você seja o meu defensor. Só quero crédito, no papel. Alguma coisa que eu possa usar para tentar obter minha própria verba, meu próprio trabalho. Temos um trato?"

"Temos. Só precisamos achar um grão de pólen de angiosperma pré-cretácea."

"Meu Deus, Thomas, estamos falando de agulhas e palheiros!"

"Nem mesmo de palheiros. De pastos."

"Só quero que você saiba que acho o seu trabalho importante, não interessa quem venha a descobrir a mais antiga semente de planta florífera do mundo. Esse projeto é simplesmente grande demais, importante demais, para se reduzir a uma interpretação excessivamente minuciosa de datação argônio-argônio."

"Infelizmente, o resto da comunidade científica não pensa assim."

"Eu sei." Ela pousou a mão sobre a dele. "Ouça. Não se preocupe. Nós vamos achá-lo."

Assim, o sonho com a ilha de Páscoa foi posto de lado e ela voltou para Cambridge por seis meses. Trabalhava no laboratório lotado dez horas por dia, novamente ao lado de Bruce Hodges, que a essa altura estava ciente de que ela queria o seu cargo. Qual gigante adormecido, o eu futebolístico dele despertou, trazendo de volta à vida uma competitividade grosseira; ele franzia a testa, arreliava e, de vez em quando, quando queria realmente incomodá-la, dizia: "E então, como vai aquela sua velha amiga? Qual é o nome dela? Jo? Isso. Vocês eram muito íntimas... Sabia, Greer, que noventa por cento de todas as angiospermas têm flores bissexuais?".

"Vá para o inferno, Bruce."

Na verdade, desde o cartão-postal informando sobre o novo emprego na Universidade de Minnesota, Greer não tivera mais notícias de Jo. Depois do último jantar das duas, Jo deixara o laboratório de Thomas para trabalhar brevemente com o professor Jenks. Em seguida se mudara para Minnesota, sem se despedir. Uma vez ou outra Greer pensava em lhe escrever falando da casa em Marblehead e do laboratório, mas não achava que Jo quisesse notícias suas e sabia que ela ficaria desapontada com sua vida com Thomas. Escreveria quando o novo artigo fosse publicado, com Greer como co-autora. A idéia a fez sorrir. A fé que Jo depositava nela e que durante tanto tempo Greer aceitara com naturalidade talvez se reafirmasse.

Greer voltou à contagem e ao exame de sementes. Ao lado do microscópio mantinha um vidro de aspirina, uma garrafa de água quente e um tubo de Ben-Gay, que esfregava no pescoço a cada duas horas. Apesar das alfinetadas de Bruce, apesar da agitação, acabou se desenvolvendo certa camaradagem no laboratório. Todos passavam tantas horas juntos, executando tarefas tão entediantes até tarde da noite, que do lago do desencanto emergiu amizade afinal.

Bruce estava ganhando peso devido à inatividade da vida no laboratório, e a gordura parecia torná-lo mais amigável. Era como se só tivesse espaço para um inimigo por vez, e o inimigo agora era a gordura. Aí ele começou o que só podia ser interpretado como um "projeto" de flertar com Greer, ziguezagueando pelo laboratório com um sorriso travesso para olhar as amostras dela. Para Greer, essa nova cordialidade, embora forçada, pelo menos era preferível ao antagonismo. Uma noite, quando só estavam os dois no laboratório, ele se aproximou da bancada dela.

"E aí, Greer?"

"Hodges, não vou nem levantar os olhos. Tenho mais três amostras para contar antes de poder sair daqui e estou morta de cansada."

"Você é como uma Rosie, the Reviter,* da palinologia. Greer, a Contadora de Sementes."

"Duas opções: ajude ou cale a boca."

"Sabe, você sempre trabalhou duro. Mesmo em Wisconsin."

"Sei. Passe o terceiro tubo de teste da esquerda para a direita. E ponha esta lâmina no estojo."

Trocaram objetos, ele puxou o banco ao lado dela e sentou. "Eu li a sua tese, sabe?"

Greer ergueu os olhos.

"A primeira", continuou ele, com uma expressão séria. "E fiquei pensando se você achou que Thomas foi influenciado..."

"Não, Bruce. De maneira alguma."

"Porque foi esquisito."

"Foi uma situação inusitada. Nós devíamos ter tomado mais cuidado, só isso. Você estava lá. Você sabe como as pessoas topam com descobertas, como é difícil determinar a origem exata de uma idéia."

"Sei?"

Em março, três candidatos a doutor retornaram do Sudeste Asiático com uma dúzia de amostras. Pareceu Natal quando chegaram. Com muito entusiasmo no laboratório, cada rocha foi desembrulhada e admirada. Thomas dividiu as amostras entre os assistentes, e no dia seguinte foram todos trabalhar. Greer tinha uma amostra pré-cretácea do arquipélago malaio, o que parecia um presságio maravilhoso. Malásia — o lugar onde, quase um século antes, Wallace tinha topado com seleção natural. Ela dissolvia, lavava, centrifugava e examinava até tarde da noite, e ge-

* Literalmente, "Rosie, a Rebitadeira", símbolo de todas as mulheres que, durante a Segunda Guerra Mundial, atenderam ao apelo do governo norte-americano para trabalhar na indústria pesada. (N. T.)

ralmente era a última a sair do laboratório. Encontrou um sem-fim de pólen de gimnospermas — nogueiras-do-japão, cicadáceas —, encontrou esporos de samambaias, mas nada semelhante a pólen de magnólias. Por fim, uma manhã, recurvada sobre o microscópio, seu pescoço começou a se contrair.

"Thomas", chamou. O zumbido de lâminas mudando de lugar e de contadores ticando cessou. Todos olharam em sua direção. Thomas, porém, não tinha se movido. "Meu Deus, Thomas." Ela ouviu a dor na própria voz. Ele levantou-se imediatamente. "Não consigo mexer o pescoço."

"Fique parada aqui. Lars, pegue a cama de campanha no salão e uns travesseiros. Tudo bem", disse Thomas, ao lado dela agora. "Eu vou tocar a sua nuca."

"Ah, maldição!" A dor era terrível, um fio elétrico descarregando a corrente no corpo.

"Está bem, não vou tocá-la. Bruce, chame uma ambulância."

"Tenho certeza de que vai passar num segundo", disse ela. "Veio tão rápido. Todo mundo pode voltar ao que estava fazendo. Ficar me olhando não vai ajudar em nada."

"Bem, está me ajudando", disse Bruce.

"Cale a boca, Hodges", disse ela.

"Não, verdade. Quem acha que Greer sentindo dor é mais interessante do que pólen? Levantem a mão!"

Greer não conseguiu deixar de rir — mas até isso doeu.

"Eu sei que não dá para você ver as nossas mãos, Greer, mas eu lhe digo que a vitória é esmagadora."

"Imbecil!", disse Greer.

"Pentelha."

"Sabem", suspirou Thomas, "às vezes eu me sinto como um professor de escola primária."

Tentaram manter o riso até a chegada da ambulância, quando Greer foi posta numa maca. Thomas acompanhou-a ao hospital, onde tiveram de esperar uma hora por um médico. Thomas se enfureceu. Estava com o avental do laboratório, despenteado, aparentando mais idade na luz forte da sala de exames. "Será que existe um sentido alternativo para a palavra *emergência*?"

"Doutor Farraday!", exclamou o médico afinal, arregalando os olhos na direção de Thomas. "Uau. Eu não tinha me dado conta. Estamos com falta de pessoal aqui, como sempre. Cambridge tem um número surpreendente de..."

"Não fale. Ajude. Minha mulher não consegue mover o pescoço. Está com uma dor muito forte. Resolva isso."

"Sim, senhor."

Greer recebeu a ordem de ficar duas semanas na cama com um suporte para o pescoço, recebeu dois vidros de analgésicos e a instrução de evitar todos os microscópios por no mínimo um mês. "Se ficar muito agitada", disse o médico, "nós temos uns aparelhos muito eficazes para segurar um livro na altura adequada para leitura sem que se precise mover o pescoço. São muito populares entre nossos pacientes com problemas no pescoço e nas costas."

"Engenhoso", observou ela, nada animada.

"Seria de pensar", disse Thomas, quando ela estava confortavelmente instalada no quarto em Marblehead e ele já tinha telefonado para conferir as coisas no laboratório, "que, com um marido vinte anos mais velho, se um de nós começasse a pifar, seria eu. E aí está você, minha jovem e linda esposa, toda aninhada como uma inválida." Puxou o acolchoado de patchwork até o peito dela e prendeu-o sob seus braços.

"Obrigada por me lembrar disso."

"Não se preocupe. Serei a sua Florence Nightingale."

"Acho que essa Florence está precisando fazer a barba."

"Mas é devotada a apenas uma paciente, uma prisioneira na minha cama."

"Me dê aquele suporte para livro, rápido."

"Minha cara, eu a entreterei!"

"Thomas, você está parecendo muito agitado. Drogado até." Greer ergueu o vidro de analgésicos e examinou-o contra a luz. "Fico assustada de ver como a minha incapacitação o deixa feliz. Nem posso imaginar o júbilo que veria se eu tivesse uma doença terminal."

"Que palavras cruéis." Beijou-a na testa, nas orelhas, depois deu um beijo grande e cheio de energia no suporte do pescoço.

"Francamente, Thomas." Após meses de rabugice, fadiga e ansiedade, o comportamento dele era surpreendente. "Nem parece você."

"Um homem não pode adorar a própria esposa?"

"Claro que pode. Mas tenho a impressão de que este homem não vai estar fazendo muita adoração hoje à noite. Desconfio que ele vai voltar para o laboratório ao anoitecer."

"Em espírito, estarei adorando você."

"É claro."

"Não está zangada?"

"Não."

"Frustrada?"

"Resignada. O que não é necessariamente ruim."

"Lembre-se de que eu a amo. Você é o amor da minha vida."

"Em língua de Thomas, acho que isso quer dizer 'Quero voltar para o laboratório imediatamente'."

"Lil."

"Vou ficar ótima. Olhe, tenho uma pilha de livros sobre ilhas e biogeografia. Não vou sentir nenhuma falta de você. Agora vá procurar a Mags."

No decorrer das semanas seguintes, Greer só o viu algumas vezes. Não se importou com a ausência dele nem com a chance de pôr a leitura em dia; importou-se foi com a perda da oportunidade de co-autoria. Estava fora de serviço ativo num momento crucial, e era óbvio que o trato estava cancelado. Seguiu as instruções do médico, ficou na cama, tomou os analgésicos, mas pelo final da terceira semana, quando já se sentia melhor, decidiu pegar o carro e ir ao laboratório em Cambridge. Se não podia fazer contagem, podia ao menos lavar e centrifugar. Talvez preparar amostras para datação. Com o suporte no pescoço, encontrou dificuldade em enxergar pelo retrovisor e dirigiu devagar. A neve acinzentada, empilhada nas ruas havia meses, tinha finalmente começado a derreter, mas uma grande umidade ainda pairava no ar.

Estacionou ao lado do carro de Thomas e subiu lentamente até o terceiro andar. A porta do laboratório estava trancada e ela seguiu pelo corredor até o banheiro dos homens, onde Thomas guardava uma chave para emergências. As luzes estavam acesas, mas o laboratório estava vazio — havia frascos pela metade, vidros de ácido fora das prateleiras, a torneira pingava lentamente. Era como se todo o trabalho tivesse cessado abruptamente. Greer tirou a parca e pendurou num banco. Chegou à bancada de Bruce, pensou em dar uma olhada no microscópio dele, mas decidiu não correr o risco da dor no pescoço. Em vez disso folheou as últimas anotações que ele tinha feito em seu caderno. Coisa chata, como a dela. Esboços de tipos de pólen de gimnospermas, números, porcentagens e, nas margens, alguns rabiscos de bolas de futebol. Na análise da amostra de pré-cretáceo que ele vinha testando, nem um grão de pólen de angiosperma. Ele desperdiçara semanas naquela amostra, meses na corrida inteira. Todos pareciam despender energia numa busca que não estava levando a nada. Greer perguntou-se se Jonathan Cartwright estaria blefando. Teve de admitir que seria uma peça brilhante a pregar num adversário. Talvez Cartwright estivesse em Oxford naquele momento, fazendo uma pesquisa autêntica, enquanto Thomas e o restante deles disparavam como camundongos por um labirinto interminável, sem perceber que o grão de pólen no final era um truque de espelho.

A escrivaninha de Thomas estava coberta pela mesma desordem de anos. Cadernos, lâminas, fichas, livros — mas estava mais desarrumada do que ela lembrava, como se ele tivesse passado a um novo nível de desordem. A corrida era demais para ele; seria demais para qualquer pessoa. Ela folheou o caderno dele, os dados argônio-argônio sobre tufos interpostos — um sortimento de rochas pré-cretáceas vindas da Austrália, todas isentas de pólen de angiospermas. Todas estariam. Era a resposta óbvia.

Ela examinou o estojo que continha a coleção dele de lâminas, fileiras de amostras pré-cretáceas da Groenlândia e da China, amostras da Austrália. Decidiu pegar algumas e levá-las para seu microscópio. Só uma espiada, disse a si mesma. Desatou o suporte do pescoço e ligou o interruptor. Pegou uma lâmina sem rótulo, colocou-a sob o microscópio e ajustou a ocular. Com todo o cuidado, inclinou-se para a frente. Nenhum grão de pólen de angiosperma, claro. Apenas um sortimento de esporos trilete e monolete, pólen de gimnosperma (de coníferas e cicadáceas), e vários esporos de samambaias com uma distinta ornamentação na exina, muito sulcada no equador. Assemelhavam-se a uma família que se sabia ter surgido em meados do período cretáceo, mas a amostra tinha que ser pré-cretácea. Thomas só examinava rochas pré-cretáceas. Ela aproximou o foco, cutucou a cobertura da lâmina para fazer os grãos rolarem e afastou o rosto. Pegou um de seus manuais, começou a folhear as páginas sobre esporos de samambaias, e estava à procura de uma imagem que combinasse com a que vira na lâmina, quando a porta se abriu.

Era Thomas, despenteado e em desalinho. "Lily?"

"Eu não agüentava mais ficar longe daqui. Só dei uma espiada. Juro que o meu pescoço está muito melhor."

"Ah, Lily", disse ele em tom de desculpas. "É maravilhoso. É fantástico." Esfregou os olhos. "Está *tudo* encerrado."

"O que está encerrado?"

"Eu encontrei. Encontrei a *Mags*."

* * *

O inverno terminou lentamente, fazendo recuar as camadas de neve, transformando os ventos frios em brisas mornas que traziam o cheiro de terra e grama úmidas. Pingentes de gelo pingavam do alto de telhados para formar poças brilhantes. Os primeiros brotos da primavera despontavam no solo nu.

Da casa em Marblehead, Greer observava a terra ressuscitar. Pela manhã, dava longas caminhadas pela praia, antes de se acomodar para passar o dia lendo na varanda. Era uma rotina confortável, mas sentia saudade da pesquisa.

Thomas ia e vinha entre o laboratório e o apartamento deles, reunia-se com Bruce, enviava amostras para verificação, ditava seu artigo para a secretária do departamento. O pescoço de Greer tinha piorado. O médico censurou-a por ter tirado o suporte cedo demais e ela ainda tinha que usá-lo. Foi incapaz de prestar qualquer assistência durante todas as contagens de pólen e a datação de camadas de última hora. E, por desapontamento e teimosia, talvez, decidiu retirar-se do projeto.

Só conseguiu reunir energia para comparecer ao simpósio em maio. Foi uma insípida conferência de hotel. Usaram crachás, comeram sanduíches e biscoitinhos, perambularam sob as luzes fortes da sala acarpetada, trocando apertos de mãos com colegas de universidades distantes. Foi como as outras poucas em que estivera com Thomas, mas Greer sentiu uma ponta de tristeza, de inveja até, por ainda ser apenas uma espectadora depois de todos os seus esforços.

Aquela era só a apresentação preliminar do estudo — um penúltimo rascunho antes da publicação —, mas registraria a descoberta de Thomas antes da de Cartwright. Thomas era o primeiro no programa. Depois que todos sentaram e as luzes foram diminuídas, ele se aproximou do palco. Greer sentou longe da equipe do laboratório, na fileira de trás, com algumas pessoas só parcialmente interessadas. Muitas estavam sem crachá e pareciam convidados de outra convenção, ou de um casamento, entediadas com seu próprio evento e pensando que diabo seria um simpósio de palinologia.

Ver Thomas no pódio lembrou Greer de assistir às aulas dele, tantos anos atrás. A voz encheu a sala com a velha intensidade. Ele usava um terno azul, embora este, escolhido por ela, lhe caísse bem. Nos últimos doze meses ele tomara consciência da própria aparência e passara a escolher a roupa com mais cuidado. Mas as mechas cinzentas no cabelo tinham se tornado mais pronunciadas e os olhos estavam contornados por meias-luas escuras. Acabara de fazer cinqüenta e dois anos.

Thomas começou com uma apresentação de slides: o pólen, uma foto da unidade sedimentar intacta, até uma de Lars Van Delek e Preston Brooks, cobertos de poeira e muito bronzeados, extraindo as amostras na Austrália. Falou sobre a história da magnólia, o gênero que vinha competindo pela posição de "flor original", e sobre a descoberta final do que decidira chamar de *Magnolius farradius*. No final da palestra, agradeceu aos co-autores e convidou-os a subir ao palco: Bruce Hodges, Lars Van Delek e Preston Brooks.

Greer esperava aquele momento. Ainda assim, porém, manteve as mãos no colo quando os aplausos encheram a sala.

"Não está aplaudindo", veio uma voz de algumas poltronas adiante.

Ela olhou e viu um homem franzino, de trinta e poucos anos. Tinha o rosto comprido e pálido, a boca apertada. Não usava crachá e estava afundado de tédio na poltrona. Obviamente escolhera a conferência errada para invadir.

"Eu também não", disse ele.

"Autoconhecimento é importante."

"É tudo muito impressionante. Tudo muito inacreditável."

"Palinologia pode ser assim."

"Não há nenhuma mulher aqui. Como você entrou?"

"Eu disse que era homem."

"Eu também." Ela notou o cheiro de uísque no hálito dele, e que ele ceceava ligeiramente. "Quer dar uma caminhada? Ou tomar um drinque? Esta conferência não é lugar para uma senhora passar o dia." Greer não conseguia entender se ele pronunciava mal as palavras ou tinha um sotaque. "Há um casamento no mezanino e eles têm uma banda de suingue. Vamos entrar furtivamente. Eu digo que você é minha mulher."

As pessoas estavam se levantando e aproximando-se do pódio para apertar a mão de Thomas. Greer levantou-se. Também havia gente se reunindo em torno de Bruce Hodges e Preston Brooks. Lars Van Delek passara para um lado e conversava com um repórter.

"Vamos. Banda de *suingue*."

"Por favor, dê o fora."

"Isso mesmo. Dê o fora, Cartwright."

Greer virou-se para olhá-lo de frente. Os olhos dele erravam pela sala, a camisa estava amarrotada. Só se parecia vagamente com sua foto. Jonathan Cartwright.

"Você", disse ela. "Diga-me uma coisa: você tinha mesmo uma amostra de angiosperma pré-cretácea?"

"Você não vai querer falar sobre esse absurdo."

"Você não tinha?"

Ele pareceu desamparado. "Acho que isso não existe."

Então tudo talvez tivesse sido um boato falso.

"Você entende, é claro, que nada disto significa coisa alguma", disse ela. "Isto não é ciência."

"Você sabe dançar ao som de uma banda de suingue?"

"Isto é um número, está batendo um recorde, mas não *significa* nada."

Cartwright pôs as mãos na poltrona à sua frente e apoiou-se para se levantar.

"Eles têm uma mesa inteira de *piña colada*. E quer saber de uma coisa? Nós vamos nos divertir porque não tem importância. Ele está completamente enganado. Eu *vi* esses sedimentos. Do mesmo local. Nada. Como *isso* é possível?"

"Não sei", respondeu ela, e se afastou lentamente, preocupada, para ir ao encontro do marido.

Junho chegou, quente e árido, e a seca varreu o país. Os noticiários mostravam imagens de agricultores desesperados, de crianças irrequietas. O mês passou lentamente.

Thomas esteve em Cambridge a maior parte do tempo, indo duas vezes por semana a Marblehead e adorando a atenção recente. O pescoço de Greer finalmente melhorou, o suporte foi retirado, e ela retornou a seu trabalho no porão. Sentia-se feliz por estar novamente pesquisando os padrões de dispersão pela água; pusera de lado a decepção de não ter sido co-autora do artigo de Thomas.

Ocasionalmente, porém, quando estava no laboratório, sua mente voltava à imagem dos esporos de samambaia que vira naquela noite no laboratório de Thomas — esporos que não deviam estar numa amostra pré-cretácea. Era possível que tivesse se enganado sobre a espécie. Ainda assim, era estranho que não tivesse ouvido mais nada sobre o assunto, nenhuma menção a uma aparência inusitada. Aquilo exigia análise.

Aí, uma tarde, enquanto trabalhava no porão, chegou um telegrama. O remetente não estava identificado e o telegrama dizia simplesmente:

FINALMENTE VOCÊ VAI TER QUE ENFRENTAR A BARRACUDA.

Greer passou várias horas sentada na varanda, segurando a tira de papel e pensando no seu conteúdo. Jo, claro. Mas por que agora?

Depois chegou outra entrega, esta de um semanário científico popular. Ela abriu o embrulho de papel pardo. A capa dizia:

ACUSAÇÕES DE FRAUDE. DADOS FALSIFICADOS POR THOMAS FARRADAY, PH.D.

Thomas, explicava o artigo, fora acusado de contaminar suas amostras, de permitir que o pólen de angiospermas de uma amostra cretácea entrasse numa amostra pré-cretácea. Para tentar derrotar Jonathan Cartwright, ele produzira dados fraudulentos em seu laboratório.

A acusação fora feita por Bruce Hodges.

19.

Enquanto ela volta para o acampamento, começa a chover. A terra vermelha vira lama sob os cascos do cavalo. Elsa atira a saia encharcada sobre a sacola e a *kohau* que leva no colo, deixando as pernas seminuas penderem dos flancos da montaria, da qual se ergue um calor penetrante. As botas de couro escurecem, as meias ficam salpicadas com a lama levantada pelas gotas de chuva. Vou precisar me secar, pensa ela. Preciso me aquecer. E me limpar. Sim. Há coisas a fazer. E se o vento estiver forte, precisará amarrar os caixotes e depois examinar as estacas das barracas. E se houver goteiras — quando foi a última vez que ela examinou os tetos de lona? —, terá de remendá-las. Pode até estar se formando uma tempestade, pensa. Espera. As agulhas de água, o ar carregado de água salgada, os borrifos de lama são transtornos de que ela precisa.

Adeus às duas senhoras Beazleys...

Elsa enxuga o rosto com as mangas. O cavalo avança pesadamente pela trilha, e Anakena surge ao longe. Ela desmonta ao pé da colina. Com uma mão puxa o animal, com a outra segura a sacola e a *kohau* embrulhadas na saia, e sobe a vertente meio recurvada sob a chuva. O acampamento abaixo está vazio.

Eu tenho visão de primeira.

Elsa amarra o cavalo, desce a colina aos tropeções e vai se refugiar na barraca. A lona estremece em toda a sua volta. Ela enxuga a *kohau* e o caderno. Acende a lanterna, repassa mentalmente as tarefas: *Examinar goteiras, firmar estacas, trazer caixotes para dentro*. Duas baratas correm em sua direção e ela as esmaga com a bota.

Ergue a lanterna até o teto de lona e procura gotinhas de água. Impossível ouvir o pinga-pinga de uma goteira com o barulho dessa chuva, pensa. Vai ter que examinar cada centímetro. Mas, quando começa a percorrer as longas costuras com um dedo, faz-se silêncio. O ruído da chuva cessou. Ela sai e vê que o sol se libertou dos farrapos de nuvens cinzentas. Senta-se na areia, olhando para o céu que clareia, mas esperando que recomece a chover.

Ao longe, em meio à nevoa, avista o local onde ancoraram a escuna quando chegaram. *Adeus às duas senhoras Beazley*. Foi o que Kierney gritou do bote. *Eu tenho visão de primeira*.

Elsa volta para a barraca e senta em sua cama. À sua frente, pendurada num pedaço de corda, está a camisola de Edward. Vem-lhe à mente uma imagem de Alice atirada sobre o corpo adormecido de Edward e ela tenta expulsar a imagem. Ainda tem trabalho a fazer. Puxa de sob a cama sua pilha de cadernos, localiza o que tem as notas sobre o *rongorongo* e abre. Numa xícara a seu lado, encontra a caneta-tinteiro, a que o pai lhe deu quando adoeceu. *O professor Beazley parece gostar muito da nossa querida Alice*. Elsa escreve com firmeza:

Determinei uma forte probabilidade de o rongorongo ser *bustrofédon. Lêem-se linhas alternadas de cima para baixo. Preciso confirmar.*

Pousa a caneta. Mas será que o pai quis dizer...? Não. A idéia é ridícula, absurda demais. Um professor universitário que se apaixona pela filha retardada do colega! Ela não se sente bem. Sua testa está queimando. Ela treme no vestido úmido. Talvez tenha pegado alguma coisa dos leprosos, alguma coisa estranha e febril que iluda a mente, faça a pessoa ver coisas ameaçadoras. Inclina-se para a frente e com dedos agitados começa a desatar os cordões úmidos das botas.

Afinal de contas, é loucura. Apaixonar-se por uma garota que ele não tem permissão para amar. Casar com a irmã da garota, com a guardiã da garota, para poder estar perto dela. Era Elsa quem ia fazer o sacrifício, por *Alice*. Se não precisasse cuidar de Alice, talvez tivesse encontrado um marido de verdade, talvez até tivesse encontrado um jeito de estar com Max. Poderia não ter sido — a palavra ergue-se à sua frente na barraca escura — *lograda*. Seria possível que tivesse desistido da vida que queria, não por Alice, mas por *Edward*?

"Elsa!" De fora vem a voz de Edward.

Um momento depois a cabeça dele, molhada de chuva, aparece dentro da barraca, com água pingando-lhe da barba. Parece cauteloso. Está esperando que eu o censure, pensa Elsa. Está esperando para ver o que eu sei.

"Alice está encharcada. Você pode vir ajudar?"

Ajudar, pensa Elsa. É claro. Estou sempre pronta a ajudar. Sou a governanta de novo. A governanta empregada por ele para cuidar de Alice.

"Ela vai pegar uma pneumonia."

"Bem", começa Elsa, com um inesperado sarcasmo, "temos de tirar dela a roupa molhada, então." E você está com medo de fazer isso, pensa. Com medo da impressão que possa dar.

Elsa pega um cobertor, passa-o em torno dos ombros, põe um chapéu e segue Edward até a barraca de Alice. A irmã está de costas para a entrada. A blusa, úmida e transparente, está agarrada à pele, e Elsa vê a forte pulsação de seu dorso.

"Alguém andou passeando na chuva", diz. "Quem foi que andou passeando na chuva? Não pode ter sido Alice, porque ela já ouviu várias vezes que *não* deve correr por aí embaixo de um dilúvio."

Avança e pousa as mãos sobre os ombros de Alice. Sente os ossos delgados se arquearem levemente. Segue o contorno das costas de Alice. Estranho: *este* é o corpo que ela conhece melhor. Melhor do que o de Edward, melhor do que o seu próprio. Este é o corpo que suas mãos sempre procuram. Este é o corpo que ela viu crescer, o corpo que sempre teve o dever de proteger. Sente vontade, agora, de deixar as mãos ali para sempre, aninhá-las contra aquela pele quente, apertá-las contra a carne e esquecer o abismo de ar frio entre ela e a irmã. Gostaria de deslizar para dentro desse outro ser, piscar e dizer: *Eu sou Alice*. Em vez disso, começa a fazer a única coisa que sabe fazer: cuidar. Desabotoa o botão de cima da blusa de Alice.

"Vou examinar o equipamento", diz Edward, esgueirando-se para fora.

A delicadeza dele é exagerada demais.

"Alice." Os dedos de Elsa avançam aos poucos para o maxilar de Alice. "Alice, olhe para mim. Qual é o problema?"

Mas Alice limita-se a oscilar o corpo.

"Temos que tirar essa sua roupa molhada." Elsa continua a desabotoar a blusa e depois solta a saia. Pega no baú uma toalha limpa e esfrega com ela a cabeça de Alice, o pescoço e os braços. Quando Alice está seca e envolta num cobertor, Elsa agacha-se diante dela e segura-lhe as mãos. "Allie, aconteceu... alguma coisa?"

Os olhos de Alice retornam do seu olhar fixamente voltado para o interior e assimilam a barraca, a presença de Elsa.

"Quer dizer, com Beazley?"

Os olhos de Alice lampejam em alerta total. "Beazley não ama você, *não* ama!"

Elsa quase cai para trás ante a raiva na voz de Alice. Mas, por instinto, as pontas de seus dedos tentam tocar o rosto de Alice. "Allie."

Alice se encolhe e depois bate em Elsa, arranhando-lhe o pescoço. "Ele ama Alice! Está me ouvindo?" Uma amarga tristeza ecoa-lhe na voz. "Ele ama Alice!"

Elsa senta-se à mesa na praia. À sua frente está Edward, que limpou do rosto todos os vestígios de chuva, mas que agora está suando. Por baixo de sua pele surgiram várias manchas vermelhas que se espalharam pelas bochechas. Alice dorme em sua barraca.

"Eu não sou um homem doente", ele diz. "Por favor, não me olhe desse jeito. Eu não sou um homem doente."

Elsa permanece em silêncio.

"Você me pediu que cuidasse de sua irmã e eu cuidei dela. Eu a tenho vigiado e atendido. Você queria que eu a amasse e eu a amei. Eu nunca... nunca *fiz* nada..." Tira um lenço do bolso e dá tapinhas na testa. "Ela brinca, você conhece as brincadeiras dela. Ela agarra e beija. Brinca, Elsa. Só brinca. Você não deve pensar que eu faria algo impróprio."

Na verdade, Elsa acredita no que ele está dizendo, mas uma coisa maior, uma coisa que não consegue definir a perturba.

Ele faz uma bola com o lenço. "Sempre tentei ser um bom homem, Elsa. Não sou um homem estimulante, divertido nem entusiasmado, mas sou um bom homem. Depois de todo este tempo, acho que você devia saber disso. Por favor, conceda-me esse crédito."

Elsa olha para o céu, uma abóbada azul escurecendo acima

deles. Um bom homem. Sim, e daí? Ele quer que ela *o* conforte agora? Faça com que *ele* se sinta melhor?

Os olhos de Edward seguem o caminho dos dela. Ele olha para o céu, para a grama, por fim para ela.

"Elsa, eu não alimento ilusões. Esse é o benefício de se ser um acadêmico perpétuo. Não devaneio e não deixo que o desejo me engane. Vamos ao menos admitir um para o outro que você nunca teve vontade de casar comigo. Isso sempre esteve claro. Você jamais teria casado comigo se não precisasse cuidar de Alice."

Elsa ergue uma mão diante do rosto, abre os dedos e examina a rede de linhas e sulcos na pele.

"Eu sou velho, mas não sou tolo, Elsa. Sei qual é a sua posição. Sei desde o começo."

Sim. Ela pedira que um tolerasse o outro, que fossem gentis um com o outro, e nada mais.

"O que você gostaria que eu fizesse? Que pedisse desculpas? Por gostar de Alice, exatamente como você pediu? Bem, eu me recuso. Você não pode nos controlar. Não pode ditar os termos da vida de três pessoas. Você insiste que ela demonstre em relação a mim a mesma indiferença polida que você demonstra? Você não pode decidir isso por ela." Ele pára, como que para juntar os fiapos de pensamentos soltos. "Elsa, nunca fui amado. Sei que você gosta de mim, mas não sou o tipo de homem por quem as pessoas se apaixonam. Mas Alice me ama, está apaixonada por mim, e eu me recuso a desdenhar isso simplesmente porque ela é diferente, ou porque você não considerou isso em seu esquema. Como é que a afeição de Alice poderia se erguer entre nós se, desde o começo, você tomou providências para que não houvesse nada entre nós...? Está ouvindo alguma coisa do que estou dizendo? Elsa?"

Elsa se lembra do que o pai disse anos antes: *O velho Beazley teve a sua cota de males de amor. Suficiente para despachá-lo para o continente africano*. Males tão grandes que ele só conseguia encontrar consolo numa garota incapaz de magoá-lo?

"Bem", diz ela afinal. Sente os lábios rijos, a língua inchada. Cada palavra é uma pedra. "Alice... ama... mesmo... você." Olha para a testa franzida de Edward, suas bochechas encovadas. Parece um homem à espera de absolvição. É *ela* quem deve absolvê-lo? É ela, mais uma vez, quem deve cuidar de outra pessoa? Mas como seria *fácil* desistir de tudo, ir embora, para longe de Edward, de Alice, de si mesma. No final das contas, o que a prende à bondade, ao amor, a qualquer coisa, senão a sua própria vontade de ser presa? Deveres não são fatos; são emoções. Ela respira fundo. Parece tão assustador, tão simples. Sente os próprios lábios recurvarem-se num sorriso nervoso: "Mas Alice tem a mente de uma *criança*".

"Elsa..."

"Ela não pode amar você. Realmente. Você não deve se iludir, Edward."

"Você mesma sempre disse que ela compreende mais..."

"Amência, loucura, estupidez. Chame como quiser. Não muda..."

"Por favor, Elsa..."

"Você não entende? Depois de todo este tempo? Com todos os seus diplomas e livros e estudos antropológicos, não é capaz de enxergar o que ela é de fato? Por que não a estuda? Entreviste-a e veja com que teoria você se sai. Você nem precisaria viajar. Pesquisa no local, Edward. Escreva um volume com quinhentas páginas, organize um glossário, mas você só vai chegar a uma coisa..."

"Pare."

"Imbecil!" Essa é a palavra que as pessoas sempre usaram. A cada sílaba, ela bate na mesa: "Im-be-cil!".

Edward estende as mãos e a agarra pelos ombros. "Pare, Elsa. Pare."

Elsa se solta com força, mas depois se deixa cair sobre a mesa. Exauriu tudo dentro de si.

Uma lágrima desce pela linha bem marcada da bochecha de Edward, prendendo-se no alto da barba. Ele balança a cabeça, como para fazê-la desaparecer, mas isso só libera outra. "Você quer que eu me sinta envergonhado? Eu lhe garanto que nada que você me diga pode ser pior do que eu disse a mim mesmo." Baixa os olhos para a mesa. "Não vou protestar contra nenhuma acusação que você me faça. Mas não faça isso. Não a Alice. Você a ama, Elsa. Em momento algum duvidei disso. Mas", ele levanta os olhos e procura os dela, "não acho que você a compreenda plenamente."

"É *você* que eu não compreendo."

"O que você gostaria que eu dissesse? Tudo que posso lhe dizer é que isto é real. Nenhuma discussão, nenhuma explicação pode fazer que desapareça. Alice está furiosa com você por causa do que você tem e ela não."

Alice apaixonada por ele. "Não", diz ela.

"Talvez você a tenha amado demais para permitir-se imaginar o que ela sente de fato, imaginar o sofrimento dela."

Elsa esfrega o arranhão no pescoço e o sal de seus dedos aviva o ferimento.

"Elsa, quero que você saiba que fui firme com ela. Eu disse a ela que não posso ser como um marido para ela. Mas quando digo isso, ela diz que odeia você. É claro que não fala a sério, mas tem uma noção muito forte do que lhe falta. Ela quer as coisas que você quer, quer ter as coisas que você tem. Elsa, você a conhece desde quando ela era criança e pensa nela como numa criança, mas ela não é criança. Parte dela é uma mulher. Uma mulher muito triste."

"*Mulher?* Acho que você deixou *mesmo* o desejo enganá-lo."

"Você diz que ela compreende mais do que parece, você *sabe* que ela compreende. Ainda assim, você se recusa a considerar o fato de que ela talvez compreenda parte de suas próprias deficiências. Alice sabe que é diferente. Não vai haver estímulo, gentileza ou amor que a impeça de reconhecer o que lhe foi negado."

"Negado?"

"Isso não é uma acusação."

"O que é, então? Desde o dia em que ela nasceu, e estou falando literalmente, ela foi amada, cuidada, vigiada, entretida..."

"Não está vendo? Você pensa nas necessidades dela só em termos das que *você* pode atender. Acha que a felicidade, a saúde e o bem-estar dela são completamente dependentes de você. Eu sei os sacrifícios que você fez por ela. Você poderia fazer todas as escolhas certas, fazer sacrifícios intermináveis, mas, Elsa, ninguém pode fornecer contentamento ou segurança a uma outra pessoa da maneira como você quer acreditar que pode. Especialmente a Alice. Ela sempre terá anseios e tristezas que você não pode remediar. Você deixa o menino amá-la. O Lata de Biscoitos. Enquanto você tem um marido, um homem que você..."

"Allie ama o Lata de Biscoitos", diz Elsa, embora saiba que não é esse o argumento dele.

"Ela queria estar na barraca conosco. Ela quer um companheiro."

"Alice. Apaixonada por você. Por alguém. E com ciúme de mim. Depois de tudo, ela me odeia."

"Ela não odeia você."

"Eu fiz isto", diz Elsa, com um gesto abrangendo Edward, a ilha, "por ela."

"Eu sei", diz Edward, sem raiva. "E... acho que *ela* sabe."

Elsa se recusa a acreditar nisso. É demais.

"Eu amo você, Elsa. De verdade. Independentemente do que você possa sentir por mim."

Ela tem vontade de dizer algo gentil, algo que o faça sentir-se melhor, mas não encontra energia para isso. Não sabe o que sente por ele.

"Não posso ficar na barraca com você."

"Elsa, você tem sido uma boa companheira."

Vem-lhe à ponta da língua dizer que tem sido uma companheira *conveniente*, mas ela olha para os olhos inchados dele e contém-se. O veneno de tudo que já disse sobe-lhe à garganta.

Ficam sentados em silêncio, com os ecos da conversa pairando acima deles. Por fim, Elsa levanta-se e sobe a vertente acima do acampamento. Deita-se na grama áspera, ouvindo as ondas baterem na praia abaixo. Fecha os olhos e tenta visualizar a si mesma antes de vir para a ilha, antes de casar com Edward, antes que o pai morresse. Como era ela? Era mesmo gentil com Alice? Sua mente enche-se de uma avalanche de imagens: andar de bicicleta à tarde por St. Albans, sentar no consultório do dr. Chapple, caminharem juntas por Hyde Park na chuva, o beijo que trocaram no escuro. Ela entendia Alice? E Alice era mais feliz antes de Elsa ter se tornado sua guardiã? *Guardiã*. A palavra lhe perambula pela mente, pela memória. Uma brisa trazendo o frescor da noite que cai passa-lhe pelo rosto. Lentamente o céu escurece e o negror penetra como alcatrão pelas bordas do horizonte.

"Elsa!"

É a manhã seguinte e Elsa está deitada, mais uma vez, no alto da colina. Sabe que Kasimiro está esperando seu retorno, mas está cansada demais para se mover. É como se tivessem passado meses desde que foi à colônia de leprosos, entusiasmada simplesmente pela tradução de uma tabuinha. Como vinha feliz, a cavalo ao longo da costa, com a *kohau* no colo. Mas agora parece impossível que outra tradução possa lhe dar tanto prazer, que qualquer coisa possa. Ela não consegue encontrar ânimo para descer até o acampamento e ver Alice. Ainda não.

"Elsa!", chama Edward lá de baixo. Ela ouve as botas dele subindo a colina, ouve-o arquejar.

"Só preciso ficar deitada aqui." Mas ela só sussurra isso para si mesma, fechando os olhos. Os símbolos do *rongorongo* flutuam diante dela, nuvens que se formam e se dispersam.

"Elsa." A voz dele está bem acima dela.

"Por favor. Eu vou descer logo. Só quero ficar sozinha mais um pouco."

"Você precisa se levantar."

"Edward..."

"Diga-me apenas que eu não estou louco. Você tem que ver isso."

Com má vontade, ela abre os olhos. Os símbolos desaparecem, substituídos pelo céu cinzento, pela grama. Ela não quer estar ali. Não se importa com a andorinha-do-mar colorida que Edward avistou, que marca ele encontrou numa *moai*. Não se importa com os pedidos de desculpas nem com os remorsos dele. Simplesmente precisa de solidão, mas não tem força para brigar com ele. O rosto de Edward, contorcido de confusão, paira acima dela.

"Devo estar ficando completamente louco."

"Sim."

"Elsa, por favor, sente-se."

Ela suspira. "Está bem. O que é?"

"Diga-me, por favor. *Você* está vendo aquilo?" Edward aponta para a água.

Ela se apóia nos cotovelos e olhar para o mar. Na direção da ilha avança o que parece ser uma esquadra de navios de guerra.

20.

A Sociedad de Arqueología de America del Sur mandou avisar que, em outubro, haveria uma pequena conferência na ilha, na qual os quatro pesquisadores apresentariam seu trabalho um ao outro e a quaisquer ilhéus ou turistas que quisessem comparecer. Para coordenar a mostra, a SAAS enviou Isabel Nosticio, uma argentina de meia-idade, sem senso de humor mas sedutora, com cabelo preto e grosso até a cintura, que sempre usava cor-de-rosa e muita maquilagem. No final de qualquer conversa, fosse sobre projetores, fosse sobre *hors d'oeuvres*, ela retocava o batom. "Lembrem-se", dizia, passando os lábios brilhantes um no outro, "é no interesse da comunidade da ilha que nós trabalhamos." Sua tarefa principal era garantir que os excêntricos pesquisadores perambulando pelas salas da SAAS tivessem sucesso no final, fazendo a Sociedad parecer eficiente, beneficente e, em última análise, pró-Rapa Nui. Realizando-se depois de os *rapa nui* terem encaminhado uma petição ao Chile exigindo direitos sobre os arredores de Hanga Roa, logo se tornou claro que a conferência se destinava a ser uma conciliação.

Mahina não ficou impressionada. "Eles pedem que vocês nos falem sobre o seu trabalho, o trabalho que eles decidem para a ilha, para que a gente não se queixe do governo. *Pasto!*"

Greer estava tomando o café-da-manhã na sala de jantar.

"Desculpe", disse. Tomou um gole de chá e virou-se para Mahina, que bebia um suco de damasco na mesa ao lado. Comiam juntas toda manhã, já que, de todos os hóspedes, Greer era a primeira a se levantar. Mahina recolhia ovos do quintal, colhia frutos das árvores. Depois Greer ouvia o estalar de cascas de ovos na cozinha, a batida rítmica da faca cortando uma goiaba em quartos. Não conseguia deixar de achar que Mahina teria dado uma excelente cientista: sua vida era governada por precisão e método.

"A ilha é nossa", disse Mahina, que, devido a algum rigoroso senso de limites profissionais, sempre se recusava a sentar à mesa de Greer. Assim, conversavam através do espaço entre elas, como viajantes solitárias. Nos últimos meses, Greer soubera que Mahina abrira o *residencial* um semestre antes, quando os vôos da Lan Chile começaram. Antes disso fora professora primária, ensinando a língua *rapa nui* às crianças da ilha; às vezes, na rua, se elas estavam caminhando juntas, um adolescente se aproximava de Mahina com grande deferência e Greer via que se tratava de um ex-aluno. Tinha certeza de que Mahina fora uma professora exigente mas inspiradora. Seu conhecimento do folclore da ilha era enciclopédico, e ela levava a sério sua responsabilidade de repositório da história; fazia Greer anotar as lendas que recitava e depois as lia para conferir. Nas últimas semanas, provocadas pelas notícias atrasadas do golpe militar no Chile, elas tinham falado sobre política com freqüência, preocupadas com o efeito do novo regime sobre a ilha. A solidariedade de Greer pelo apuro dos *rapa nui* aumentava dia a dia, mas ela sabia que havia pouco a fazer. O Chile, não importa quem ocupasse o poder, era grande e poderoso demais; os *rapa nui*, muito pequenos para existirem sozinhos. O navio anual de abastecimento coletava a lã da fazenda de ovelhas chilenas na ilha. Se o Chile não tivesse lã para coletar, por que enviar o navio? Quem, então, traria suprimentos — cimento, móveis, comida? No entanto, as conversas das duas não eram sobre pragmatismo, mas sobre idealismo político e o direito de se viver livremente. Greer achava que falar da logística pareceria ofensivo.

"É uma injustiça", disse.

"Vocês não têm desses problemas", disse Mahina. "Nos Estados Unidos."

"Ah, temos", disse Greer, cortando sua omelete. "Vários. Muito tempo atrás, lutamos com os britânicos pela independência. Isso pelo menos foi completamente resolvido. Agora temos problemas mais complicados. O gozado é que, nos Estados Unidos, a palavra *revolucionário* tem uma conotação muito negativa. Mas nós éramos revolucionários."

"Co-no-ta-ção?"

"Uma insinuação. Uma sugestão."

"Uma pista?"

"Mais ou menos", disse Greer. Mahina escreveu a palavra num bloco de papel a seu lado. Toda manhã elas trocavam vocabulário: inglês por *rapa nui*, *rapa nui* por inglês.

"Co-no-ta-ção", pronunciou Greer. "É uma bela palavra. Mas eu garanto que poderia viajar pelos Estados Unidos inteiros e nunca precisar usá-la."

"Eu gostaria de viajar!", disse Mahina, animada de repente. "Gostaria de ter dinheiro para ir a algum lugar. Agora vem gente aqui de tudo quanto é lugar. Alemanha, Austrália e Nova Jersey. Tenho sorte de conhecer tanta gente diferente. Sou" — olhou para Greer e pronunciou, lentamente, uma das palavras novas do seu vocabulário — "*privilegiada*." Greer assentiu com a cabeça. "Deus é bom para mim. Mas ainda assim eu gostaria de ir a algum lugar."

"E Santiago? Você poderia ir até lá?"

"O problema é o dinheiro. Eu tenho os velhos livros ingleses. Poderia vendê-los, não é?"

"Depende do que eles são. Existe um mercado para livros velhos. Eu poderia tentar encontrar um negociante nos Estados Unidos."

"Sim, mas, claro, eu não posso partir. Tenho que esperar que Raphael volte."

"Raphael?"

"Meu marido."

"Marido!" Fazia cinco meses que Greer estava ali e era a primeira vez que Mahina mencionava um marido. "Quando você se casou?"

"Ah, *treinta y cinco*..."

"Trinta e cinco?"

"Há trinta e cinco anos. No sábado."

"Mas onde está ele?"

"No Taiti."

"Ele vai voltar para o aniversário de casamento?"

"Espero que sim", disse ela, assentindo energicamente com a cabeça. "Ele disse que se o Taiti fosse tão bonito quanto ouvimos dizer, voltaria para me levar."

"Ele é o seu grupo de batedores."

"*Sí, sí*", disse ela, olhando pela janela. O sol iluminou-lhe o rosto e lentamente ela fechou os olhos.

"Mas e o *residencial*? A sua casa? Você desistiria disso pelo Taiti?"

Mahina deu de ombros, abriu os olhos. "Chega de falar disso."

Pôs o garfo e a faca sobre o prato vazio, passou o guardanapo pela mesa.

"Eu tenho que lhe dizer", disse Greer, "que acho que Ramón sente alguma coisa por você. Uma paixonite."

"Paixonite?"

"Um interesse romântico. Interesse amoroso. Ele observa você o tempo todo."

Mahina balançou a cabeça. "Ramón é irmão do meu marido."

"O que não quer dizer que ele não possa pensar em você dessa maneira."

"*Ramón?*"

"Sim, Ramón. Você não notou?"

Mahina soltou um rápido *humf*. "E a senhora, *doctora*? A senhora também tem uma paixonite, eu acho. *Amor* para a *doctora*, não?"

"Eu?"

"*Eu?* A *doctora* gostaria de ser tão inocente! Vicente, *doctora*! Está sempre deixando livros, um bilhete, alguma coisa para a senhora."

"Ele é só um colega. Está tentando ser útil."

"A senhora não é casada. O que há de errado? Não gosta dele? Acha que ele é baixo demais?" Mahina deu de ombros. "Os homens chilenos são minúsculos, é verdade. Não são como os homens *rapa nui*."

"Não, Mahina, ele não é baixo demais." Ele era mais alto do que Mahina e do que Greer. Mas Greer riu, achando graça na idéia de que, depois de passar meses examinando seus sentimentos por Vicente, convencendo-se de que não se sentia atraída, tudo se resumisse a algo tão simples, tão definível: a altura dele. "Mas eu fui casada."

Mahina inclinou a cabeça. "E seu marido? Foi embora?"

"Morreu. Morreu há dez meses. De um ataque cardíaco."

"Ah, minha cara *doctora*." Mahina levantou-se da cadeira e aproximou-se por trás de Greer. "Tão triste." Afastando o cabelo de Greer para um lado do pescoço, esfregou-lhe os ombros, depois pousou o queixo sobre a cabeça dela. O cheiro doce de gardênia rodeou Greer, que sentiu os olhos se fecharem. Não esperava ser confortada por aquilo: sua confissão, o calor da solidariedade de Mahina, o toque simples.

"Obrigada", disse.

"*Doctora*, nunca se sinta sozinha."

O que Mahina dissera sobre Vicente era verdade: ele aparecia com freqüência, com livros, jornais, artigos. Fornecera a Greer todo o material que ela poderia querer. Nos jantares semanais, ou ao passar pelo laboratório, atualizava-a sobre o trabalho com o *rongorongo* e suas investigações sobre os alemães. Ela agora até conhecia suas rotinas diárias. Pela manhã fazia flexões abdominais na praia; nas noites em que o avião da Lan Chile chegava, ele lia os jornais na *caleta* com Mario e Petero. Trocavam as páginas acabadas uma a uma e dividiam uma garrafa de pisco. Na verdade, Greer conhecia a rotina de todos. Ramón cuidava do jardim toda manhã depois do chá; sentia grande prazer em aparar as pereiras e goiabeiras, em arrancar as flores murchas de seus canteiros e lentamente examinar seus pés de mandioca. Quando passava pelo Espíritu, ela ouvia Sven cantando embaixo do chuveiro. A ilha tinha uma intimidade de cidade pequena. Depois de cinco meses, as pessoas sabiam aonde Greer ia, e quando. Duas vezes por semana, ela comprava comida de Mario, o ruivo que conhecera no primeiro dia. Uma vez por semana ia ao *correo* para despachar solicitações de pesquisa. Encontrava conforto nesses ritmos, na intricada rede de saudações subjacente ao seu trabalho diário no laboratório.

À noite, depois do jantar no *residencial*, reunia-se às vezes com os outros hóspedes para ouvir as histórias da ilha contadas por Mahina, ou para dar conselhos sobre trajetos de passeios. Geralmente, porém, voltava para o quarto, tomava uma longa ducha e ia para a cama com um livro. Agora estava relendo o registro de bordo do capitão Cook, que tinha ancorado ao largo em 1774, cerca de cinqüenta anos antes de Roggeveen:

> [...] *Quando o mestre se aproximou da praia no bote, um dos nativos nadou até ele e insistiu em vir ao navio, onde permaneceu duas noites e um dia. A primeira coisa que fez depois de subir a bordo foi medir o comprimento do navio, contando as braças desde o corrimão da popa até a popa; e, enquanto ele contava as braças, notamos que ele chamava os números da mesma maneira como fazem em Otaheite; no entanto a língua dele era inteiramente ininteligível para todos nós.* [...]
>
> *Antes de partir da Inglaterra, fui informado de que um navio espanhol tinha visitado esta ilha em 1769. Alguns sinais dele foram vistos entre as pessoas que agora estão entre nós: um homem tinha um chapéu europeu de aba larga bastante bom, outro tinha uma capa curta com capuz, e outro, um lenço de seda vermelha.*

Greer pousou o livro e observou a cortina enfunada pela brisa. Olhou para o criado-mudo de vime, a escrivaninha de mogno, a placa da Virgem Maria pendendo acima dela. Não era só o ecossistema; também objetos sofriam com o isolamento da ilha. As coisas não desapareciam, mudavam de mãos. Tudo que estava ali em seu quarto continuaria na ilha. Aquele lenço de seda vermelha e a capa com capuz, pensou ela, deviam estar no fundo do guarda-roupa de alguém.

Eles também pareciam saber usar um mosquete e respeitá-lo muito. Mas isso provavelmente aprenderam com Roggeveen, que, a darmos crédito aos autores daquela viagem, lhes deixaram lembranças suficientes.

[...] *A maior parte da distância que se avistava em terra tinha aparência estéril, sendo uma argila seca e dura e por toda parte coberta de pedras* [...]

No lado leste, perto do mar [...] *três plataformas de cantaria, ou melhor, as ruínas delas. Sobre cada uma tinham erguido quatro dessas grandes estátuas; mas de duas delas todas tinham caído e da terceira, também uma; todas menos uma se quebraram na queda e estavam em certa medida desfiguradas*[...]

Greer já tinha notado isso: em 1774 a maioria das *moai* fora derrubada. Mas Roggeveen as vira em pé. Portanto, as estátuas deviam ter tombado entre a visita de Roggeveen e a de Cook, 1722 e 1774. Se uma catástrofe natural derrubara as *moai*, não fora a mesma que eliminara a biota, pois também Roggeveen notara esterilidade. Então, o que as derrubara de fato? Uma catástrofe com essa força certamente teria entrado para a história oral da ilha, mas não havia nenhum registro assim. Os próprios ilhéus teriam feito aquilo? Após uma eternidade esculpindo, construindo e deslocando? Ao longo da história, monumentos foram destruídos — igrejas foram queimadas, ídolos espedaçados, retratos desfigurados —, mas como atos de violência infligidos por um inimigo, um invasor, um novo regime. Os europeus não tinham tocado nas *moai*. Mahina falara de duas tribos rivais na ilha: os orelhas longas e os orelhas curtas. Uma poderia ter derrotado completamente a outra? Ainda assim, por que destruir as maiores realizações da ilha? Investigadores ocidentais especulavam incessantemente sobre a construção das *moai*, surpresos de que um povo primitivo pudesse erigir e transportar ídolos tão magníficos. Mas como é que um povo, qualquer povo, podia permitir que eles tombassem? Essa era a pergunta mais interessante. Greer continuou:

> *Na ilha inteira não se viram mais do que três ou quatro canoas, muito estreitas e construídas com muitas peças atadas com cordas curtas. Têm cerca de cinco e meio a seis e meio metros de comprimento, proa e popa esculpidas ou um pouco erguidas, são muito estreitas e equipadas com estabilizadores laterais. Não parecem capazes de carregar mais de quatro pessoas e não são de maneira alguma para navegação de longo curso* [...]
>
> *Em toda esta excursão, bem como na do dia precedente, só se viram dois ou três arbustos. As folhas e sementes de um* (*chamado pelos nativos de torromedo*) *não eram muito diferentes da ervilhaca comum; mas a vagem, em tamanho e formato, era mais semelhante à do tamarindo. As sementes têm um desagradável sabor amargo; e os nativos, quando viram nossa gente mastigando-as, fizeram sinal para que cuspissem; de onde se concluiu que as consideram venenosas. A madeira é de uma cor avermelhada, muito dura e pesada; mas muito retorcida, pequena e curta, não ultrapassando de um e oitenta a dois metros de altura. No canto sudoeste da ilha, encontraram outro pequeno arbusto, cuja madeira, branca e quebradiça, era de certo modo semelhante ao freixo, assim como as folhas. Também viram em vários lugares a planta do tecido de Otaheite, mas inferior e fraca, com no máximo oitenta centímetros. Não viram nenhum animal de nenhum tipo e só muito poucas aves; nem nenhuma outra coisa que possa levar um navio que não se encontre em extremo perigo a aportar nesta ilha.* [...]

Novamente Greer notou que eles tinham observado *toromiros*, uma planta de tecido provavelmente aparentada à amoreira polinésia, cuja casca é usada para fazer tecido *tapa*. Seus pensamentos foram interrompidos por vozes no pátio — uma mulher e um homem. A mulher falava espanhol, e Greer mal conseguia entender as frases, mas tinha quase certeza de que era Isabel Nosticio. Estava hospedada na casa de Mahina e parecia sair toda noite. Greer pegou dois lenços de papel do criado-mudo, fez dois cones e enfiou-os nas orelhas.

> [...] *Nenhuma nação precisa lutar pela honra da descoberta desta ilha, pois não pode haver lugares que ofereçam menos conveniência para a navegação. Aqui não há ancoragem segura, não há madeira para combustível, nem água doce que valha a pena levar para bordo. A natureza foi excessivamente econômica em seus favores para este local.*

Greer marcou esta última página e fechou o livro. Estava pensando no almirante Von Spee, que se tornara, como previsto, a nova fixação de Vicente. No momento o *rongorongo* estava esquecido. Vicente parecia um homem na busca constante de obsessões — balonagem, criptografia, história militar alemã —, apetites nunca completamente saciados. Por ora a esquadra de Von Spee realmente o entusiasmava, e ele falava tanto nela, perguntando-se o que eles poderiam ter levado consigo, que despertava a imaginação de Greer. Uma esquadra de guerra ancorada ao largo da ilha, dezenas de oficiais alemães vagando por entre as *moai*. Mas a pergunta em sua mente ao mergulhar no sono era: se os navegantes achavam a ilha tão inóspita, por que os alemães pararam em Rapa Nui, dentre todos os locais possíveis?

No jantar da SAAS na noite seguinte, diante do Hotel Espíritu, Greer mostrou a Vicente o trecho de Cook. "Estou com você,

Vicente. Quando se pensa no assunto, por que alguém viria aqui para abastecer uma frota inteira? De quantos homens estamos falando?"

"Dois mil."

"Não se poderia escolher pior lugar."

Vicente sorriu. "A menos que se quisesse fazer sortimento de outra coisa que não carvão e comida."

"Ou esconder-se", disse Sven, "Caso vocês não tenham notado, este lugar é bem distante de tudo. Nada mau para uma esquadra fugindo do mundo inteiro."

"Em breve vocês verão", disse Vicente, calmo. "Estou aguardando provas, documentos, que mostrarão definitivamente para onde as tabuinhas foram." Essa era a réplica habitual de Vicente. Era surpreendente: ele nunca padecia um momento de dúvida.

Ainda assim, Greer concordava com a teoria dele. "Pense só. O almirante Von Spee era um homem do mundo. Um naturalista. Escreveu sobre a flora e a fauna dos lugares onde esteve estacionado. Não teria lido o registro de bordo de Cook? O trabalho dele era preparar-se para todas as possibilidades. Ele não iria simplesmente jogar a âncora e agir por instinto."

"Você não deveria aumentar a agitação dele dessa maneira", disse Sven. "Está lhe fazendo as vontades."

"Por acaso ela tem razão", disse Vicente. "Von Spee esteve aqui por uma razão: o *rongorongo*."

"Assim como você", riu Sven. "Mas isso, obviamente, não quer dizer nada."

"Está bem. Mudando de assunto", anunciou Greer. Era assim que eles administravam os jantares semanais. Cada um tinha um limite de cinco minutos para falar de trabalho, caso contrário ficariam discutindo durante horas.

"As sementes misteriosas?", perguntou Vicente.

"Continuam misteriosas", respondeu Greer. "O mesmo que na semana passada. O mesmo que duas semanas atrás. Contando grãos. É um processo lento e chato. Vou lhes poupar os detalhes."

Greer pôs sal e pimenta na galinha que ia comer e estendeu a mão para o tempero mais recente inventado por Sven: molho de manga e coentro. Fazia meses que galinha era o alimento básico de todos, e qualquer sabor novo, ainda que estranho, era uma bem-vinda mudança. Ela enfiou uma garfada no molho. Era adocicado, com um quê condimentado. "Nada mau, Sven."

"Nós precisamos mesmo é de um belo prato de *gravlax*,* talvez com algumas batatas Hasselback."

"Bem, então, a conferência", disse Vicente. "A *señorita* Nosticio me pediu que faça minha apresentação primeiro e eu gostaria de ter certeza de que estamos todos de acordo com isso."

"Você acha mesmo que as pessoas vão aparecer?", perguntou Sven. "Tenho uma imagem de mim mesmo, em pé lá em cima, balbuciando sobre o meu trabalho só para vocês três."

"Exatamente como os nossos jantares", disse Greer.

"*Touché*."

"Estou brincando." Mas ela esperava que as pessoas aparecessem. Gostava da idéia de participar de uma conferência.

"As pessoas virão, Sven. Mario, Petero, Mahina, tenho certeza. E outros. Mas, primeiro, estamos de acordo com que eu inicie o programa?"

Bem no momento em que eles decidiam a ordem — Vicente, Sven, Burke-Jones, Greer —, Luka Tepano passou. Greer o via passar com freqüência pela casa de Mahina ou pelo Espíritu, caminhando pensativamente. Às vezes, se ia à *caleta* à noite olhar o oceano, via-o sentado nas rochas. Ele agora levava um ramo de margaridas.

* Prato escandinavo à base de salmão curado a seco e marinado em ervas. (N. T.)

"O buquê mais triste que já vi", disse Sven. "Nenhuma mulher no mundo ficaria impressionada com isso. Até mulheres em cavernas têm padrões."

"A intenção é que conta", disse Vicente. "Para as mulheres, o que conta é a intenção."

A isso, todos se voltaram instintivamente para Greer.

"Falando em nome de todas as mulheres: totalmente."

"Bem, para os homens também", disse Vicente. "Para todo mundo. É a intenção."

"Excelente recuperação, Vicente." Sven sorriu. "Você devia ter sido diplomata."

"Você vai ficar contente de saber que pensei nisso."

"As pessoas dão flores porque elas são bonitas. Naturais e simples. Significam beleza. Por que os artistas pintam flores? Porque são bonitas. Estou certo, Greer?"

"Eu não saberia dizer."

"Isto não é hora de a especialista em flores ficar em silêncio."

"Botânica, Sven. Palinologista. Você não entende que não sou florista?"

"Sim, mas a ciência requer muitos termos técnicos e chatos demais. Vamos, uma coisinha. Uma pequena opinião sobre flores para nos ajudar."

"Está bem. Para mim, o único artista que sabe pintar flores é O'Keeffe."

"E Van Gogh e seus girassóis?", perguntou Vicente.

"Eu acho que a única imagem verdadeira de flores deve ser de uma única flor. A quantidade só obscurece a beleza. Examine uma coisa atentamente e todas as coisas serão reveladas. Uma flor. Um grão de pólen." Ela fez um gesto para eles. "*Até* uma ilha."

"Cuidado", arreliou Sven. "Você fala como se estivéssemos fazendo alguma coisa de significativo aqui. As pessoas vão ter a impressão errada."

"Mas nós *estamos.*" Greer recostou-se na cadeira e suspirou. A tensão do trabalho a estava vencendo. "Embora estejamos num impasse, estamos todos fazendo as perguntas certas. Perguntas importantes."

Eles sentiram prazer por um momento com esse lembrete do significado de sua vida cotidiana, os meses de tarefas pequenas e tediosas. Precisavam disso, especialmente Greer.

"Vamos deixar Greer falar primeiro", disse Sven, "estimular a multidão."

"Eu já estou pensando em mandar dizer que estou doente", disse ela. "Não tenho nada a informar."

Burke-Jones empurrou a cadeira para trás e levantou-se. "Estou cansado." E começou a descer a rua antes que pudessem se despedir.

"Ele não está hospedado aqui no Espíritu?", perguntou Greer.

"Está, mas gosta de caminhar. Isso o descontrai."

"Um homem sempre intrigante."

"Bem, nós lhe damos muita corda", disse Sven.

"Posso perguntar por quê?"

"Você não lhe contou?", perguntou Sven. "Você a bombardeia com todos os detalhes do almirante Von Spee, que morreu há sessenta anos, e não diz nada sobre o nosso colega vivo?"

"A mulher dele", disse Vicente. "Morreu há quase dois anos. E ele está aqui desde então, estudando o transporte das *moai*. Ele é, ou era, um arquiteto muito conhecido em Londres. Foi contratado para construir um teatro. Teria sido o maior de Londres, mas quando a mulher morreu foi o fim do projeto. Ele desistiu."

"Coitado do Randolph", disse Greer.

Todos terminaram seus drinques e depois tentaram reanimar a conversa com queixas sobre a SAAS, predições sobre quando o navio da marinha chilena chegaria com suprimentos, idéias sobre o golpe de Pinochet. Vicente pegou o jornal e mostrou a eles a manchete: *La muerte de Pablo Neruda*.

"Faz cinco dias", disse. "Dizem que foi de tristeza de ver a pátria cair nas mãos de um ditador desses. E dizem que tinha acabado de publicar um poema sobre Rapa Nui."

Isso e a história de Burke-Jones os deixaram pensativos, e eles logo se despediram.

Greer voltou para o laboratório para olhar uma amostra que deixara em banho de hidróxido de potássio. No corredor, viu uma linha de luz sob a porta de Burke-Jones. Nunca falara com ele fora dos jantares da SAAS, mas agora achou que devia ver como ele estava. Afinal de contas, sabia o que era sofrimento, o que era vontade de fugir. A porta estava entreaberta e ela bateu levemente, mas não houve resposta. Ela a empurrou e viu-o arqueado sobre uma mesa na extremidade da sala, com as mãos fora de vista mas ocupadas. Avançando alguns passos, Greer viu o que estava diante dele: uma paisagem em miniatura — a ilha coberta com *moai* de quinze centímetros de altura, escadas de palitos de dente e caracóis feitos do que parecia fio dental. Havia vidros de cola abertos, tesoura, papelão, papel de recorte colorido e, no canto, um balde de *papier mâché*. Ele cantarolava tristemente, movendo-se de um lado para outro, ajustando e alterando a paisagem em miniatura.

"Randolph. É Greer." Mas não houve resposta.

"Randolph", repetiu ela.

Estaria ele simplesmente ignorando-a? Ou estaria tão absorto na ilha que construíra para si que não havia lugar para uma visita de verdade, que na certa pareceria um gigante vindo para destruir seu mundo perfeito?

Como Sven previra, a conferência teve um comparecimento muito fraco. Choveu durante o dia — coisa rara para outubro — e as três fileiras semicirculares de cadeiras que Isabel Nosticio tinha providenciado estavam molhadas, as toalhas das mesas dos sanduíches ficaram encharcadas, e o lençol branco para as projeções de slides caiu no chão, sujo. Mas, tendo tomado duas garrafas de pisco azedo na *caleta* antes da conferência enquanto viam os barcos de pesca chegarem, estavam todos bem-dispostos. Foram de braços dados pela costa até a área da conferência, contando casos sobre outros simpósios. Sven alegou que certa vez aplicara um Heimlich* num colega no meio de uma apresentação; Vicente conheceu num evento três lingüistas que também tinham viajado de balão sobre os Andes. Greer não conseguiu deixar de pensar no que eles achariam sobre a história da apresentação da sua tese à banca. Enquanto se preparava no quarto no *residencial*, deu-se conta de que a conferência da SAAS seria a sua primeira apresentação em público desde Wisconsin. Olhando-se no espelho, tentou captar algum vislumbre daquela mulher mais jovem que fora tão destemida e confiante, uma versão de si mesma de que mal conseguia se lembrar.

Ao chegarem ao local, os destroços molhados da sala de conferência ao ar livre os fizeram cair na gargalhada. Até Isabel, ao ver o tamanho da audiência, começou a se dar conta da inutilidade do evento.

Sentaram-se e, conforme o planejado, Vicente foi primeiro. De camisa social branca, gravata marrom e carregando uma pasta elegante, quase parecia um ator quando subiu à tribuna iluminada por tochas, pensou Greer, alguém acostumado a ser o centro das atenções.

* Procedimento de primeiros socorros para desalojar uma obstrução da traquéia de alguém, mediante uma pressão forte e súbida no abdome, entre o umbigo e a caixa torácica. Do nome do médico americano Henry J. Heimlich. (N. T.)

Começou com as formalidades, em espanhol e em inglês: agradecimentos à Sociedad, a Isabel, a seus patrocinadores, aos colegas. "Testando, testando." Bateu no microfone e sorriu. "Estão todos ouvindo aí no fundo?" Havia só umas quinze pessoas ali, na maioria amigos, e alguns turistas que tinham passado por eles na *caleta* mais cedo. "Bem no fundo? A fileira Z está ouvindo?" Todo mundo riu, até Isabel. "Ótimo", disse ele. "Como todos sabemos, a ontogenia recapitula a filogenia. O embrião evolui de acordo com o mesmo padrão que a própria vida. E vale o mesmo para a evolução da raça humana." Em seguida disse que os principais momentos decisivos da humanidade — a descoberta do fogo, o início dos sepultamentos, as pinturas nas cavernas e a invenção da linguagem escrita — refletiam-se no desenvolvimento pessoal. Para cada indivíduo havia um momento de descobrir o fogo — um talento, uma paixão ou um amor —, depois um momento de aprender a enterrar o passado, e depois, de representar e registrar sentimentos sobre o mundo por meio da escrita. Por fim, desceu da tribuna e disse: "O *rongorongo* é um exemplo perfeito de como a sociedade inventa um meio de proteger suas histórias".

Alguém aplaudiu atrás das cadeiras, e Greer se virou e viu Mahina num vestido roxo. Ela soltara o coque habitual e o cabelo caía em ondas sobre os ombros nus. Greer lhe fez sinal e Mahina passou por entre as cadeiras, fazendo um breve cumprimento a cada um por quem passava. Examinou se a cadeira ao lado de Greer estava seca e sentou-se.

Em seguida Sven subiu à tribuna e cravou uma tocha a seu lado. Estava de jeans e camiseta amarela desbotada, não levava notas nem fichas. Fez um agradecimento especial a Isabel e depois falou brevemente sobre a situação geológica dos vulcões e os padrões do tempo, aludiu à sua necessidade de dados de satélite, a seu abundante suprimento de canetas esferográficas, bateu as duas mãos na tribuna e disse: "Isto está me matando de tédio". Quando ele se sentou, o riso estridente de Isabel ressoou na noite.

Depois Burke-Jones deu início à exposição mais animada desde que Greer o conhecera. Tinha posto um terno limpo, e a luz revelava em seu cabelo marcas características de um pente. Segundo a lenda da ilha, disse ele, as *moai*, depois de concluídas, tinham caminhado da pedreira até a costa, uma distância que em certos lugares chegava a nove quilômetros. Como o tufo vulcânico se arranhava facilmente e como não havia marcas nas costas nem na frente das estátuas, elas deviam ter sido transportadas na vertical. Na hipótese de Burke-Jones, passaram-se cordas em torno do pescoço das estátuas para movê-las para a periferia da ilha. E, com os olhos cheios de vida, ele fez seu comunicado final: dali a exatamente um mês simularia isso, e esperava que o povo de Rapa Nui participasse com ele da investigação sobre os feitos de seus ancestrais.

Greer foi a última, calçando de novo as sandálias de couro que tinha largado na grama e já sem o efeito do pisco. Como seus dados ainda estavam incompletos, a palestra seria breve. Nas últimas semanas estivera preparando amostras, centrifugando, contando os grãos conhecidos e os desconhecidos — fazendo o trabalho que um dia levara toda uma equipe de assistentes de laboratório para fazer. Encomendara livros sobre pólen da Polinésia e amostras de herbário de Kew, que ainda não tinham chegado. Levaria no mínimo mais um mês para ter quaisquer números abrangentes sobre a antiga biota da ilha.

Quando chegou à tribuna, também ela agradeceu à SAAS e a Isabel. Agradeceu aos colegas e fez um agradecimento especial a Mahina Huke Tima, cujo rosto manifestou uma súbita onda de orgulho. O agradecimento também provocou aplauso vindo do escuro: Ramón estava atrás das cadeiras, olhando não para a tribuna, mas para Mahina.

Greer abriu a pasta e começou: "Uma das primeiras coisas que compreendemos sobre a evolução, sobre a teoria de organismos amadurecendo e mudando, foi que o isolamento foi fundamental. Para que ocorra mudança significativa, um organismo precisa estar sozinho, separado, por assim dizer, dos pais. Há muito tempo as ilhas constituem o estudo ideal do isolamento, e em Rapa Nui temos uma ilha tão isolada geograficamente, tão isolada em sua história humana, que é, em essência, um perfeito tubo de ensaio para o exame de padrões de especiação, migração e evolução. Em particular, a ilha é única na sua completa deficiência de recursos naturais...".

Um silêncio de desaprovação tinha caído sobre a audiência. Greer ergueu os olhos para ver Isabel de testa franzida, segurando a prancheta contra o peito. Era óbvio que o que ela estava dizendo não soava muito pró-Rapa Nui. Estava dizendo que a ilha era pior do que parcialmente vazia: era completamente vazia.

"Mas essa deficiência não poderia ser mais significativa. Mais *perfeita*."

Greer passou aos detalhes sobre coleta de amostras, na esperança de enterrar seus comentários negativos num catálogo de números. *A proporção de* Gramineae *para* Filices *na camada base de amostras de vinte e seis mil anos antes da era atual.... Quarenta e três por cento de ervas e pteridófitas a seis metros na escavação primária.* Quando finalmente ergueu os olhos do papel, Mahina sorria, mas logo bocejou. Vicente esfregava os olhos. Greer agradeceu-lhes o tempo, a atenção e juntou suas coisas.

"Você é uma mulher honesta, Greer", veio a voz de Vicente detrás dela. "Disse que a coleta de amostras é um processo lento e tedioso e disse a verdade."

"Vi que você deu uma boa cochilada, Vicente."

"A culpa não é minha. Tenho um problema de saúde. Quando sou bombardeado com números e estatísticas, o meu cérebro fica congestionado e precisa descansar."

"Rá-rá."

"Fui diagnosticado numa conferência sobre criptografia, quando alguém deu uma palestra de cinco horas sobre o relacionamento entre os números primos e a escrita cuneiforme. Salvo pelo sono."

"Bem, Burke-Jones foi muito inspirador. Foi difícil falar depois dele."

"Sim, eu o achei excelente."

Os dois se viraram para procurá-lo, mas ele já tinha se retirado. As pessoas estavam se aglomerando em torno das cadeiras. Mahina estava junto à mesa dos lanches, erguendo contra a luz o que parecia uma batata frita. Ramón sussurrava-lhe ao ouvido e ela ria.

"A sua proprietária está se divertindo", disse Vicente.

"Ele gosta dela."

"Ah, Ramón. Desde que cheguei aqui notei que ele estava apaixonado por ela."

"Eles parecem se dar bem. Eu ia encorajá-la. Mas tento não endossar infidelidade."

"Ele não é casado."

"Não, refiro-me a Mahina. O marido dela está longe."

Vicente balançou a cabeça, consternado. "No... Taiti?"

"Sim."

"Coitada da Mahina."

"Por quê?"

"Eu lhe disse que nos anos 50 e 60, quando o Chile proibiu os ilhéus de partir, os homens roubaram botes, construíram jangadas e tentaram viajar para o Taiti. O marido de Mahina foi um deles. Perdeu-se no mar."

"Mas isso foi há mais de dez anos. Meu Deus, ela não pode realmente pensar que ele vai voltar!"

"Quem sabe? Mas ela nem olha para outro homem. Vários tentaram. E ela é uma mulher bem atraente. É uma pena."

Greer olhou para Mahina. Estava com as mãos enlaçadas às costas, e Ramón se inclinava para ela. O vestido roxo punha-lhe um profundo rubor nas faces e o rosto estava iluminado por um sorriso. Vicente tinha razão: uma mulher atraente.

"Coitada da Mahina", disse.

Algumas pessoas começaram a se retirar. Dois adolescentes — Claudio e César —, que Isabel tinha contratado para o evento, começaram a dobrar as cadeiras. Isabel e Sven estavam sentados lado a lado e seus joelhos se tocavam.

"Acho que eu deveria voltar", disse Greer. "Tenho muita coisa a fazer amanhã."

"Contar mais pólen?"

"E o que mais?"

"Dê uma caminhada comigo." Vicente segurou-lhe a mão. "Você não pode continuar apegada a esses tolos hábitos americanos de independência."

"Foi sobre isso que a minha nação foi construída. Veja isso como a minha forma de patriotismo."

"Vamos, Greer. Você tem no mínimo que me deixar acompanhá-la até o *residencial*. Conheço muito bem o caminho até lá. Bem demais, talvez."

Greer olhou para ele, seu rosto suave e generoso ao luar. Teve vontade de que ele a acompanhasse até em casa, mas seria mais difícil despedir-se dele lá. "Outra noite, Vicente. Quando o tempo estiver melhor."

"Quando o tempo estiver melhor? Fique avisada, Greer: o verão está chegando."

"Ah, é. A estação seca. Acho que posso lidar com isso."

"Gozado. Sei tudo sobre a sua pesquisa, suas lavagens com ácido, suas contagens de pólen. Sei quando você gosta de trabalhar, o que gosta de comer, beber. Estamos aqui há meses, aprendendo todas essas coisinhas um sobre o outro, mas eu gostaria de saber as outras coisas."

"As coisinhas são importantes."

"Mas eu gostaria de saber como é a sua vida fora do trabalho. É assim tão terrível perguntar?"

Ela nunca o tinha visto tão sincero. "Não, não é terrível perguntar, de modo algum. Mas às vezes é difícil responder."

"Esse é o problema com todas as perguntas importantes, não é?"

"Você tem razão." Ela lhe deu um beijo no rosto. "Vou pensar numa resposta."

E, com isso, deixou-o.

Greer acordou cedo na manhã seguinte com uma batida forte na porta. Arrancou-se da cama e abriu. Era Mahina, anunciando uma visita urgente de Vicente. (Mahina proibia homens de se aproximarem da porta das hóspedes.) A revelação da noite anterior sobre o marido de Mahina veio-lhe à mente, vagamente, enquanto Greer vestia o roupão e a seguia pelo pátio até a sala principal.

Lá estava Vicente, de jeans e camiseta branca. Acenava com um pedaço de papel e parecia exultante.

"O quê? Sem ressaca?", perguntou Greer.

"Um dos meus muitos talentos: tolerância ao pisco." Ele lhe entregou o papel. "Não o original, claro. Uma tradução. Mas direta dos arquivos alemães. Está vendo?"

> URGENTE. CARGA PRECIOSA A BORDO. NENHUMA POSSIBILIDADE DE RETORNO. NECESSITA DE PORTO SEGURO PARA DESEMBARQUE. CARGA NÃO PODE PERMANECER NO NAVIO.

Era um telegrama do navio de Von Spee, o *Scharnhorst*, datado de 22 de outubro de 1914. Greer fez o cálculo. "Dois dias depois de eles terem deixado a ilha?"

Vicente assentiu, tentando visivelmente conter o entusiasmo. "Isso é realmente uma coisa importante. Há uma resposta?"

"Se havia, foi ao fundo com o navio. Mas talvez haja outro telegrama de Von Spee. Sobre a 'carga'. Deve chegar em breve."

"Ah, Vicente!"

Ele sorriu. "Eu sei. Eu sei."

E, atrás dele, Mahina pôs as mãos na cintura e inclinou a cabeça. "*Doctora*, seu *colega* lhe trouxe outra coisinha?"

21.

Há oito navios aproximando-se da ilha. Cinco parecem navios de guerra, cuspindo fumaça preta de seus cilindros. Atrás vêm três embarcações menores. Da borda do penhasco, Edward e Elsa assistem ao desfile, incrédulos. Desde que chegaram, nenhum navio acostou na ilha. E agora, oito. O desassossego invade Elsa quando os navios passam por Anakena, rumo à costa leste da ilha.

"Eles não podem de fato estar pretendendo ancorar aqui", diz Edward.

Elsa dá de ombros.

"É difícil de acreditar", continua ele. "Bem, temos que cumprimentá-los. É provável que seja uma esquadra européia. Talvez britânica. Pode trazer correspondência. Ou no mínimo jornais."

"Alemães", diz Elsa.

"Alemães. Britânicos. Japoneses. Contanto que tenham jornais."

Alemães. É isso o que a perturba.

Edward ruma para o interior. "Vou mandar uma carta para a Royal Geographical Society. Resumir nosso trabalho... E você deveria escrever uma sobre as tabuinhas. Aguçar o apetite deles. Se as mandarmos com os navios, podemos receber respostas pelo navio da Companhia Chilena. Elsa, você está bem?"

Elsa, cujo olhar não desgrudou do horizonte, vira-se afinal e refaz o trajeto de Edward pela grama.

Edward está junto dos cavalos. "Não acredito que eles vão querer ficar muito tempo." Solta a corda do seu animal do poste e monta. "E então?"

Elsa olha para ele. "Alice?" Não a vê desde a véspera.

"Dormindo."

"Mas se acordar... eu devo ficar com ela." Como numa lufada de vento, a discussão deles retorna. *Imbecil* — a palavra salta à mente de Elsa.

"Você não se importa?"

"Apenas descubra quem eles são e volte logo."

Edward sai a galope e Elsa senta na grama, ao lado da barraca de Alice. Fecha os olhos, tentando acalmar a mente. Mas os navios de guerra. Não consegue parar de pensar neles. E se a frota for alemã?

Elsa logo se recompõe, sacode a areia da saia e atravessa a nuvem de gaze do mosquiteiro. Alice está dormindo em sua cama, com o corpo enroscado como um feto. A seu lado, na gaiola, Pudding limpa as penas com o bico. O cabelo de Alice, que secou depois da chuva, cai em grossos emaranhados em torno do rosto. Elsa deita-se ao lado da cama, ouvindo o gorgolejo de Alice, que sonha, e o som é tão suave, tão infantil que Elsa estende a mão e afaga o braço da irmã. Mas, quando Alice se move, Elisa retira a mão rapidamente. Receia que Alice desperte e sua raiva se reacenda. Medo de Alice — a idéia a faz estremecer. Terá de aceitar que será tudo diferente com Alice agora. E enquanto pensa nisso tem a sensação de que as bordas do seu ser estão se esfiapando, como se alguma coisa tivesse agarrado seu fio vital e puxasse com firmeza e ela só pudesse olhar enquanto se desfaz costura a costura.

O relinchar de um cavalo a desperta e ela se levanta na luz cinzenta da tarde. Alice, na cama a seu lado, continua dormindo.

"Elsa!", está chamando Edward. "Elsa, minha querida, temos visitas."

Ela massageia o rosto para acordar de todo. Pondo a cabeça para fora da barraca, vê na colina acima da praia umas doze pessoas a cavalo. Uma galáxia de botões de latão sobre azul-marinho. Ela acena.

"Você tinha razão, minha cara! Alemães." A voz de Edward novamente. Sua voz de sala de aula. "Vieram abastecer-se e fazer um pouco de turismo. Contei ao almirante o que estamos fazendo aqui e ele está muito interessado no seu trabalho com as tabuinhas. Eu disse a ele que você teria prazer em lhe mostrar uma."

"Agora?", grita ela. Seu tom é rude, mas ela não consegue conter o pânico.

"O almirante tinha esperança de ver uma hoje. Eles estão no mar há bastante tempo. Famintos por estímulos, imagino eu." Edward murmura alguma coisa ao semicírculo de pessoas e uma risada breve e rouca irrompe no alto da colina.

"Eu insisti." A voz, com sotaque e familiar, dirige-se a ela.

Ela olha para cima novamente, para a fileira de pessoas, mas não consegue discernir rostos sob os capacetes com fitas douradas. Vai ter de subir até lá. Com o coração martelando agora, entra na barraca, pega a *kohau* que levou a Kasimiro e se encaminha colina acima. No centro do semicírculo, com uma grossa faixa dourada no capacete, está o almirante.

"Você trouxe uma *kohau*", diz Edward. "Esplêndido."

Elsa desembrulha a tabuinha e a aponta como um rifle para o

almirante. Os lábios dele mantêm uma linha firme, um esforço de seriedade, traído apenas pelo bigode grisalho, cujas pontas, reviradas para cima, sugerem riso. "*Was machst du hier?*", pergunta Elsa.

Ele se volta para Edward. "A senhora fala alemão."

"Elsa é fluente", diz Edward. Tentando aliviar o constrangimento, ele desmonta e delicadamente pega a *kohau* das mãos de Elsa. "O senhor vê, almirante, cada *kohau* é entalhada com diversas figuras. Olhe. Vê aqui? Algumas são na forma de aves, e aqui — animais. Algumas são meros rabiscos. Mas Elsa já catalogou mais de dois mil caracteres."

"Sua esposa é uma mulher aplicada."

"Ela tem feito um amplo estudo da língua *rapa nui* e do *rongorongo*. Está muito perto de fazer uma tradução."

"E o que essas tabuinhas dizem, Frau Beazley?"

Elsa não consegue encontrar palavras para responder.

"Nós achamos" — intervém Edward — "que elas registram a história da ilha. Esta, por exemplo, temos motivos para crer que explica o deslocamento das *moai*."

"Não poderia ser, então, algum tipo de comunicação? Como uma carta anunciando uma ocasião? Um casamento?"

Elsa balança a cabeça. Não pode aceitar o que está ouvindo.

"Ou uma viagem?"

"O senhor vê, almirante, nossa pesquisa entre os *rapa nui*, e Elsa entrevistou dezenas deles, indica fortemente que as tabuinhas registram a história e a mitologia da ilha. Foram compostas por escribas especiais, treinados na escrita. Portanto, elas não eram usadas por pessoas comuns para comunicação. Elsa também pretende descobrir uma chave."

"Ótimo. *Gut*", diz o almirante. "Agora", e olha para seus oficiais, "eu gostaria de pedir a Frau Beazley que nos acompanhasse brevemente até a cidade. Para ajudar em algumas transações. Para traduzir. Provisões para os homens."

Edward vira-se para ela. "Estará escuro em poucas horas."

"Eu lhe garanto que ela será escoltada diretamente de volta para cá."

"Querida?"

Elsa olha de Edward para o almirante e para Edward de novo. Ver os dois homens lado a lado parece impossível.

"Está bem", diz ela. "Provisões."

"Somente se você estiver disposta", adverte Edward. "Tivemos um dia muito longo", explica aos alemães.

"Eu vou", diz ela. "Cuide de Alice."

"Claro." Passa a ela as rédeas do cavalo. "Tem certeza?" Elsa concorda com a cabeça. Quando ela pára ao lado dele, ele sussurra: "Veja se você consegue um jornal. Ele alega que não tem nenhum, mas talvez se *você* pedir...". Ela monta no animal.

"Nós a traremos de volta em pouco tempo", diz o almirante, batendo com a bota no flanco do cavalo.

Elsa mantém a cabeça baixa enquanto seu cavalo sai a trote na dianteira dos homens, levantando poeira vermelha da trilha costeira. De repente ela tem vontade de disparar, de fugir.

"*Reitet hier weg!*", ordena uma voz atrás dela, e o som de todos os cascos cessa abruptamente. O silêncio é rompido por um cavalo, aproximando-se lentamente dela. É só quando ele está a seu lado que o rodamoinho final da confusão dela irrompe numa pergunta ofegante:

"*Max?*"

Ele estende o braço e segura-lhe a mão: "*Mein Liebling*".

22.

Até o final de outubro, Greer tinha examinado todas as suas amostras. Enviara as de sedimento para serem datadas por radiocarbono a fim de estabelecer a cronologia ecológica da ilha. Um exemplar de *Estudos em estatística sobre o pólen havaiano*, de Selling, chegara finalmente, junto com amostras de herbário de Kew que a ajudariam a identificar grãos de pólen desconhecidos nos seis meses seguintes.

Vicente e Sven estavam ajudando Burke-Jones a escavar uma *moai* na pedreira — preparando o experimento dele, tinham de soltar a terra sob a estátua — e Greer trabalhava sozinha no prédio da SAAS. As horas passavam em silêncio enquanto ela puxava seu banco entre os dois microscópios sobre as longas bancadas de trabalho do laboratório. Ela havia criado uma plataforma angular para seu microscópio, para não precisar forçar o pescoço, e em longos dias de trabalho usava um suporte fino. Ao meio-dia, Mahina lhe levava o almoço e Greer às vezes lhe mostrava o pólen. Mahina tinha um bom olho para diferenças sutis — era capaz de identificar imediatamente um pequeno recorte na exina — e gostava de comparar o que via no microscópio com as imagens no guia de polens.

Ocasionalmente, quando faziam um intervalo no trabalho na pedreira, Vicente passava para dizer alô ou Sven entrava de repente fazendo uma piada: "E então, como vão os *polen ésios* hoje?". Às vezes, à noite, enquanto esperava pela centrífuga, Greer ia até o laboratório de Burke-Jones, para onde ele se retirava no final do dia para fazer ajustes em seus mundos em miniatura.

Greer desconfiava que a imagem que emergia dos seus estudos sobre a flora inicial da ilha poderia ajudá-lo. Nos níveis médios de suas sementes, havia encontrado pólen da *Triumfetta semitriloba*, árvore disseminada através do Pacífico que era usada para fazer corda. Se as estátuas tinham sido deslocadas por meio de cordas, disse ela a Burke-Jones, essas cordas provavelmente foram feitas da casca dessa planta.

"Ela ainda cresce no Taiti", disse da porta do laboratório dele. Burke-Jones não ficava à vontade com visitas, de modo que Greer nunca atravessava a soleira. "Poderíamos mandar vir algumas. Tenho certeza de que você conseguiria convencer a SAAS a colaborar. Converse com Isabel."

Ele empurrou a cadeira para trás e examinou seus modelos tridimensionais. "Acho que eles usaram alguma coisa macia, alguma coisa fibrosa."

"Bem, vamos mandar vir algumas, então. E nós todos podemos ajudar a tecer. De quanto você precisa?"

Burke-Jones olhou fixo para a frente, como se estivesse lendo cálculos no ar. "Cento e setenta e oito metros."

"Digamos duzentos."

"Vinte e dois metros serão desperdiçados."

"Nós encontraremos um uso para eles. Na pior das hipóteses, faremos uma rede de *semitriloba* para futuros pesquisadores da SAAS. Escrevo para o serviço florestal do Taiti?"

"Eu gostaria que a simulação fosse o mais precisa possível."

"Então vamos ter corda de *semitriloba* autêntica."

Ele se virou para ela com um leve sorriso. "Isso é uma coisa que deixa a gente feliz."

"Certamente que é, Randolph."

Do passado da ilha outras plantas também estavam emergindo.

Pólen da árvore *Sophora toromiro*, semelhante à árvore-dos-pagodes japonesa, apareceu em amostras das três crateras. O gênero *Sophora* era conhecido pelos cálices em formato de sino, flores brancas e amarelas e folhas plumuliformes. Não havia dúvida de que a *Sophora toromiro* era a arvorezinha notada pelo capitão Cook: *só se viram dois ou três arbustos. As folhas e sementes de um (chamado pelos nativos de torromedo) não eram muito diferentes da ervilhaca comum*... A *toromiro*, então, sobrevivera a todos os seus iguais botânicos.

Outros tipos de pólen só apareciam nos níveis superiores das amostras: pólen quase idêntico ao da *Broussonetia papyrifera*, amoreira cujas fibras da casca eram usadas para fazer papel, e semelhante à amoreira usada em toda a Polinésia para fazer tecido. Novamente Cook tinha observado *em vários lugares a planta do tecido de Otaheite, mas era inferior e fraca, com no máximo oitenta centímetros*... O pólen da amoreira, contudo, estava ausente dos níveis de sedimento mais baixos, o que sugeria que chegara com os primeiros colonizadores.

Nos níveis mais baixos o registro do pólen mudava drasticamente. Ali havia esporos de no mínimo dez pteridófitas, inclusive das esperadas samambaias.

O mais interessante, porém, era um tipo de pólen desconhecido, abundante na base das amostras: grãos oblongos com uma grande depressão dividindo o centro em duas partes. Fosse qual fosse aquela angiosperma, em certa época tinha recoberto a ilha, e estava extinta havia várias centenas de anos. Seu pólen começara a rarear bem na época em que a amoreira do papel aparecera. Greer teria de mandar uma amostra para Kew para ver se tinham alguma coisa semelhante — mas as chances eram tênues. Se aquela planta estivesse na ilha havia milhares de anos, estava tão distanciada de suas ancestrais que seria difícil seguir a pista de sua genealogia.

Ainda assim, a questão da madeira permanecia. Roggeveen e Cook tinham mencionado canoas de tábuas longas — mas nem o tronco da *Sophora toromiro* nem o da amoreira do papel seriam suficientes para a construção de botes. O pólen nos níveis mais baixos seria de uma árvore grande de madeira pesada?

O francês Jean-François de Galaup, conde de La Pérouse, que visitou a ilha em 1786, também fez anotações sobre as canoas:

> *Elas são feitas de tábuas muito estreitas, com cerca de um metro e meio de comprimento, e podem transportar no máximo quatro homens. Vi três delas nesta parte da ilha e não ficaria muito surpreso se em pouco tempo, por falta de madeira, não restasse uma única aqui* [...]
>
> *A exatidão com que mediram o navio demonstrou que eles não foram espectadores desatentos de nossas artes; examinaram nossos cabos, âncoras, bússola e roda do leme, e voltaram no dia seguinte com um cordel, para tomar as medidas novamente* [...]

Monsieur de Langue, o companheiro de La Pérouse, que explorou o interior da ilha, observou arbustos de amoreira do papel e mimosa, comentando que apenas um décimo da ilha era cultivado e o resto era coberto com grama grosseira. As únicas aves avistadas por Monsieur de Langle foram andorinhas-do-mar na base da cratera. As estátuas, avistadas com telescópios, tinham todas caído. Nada disso, pensou Greer, diferia de outros registros de viagem.

O que lhe chamou a atenção, porém, foi que tanto Langle quanto La Pérouse supuseram que em outra época a ilha tivera vegetação diferente. Langle avaliou a população da ilha em duas mil pessoas, e acrescentou: *Há motivo para crer que a população era mais considerável quando a ilha era mais arborizada.* La Pérouse até acusou os *rapa nui* de desmatamento. Queixou-se das rochas de lava espalhadas pela terra, explicando:

> [...] *essas pedras, que achamos tão incômodas ao caminhar, são de grande utilidade, pois contribuem para o frescor e a umidade do solo, e suplementam em parte a escassez da sombra salutar das árvores, que os habitantes foram tão imprudentes em abater, em tempos, sem dúvida, muito remotos, em conseqüência do que o país deles fica plenamente exposto aos raios do sol e é destituído de nascentes e riachos* [...]
>
> [...] *Monsieur de Langue e eu não tivemos dúvida de que esse povo deve o infortúnio de sua situação à imprudência de seus ancestrais* [...]

Greer estava lendo isso uma noite, na sala principal do *residencial*, quando Mahina entrou.

"*Iorana, doctora!*" Trazia nos braços várias latas de pêssegos. "Olhe. *Peti.*" Pousou as latas, uma por vez, na beirada da escrivaninha dela. "Ramón nos deu *peti*."

"*Iorana*, Mahina."

Mahina relanceou os olhos na direção do livro de Greer. "A *doctora* sempre trabalhando."

"É. Outro registro de viagem de europeus à ilha de Páscoa. Você conhece histórias sobre árvores nas lendas da ilha? Árvores que tenham crescido aqui antes? Quando Hotu Matua veio?"

"Eu já lhe contei a história de Hau Maka e da alma de sonho que voou para o sol e descobriu a ilha mais bonita."

"Havia árvores nessa história?"

"Havia de tudo." Mahina sentou atrás da escrivaninha. "Peixes, frutos e flores. A alma de sonho vê tudo que quer."

"La Pérouse diz que os ilhéus cortavam árvores. Eu encontrei um tipo estranho de pólen nas minhas amostras, no nível mais baixo, e estava pensando se haveria alguma coisa sobre árvores na tradição oral."

"Há uma história que ouvi quando era criança, mas é só uma lenda, como a senhora diz. Não é para a sua ciência."

"Conte assim mesmo."

"Bem, é a história de como a árvore grande veio a existir. Havia uma mulher, Sina, que amava o homem Tuna, mas não podia tê-lo. Proibido. Ela tinha muitos outros homens, pretendentes, a senhora diz, e os pretendentes se reuniram para capturar Tuna numa grande rede. Na noite antes de o matarem, Sina vai vê-lo, para dizer *iorana*, e Tuna diz a ela que na manhã seguinte plante a cabeça dele no chão, de onde crescerá uma grande árvore para lembrá-la dele."

Greer anotou a história e Mahina conferiu para ver se estava fiel a seu relato. Era o mesmo tema que aparecia em todas as mitologias: o espírito-árvore, o *Maypole*,* contos de morte e regeneração, sacrifício e crescimento. A vida humana estava sempre ligada à vida vegetal. Na Austrália e nas Filipinas, acreditava-se que as árvores encerravam os espíritos de ancestrais mortos. Os Kostrubonku russos e os Kangara indianos realizavam funerais para a vegetação morta. Segundo um mito nórdico, Odin criou o primeiro

* Mastro decorado em torno do qual, tradicionalmente, seguindo rituais celtas, no hemisfério Norte, as pessoas dançam no dia 1º de maio, segurando longas fitas presas no topo. (N. T.)

homem e a primeira mulher a partir de duas toras que encontrou na praia.

Essas histórias tentavam explicar o mundo, entender o ermo que rodeava os povos primitivos. Por que contar uma história sobre uma grande árvore quando não havia nenhuma?

"É faz-de-conta", disse Mahina.

"Um mito sobre vegetação", disse Greer. "Mas é útil."

"Um mito", repetiu Mahina. "Porque não temos árvores grandes aqui." Aproximou-se de Greer e examinou as primeiras páginas do livro. "La Pérouse. Sim, é bom."

"Muitas páginas desperdiçadas com queixas sobre chapéus roubados."

"Chapéus?"

"*Hau*", disse Greer, apontando para a cabeça dela. "Todos os relatos de viagem até agora descrevem um roubo quase obsessivo de chapéus. Parece que os ilhéus gostavam deles."

Mahina refletiu nisso um momento.

"Talvez precisassem de sombra", disse afinal.

Era a primeira semana de novembro, verão, mas durante toda a manhã o céu esteve encoberto com nuvens cinzentas. A multidão olhava expectante para o céu, esperando que, se ia chover, ao menos começasse logo, antes de eles arregaçarem as mangas, enrolarem a corda fibrosa nas mãos e começarem a arrastar as *moai* colina abaixo.

Burke-Jones, em traje de safári, estava em pé acima de uma maquete na capota do seu jipe. Tinha atribuído a cada figurinha um número correspondente a cada uma das cinqüenta pessoas que esperavam suas instruções.

Greer sentia o grande entusiasmo que havia no ar. Na última semana todos estiveram falando sobre este dia. O anúncio feito por Burke-Jones na conferência dinamizara a ilha. Agora, quase cem ilhéus se moviam numa massa confusa nas vertentes gramadas de Rano Raraku, a pedreira das *moai*, esperando para ver como seus ancestrais tinham feito aquilo. Para Burke-Jones, para Vicente, até para Greer, tratava-se de um experimento científico. Para os *rapa nui*, porém, não era um fato a ser arquivado: era seu patrimônio, o épico de seus ancestrais.

A logística, porém, era desalentadora. Primeiro os cinqüenta voluntários tiveram de se pôr numa longa fila que coleava por entre dezenas de *moai* tombadas enquanto Burke-Jones entregava a cada um um cartaz numerado, preso a um colar de barbante. Em seguida ele os chamou em grupos de cinco e lhes mostrou na maquete onde ficar. Quando o grupo de Greer foi chamado, ela se admirou de ver que Burke-Jones se incluíra nesse grupo — uma figurinha de palito de dente ao lado de um jipe feito com uma caixa de fósforos vermelha, exatamente na posição onde ele se encontrava. Sentiu-se aliviada ao ver que havia pesquisadores mais obsessivos do que ela. A cada grupo ele atribuíra um líder de equipe — palitos de dente com pontas vermelhas. O do deles era Sven.

"Ah, não", disse Vicente, exibindo um cartaz com o número 34 sobre a camisa marrom-clara. Tinha arregaçado as mangas e trocara a calça habitual por um short cáqui.

"Já era tempo de eu merecer algum respeito", disse Sven.

"Sempre se pode dar um golpe", piscou Vicente. "Está no meu sangue."

Burke-Jones ergueu os olhos da maquete. "Prestem muita atenção ao lugar onde devem ficar." Apontou para uma fileira de figuras de palitos de dente. "A equipe dois fica na fileira do centro, no lado norte das estátuas."

Sven virou-se para Greer e Vicente. "Fui informado de que a equipe dois vai assumir posição no lado..."

"Está quente, Sven", disse Greer.

“Está vendo como meus subordinados falam comigo?”, perguntou Sven a Burke-Jones.

“As coisas a que nos submetemos pela ciência”, suspirou Vicente.

Burke-Jones olhava fixo para a maquete. “Vocês têm suas missões”, disse. “Equipe três!”

“Boa sorte, Randolph”, disse Greer.

“Rápido, por favor!”

Os voluntários estavam visivelmente incomodados com essa rígida manifestação de autoridade. As equipes três e quatro afastaram-se do jipe descontentes, e até Sven acabou desistindo de seu jogo, passou um braço em torno dos ombros de Burke-Jones e disse: “Nenhuma sociedade, por mais avançada que fosse, poderia ser tão organizada quanto você. Vamos começar dançando”. Mas Burke-Jones não se deixou desviar do seu esquema.

Levou mais de uma hora, mas finalmente todos tinham um número, sabiam onde ficar e tinham um líder de grupo. Vicente, que tinha trazido uma máquina fotográfica, tirou fotos de Burke-Jones, que delegava, apontava e examinava a maquete, depois comparava, com um ar de espanto, com a cena à sua frente. Notável, pensou Greer: numa encosta da colina, três ordens de magnitude. As pessoas de palitos de dente, os voluntários humanos e, acima deles, na cratera, deitado de costas, um gigante de pedra com seis metros e meio de altura a ser puxado colina abaixo para erguer-se acima de tudo.

Quando as coisas estavam prestes a começar, Vicente passou a máquina a Mahina, pedindo-lhe que documentasse o experimento. Ela se pôs a um lado com dezenas de ilhéus, os mais velhos e mais fracos, que tinham vindo assistir. Greer era uma das únicas duas mulheres que iam puxar e tivera de brigar com Burke-Jones pela oportunidade. Ele queria reproduzir as condições históricas e era quase certeza que as mulheres não tinham ajudado a deslocar as *moai*. Vicente, apontando para Sven do outro lado da mesa de jantar, finalmente o convencera de que ela não poderia interferir nos resultados: "Convenhamos que eles certamente não tinham suecos para ajudar nem arquitetos britânicos para coordenar".

Isabel, que ficara para o experimento, pôs-se ao lado de Mahina, de saia-calça cor-de-rosa, tênis brancos e braços cruzados. A intervalos de minutos, inclinava a cabeça, descia os óculos escuros pelo nariz, examinava os voluntários, Sven em particular, e recolocava os óculos no lugar.

"Posições!", ordenou Burke-Jones, e a multidão se aproximou da estátua deitada. Uma rede de cordas, feitas à mão com fibras de árvores *Triumfetta semitriloba* trazidas do Taiti, tinha sido amarrada em torno do pescoço da *moai*. Greer, Sven e Vicente tinham se reunido várias noites no Residencial Ao Popohanga, onde Mahina lhes ensinara e a vários de seus amigos a tecer as fibras. Tinham feito mais de duzentos metros de corda, que agora pendiam em linhas frouxas em torno da estátua, como cachos de cabelo.

Burke-Jones soprou seu apito três vezes, todos se agacharam e ergueram as cordas, tentáculos ganhando vida. Greer cravou os pés fundo na grama, arqueou as pernas e preparou-se. Vicente estava à sua frente, Sven na frente dele. O apito soprou — dois toques longos, um breve — e todas as equipes puxaram. O rosto de Greer se avermelhou com o calor do esforço. As palmas das mãos queimaram em torno das fibras ásperas da corda. Ela deslocou o próprio peso de uma perna para a outra, mas, independentemente da posição que assumisse, cada músculo seu se rebelou. Começou-se a ouvir todo tipo de som. Grunhidos, gemidos, um distinto *Mi madre*. Alguém do outro lado da estátua xingou Burke-Jones. Finalmente o apito tocou e todos eles, atordoados e acalorados, largaram as cordas e caíram na grama.

Várias mulheres da audiência acenaram com cantis para os voluntários. Vicente e Greer beberam dos seus próprios.

"O dia vai ser longo, eu acho."

O desapontamento já se manifestava entre os voluntários. Beberam sua água, enxugaram a testa, encostaram-se na estátua. Greer esticou com cuidado o pescoço, que, pela primeira vez em mais de um ano, estava incomodando.

O apito soou outra vez. Eles ergueram as cordas. Burke-Jones apitou de novo. Greer sentiu a fornalha de seus músculos queimando, a pele das mãos ardendo contra a corda áspera. Novamente o apito para parar. Nada.

Evidentemente Burke-Jones tinha previsto isso. Três líderes de grupos foram convocados, e teve início um projeto de coleta de pedras. No intervalo de uma hora uma pilha de rochas tinha sido posta como calço sob a cabeça da *moai*, o que poderia erguer a estátua o suficiente para dar alguma alavancagem às cordas. Enquanto as pedras eram encaixadas no lugar, o sol chegou a pino. Os voluntários amarraram lenços na cabeça, molharam o pescoço com água dos cantis. Do oceano vinha apenas uma ligeira brisa. Quando Greer olhou para o litoral, viu Luka Tepano em seu cavalo na base na colina. Estudava os movimentos dos voluntários, as cordas sendo testadas, as pedras sendo roladas. Estavam a uma boa distância da caverna da mulher, e aparentemente ele só viera olhar. Parecia paralisado, mas quando Greer tornou a olhar, alguns minutos depois, ele tinha sumido.

Um grupo de voluntários ladeou a cabeça e sentou, para poder empurrar as pedras com os pés mais para baixo da *moai* enquanto puxava. O apito soou; dessa vez Burke-Jones tinha ordenado um movimento oscilante, na esperança de que a força simultânea das cinqüenta pessoas ajudasse. *Uno. Dos. Tres. Hee-yaa! Etahi. Erua. Etoru. Hee-yaa*! Aí, do lado oposto ouviram-se gritos e soou o apito, o som de um árbitro ordenando exasperado um intervalo. Todos largaram as cordas. Com Vicente e Sven a reboque, Greer correu para o outro lado: o grupo número três, cinco homens arquejantes, estava amontoado em cima de um grupo quatro muito insatisfeito. Uma das cordas se partira.

Burke-Jones convocou uma pausa para almoço enquanto examinava a corda arrebentada e fazia ajustes na sua maquete. Mahina tinha descido a colina para sentar com Greer e Vicente, e Isabel esticava as pernas na grama. Todos protegiam os olhos contra o sol.

"Essas cordas não são suficientemente fortes", disse Vicente. "Talvez se fossem mais grossas..."

"Esperemos que sejam as cordas", disse Sven, "porque não quero pensar que nós não somos fortes o suficiente."

"Coitado do Burke-Jones", suspirou Vicente. "Faz meses que está planejando isto."

"Burke-Jones vai conseguir que o trabalho seja feito", disse Sven. "Tenho fé no homem. Ele tem os planos de A a Z arquivados na mente. Talvez a gente passe o dia inteiro aqui, a semana inteira, mas ele vai conseguir."

"Agora nós podemos avaliar como foi difícil a tarefa de transportar essas coisas", observou Vicente.

Greer estava pensando na lenda da árvore que Mahina lhe contara. Lera um pouco mais e encontrara um mito semelhante de outras ilhas polinésias: o mito do coqueiro. É claro que nas suas amostras não encontrara um único vestígio de pólen de coqueiros. O pólen desconhecido continuava não identificado — nem Kew nem o Museu Sueco de História Natural conseguiram dizer o que era. Ambos sugeriram que ela enviasse uma amostra a Estrasburgo, na França, onde acabara de ser criado um novo Laboratório International de Ciências do Pólen, equipado com os melhores especialistas em identificação de pólen do mundo todo. Ela acabara de fazer isso e estava muito esperançosa. Fosse o que fosse, a espécie era endêmica na ilha, e tão distanciada de qualquer planta genitora que perdera todos os vestígios de sua origem. Mas e se fosse algum tipo de palmeira? Uma árvore grande, usada para construção, forte o suficiente para deslocar as *moai*? Evidentemente cordas e pedras não bastavam, uma idéia que também parecia ter ocorrido a Burke-Jones, que agora distribuía tábuas nodosas de árvores-dos-pagodes japonesas com um metro e meio de comprimento, trazidas especialmente de avião — o que havia de mais semelhante à árvore *toromiro* que um dia recobrira a ilha inteira.

De tábuas nas mãos, com os cartazes numerados batendo ao vento, os voluntários lembravam um grupo de participantes de uma maratona preparando-se para se amotinar. Arrastaram os calços até o alto da colina gramada e se reuniram em torno da estátua. Greer duvidava que fosse dar certo: a madeira da árvore-dos-pagodes não era muito resistente e as tábuas eram curtas demais para serem de muita utilidade. O necessário eram tábuas tão compridas quanto a estátua, com cinco a seis metros e meio, que permitissem que a estátua deslizasse sobre o próprio dorso.

O apito tocou. Metade dos voluntários ainda puxava cordas, o grupo três ainda estava enfiando pedras como calços, mas agora dois grupos empurravam tábuas para baixo da cabeça da *moai*, tentando usar a madeira como alavanca. Aí ouviu-se um estalo e as tábuas racharam uma a uma, e outra corda se partiu ao meio. Burke-Jones apitou, derrotado.

Greer sentou para recuperar o fôlego. Alguns dos espectadores já tinham ido embora, como fãs que voltam para casa quando o escore do seu time é baixo demais para alimentar qualquer esperança. Mahina, porém, continuava ali, tirando fotos dos voluntários deitados na grama. Greer olhou para o relógio — quase quatro horas — e percebeu que logo Burke-Jones teria de dar o dia por encerrado.

Cansada, olhou para a trilha ao longo da costa onde os jipes estavam estacionados e os cavalos amarrados, e lá estava Luka Tepano de novo. Dessa vez a mulher da caverna estava sentada na sua garupa, com uma mão erguida para proteger os olhos do sol. Aproximaram-se lentamente do local, mas pararam a uns quarenta metros, de olhos fixos nos andaimes. Sven, absorto em conversar com Isabel, que lhe umedecia a testa com um lenço de renda, não os notou. Somente Greer parecia ciente da presença deles, e levantou uma mão para acenar.

"Quantas tentativas até a gente desistir?", perguntou Sven.

"A última vez é a de mais sorte, não é?", retrucou Vicente.

"Quarenta e oito homens, duas mulheres, um montão de pedras, e árvores. Quantas árvores ele conseguiu, Greer?"

"Dez árvores-dos-pagodes", respondeu ela, atraída de volta ao grupo. "E quinze *semitriloba* para as cordas."

"Vinte e cinco árvores", disse Sven. "Não se pode acusar o homem de não tentar."

"Coitado do Burke-Jones", suspirou Greer, vendo-o redispor a maquete. "Em breve vamos ter que tentar mover esta coisa com palitos de dente e fio dental. Não nos resta outra coisa."

"Temos nosso esforço", disse Vicente. "E nosso espírito."

Eles tomaram suas posições mais uma vez, agora do outro lado da *moai*. Burke-Jones tinha mudado a posição de todos, como se uma simples rearrumação pudesse compensar a inepitidão dos instrumentos. Greer notou que Luka e a velha continuavam observando. O apito tocou, os últimos fragmentos de árvore-dos-pagodes foram cravados no chão, as cordas foram seguradas como linhas de salvação, as pedras rolaram. Palavrões voaram pelo ar enquanto os voluntários, nessa última tentativa, davam tudo de si. Mas quando finalmente soou o apito mandando parar, Greer largou a corda e recuou da *moai* com um alívio enorme. Desceu um silêncio sobre o local; a multidão olhou para Burke-Jones, cujo rosto, fixo na estátua, estava sem expressão.

"Acho que hoje à noite ele vai querer o balde inteiro de pisco", disse Sven.

"Ele parece doente", disse Vicente.

Os três enxugaram o suor do rosto e foram trôpegos na direção do jipe.

"Vamos dar o dia por encerrado", disse Sven, dando um tapinha nas costas de Burke-Jones.

"Randolph, você fez um ótimo trabalho aqui", disse Vicente. "A gente deve sempre testar as próprias hipóteses e seguir as respostas aonde quer que elas nos levem."

"Estou vendo um pisco azedo com gelo na sua mão, meu amigo."

Por um momento a boca de Burke-Jones se abriu, mas logo se fechou. Foi como se após seis horas de uma atividade sem precedentes ele tivesse se esgotado e não lhe restasse nada a dizer.

"Randolph", começou Greer, "acho que o que vimos aqui hoje talvez tenha relação com uma coisa que estou vendo nas minhas amostras..."

Burke-Jones assentiu lentamente, subiu no jipe, ligou o motor e deu partida. A maquete, que estava pousada sobre a capota, voou pelo ar e caiu na grama. O jipe de caixa de fósforos aterrissou exatamente no local onde o jipe de verdade estivera estacionado e as figurinhas de palitos de dente se dispersaram ao vento.

Quando Greer retornou ao *residencial* naquela noite, havia uma carta do Laboratório Internacional de Ciências do Pólen, em Estrasburgo, esperando embaixo da porta. Ela abriu o pequeno envelope. A carta era manuscrita:

Meu Deus! Eu não tenho nada aqui que se assemelhe a essa criatura que você me mandou, mas eu apostaria meu rabo que é uma espécie de palmeira. Chame de um palpite esclarecido. Mas você vai precisar de alguma prova, de verificação (todo bom cientista precisa, não precisa?). Talvez procurar macrofósseis. Folhas fossilizadas, casca, nozes.

Ilha de Páscoa! Tive medo de que você tivesse caído da face da Terra (correspondência aos cuidados do correio, na próxima vez? ou um número de telefone? há telefone aí pelo menos?) Quando eu soube sobre Thomas, tentei entrar em contato com você. Parece que alguém não queria contato. Deviam deixar você dirigir o Programa de Proteção a Testemunhas! Em todo caso, eu devo apresentar meus pêsames.

Se passar por Estrasburgo, venha dizer oi. O patê é divino, o vinho, excelente. Não se pratica mergulho aqui, mas de toda forma desisti disso, porque desloquei um disco. Fumo, acho, uns cinco maços por dia. Estou feliz.

Pensei muito em você. Venha me visitar, por favor.

Tudo de bom,

Josephine (os amigos franceses insistem — eu meio que gosto agora) Banks

P.S.: Você devia pensar em usar o nome dr. Sandor. Quando vi dr. Farraday no formulário de pedido de análise, quase tive um ataque cardíaco. E você ouviu falar da expedição da National Geo a Surtsey em fevereiro? É coisa bem da sua área. Estão procurando palinologistas.

Greer sentou na cama e pôs a carta de lado. Tirou as botas, a camisa úmida, e olhou de novo para o pedaço de papel. Jo. Achava que nunca mais teria notícias dela, que Jo desistira dela. Nunca a culpara por isso, sabendo como devia ter sido difícil para a amiga vê-la acusada de plágio, humilhada diante do departamento inteiro. Jo, que não duvidara por um único momento do que Thomas tinha feito e depois tivera de ouvir Greer negar teimosamente. Jo devia ter sabido que sua acusação a Thomas seria suspeita, que o simples ato de defender uma amiga poderia parecer ciúme de uma amante desprezada. No final, não teve escolha senão deixar Greer entender tudo sozinha. Não devia imaginar que Greer precisaria de cinco anos para isso.

Greer olhou para a assinatura de Jo, para a letra familiar. Aquele alô inesperado deveria tê-la deixado feliz, mas, sentada no pequeno quarto onde passara os últimos meses, de repente se sentiu nervosa. A carta trouxe de volta coisas demais, de repente demais. Jo, Thomas, a tese. Coisas de que ela viera se distanciar aqui. Toda aquela parte de sua vida em Madison parecia incompreensível agora. Desde a morte de Thomas a pergunta a importunava: como ela não tinha enxergado? Por que não percebera a traição dele? Era uma mulher inteligente; formara-se *summa cum laude* na faculdade, tinha um Ph.D. em botânica e palinologia. No entanto, quando a prova foi apresentada, ela simplesmente virou o rosto.

Olhou para a carta mais uma vez, dobrou-a, enfiou-a de volta no envelope. Sentia os membros doendo, mas não conseguiria dormir agora. Não queria ficar deitada murmurando taxonomia.

Trocou de roupa e saiu à procura de Burke-Jones.

O laboratório estava escuro. Vicente e Sven, esgotados, tinham ido para o hotel, dormir, e Burke-Jones talvez também tivesse voltado para o Espíritu. Mas o silêncio dele no momento em que ela o vira pela última vez a fez pensar diferente. Ela acendeu as luzes e deu uma espiada na sala. Estava tudo em ordem, mas não havia sinal dele. Ao atravessar a soleira, viu, pela primeira vez, toda a extensão do mundo que ele construíra. A mesa comprida ao longo da parede do outro lado era só o começo. Seis mesinhas perpendiculares a cada lado da sala exibiam suas ilhas verdes de *papier mâché*, pequenas *moai* amarradas com fio dental e palitos de dente. Em alguns pontos as estátuas estavam escoradas com pilhas de balas gelatinosas. Ela passou a ponta dos dedos pela cabeça de uma — a mesma textura granulosa das estátuas de verdade — tufo vulcânico. Burke-Jones tinha pagado um escultor para fazer centenas de *moai* do tamanho de latas de refrigerante? Ou ele mesmo as entalhara, da forma meticulosa como construíra todo o resto?

Greer andou pelo labirinto de universos alternativos. As diferenças entre eles eram sutis. Em alguns, as *moai* estavam apenas mais ligeiramente erguidas do que em outras, e aí ela entendeu: cronologia. Ali, exposta sobre todas as mesas na sala, estava a história da ilha. Na última mesa ele tinha incluído as *moai* caídas, uma paisagem estéril de estátuas tombadas.

Greer apagou as luzes e saiu. O ar estava fresco agora, o céu, escuro, e ela tomou o rumo da aldeia com sua lanterna. Parou no Hotel Espíritu e foi informada por Elian, o vigia da noite, meio bêbado, de que Burke-Jones ainda não tinha voltado. Elian levou um copo invisível à boca e fez o gesto de quem bebe: "*Señor* Burke-Jones bebe, acho".

Greer deixou o hotel e virou para a rua principal. Nenhum sinal dele. Saindo da cidade, avistou o jipe junto da estrada que levava à antiga colônia de leprosos. Seguiu a trilha até o local onde a lua iluminava o semicírculo de cabanas abandonadas. Viu alguém sentado ao lado de uma delas.

"Randolph?"

Não houve resposta, mas, aproximando-se, ela viu que não era Burke-Jones, mas Luka Tepano.

Estava sentado com os joelhos dobrados contra o peito, os braços em torno das pernas e as mãos dobradas em cima dos sapatos. Seu queixo estava pousado sobre os joelhos, mas ele ergueu os olhos.

"Eu o vi junto das *moai* hoje", disse ela. Era a primeira vez que falava com ele. "*Habla usted inglés?* Estou procurando um amigo. O engenheiro britânico. O homem que organizou o experimento."

Ele deu um meio sorriso, mas Greer não teve certeza se entendeu. Manteve o queixo sobre os joelhos. Era velho, tinha o rosto coberto de rugas profundas, mas perfeitamente barbeado. O cabelo grosso estava bem dividido e, embora a roupa fosse surrada, ele parecia bem cuidado. Havia uma discreta dignidade na maneira como estava sentado. Aparentemente estava imerso em pensamentos. Se Burke-Jones tivesse passado por ali, Greer duvidava que Luka Tepano o tivesse notado.

"*Iorana*", disse ela, e tomou o rumo da costa, seguindo pela trilha na direção do cemitério — o mesmo trajeto que fizera em seu primeiro dia na ilha. Lá, entre as cruzes espalhadas, ela o viu.

"Randolph, é Greer. Só vim ver se você está bem."

Chegou mais perto das cruzes, brancas contra o céu negro, com margaridas e capuchinhas espalhadas diante delas.

Ele estava encostado a uma lápide, com as mãos no colo, sereno. "Olhe." Inclinou a cabeça para trás. "Uma. Duas. Três. Quatro. O Cruzeiro do Sul."

Greer olhou para a chuva de estrelas. "Há algumas vantagens em se ter pouca iluminação de rua."

Sentou-se ao lado dele. A cruz à sua frente dizia: *Te Haha Huke*. 1864-1922. Nascido em 1864, o ano em que os missionários chegaram, bem depois de as *moai* terem caído.

"Ouça, Randolph, há uma coisa no meu trabalho que poderia ajudar você. Não só as árvores *Triumfetta semitriloba*, mas palmeiras. Talvez tenha existido algum tipo de palmeira na ilha. Eu tenho pólen fossilizado de uma planta que teria coberto esta ilha inteira quando os colonizadores chegaram, mas não há outro que se conheça. Desconfio de palmeiras, uma boa pesquisadora em Estrasburgo desconfia de palmeiras, mas não sei a espécie exata. Ela poderia ter um sem-número de propriedades, portanto, sem se saber a espécie, não vai nos revelar muito sobre a vida na ilha. Mas havia mais aqui do que a *Sophora toromiro*. Disso eu tenho certeza."

"Ótimo."

"Eles tinham mais do que corda. Está vendo aonde quero chegar?"

Ele virou-se para ela, com o rosto sereno. Greer achou que estivesse prestes a responder, mas ele comprimiu a boca à dela. Seus lábios estavam quentes e secos, e moveram-se ternamente contra os dela. Greer sentiu a curiosidade do próprio corpo com essa intimidade esquecida.

"Desculpe", disse ele, afastando-se.

"Tudo bem, Randolph." Ela se encostou na lápide. Era seu primeiro beijo em quase um ano, o primeiro que alguém que não fosse Thomas lhe dava em uma década. Ela se sentiu estranha.

"Você já viu Lydia?", perguntou ele. Lentamente, tirou do bolso de trás uma carteira cheia de pedacinhos de papel. Sem precisar procurar nem por um instante, puxou uma pequena fotografia com as bordas gastas. No escuro, Greer conseguiu discernir vagamente o rosto de uma mulher. "Lydia", disse ele.

"Linda", disse Greer, segurando a foto diante dos olhos como se a imagem estivesse clara. "Uma linda mulher."

"Certa vez ela leu sobre a ilha de Páscoa. Um livro ilustrado. E sabe o que disse? 'Randolph, eu gostaria de saber como foi que moveram essas coisas gigantescas.'" Pegou a foto de volta e enfiou-a na carteira. "Chega disso."

"Randolph", disse Greer, levantando-se, "você devia ir para casa e dormir." Estendeu as mãos, ele as segurou e se levantou do chão, muito mais leve do que a estátua que ela passara o dia tentando mover.

Voltaram em silêncio para Hanga Roa e deixaram o jipe na rua. No Hotel Espíritu, Elian apareceu sorrindo, na certa imaginando que Greer tinha encontrado Burke-Jones completamente bêbado na estrada. Correu para segurá-lo pelo braço e levá-lo para dentro.

Em seguida Greer voltou para o *residencial* de Mahina, passando pelos outros hoteizinhos. Olhou para as luzes que se filtravam pelas venezianas de madeira e pensou se atrás daquelas janelas haveria outras pessoas como Burke-Jones, vindas a esta ilha em busca de alguma resposta impossível. À tabuleta que indicava o Residencial Ao Popohanga, virou à esquerda, rumo à estrada que levava ao litoral sul. Eram quase dez horas, mas ela ainda não estava pronta para voltar para o quarto, para a carta, para um lembrete do que perdera.

Quando a fraude de Thomas foi revelada, ele renunciou à cátedra em Harvard, fechou o laboratório e o escritório, e mudou tudo para Marblehead. Durante todo o processo, permaneceu em silêncio, carregando toda a sua vida — vinte anos de cadernos recheados de dados, prêmios emoldurados, recortes de jornais, menções, uma carta de Albert Einstein — em caixas de papelão, fazendo listas de onde punha as coisas — sótão, porão, escritório —, como se tentasse organizar a confusão. Greer ainda tentava entender o que tinha acontecido. Ele havia forjado dados. Mags não existia. Bruce o expusera. Mas onde ela estivera enquanto tudo isso acontecia? O que estava fazendo, casada com um homem que se importava tão pouco com a ciência? Que se importava tão pouco com ela que, como ela percebia agora, anos antes se apropriara da sua equação?

Sabia que tinha de deixá-lo. Só não sabia como.

"Não espero que você fique comigo", disse Thomas uma noite.

Greer teve vontade de rir: depois de ela ficar anos tentando corresponder às expectativas dele, ele não esperava nada.

"Não vou deixar você por causa do escândalo", disse ela. "Você sabe por que eu vou deixá-lo." Sua raiva era grande demais para exprimir.

"Eu sei."

Ele estava sentado na varanda, com um velho caderno de Wisconsin no colo. Parecia estranhamente calmo, como se nada tivesse acontecido, como se não devesse nenhum pedido de desculpas.

"Como é que você nunca mencionou polinização por logro?", perguntou ela. "Aquelas palestras de introdução. Figueiras estranguladoras. *Rafflesia* da Malásia. Losna. Por que não incluir alguma coisa sobre flores-fantasmas ou orquídeas do sol? Flores que fingem ser uma coisa que não são. A imitação. Para poderem atrair as abelhas."

"Lily, você tem direito de estar decepcionada."

"Eu tenho direito de estar completamente furiosa."

"Não teve nada a ver com você."

"Isso, Thomas, é o pior."

Decidir partir era uma coisa; chegar a outro lugar era outra. Greer escreveu cartas a outras universidades, indagando sobre cargos de pesquisadora; candidatou-se a várias bolsas. Aí, enquanto ainda tentava resolver para onde queria ir, Thomas teve um ataque cardíaco. Morreu na ambulância, a caminho do hospital.

Ela não lhe perguntara sobre a tese, mas estava claro agora que ele tomara posse de sua equação. No entanto, o que ainda não conseguia entender era por que o deixara fazer isso. A pergunta a perseguiu durante meses. Enquanto embalava as coisas dele, organizava o funeral e lidava com a papelada do seguro, voltava sempre àquela noite em Madison, em que ele retornara da conferência e pegara a garrafa de champanhe, perguntando a si mesma por que não lhe dissera: *Você roubou de mim*.

Finalmente, após todos aqueles meses na ilha, depois que a confusão e a exaustão de sua dor tinham assentado, agora compreendia por que não dissera. Ignorara a traição dele para manter viva a idéia do homem por quem se apaixonara, apegando-se à ilusão que tinha dele, ao passado que tinham compartilhado.

O amor, pensou, ou a recordação do amor, é obstinado na sua vontade de sobreviver, a mais resistente de todas as emoções.

Greer não tinha certeza da distância que percorrera pela trilha. Estava cansada, com o esforço do dia alojado em seus membros. Vagou até o local onde a grama se encontrava com as rochas e estendeu-se no chão. Uma brisa fresca soprava do oceano, e ela avistava uma estreita abertura no penhasco abaixo. Tantas rachaduras na ilha, pensou, como se o lugar tivesse sido atirado com negligência de uma altura tremenda.

Sentia os olhos secos e pesados, fechando-se. À sua frente, no chão escuro, um caranguejo minúsculo, de pernas articuladas e velozes, parecia vir em sua direção. Aproximou-se, reluzente e preto ao luar, com um lampejo de vermelho na barriga.

"Aí está você", murmurou ela, sentindo que mergulhava no sono.

23.

Na borda da cratera Rano Raraku, Max conta a Elsa sobre a guerra. A notícia do assassinato do arquiduque e da declaração de guerra austro-húngara chegou a ele na China, e faz meses que sua frota de Tsingtao tenta regressar à Alemanha. Pagan, Ponape, Eniwetok, Majuro, Samoa, Taiti, ilha Christmas — já ziguezaguearam por doze mil quilômetros de oceano. "Oito navios, avançando sob uma constante nuvem de fumaça preta, totalmente não detectados pelas patrulhas aliadas", diz, olhando para as dezenas de rostos de pedra parcialmente esculpidos no interior da cratera. Na ilha Fanning, eles explodiram a estação de cabogramas. Em Bora Bora, declararam ser franceses, hasteando bandeiras francesas e pintando os nomes dos navios. Max dá detalhes de cada ancoragem, de cada esbarrão no perigo. Depois de passar tanto tempo só na companhia de seus oficiais, dá a impressão de estar exultante em poder falar livremente, exprimir algum espanto, e talvez medo, por se ver no meio de uma guerra que cobre a Europa inteira. Não se parece em nada com o homem de que Elsa se lembra de Estrasburgo, o homem que sentava naquele banco com tanta compostura enquanto ela falava sobre Alice.

"Mas você, Elsa, há quanto tempo está aqui? Esta ilha. Deve ser estranha para você."

"Estranha, sim..." Faz dois anos que sua vida consiste apenas nesta ilha: Alice e Edward, Te Hana e Lata de Biscoitos, a escrita misteriosa, a língua. Faz dois anos que está imersa em novidade, levada por uma constante corrente de coisas não familiares. E agora, olhando para Max, sente-se deslocada.

"Elsa, você está bem?"

"Vou ficar. Eu — eu jamais esperava ver você de novo."

"Não está... *infeliz* com isso, está?"

"Simplesmente me adaptando."

"Mas pensou em mim?"

"É claro." Mas não pensou nele da maneira como imaginava que pensaria. E toma consciência de que o superou, não com Edward, mas com seu trabalho. Como se a pesquisa sobre o passado da ilha a tivesse de algum modo removido de seu próprio passado. Como se o passado fosse simplesmente uma qualidade a que ela estivesse presa, uma mala que fosse obrigada a carregar, mas que podia encher com qualquer coisa. Sua decepção trocada pelo fim de uma civilização.

"Você está ainda mais adorável."

"Acho que você passou tempo demais olhando para os seus oficiais."

"Isso é... sim, acho que é. O indício de um sorriso?"

"Max." Alguma coisa nela se entreabre, hesitante, e Elsa estende a mão para tocar suavemente a dele. Que estranho conseguir ver a si mesma, três anos antes, em Estrasburgo, sentada ao lado dele naquele banco de jardim, protegidos por sebes e arbustos, naquele pedacinho do mundo que tornaram seu. Max num terno marrom, fumando seu cachimbo, explicando-lhe sobre as várias espécies de flores no jardim, seus hábitats naturais, notando como o bico dos beija-flores se encaixava perfeitamente nas longas pétalas das fúcsias.

Uma brisa fresca esfria o rosto dela. "Está ficando tarde", diz, levantando-se.

"Elsa."

"Desculpe."

"Venha amanhã. Venha à enseada onde estamos ancorados. Por favor. Conversaremos mais um pouco. Você me contará sobre as suas tabuinhas e as estátuas. E, se quiser, sobre o seu marido."

Ela monta no cavalo. Quando Max lhe entrega a lanterna, uma noção impossível vem à cabeça de Elsa: "Você não está aqui... por *minha* causa?".

"Eu sabia que você estava aqui."

"Mas..."

"Viemos da China através do Pacífico inteiro, parando numa meia dúzia de ilhas ao longo do caminho. Precisávamos recuperar nossas forças. E você estava numa ilha. No Pacífico Sul. Estava nesta, *Liebling*. Eu não podia me abastecer de carvão em Juan Fernández."

"Não consigo acreditar que estou olhando para você. *Aqui*."

"Você precisa descansar, Elsa. É tarde. Mas venha amanhã." Ele espia por cima do ombro, pela vertente que escurece, e solta um assobio agudo. Ouve-se um pesado meio galope cortar o silêncio, e surge um oficial a cavalo, que pára e bate continência. O rosto de Max torna a endurecer, severo. Suas botas pretas reluzentes se aproximam como ímãs. Retribui a continência.

"Elsa." Vira-se para ela e segura-lhe as mãos. "Você entende, é claro... que não deve dizer nada sobre a guerra, a ninguém." Baixa a voz. "A *ninguém*."

Ela sabe que, acima de tudo, não deve dizer a Edward. "*Nicht*", diz ela, e, em silêncio, retorna ao acampamento atrás do oficial.

* * *

Na manhã seguinte, diz a Edward que a esquadra lhe pediu ajuda.

"Eles certamente não são nada tímidos na hora de deixar suas necessidades claras." Edward está preparando uma xícara de chá, levantando e mergulhando o globo de prata. O suprimento de chá está quase esgotado e eles agora fazem a bebida com apenas uma pitada de folhas, tentando extrair o máximo do sabor.

"Querem comprar animais de criação", diz Elsa. "É melhor eu falar com os ilhéus, para não haver confusão em torno de pagamento."

"Sim. Melhor ajudá-los. Ainda nenhum sinal de jornais?"

"Vou tentar novamente hoje."

"Considerando toda a ajuda que estão pedindo, seria de esperar que oferecessem alguma coisa em troca."

"Seria de esperar."

"Uma coisa que me ocorreu", começa Edward, empurrando a xícara de chá sobre a mesa para Elsa, "é que o interesse deles pelas tabuinhas" — levanta o bule do fogo modesto e serve a água fumegante em outra xícara — "foi excepcional." Mergulha o globo na água e se põe a mexer, contemplativamente. "Talvez não seja prudente mostrar aos alemães o seu trabalho com as traduções."

"Edward."

"Você não pode dizer que o comportamento deles não foi esquisito."

É claro que o comportamento de Max pareceria suspeito a Edward.

"Eu reconheço, Elsa, que a minha experiência marítima foi na classe esportiva. Mas mesmo assim. Existem prioridades quando se ancora, uma certa hierarquia que se respeita. Tabuinhas de madeira? Não. Eu detestaria ver o seu trabalho, o nosso trabalho, revelado por outros. E caso eles manifestem interesse por fotografar as *moai*, acho melhor eu ocultar o trabalho de escavação."

Argumentar que o comportamento de Max foi normal parece sem sentido.

"O lugar mais seguro é a escuna", diz Edward. "Posso mandar limpar o barco e trazê-lo para cá para carregar. Eles não verão nada. Acho melhor guardamos os seus diários lá também."

"Claro."

Vem um grito da barraca de Alice e depois as palavras: "Pudding mau".

Edward toma um longo gole de chá. "Quero que você saiba que eu esclareci as coisas para ela. Expliquei, em detalhes, as regras do nosso relacionamento. Contato físico de todo tipo foi proibido. Beijar, acariciar. Ela compreende que está inteiramente fora de questão. Ficou muito infeliz. Está zangada comigo. Sente que eu... a rejeitei. E penso que por enquanto é melhor que eu permaneça distante."

"O que você achar melhor", diz Elsa, levantando-se da mesa. "Vou ver se ela está bem."

"Ela talvez também não queira ver você."

"Alice e eu tivemos nossas dificuldades bem antes de você entrar na nossa vida. Nós brigamos antes. Vai dar tudo certo. Ela vai ficar ótima."

Mas, na barraca, Alice dá as costas a Elsa.

"Allie, você não pode ficar zangada assim para sempre."

"Pudding", diz Alice. "Não fique zangado."

"Allie, olhe para mim. Fale comigo."

"Sempre ralham com o Pudding."

"Allie, eu vou a Vinapu. Quer vir comigo?"

Alice solta um bufo. "Vinapu, Vinapu, Vinapu."

"Não precisa vir, se não quiser. Venho ver você mais tarde, quando voltar."

"O Pudding nunca vai a Vinapu."

Elsa aproxima-se dela por trás e, hesitante, beija-lhe a cabeça. Alice permanece sentada totalmente imóvel.

"Não vou demorar", diz Elsa. "Vejo você e o Pudding daqui a pouco."

Elsa fecha a porta da barraca e diz a Edward: "Ela está ótima. Só quer descansar um pouco" — e segue pelo litoral sul para a enseada.

Ao longo do trajeto, o cheiro acre de carvão queimando enche o ar. Ela ouve o retinir de correntes e cabos, o ronco de motores, vozes subindo e descendo em ondas de canções alemãs. Depois, em Vinapu, subindo o penhasco acima da enseada, vê na água abaixo oito embarcações cinzentas. A não ser pela comoção em torno deles — guindastes de onde pendem cordas e cabos, botes balançando, cheios de homens queimados de sol rumando lentamente para a praia —, os navios têm a aparência de vastas tiras de metal morto. Ao lado do maior dos navios, homens em barcos carvoeiros jogam cestas de carvão numa fileira de carvoeiras quadradas, cantando *Wem Gott will rechte Gunst erweisen**.

Elsa amarra o cavalo e desce a trilha até a baía, onde botes, escaleres e canoas *rapa nui* amontoam-se na praia. Um pequeno navio de abastecimento está quase encalhado, amarrado ao quebra-mar com cordas e correntes. Em seu convés ergue-se uma pirâmide de barris de madeira. Há uma torre de caixotes. Nas rochas, a vários metros, dezenas de sacos de aniagem, abarrotados e manchados de seiva, transbordam de inhames, abacaxis e abó-

* "A quem Deus deseja conceder Seu favor". Trecho de um poema musicado de Joseph von Eichendorf, 1788-1857. (N. E.)

boras. Um jovem oficial puxa um saco por vez pelas rochas, tentando fumar com a mão livre.

Ele vê Elsa descendo pela trilha e sopra uma entediada baforada de fumaça para o sol. "*Von Spee? Ja?*"

"*Ja.*"

O jovem larga o saco e a leva para um pequeno bote motorizado. Joga o cigarro longe com um piparote e aciona o motor. Elsa vê a praia afastar-se, dando-se conta de que é a primeira vez em dois anos que deixa a ilha. Logo encostam ao lado do maior dos navios de guerra, uma vasta parede de metal cravejado que se ergue acima deles. Ao longo de toda a parede, pendem escadas de corda semelhantes a trepadeiras, e junto de uma escada de metal o oficial desliga o motor. Levanta-se e estende a mão, fazendo um gesto para Elsa e outro para a escada. "*Ja?*" Ela faz que sim com a cabeça. Envolve a saia em torno de um pulso e sobe, retinindo as botas contra cada degrau. Na vasta extensão do convés principal, chaminés e guindastes erguem-se em toda a sua volta, entre eles uma rede de cabos retesados, como um colossal jogo de cama-de-gato. Elsa caminha pelo convés, tentando imaginar o navio ao mar, cortando ondas espumantes, ressoando com centenas de homens gritando ordens, agarrando cordas, tomando posição. E armas. Estariam disparando armas e canhões, é claro. E não seriam alvejados também?

"*Hallo! Hallo!*" De sob o convés aparece um oficial sorridente, com o uniforme branco brilhando ao sol.

"*Ich suche Admiral Von Spee*", diz ela.

Às palavras dela, o rosto dele, bronzeado e gorducho, enche-se de prazer. Toma a dianteira e a conduz por uma escada e um labirinto de corredores estreitos, iluminados por lâmpadas nuas. Numa porta preta com insígnias douradas, o oficial dá quatro batidas rápidas. Um pouco antes de a porta se abrir, ele faz uma reverência a Elsa e ergue o braço num arco lento e galante. Mas, quando a maçaneta gira, ele bate uma continência completa e bem marcada, exatamente no momento em que o rosto do almirante aparece.

"Max, isto é... uma cidade flutuante!"

"*Weg*", ordena Max. O oficial se vira e se afasta.

Max pousa a mão no ombro de Elsa. "Você conseguiu. E parece descansada."

"Onde está todo mundo?"

"De licença em terra. Passaram muito tempo ao mar. Entre, sente-se."

Ela o segue para dentro da pequena cabine. De uma mesa abaixo da vigia, transbordam mapas e cartas de navegação, mas afora isso o aposento é quase vazio. Ela senta num banco almofadado, que poderia ser um sofá ou uma cama.

"Confesso que imaginava você vivendo com um pouco mais de luxo."

"Devia ter visto como era em Tsingtao. Carpetes, pinturas, tapeçarias francesas. O convés enfeitado com toldos para bailes. Esta cabine tinha lambris de madeira. Eu tive minha cota de luxo."

"E redecorou?"

"Tudo que era inflamável... foi deixado na China."

Inflamável. Novamente ocorre a Elsa a imagem do navio disparando seus canhões, a fumaça obscurecendo o convés. Ela se levanta e olha pela vigia para a praia. "Os ilhéus virão visitar você. Lançaram as canoas. Eles gostam de espiar as pessoas."

"Já estiveram aqui. Demos a eles alguns sabonetes e carne enlatada, embora tenhamos pouco de sobra. Custa caro esta charada de tempo de paz."

"Isto vai entrar para a história dos *rapa nui*, sabe? Eles não recebem muitas visitas."

"Contanto que não seja transmitido pelo rádio..."

“Eles não têm rádio...”

“Eu sei.”

Elsa se vira para encará-lo e os olhos dele encontram os dela com solenidade. “Estão nos procurando, Elsa. Os britânicos.”

“Graças a Deus o oceano é bastante grande.”

“A Alemanha está a milhares de quilômetros de distância. *Milhares* de quilômetros.”

Ela olha para as cartas de navegação espalhadas sobre a mesa, enrola as bordas de uma, depois de outra. “Quanto tempo você pode ficar ancorado aqui?”

“Não mais do que alguns dias. Estamos esperando mais um navio.”

O que é que ela pode lhe dizer? Não vá embora? Imagina o apelo erguendo-se em ondas na Europa inteira naquele exato momento. Sabe que é fútil, ingênuo.

“Bem...”, ele rompe o silêncio. “Agora você vê o que eu faço quando não estou levando as crianças para passear na floresta.”

Elsa larga as cartas. “E agora você sabe o que eu faço desde que parei de correr atrás dos seus filhos.”

“Ele é muito mais velho do que imaginei.”

“Ha! Você não pode falar.”

“Ah, não! Envelheci?”

“Todo mundo parece mais velho num navio de guerra.”

Mas a brincadeira dos dois vai como veio. Um pássaro que bateu brevemente as asas pelo aposento e saiu pela janela.

“É sério, não é?”, diz Elsa.

“É, *Liebling*.”

“E você está realmente em perigo.”

Ele segura-lhe a mão. “Há quase dois mil homens nesta esquadra. A maioria deles é mais jovem do que você. Em Samoa, desembarcaram, flertaram com as mulheres, beberam, e depois, como sempre fizeram, escreveram nos troncos das árvores e nas rochas grandes. *Fritz esteve aqui, 1914. Marinheiro do Scharnhorst*. Antes de partir, enviamos outro grupo para apagar tudo, os nomes, as marcas que eles queriam deixar." Max faz uma pausa. "Estamos sendo caçados."

Ela compreende agora o que ele está tentando lhe dizer mas não consegue: ele não pode voltar para casa. É impossível. E foi por isso que ele veio.

"Diga-me, Elsa. Que pensamentos lhe passam pela cabeça?"

Ela está pensando no navio dele sendo despojado de toda a madeira, de todos os tecidos. Está pensando no navio em chamas. "A Inglaterra. A casa do meu pai. Gostaria de vê-la outra vez."

"Sim. Também eu sonho com a minha casa, com Estrasburgo."

"O jardim."

"O jardim", suspira ele. "Sua irmã está aqui, não está? Alice?"

"Alice."

"Ela está bem?"

"Bem? Sim. Mas diferente."

Elsa avança para a vigia, Max a segue, e eles olham pelo vidro para a praia, para os penhascos, a grama ressecada, as estátuas caídas. Como tudo parece pequeno daqui.

"É bem esquisita essa paisagem", diz ele. "Não é o que vimos em outras ilhas. Nunca vi uma ilha com tão pouco."

"O que você viu? Nas outras ilhas?"

"Frutas-pão e coqueiros. Tartarugas e pássaros tropicais. As outras ilhas são verdadeiras florestas."

"Acho que esta também era, e aí aconteceu alguma coisa."

"O quê?"

"Tem a ver com as *moai*, com a maneira como foram deslocadas, e por que estão assim, caídas de cara."

"Essas estátuas são como tumbas."

"Elas são tumbas", diz Elsa. "As pessoas eram enterradas

embaixo das plataformas onde as estátuas se erguiam. As estátuas são símbolos dos mortos. Ancestrais. E não acho que caíram. Há histórias nas tabuinhas de madeira. Histórias sobre esta ilha. Houve época em que este lugar era recoberto por uma floresta. Pode ser só lenda, só folclore, mas..."

"Conte-me."

"Quer mesmo ouvir?"

"Por que não quereria?"

"É triste."

"Ótimo", replica Max. "Assim sabemos que é verdade."

Nos seis dias seguintes, Edward desmonta a escavação e transfere as *kohau*, os cadernos de anotações, o diário dela com a tradução do *rongorongo* e os desenhos que fizeram das *moai* — qualquer coisa que os alemães poderiam carregar durante a noite — para a escuna, que foi limpada, trazida para o outro lado da ilha e agora está novamente ancorada ao largo de Anakena. Elsa ajuda Max a abastecer os navios. Trocam carne de vaca, de carneiro e de galinha. Ela até ajuda vários oficiais a comprar esculturas de madeira.

Quando finalmente ela e Max se despedem, é na cabine dele. Em silêncio, sentam-se lado a lado, ouvindo o ruído das correntes da âncora, o barulho das ondas contra o costado do navio. É como nos momentos em que sentavam no jardim, só que nessa última semana não houve necessidade de decoro. Como que para simplesmente atenuar a necessidade de falar, Elsa o beija e logo sente todo o peso dele, e nesse peso, a ausência de Max; já vive o momento em que o corpo dele terá partido, sentindo ao mesmo tempo a sua presença e a sua perda. E é agora, deitada sob ele, que sua mente retorna à casa de Edward, ao momento em que olhava para o baú, perguntando-se o que se encontrava à frente, como se, após uma longa viagem, tivesse afinal se tornado o seu futuro eu.

Ela o puxa para si.

"Não chore, *Liebling*."

"Eu nunca choro." Mas sente uma lágrima escorrendo do canto de um olho.

Quando Max finalmente se levanta, ela já não consegue conter o impulso. "Não vá."

Ele sorri na penumbra. "Finalmente. Eu estava achando que você talvez estivesse tentando se livrar de mim."

"Fique."

"Impossível."

"Então, quando isto tudo tiver terminado, vamos nos ver de novo. Você virá me visitar em Hertfordshire. Verá o nosso jardim na primavera. Vai me dizer o nome de tudo o que estiver florido."

"Claro."

"Podemos tomar o trem até Londres e ir ao Museu Britânico."

"Certamente. O museu." Ele passa um braço em torno dela e um ar de sofrimento desce sobre seu rosto, um ar que ela nunca viu antes. Como que falando consigo mesmo e em tom inexpressivo, ele diz: "Nossa vida será uma felicidade só".

"Eles partiram, então?", pergunta Edward.

"Sim", murmura ela, lembrando-se das instruções de Max. "Partiram para Pitcairn para ver a região durante vários dias e depois seguem para as Marquesas e o Taiti." Na verdade, esses são lugares de onde eles acabaram de vir. "Parece que estão numa grande viagem."

Ela assimila afinal a realidade da partida deles. Max se foi. A esquadra se foi. Retornaram ao oceano, onde serão perseguidos. Elsa tenta se lembrar do que tem pela frente: Kasimiro, sim, precisa voltar a ver Kasimiro. Precisa encontrar a chave. Max concordou que isso era de grande importância. As tabuinhas, o *rongorongo*. Isso, pelo menos, é permanente.

"Alice esteve aborrecida", diz ele, nervoso. "Quer ver se ela está bem?"

"O que aconteceu?"

"Nada. É a mesma coisa. As regras."

"Ela precisou ser lembrada das regras?" A voz de Elsa está irritada. Ela não quer retornar a esta vida, a esta confusão.

"Juro que a fiz compreender."

"Está bem."

"Ainda acho estranhíssimo que eles não tivessem um único jornal ou revista, sabe?"

"Talvez alemães não gostem de ler, Edward. Boa noite." Acende uma das lanternas e leva-a para a barraca de Alice.

"Allie", sussurra.

Mas a barraca está vazia. "Allie", chama outra vez em direção da noite. E aí vê a gaiola. A gaiola de Pudding, num canto da barraca, a porta escancarada, uma única pena cinzenta caída dentro dela.

O colar de grãos está partido e jogado no chão.

A voz de Elsa sobe agora e ela grita na escuridão: "*Allie! Onde você está?*".

24.

A febre chegou ao amanhecer, deslizou por sua testa, tomou-lhe as faces, depois fez um lento avanço pelo pescoço. Atacou-lhe os ombros, tentou acordá-la, mas ela se recusou a despertar. Ela apertou ainda mais o corpo contra a grama fresca. Seus dedos, quentes e tensos, fecharam-se em torno de uma pedra fria, um cubo de gelo. Sua mente se desacelerou, dormiu, depois acordou sobressaltada. À sua frente empilhavam-se imagens: um sapo pendurado de cabeça para baixo, uma semente flutuando num vidro. Uma ilha. Uma flor branca num campo de sombras.

Sua língua inchou, quente e volumosa, um pão crescendo no forno de sua boca. O pescoço ficou firme, a garganta grossa, cada canal se endurecendo até lhe chegar aos ouvidos o zunido de ar, esforçando-se através da última passagem aberta. Transformei-me numa árvore, pensou ela. Nesse momento se virou, ou achou que se virou. Seu rosto encontrou uma superfície firme e úmida; o cabelo, molhado de suor, estava grosso. Escuridão. Os dedos dos pés formigavam — ou eram as pontas dos dedos das mãos? Para onde tinha ido o caranguejo? Estaria rastejando em cima dela agora, com suas patas grossas e quentes? Era esse o fogo que sentia mover-se pelo seu corpo? Sim, estava tão quente aqui. O sol estava nascendo, derramando seu calor como lava. Ela estava num vulcão, arremessada por uma explosão.

"Você precisa de ajuda. Passe o braço em torno do meu pescoço. Por favor, Greer. Tente se mover. Isso. Sim, assim. Perfeito. Vê como é fácil?"

Agora estava flutuando acima da grama. Estaria num sonho? Estava procurando a flor branca. Mas não conseguia manter os olhos abertos, o chão se acelerava sob ela, balançava. Um terremoto. Ela sentia o tremor, ouvia os próprios dentes baterem como dados a serem lançados. E aí ela pousou e a água lavou-lhe o rosto. Inundando-lhe os olhos, o nariz e a boca. E depois uma seta, um mosquete, um revólver, uma bala de canhão, disparados através de seu braço, romperam-lhe a carne para invadir seu ombro, seu pescoço, sua cabeça...

De olhos fechados, com a respiração grossa e tensa, tentou sentar. Mas a gravidade, uma onda gigantesca, atirou-a para trás.

Sentia o peso de cobertores grossos sobre o corpo e ainda assim tremia. "Frio", sussurrou.

"Eu sei. É a febre. Dá arrepios. Mas passa."

"Quando?"

Houve silêncio, e ela abriu uma pálpebra inchada: uma suave luz amarela brilhava no criado-mudo ao lado — uma vela? Ou uma lâmpada obscurecida pela febre? Mal distinguiu a parede branca, a escrivaninha, o pé da cama. Onde estava ele?

Através dos cobertores, sentiu uma mão apertar-lhe o cotovelo. "Aqui", disse ele, mas a voz estava a quilômetros de distância. Como a gravação de uma voz, a gravação de uma gravação. Ela deixou a cabeça deslizar para o ombro e olhou para baixo. Ele estava deitado de costas no chão, ao lado da cama, com um braço enfiado embaixo da cabeça.

Ela acordou no escuro, sentindo a boca cheia de água morna.

"Greer, você tem que beber. Tem que limpar as toxinas do seu sistema. Por favor, você tem que tentar."

Mas seus lábios estavam pesados, e frouxos, mal conseguiam manter-se presos ao rosto.

Agora uma criatura movia-se em seu estômago, esticava os membros, dava cambalhotas no fundo da garganta e se soltava enfurecida. A garganta queimava, o nariz queimava.

"Sim, *querida*. É assim mesmo. Seu corpo está tentando se limpar."

Um cheiro rançoso ergueu-se do lado dela. Uma toalha enxugou-lhe o rosto. "*Bueno, doctora*."

"Mahina?"

"*Sí, doctora*."

Greer forçou-se a abrir os olhos e viu as cortinas salpicadas de luz. Como sombras, Mahina e Vicente pareciam flutuar pelo pequeno quarto, pondo água na bacia, torcendo panos, dobrando toalhas, sussurrando em espanhol. Moviam-se fluidamente juntos; pareciam dançarinos, belos enfermeiros dançantes.

"Que dia...?" A garganta dela doía demais para terminar a frase.

"Sábado", respondeu Vicente. "Três dias. O médico diz que você está melhorando. Mas ainda precisa repousar. Repousar e tomar líquidos."

"Médico?"

"O médico para a *doctora*", soou a voz de Mahina no quarto.

"Eu não estou melhorando."

"Sua cor está muito melhor", disse Vicente.

"*Sí, sí*, mas durma agora", concordou Mahina.

Greer virou para um lado. Seu cabelo estava emaranhado. Ergueu lentamente um braço e tentou soltá-lo.

"*Un momento*", veio a voz de Vicente. E depois ela sentiu os dedos dele traçarem três veios cuidadosos ao longo do seu couro cabeludo, e um frescor agradável quando ele lhe levantou o cabelo do pescoço e começou a trançar. A cada volta lenta da trança, a mente dela ia anuviando-se.

Em seus sonhos, ela via a ilha verde-esmeralda. Flutuava acima dela, examinava cada samambaia, cada trecho de musgo, cada flor branca.

Quando acordou, sentiu uma brisa vindo pela janela e achou que estivesse lá, no céu acima da ilha, numa nuvem. Mas, ao abrir os olhos, tudo voltou: o quarto, o *residencial*, a ilha de Páscoa, a febre.

"Ainda está com arrepios?" Vicente estava sentado num banquinho ao lado da cama. Tinha a barba por fazer e a calça amarrotada.

"Só me sinto um pouco dolorida."

"Seu corpo se exauriu combatendo o veneno." Vicente alisou o queixo. "Você parece muito melhor."

Greer olhou-se. Os lençóis estavam torcidos em torno dos tornozelos. As pernas pálidas sobressaíam de um caftan laranja amarrotado. Em sua mão estava a placa da Virgem Maria. Mahina a pusera ali ou ela a pegara durante o delírio? Pousou-a de lado.

"O veneno", perguntou, "saiu?"

"Aranhas têm muito pouco veneno. Mas muito possante. Já tinha atingido o seu sistema. Você vai ficar boa. A cor no seu rosto está muito boa mesmo. Logo que eu a vi... bem, era alguma coisa importante." Vicente levantou-se devagar. "Tenho que achar Mahina e dizer que você está acordada e falando. Que a febre passou."

Ao sair para o corredor, fechou a porta em silêncio.

Greer respirou fundo. Suas pálpebras já não estavam pesadas. Já não sentia a febre na testa. O frio no pescoço se fora. Levantou e dobrou os dois braços sem dificuldade. Girou a cabeça em círculos, agitou os dedos dos pés. Que coisa estranha e maravilhosa este corpo, pensou. Apoiando as mãos na parede, esticou os pés até a beirada da cama. Cada tendão, cada fibra muscular, cada nervo, tudo despertou. Ela nunca se sentira tão impressionada com os próprios membros.

Correu os olhos ao redor. No criado-mudo estavam sua pilha de livros e o vidro com a semente de magnólia. A bacia continuava em cima da escrivaninha, uma pilha de panos dobrados ao lado dela, uma jarra de água.

"*Doctora*!" A porta se abriu, e Mahina, seguida de Vicente, arremeteu quarto adentro. Pousou a palma da mão na testa de Greer. "*Sí, sí*", disse a Vicente. "*Está mejor.*" Deixou seu prazer encher o aposento e depois arrebatou-o de volta. "Por que saiu assim? Para fora de Hanga Roa! No escuro? Comportamento maluco! Passou três dias doente."

"Desculpe, Mahina. Saí para dar uma caminhada. Fiquei com sono."

"Teve sorte. Muita sorte. Esta ilha não é lugar para comportamento tão maluco. Muita coisa dá errado aqui. Quando voltar para os Estados Unidos, pode fazer coisas malucas, tantas quantas quiser. Aqui vai ficar na casa de Mahina à noite e dormir na cama. Sim?"

"Sim."

Mahina estreitou os olhos.

"Sim", repetiu Greer.

Movendo-se para o pé da cama, Mahina desenroscou o lençol, sacudiu-o e estendeu-o sobre Greer. "Teve muitas visitas. Eu não sabia que a *doctora* conhecia tanta gente aqui em Rapa Nui."

Passou para um lado da cama e enfiou o lençol embaixo do colchão. "Todo mundo está dizendo que a *doctora* americana está morrendo, e todo mundo veio à casa de Mahina para ver. Mario. Vittorio." Mudou para o outro lado da cama e fez o mesmo. "Como um filme, eles acham. Não acontece nada aqui, não há nada para fazer, então eles vêm olhar a minha *doctora.*" Mahina olhou para Greer, para a sua *doctora*, dobrou o alto do lençol e enfiou-o embaixo dos braços de Greer. Fez a cama com Greer deitada nela. "Eu disse a eles não, vão embora." Pôs as mãos nos quadris. "Até Ramón. Eu disse não. Eu disse a eles que a *doctora* é uma pessoa particular e não gostaria disso."

"Mas deixou Vicente entrar?"

"Ah, sim." Mahina sorriu, claramente satisfeita de que o assunto tivesse sido mencionado. "Mas Vicente é seu *colega*."

"Tenho muitos colegas aqui, Mahina. Mas fico contente de que você o tenha deixado entrar."

"O *señor* Urstedt e Isabel vieram. Eu disse não. E o *señor* Urstedt quis entrar pela janela para ver a *doctora*."

"Felizmente Sven não conseguiu passar", disse Vicente, "e Mahina o pegou pelas pernas. Sinto que você tenha perdido isso, Greer. Teria gostado do espetáculo."

Mahina sorriu e esfregou as mãos. Gostou de fazer parte da piada. "*Sí, sí*. Agora vou fazer o almoço para Isabel. Ela dá muito trabalho. Quer ser magra e só come frutas e verduras! Quando estiver com fome, Greer, eu lhe faço dez galinhas." Saiu batendo ligeiramente a porta e cantarolando pelo pátio.

"Vicente, ouça, eu lhe devo um grande obrigado."

"Bem, foi Luka Tepano quem a encontrou e me levou até você. E depois todos nós fizemos nossa parte. Especialmente Mahina. Para ela você é como um membro da família. Ela não quer que você vá embora", e apontou para a maneira como Greer fora selada com o lençol.

"Bem, eu por enquanto não vou a lugar nenhum. Estou cansada."

"Sim, claro." Vicente recuou para a porta. "Você precisa repousar."

"Não, eu não quis dizer..."

"Vou deixá-la dormir. Mas primeiro, tome." Tirou um pequeno objeto do bolso e pôs na mão dela. "Você estava segurando isto quando a pusemos na cama, e não largava. Tive que puxar os dedos um a um." Ele riu. "Você é um bocado forte, sabia?"

"Estava segurando?" Era mais ou menos do tamanho de uma noz. A casca tinha se ossificado. "É um fóssil."

"Talvez fosse essa a razão de você estar caminhando tão tarde. Estava na pista de um fóssil. Não havia tempo a perder. Ele estava nas cavernas. E quando você o encontrou, quando o pegou do chão, a aranha estava escondida embaixo dele."

"Gostei dessa história. Gostei muito."

"Agora repouse."

Ele fechou a porta com cuidado e Greer rolou a noz na mão e ergueu-a contra a luz: "Alô, pequeno *angio sperma*".

Algumas noites depois, Vicente passou pelo quarto dela para informar que Burke-Jones tinha decidido ir embora.

"Ele disse que sente muito. Pediu-me que me despedisse por ele."

Greer não via Randolph desde a noite no cemitério. "Ele não podia vir pessoalmente? Não é exatamente uma longa caminhada do Espíritu até aqui."

"Você conhece Burke-Jones. Não acho que ele goste de despedidas. Mas disse que vai sentir saudade de você. Na verdade, ele disse" — e Vicente baixou a cabeça e murmurou: 'Vou sentir saudade dela'."

Greer lembrou-se da foto na carteira dele. Lydia. "Acho que a Inglaterra fará bem a ele."

"Burke-Jones está indo para a Índia."

"Índia?"

"Eu sei. Uma surpresa para todos nós."

"O que há na Índia?"

"Além de um bilhão de pessoas?"

"Você está definitivamente de bom humor."

"Ah, estou!", exclamou ele, sentando no pé da cama. "Estou esperando um telegrama."

"De quem?"

"De quem mais? Do meu almirante alemão favorito! Outro despacho do navio dele."

"Acho que você ficou muito mais interessado nas tabuinhas *desaparecidas* do que nas que já tem."

"Esse pensamento também me ocorreu."

"Uma espécie de abordagem meio vazia de acadêmico."

"Mas o corpo vai se encher logo. Eu vou encontrar essas tabuinhas."

"Então, Índia. O que é que Randolph vai fazer lá?"

"Está interessado em alguma coisa relacionada com a construção do Taj Mahal."

"Espere." Greer fechou os olhos e ergueu a mão. "Estou sintonizando alguma coisa. Uma imagem de... centenas de Taj Mahals em miniatura."

"Um pequeno universo de palácios de mármore."

E os dois riram.

"Bem, que bom para ele", disse Greer, ajeitando as cobertas. "Mas vou sentir saudade dele. Sven vai ficar triste."

"A *señorita* Nosticio o ajudará durante o período de tristeza."

"Isabel? Eles estão juntos mesmo?"

"Eu lhe disse. Ele gosta de mulheres mais velhas."

Alguém bateu suavemente na porta.

"Está aberta", disse Greer.

Mahina entrou trazendo duas tigelas e olhando para Greer e Vicente com prazer. Entregou uma tigela a cada um e, do bolso do avental, tirou dois garfos cintilantes.

"Obrigada, Mahina."

"*Peti*", cantarolou ela, fechando a porta ao sair.

"Pêssegos. Hum-hum. Eu sei o que isto significa. Você está no meu quarto, sentado na minha cama." Greer espetou o lustroso meio pêssego com o garfo e levantou-o. "Acho que esta é a idéia de Mahina de um dote."

"Bem, eu continuo querendo um banquete *umu*."

Greer enfiou uma fatia de pêssego na boca e deixou a calda envolver-lhe a língua. "Sabe, estou com vontade de dizer alguma coisa a Mahina. Sobre o marido dela."

"O assunto não é fácil."

"Mas ela é uma amiga. Eu deveria ser capaz de dizer alguma coisa."

"O que você diria?"

"Não sei. Que ela devia comprar uma passagem para Santiago, para Buenos Aires, para o Rio, e devia ver o mundo, seguir em frente com a própria vida. Eu vejo Mahina e Ramón numa escapada romântica, bebericando drinques tropicais, hospedados num hotel onde todo dia alguém serve o café-da-manhã *a eles* e alguém vem limpar o quarto *deles*."

"Acho que a palavra em inglês para esse tipo de desejo é *intromissão*."

"*Preocupação*."

"Ah, sim. Outra aula em inglês de Greer. Em breve serei fluente."

"Intromissão é uma manifestação de preocupação. Pronto. Um meio-termo."

"Muito bem. Mas onde você se vê? Aonde é que *você* quer ir?"

"Boa pergunta."

Vicente agora concentrava-se em seus pêssegos, habilmente dividindo cada um em quartos enquanto falava. "Quer dizer, quanto tempo você acha que vai ficar?"

"Na ilha? Não sei." Era estranho que ainda não tivesse pensado nisso. A pesquisa estava chegando ao fim, mas a idéia de voltar para casa, para Marblehead, parecia irreal. A casa, sua vida lá, tudo parecia impossivelmente distante. "Quando tudo estiver concluído, creio eu. Só estou esperando para ser informada sobre o fóssil. Se eu puder obter confirmação sobre a espécie, poderei escrever meus resultados."

"E então estará livre para ir embora?"

"Não livre. Mas, sim, aí eu posso ir embora."

No dia seguinte Greer sentiu-se forte o suficiente para voltar ao laboratório, examinar suas amostras e certificar-se de que estava tudo em ordem. Decidiu rever seus cadernos de notas e todo material de leitura em que ainda não havia tocado, e instalou-se numa das mesas do laboratório.

O último relato europeu era do jovem Pierre Loti, um francês que visitara a ilha em 1872, quase um século depois do capitão Cook. O tom de Loti era diferente do de outros exploradores. Era um escritor, um poeta, que fora à procura de maravilhas.

> *Estive em terra três anos atrás, na minha juventude, desembarcando de uma fragata após dias de ventos fortes e nuvens escuras; ficou comigo a recordação de uma terra meio fantástica, uma terra de sonhos.*

Assim como todos os outros visitantes, Loti constata que há uma grande demanda por suas echarpes e chapéus. Lamenta o roubo de um chapéu de veludo vermelho com botões de latão, arrancado de sua cabeça por um menino que se põe a cantar. Mas é acolhido pelos *rapa nui* de uma maneira diferente dos outros. Percorrendo a ilha, sente sono e é recebido por um ilhéu para descansar numa cabana.

> *O telhado de caniços que me abriga é sustentado por galhos de palmeira — mas onde foi que eles os conseguiram, visto que esta ilha não tem árvores e praticamente não tem vegetação alguma além de caniços e vinhas? Neste pequeno espaço, que mal tem um metro e meio de altura por quatro de comprimento, há mil coisas cuidadosamente suspensas: pequenos ídolos de madeira negra, entalhados com um esmaltado grosseiro, lanças com ponta de obsidiana afiada, remos entalhados com figuras humanas, cocares de plumas, ornamentos para dança ou combate e alguns utensílios de formatos diferentes, para um uso que desconheço e que parecem todos extremamente antigos.* [...]
>
> *Mas, quando se pensa a respeito, toda essa madeira seca dos porretes de guerra e dos deuses deles vem de onde? E os gatos, os coelhos?* [...] *Os camundongos que passeiam pelas casas por toda parte. Não creio que alguém os tenha trazido. De onde vieram? Nesta ilha isolada, as menores coisas provocam perguntas sem respostas: é de surpreender que existam uma flora e uma fauna.*

Em seguida Loti pega no sono.

> *Ao acordar no sombrio ninho do selvagem, tive uma profunda saudade de casa. Senti-me muito distante, mais do que nunca, e perdido. E fui invadido por aquela angústia extrema que vem com a*

doença das ilhas, e nenhum lugar no mundo a teria provocado tão agudamente em mim quanto este, cercado pela imensidão dos mares austrais. [...]

Greer pousou o livro. Loti tinha razão. Ela se lembrava do primeiro dia na cratera de Rano Aroi, parada entre os caniços. Mesmo nesta "terra de sonhos", sentira a angústia momentânea da solidão. E como poderia não ter sentido? A ilha era como algo saído de mitos, um medo tornado físico: a própria solidão. E essa talvez fosse uma das razões por que viera: explorar a geografia de sua solidão.

Vieram vozes do corredor. Isabel e Sven. Ela ouviu o pisar de botas aproximando-se de sua porta. Houve uma batida, uma risada abafada, outra batida.

"Está aberta."

"Ah, de volta ao trabalho! Definitivamente uma recuperação completa!", disse Sven. Entrou e lhe deu um abraço. "Mas não admira. Você teve o melhor dos tratamentos."

"Tive", disse ela, sentindo que sorria. Mesmo nesta ilha isolada encontrara uma comunidade: pessoas que perguntaram por ela, conhecidos, amigos. Quase terminara seu primeiro trabalho de campo individual. Estava conseguindo conviver com o que Thomas fizera. De que mais precisava?

"Quando a trouxeram de volta para a casa de Mahina, você estava com uma aparência terrível. Mesmo. Parecia um cadáver."

"Obrigada, Sven."

"E agora tem cor no rosto! Você estava sem cor. Verdade, Greer. Nenhuma."

"Bem, eu estive ao ar livre, andando por aí! Estou me sentindo de volta ao normal."

"Estamos muito felizes com isso", disse Isabel, segurando a mão de Sven. Era facilmente uns trinta centímetros mais baixa do que ele, e uma década mais velha, mas essas diferenças de algum modo produziam uma sensação de equilíbrio.

"Vamos dar uma volta", continuou Isabel. "Quer vir conosco?"

"Passeio por onde?"

"Pela ilha!"

"Existe mesmo alguma coisa que vocês ainda não viram?"

"Ah, não exploramos todo o litoral, as crateras. Sempre explorei no papel. Hoje Sven vai me levar para explorar a pé."

Nesse momento Greer se deu conta da maneira como Isabel estava vestida: botas para caminhar, short cáqui e a camiseta amarela de Sven, grande demais, afofada sobre o cinto — *Swede e* π.

"Vou ficar aqui e ler. Mas obrigada."

"Se precisar de alguma coisa", disse Sven, "é só nos dizer. E se não precisar, invente alguma coisa. Agora que Burke-Jones foi embora, as coisas estão lentas por aqui."

Quando eles saíram, Greer ouviu Sven cantando no corredor.

Voltou para a última parte do relato de Loti, em que uma carroça improvisada foi montada na lancha da fragata e os cem companheiros de viagem de Loti começaram a remover uma *moai*. Os ilhéus não fizeram objeção, como se a estátua não tivesse valor. Roggeveen, cento e cinqüenta anos antes, viu fogueiras acesas diante dos ídolos e os ilhéus ajoelhados diante delas em veneração. Loti vê algo diferente:

> *Um grande grupo nos seguiu esta manhã pela grama úmida da planície e, ao chegar, começou a dançar como dervixes, flexíveis e velozes, com o cabelo soprando ao vento, todos nus e avermelhados, delicadamente pintados do azul das tatuagens, os corpos delgados movendo-se contra as pedras marrons e os horizontes negros; dançam, dançam em cima das figuras enormes, colocando os dedos dos pés contra o rosto dos monstros, chutando-os silenciosamente no nariz e nas faces. Não consigo entender o que estão can-*

tando em meio ao constante ruído das lufadas de vento e da arrebentação.

O povo de Rapa Nui, que venera tantos fetiches e pequenos deuses, não parece ter respeito pelas tumbas. Não se lembra dos mortos que dormem sob elas.

Ou talvez se lembrasse dos mortos sob elas, pensou Greer. E talvez se lembrasse de alguma coisa que lhe dava vontade de dançar em cima do rosto de seus ancestrais. Sentiria raiva dos mortos?

25.

"Ela está aborrecida com o que eu lhe disse", diz Edward. "Foi emburrar em algum lugar. Talvez no local da escavação. Ela gostava de lá. Mas não levou o cavalo. Se está caminhando, provavelmente se machucou. Fui eu que fiz isso. A culpa é minha."

"Pare com isso. Vamos apenas achá-la."

Saem a cavalo em direções separadas, para longe do acampamento, gritando o nome de Alice. Elsa vai pela costa sul até Hanga Roa, esperando que Alice tenha pelo menos seguido a trilha. Passa pelas estátuas caídas em Tongariki quando o sol começa a se pôr, escurecendo o mar, a grama.

Não há nenhum lugar onde alguém possa se esconder nesta ilha, a não ser as cavernas, e Alice sempre odiou as cavernas. Deve estar em algum lugar, aguardando, desabrigada, na expectativa de ser vista e chamada. Após todos esses anos, é como se Alice simplesmente quisesse ser beliscada, como se sua vida tivesse sido um longo transe do qual ela pedisse para ser arrancada.

Alice *quer* que eles a procurem.

A lua cheia inunda a paisagem de branco, mas Elsa não precisa dela. Quantas vezes não fez este trajeto até a aldeia — sozinha, com Alice, com Lata de Biscoitos ainda há poucos dias? Esta terra e suas distâncias se tornaram parte dela.

"Allie!", chama.

À medida que o cavalo avança na noite, Elsa se sente como se esta busca fosse toda a sua vida. Procurar Alice — é como se vivesse este momento há vinte e quatro anos. Portanto Alice deve estar bem, será encontrada. A conclusão é sempre essa.

Por fim, no penhasco acima da enseada de Vinapu, avista uma figura: Lata de Biscoitos, com os braços pendendo dos lados do corpo e olhando fixo para o mar.

"*Poki*!", grita ela, pulando do cavalo e correndo na direção dele. "*Poki*, você viu Alice? Alice. Onde ela está?"

Lentamente o menino levanta um braço e aponta para a água. Não se vira para olhar para ela.

"Na água? Alice está na água? *Vai? Poki! Vai!* Alice!" Agarra o menino pelo colarinho, sacode-o violentamente, até ver que ele está chorando, e então o larga.

"*Poki*, onde está Alice?"

Ele aponta de novo para a água, para o ponto onde a esquadra estava ancorada, para onde o navio de abastecimento com a pilha de caixotes estava amarrado ao quebra-mar.

Elsa olha para o oceano e cambaleia para trás.

26.

Quando Greer voltou do laboratório, várias crianças estavam empoleiradas ao lado da tabuleta do *residencial*, espiando por entre os arbustos; dispersaram-se assim que ela se aproximou. Depois ela ouviu vozes no pátio, portas batendo, pés correndo pela varanda.

"*Qué lástima*!" Era a voz de Mahina, vindo lá de dentro. Parecia aflita. "*Qué lástima*!"

Greer nunca tinha visto a sala principal tão cheia de gente. Na extremidade da sala, as duas poltronas de vime tinham sido encostadas uma na outra e Isabel estava deitada nelas, em seu short cáqui e com a camiseta agora suja de Sven. Seu cabelo comprido estava emaranhado e a maquilagem tinha descorado. Dividia um cigarro com Sven, que lhe segurava a mão. Em frente deles, um carabineiro fardado estava sentado à escrivaninha de Mahina, com a boina verde-oliva pousada sobre a mesa e escrevendo num caderno. Era jovem e tinha um grosso bigode encaracolado que parecia falso entre seus traços delicados. Luka Tepano estava sentado no chão num canto, com os joelhos encostados contra o peito. Parecia inteiramente distanciado da comoção. Mahina movia-se entre eles todos, reconfortando um e outro, menos o carabineiro, cuja apropriação de sua escrivaninha ela considerava visivelmente insultante.

"*Doctora*!" Mahina tinha acabado de vê-la.

"O que aconteceu?"

"Você pode nos buscar alguma bebida forte?", pediu Sven.

"Na cozinha", respondeu Mahina, de olho no carabineiro. "Tenho pisco."

Greer foi rapidamente à cozinha, procurou a garrafa na despensa e levou-a para a sala.

Depois de Isabel e Sven tomarem um longo drinque, o carabineiro parou de escrever. "*Su historia, señor Urstedt, lentamente.*" Em seguida virou-se para Mahina e lhe disse que traduzisse.

Mahina estremeceu ante a ordem, mas evidentemente achou que a gravidade da situação superava sua antipatia pela autoridade chilena. "*Sí*", disse, desaparecendo através da cortina de contas. Voltou com uma cadeira e sentou em frente ao carabineiro.

Sven sentou no chão, ao lado de Isabel, pousou a garrafa de pisco e passou a mão livre pelo cabelo. "Como eu tentei dizer antes, pegamos os cavalos de Chico e saímos para explorar o litoral. A meio caminho de Anakena, começou a nublar, então saímos da trilha e procuramos uma caverna. Achamos uma abertura na face da rocha. Levávamos nosso almoço nas mochilas, e decidimos evitar a chuva e comer nossos sanduíches ali. Uma coisa levou à outra e nós começamos..." A isso Sven ergueu os olhos para Isabel, que corou. "O fato é que aí alguma coisa correu na nossa direção, como se viesse de fora. Isabel se levanta de um salto, porque tem certeza de que é um roedor. Aí alguma coisa se move no escuro novamente e eu começo a tatear pelo chão. Descubro que é uma rocha. Isso é bom porque não se trata de um roedor, mas é mau, porque quem está atirando pedras em nós? Ouvimos alguém assobiar e depois vem outra pedra. Aí nós nos vestimos, pegamos nossas mochilas e saímos para a claridade. E na entrada eu vejo o coitado do Luka Tepano segurando um dos pratos dele. Aí me dou conta de onde estamos. 'Luka, desculpe', eu digo, 'não sabíamos que esta era a caverna dela.' Mas Luka se limita a enfiar os dedos na boca e assobiar. Começa a parecer muito perturbado, e eu lhe pergunto qual é o problema, mas ele só olha para a caverna. Aí Isabel começa a se sentir inquieta em relação à história toda e não pára de me perguntar o que está acontecendo com ele. Pergunto a Luka se ele quer que eu entre com ele, mas tudo que ele faz é olhar para a caverna. Eu então o pego pelo braço, mas ele não sai do lugar. Acho que ele nunca entrou lá. Eu lhe digo que espere ali, pego minha lanterna e entro sozinho."

Mahina traduziu a última frase, o carabineiro anotou em seu caderno e seguiu-se um silêncio de constrangimento.

"*Y después?*", perguntou o policial.

Isabel balançou a cabeça. Sven olhou para Luka. "É só. Eu saí e disse a ele que ela estava *muerte*. Mandei Isabel buscar você."

Mahina traduziu; o carabineiro correu os olhos pela sala e disse: "*Bueno*". Quando finalmente se retirou, Mahina fechou a porta com firmeza e retomou seu assento atrás da escrivaninha.

"Não consigo acreditar que você encontrou a velha", disse Greer. "Meu Deus, eu sinto muito."

"Bem, o pior foi ter que contar para ele", disse Sven. "Eu o olhei nos olhos e disse '*Muerte*, Luka'. Isabel tentou pedir desculpas a ele. Mas o coitado do homem não parecia estar ouvindo nada do que dizíamos. Sentou numa rocha ao lado da caverna como se nunca mais fosse se mover dali."

Depois que o carabineiro partiu, Greer ficou na sala principal enquanto Mahina servia copos de suco de goiaba. Ramón viera juntar-se a eles. Luka tinha pegado no sono no canto, e Mahina lhe tirara os sapatos e o cobrira com um cobertor. Foi um alívio vê-lo mergulhar no sono tão completamente, mas ninguém sabia o que fazer por ele quando acordasse. Além da mulher na caverna, não parecia ter nenhum outro parente. Greer ainda não lhe agradecera por tê-la encontrado, por ter ido buscar Vicente, e agora desejava ter feito isso antes que tudo isto acontecesse. E também tinha tido vontade de perguntar a ele sobre a noz fossilizada. Queria saber se ele a vira em sua mão quando a encontrara. Ainda não conseguia se lembrar de tê-la apanhado. Estava procurando um fóssil, como a única prova da espécie de árvore que realmente crescera na ilha. Era simplesmente extraordinário demais que a prova final aparecesse daquele jeito: um presente de uma mão não vista. Era como acordar de manhã para descobrir a pedra de Rosetta sobre o seu travesseiro.

"Eu me sinto como um completo imbecil", sussurrou Sven, que não parava de repetir isso. "Eu sei que o provocava. Não queria que nada de mal acontecesse com ele. Mas, se soubesse, eu jamais teria entrado na caverna dela."

"Ninguém está achando que a culpa é sua", disse Isabel. "Ou nossa. Foi só um engano terrível."

"Ela era muito velha", disse Mahina. "Fazia anos que estava lá. Escondida. E morreu em paz. Uma boa morte. Você não deve ficar chateado."

Bem nesse momento a porta se abriu e Vicente entrou. Mahina levou um dedo aos lábios e fez um gesto na direção de Luka.

"Onde você esteve?", sussurrou Greer, embaraçada com o próprio tom de urgência. Acostumara-se a tê-lo por perto, a ter sua presença como coisa óbvia.

"Acabei de ser informado. Para um geólogo" — disse, virando-se para Sven — "você tem um instinto muito fraco para formações rochosas."

"Eu o tinha visto um milhão de vezes indo e vindo. Nunca ali."

"Bem, o médico disse que o coração dela estava fraco. Ela estava velha." Vicente sentou no chão e se encostou na parede, com as pernas estendidas para a frente. Olhou para Luka.

"Sinto por ele. Deve ser terrível perdê-la. Acho que não era para este dia ser bom. Para ninguém."

Enfiou a mão no bolso do peito, tirou um envelope e entregou-o a Greer.

"Ah, não", disse Greer. "O seu telegrama." Ela puxou a tira estreita de papel.

SOU ETERNAMENTE GRATO A VOCÊ. VAMOS DESCARREGAR NAS M. E ENVIAR OFICIAL COM INSTRUÇÕES E FUNDOS PARA RETORNAR A E. CONFIO EM SUA VIGILÂNCIA. QUE DEUS VELE POR TODOS NÓS.

"Essa mensagem foi enviada a Alfred Heidegzeller, um alemão que vivia nas ilhas Falkland", disse Vicente, em tom neutro. "Tinha crescido em Estrasburgo com Von Spee. Um iatista famoso que tinha recusado muitas ofertas para servir na marinha."

"Ele recebeu as tabuinhas?"

"Esse telegrama foi enviado em 15 de novembro, através de dois navios mercantes alemães para não ser detectado pelos aliados, e chegou à casa de Heidegzeller em 28 de novembro. Ele nunca recebeu a carga."

"A batalha", disse Sven.

"As Falkland", disse Greer.

"Todos os navios alemães afundaram. Nunca conseguiram ancorar."

"E as tabuinhas? Afundaram com eles?"

"Essa é a última informação que se tem sobre a carga. Foi o último telegrama pessoal enviado por Von Spee."

"Sinto muito, Vicente."

Ele pegou o telegrama, fez um avião e atirou-o voando pela sala. Era a primeira vez que Greer via Vicente derrotado.

Estava escurecendo. Mahina acendeu uma lâmpada que estava sobre a escrivaninha e a luz se refratou pelos globos pendurados, lançando uma fileira de luas verdes na parede. Eles terminaram o suco em meio a um silêncio rompido apenas pelos roncos ocasionais de Luka Tepano. O telegrama, a morte da mulher, a partida de Burke-Jones. Era um dia sombrio.

"Está na hora de ir para a cama", anunciou Mahina por fim. "Vou ficar com Luka. Ele precisa dormir. Vamos deixá-lo em silêncio. E todos os outros vão embora."

"Mahina, você me lembra da minha primeira namorada", disse Sven. "Heidi Larsen. Muito organizada. 'Venha me buscar. Às seis horas.'"

Enquanto ele falava, Mahina apagou a luz e abriu a porta da frente. "*Iorana, señor* Urstedt."

Sven pegou Isabel pela mão e levou-a para fora. "Não se preocupe, Mahina. Eu a amava loucamente. Boa noite, Greer." Vicente e Ramón o seguiram.

"Faz piadas demais esse *señor* Urstedt", disse Mahina, balançando a cabeça. Greer decidiu ficar mais um pouco, ajudando Mahina a levar os copos sujos para a cozinha. Quando voltaram na ponta dos pés para a sala, para, em silêncio, arrumar as cadeiras, houve uma leve batida na porta. Era Sven, com uma trouxa nos braços.

"Umas roupas limpas", disse para Mahina. "Para o velho, quando ele acordar."

Mahina deu-lhe um beijo no rosto. "*Buen muchacho.*"

Na manhã seguinte, quando acordou, Greer encontrou Isabel na sala de jantar, de roupão cor-de-rosa, bebericando chá.

"O homem foi embora. Luka. Deve ter saído no meio da noite."

"Onde está Mahina?"

"Ela me pediu que lhe dissesse que o navio está aqui."

Greer andou até a *caleta* para ver o navio da Companhia Chilena ancorado na baía. Centenas de ilhéus aglomeravam-se nas docas, olhando, enquanto os primeiros caixotes eram descarregados. Como havia gente demais para que pudesse encontrar Mahina, Greer voltou para o *residencial*, onde ao longo de todo o dia, através das janelas da sala principal, chegaram os sons de risos e arquejos enquanto as pessoas examinavam as mercadorias umas das outras na rua. Os suprimentos que vinham diminuindo na ilha — farinha, açúcar, chá — foram reabastecidos. A gasolina chegou em tambores, suficiente para um ano. Houve surpresas também. Enquanto o navio era descarregado, Mahina aparecia com atualizações regulares: dois jipes novos, vinte cadeiras para a escola, um colchão novo para a cama do governador, o que provocou discussões intermináveis sobre o que ele tinha feito para gastar o primeiro. E materiais — telhas, vidraças, tábuas, suportes, braçadeiras, parafusos — para qualquer pessoa que pretendesse construir uma casa. E depois havia os caixotes de pisco, as latas de pêssegos, os pneus, de que Ramón precisava para seu jipe.

"Ramón acabou de pôr os pneus!", anunciou Mahina da soleira do quarto de Greer. "E agora eu acho que sei o que será bom para a *doctora*."

"Por favor, não me diga que envolve *amor*."

"*Amor, amor*. Não. Um passeio de jipe! A *doctora* precisa de Terevaka. A *doctora* sabe dirigir, não sabe?"

Greer remexeu na mochila, achou a calça jeans e vestiu-a por baixo do caftan. Mahina virou-se para a porta e Greer sorriu consigo. Mahina cuidara de sua febre, limpara vômito de seu rosto, levara-a ao banheiro durante seu delírio, mas tinha que se virar de costas enquanto Greer trocava de roupa. Uma cortesia infindável, pensou Greer. Calçou as sandálias e amarrou um suéter em torno da cintura. "As chaves?"

O trajeto foi acidentado. Avançando aos saltos e pinotes, Mahina segurava-se ao assento e Greer fazia o melhor que podia para não deixar o veículo morrer nem atingir alguma depressão do terreno. Tinha a impressão de que Mahina a via não só como uma mulher que sabia dirigir, mas também como uma exímia motorista, uma *doctora* do volante, e não queria desapontá-la. Tentou parecer confiante. Antes de partirem, fez uma grande demonstração ajustando os espelhos traseiros e laterais, só para descobrir agora que a cada solavanco os espelhos saíam do lugar. Mas não fazia diferença: não havia nada atrás nem ao lado delas. Eram as únicas duas pessoas na montanha recoberta de grama.

Fazia semanas que não chovia e os pneus novos do jipe levantavam poeira. Para não tossir, as duas tinham amarrado um lenço em torno da boca.

Quando finalmente chegaram ao topo, o sol parecia pender diretamente à frente delas. Mahina desamarrou o lenço e abriu a porta. "Venha, *doctora*."

Por algum motivo, chegar ao topo careceu da grandiosidade que Greer tinha esperado. Terevaka era uma colina relvada como todas as outras na ilha, com a diferença de ser a mais alta.

"Olhe." Mahina apontou para o mar abaixo delas. Lentamente girou em círculo. "Horizonte. Em toda a volta."

Era verdade: por trezentos e sessenta graus, Greer avistava a enevoada linha do oceano encontrando-se com o céu. Essa, então, era a grandiosidade. Outras vistas eram de coisas: monumentos, montanhas recobertas de neve. Esta era de ausência: um horizonte imaculado.

Greer sentou na grama e tentou absorver a sensação de vastidão. "Valeu a pena esperar", disse.

"E *mira*." Mahina estava ao lado dela, encarando o sol, as pernas enfiadas embaixo da saia e descalça. "O horizonte não é uma linha." A mão dela traçou um semicírculo no ar. "É redondo."

"A curvatura da Terra", disse Greer, impressionada. Tudo que havia ao redor delas era o oceano sem fim. *Te Pito O Te Henua*, "o umbigo da Terra". O nome dado à ilha pelos primeiros colonizadores fazia sentido.

O sol filtrava-se por entre as nuvens em faixas lavanda, rosa e opalina. Na água abaixo, a luz refletia-se como ouropel.

"Que distância a senhora acha, *doctora*? Até que distância se vê a água? Dizem que no mínimo setenta e cinco quilômetros."

"Depende da altura em que a gente está."

"Quinhentos metros acima do mar."

Os números pareciam corretos. Greer sempre gostara da equação do horizonte. Tudo que se precisava fazer era imaginar-se parado num vértice de um triângulo. Sabendo a altura em que estava acima da superfície da terra, com uma pequena ajuda de Pitágoras a pessoa podia calcular a distância a que se encontrava do horizonte. Ela agora imaginou todas as pessoas como pontos em bilhões de triângulos separados, todos estendendo-se para cima a partir de um vértice comum, o centro da Terra.

"Acho que está certo", disse. "Se um navio aparecesse no horizonte bem agora, estaria a setenta e cinco quilômetros de distância."

"Setenta e cinco", disse Mahina. "Mas para mim parecem centenas. Muitas vezes eu sento aqui e tento contar cada quilômetro."

Greer lembrou-se do marido de Mahina e se perguntou se era ali que ela vinha esperar por ele.

"Você passa muito tempo sozinha, não passa?", perguntou.

"Quer dizer, quando você não tem hóspedes que a seguem o tempo todo e a fazem cuidar deles na cama durante dias?"

"Não há nada de errado em estar sozinho."

Greer, sentindo a reticência de Mahina, apoiou-se nos cotovelos e deixou o cabelo tocar na grama. "Bem, isto não é nada parecido com Massachusetts ou Wisconsin. Não é nada parecido com nenhum lugar onde eu já estive."

"Viajou muito, *doctora*?"

"Sim. Mas fiz viagens curtas. Coletar minhas amostras e ir embora. Sempre examinando blocos de terra, segmentos de terra, mas nunca sentindo o lugar. Antes de chegar aqui, eu nunca tinha percebido que a própria terra tem um caráter." Greer alisou a terra a seu lado. "Esta ilha é um lugar agradável."

Ficaram sentadas em silêncio enquanto o sol afundava mais no céu e o ar começava a esfriar. Uma lua cheia, branca como papel, surgiu por detrás delas. Mahina torcia as mãos, como se repassasse alguma recordação. De repente, levantou-se, abrupta, ajeitou a saia e foi para o jipe. "Vamos, *doctora*."

"Tudo bem com você, Mahina?"

"Sim, sim. Vamos voltar antes que escureça."

"Ei, tive uma idéia. Por que você não dirige agora? Por uma parte do caminho de volta? Ou só por um minuto?" Greer balançou a chave no ar.

"Está bem."

"Mas devagar." Greer acomodou-se no assento do passageiro e tirou do porta-luvas os lenços das duas, que os amarraram. "Ok, vamos."

Mahina girou a chave e o jipe pegou, tossindo. Ela olhou para a alavanca do câmbio por um momento, pousou a mão com cuidado sobre ela e pisou com força no acelerador. O jipe deu um solavanco mas logo se estabilizou. Intensamente concentrada no terreno à frente, Mahina inclinou-se para o pára-brisa. Foi coleando colina abaixo, cruzando as trilhas antigas, até toparem com uma acentuada depressão no terreno. Mahina deu uma guinada para a direita, depois para a esquerda, mudando de marcha, mas esquecendo de apertar a embreagem. As engrenagens gemeram.

"Espere, Mahina", disse Greer, mas Mahina já tinha feito uma parada abrupta. O motor roncou.

"Acho que erramos a vala", disse Greer. "Vamos pôr em ponto morto por um segundo e eu vou examinar a frente."

Mas Mahina não disse nada, não fez nada.

"Mahina?"

Greer viu que sob seus cílios espessos juntavam-se lágrimas.

"Mahina." Nunca a tinha visto infeliz. Pousou a mão no ombro de Mahina, um gesto que a vira fazer muitas vezes. "Qual é o problema?"

Mahina respirou de maneira irregular e bateu com o punho no painel.

"O que é?"

"O jipe, claro." Sua voz estava cansada. "É que eu não consigo aprender a dirigir."

Mas Greer sabia que aquilo não tinha nada a ver com dirigir, com o jipe, com ela. Mahina estava perdida numa tristeza particular. E era evidente que não queria ser consolada. Sua benevolência era infinita, mas sua intimidade tinha limites. Assim, Greer teve que fingir. Podia fazer essa gentileza.

"Não é fácil dirigir em Terevaka", disse. "Eu mal consegui chegar lá em cima."

Mahina correu os olhos à volta delas. Desamarrou o lenço, largou-o no colo. "Estou atolada."

"Não, Mahina, não está. Você só fez uma pausa."

27.

O acampamento está vazio. Ela vê que a porta da barraca está aberta e avança para fechá-la. Há um bilhete preso na beirada:

Elsa:

Isto é tudo minha culpa, mas vai dar tudo certo. Descobri pelo menino que ela está com os alemães. Posso chegar a Pitcairn em uma semana e, se não os encontrar lá, são só mais três até o Taiti. Eles devem desembarcá-la assim que a descobrirem. Posso pegar o vento sul e vai dar tudo certo. Alice estará ótima. Eu a trarei de volta para você. Não se preocupe. Ela estará ótima.

Elsa corre até a água, força os olhos. Não vê a escuna. O bote se foi. Sobe até o penhasco acima da praia e olha: nada, só o mar escuro e sem fim. Amassa o bilhete e o atira na água, mas o vento o lança de volta para a praia, para a orla da areia.

Ela começa a descer, pára e encosta o corpo na face fria da rocha. Agarra as bordas ásperas e inclina todo o seu peso para a frente. Dá com a testa na parede dura; outra vez, com mais força, até que começa a se acalmar.

"Alice", sussurra.

Edward, sozinho no barco, foi para oeste.

Mas a esquadra seguiu na direção oposta, para o Chile, depois para a Argentina, onde pretende invadir as ilhas Falkland.

O menino a seguiu; aproxima-se agora, trêmulo de preocupação. Ela fecha os olhos, continua a bater com a cabeça na rocha e, pela primeira vez, sente os dedos dele apertarem-lhe a mão.

28.

"Tenho uma idéia", disse Vicente.

Ele e Greer estavam sentados no muro de pedra acima da *caleta*, bebendo pisco azedo. Era a noite do jantar habitual dos pesquisadores, mas Sven saíra sozinho com Isabel e Burke-Jones tinha esvaziado sua sala no laboratório e ido embora. "É sobre o almirante Von Spee. Vou escrever um livro sobre ele. Sobre a viagem tentando voltar para a Alemanha. Começaria na China, claro, quando a guerra foi declarada. Com a esquadra em Tsingtao. Você sabia que a rota que Von Spee e sua esquadra fizeram para chegar a Rapa Nui foi semelhante à da grande migração polinésia?"

"Você não tinha me contado isso. Mas e o *rongorongo*?"

"Não está abandonado. Vou simplesmente pô-lo de lado por enquanto. Sempre acreditei que encontraríamos mais tabuinhas, esperava que a resposta para a decifração viesse por esse caminho." Pareceu um pouco embaraçado. "Invejo o seu trabalho, Greer. Seu compromisso com um tema. É uma coisa muito difícil de encontrar nesta vida. E neste momento é Von Spee que concentra minha atenção e eu devo prosseguir com ele. Muita gente conhece a história da batalha das Falkland, mas não sabe o que levou a ela."

"Parece que vai haver mesmo uma viagem à Alemanha, então." Vicente estivera falando de uma investigação completa sobre a vida de Von Spee.

"Sinto que devo ir. Mas por pouco tempo. E você? Onde vai estar?"

"Bem, eu me candidatei à bolsa para pesquisa da National Geo. Torça por mim. Devo ser informada a qualquer momento."

"Ah, Surtsey. Deve ser fascinante."

"Uma ilha menor e com menos população do que esta. Depois vou fazer estudos sobre a biota de nacos desertos de rocha oceânica."

"E não tenho dúvida de que descobrirá alguma coisa interessante lá."

"Provavelmente sobre mim mesma e o meu interesse por lugares pequenos e remotos."

"Viajar não é um impulso tão estranho. E a Islândia. Lá você tem as nascentes quentes e os gêiseres. Quando estive lá, era lindo."

"Vicente, onde você não esteve?"

"Na verdade, no seu país. Nos Estados Unidos da América."

Ela não era capaz de perceber se havia uma sugestão nisso.

"Bem, Surtsey é uma tentativa bem ambiciosa", disse ela. "Você sabe que eu não tenho exatamente o melhor histórico de publicações."

"Você é dedicada ao seu trabalho e é isso que conta. Eu escrevo a eles. Conto que durante meses vi você passar o tempo todo no laboratório. Nenhuma vida particular de tipo algum. Nada de namorados, de vida noturna maluca. Eles vão gostar desse detalhe."

"Tenho certeza."

"Só umas rápidas cochiladas à noite nos penhascos, que a ajudam a encontrar fósseis."

"Tudo em nome da pesquisa."

"Uma autêntica cientista dedicada e apaixonada. Mas isso não a incomoda?"

"O quê?"

"A falta de vida particular. Somos todos humanos, mesmo os cientistas dedicados."

"Claro. Com 'vida particular', acho que você na verdade quer dizer 'vida romântica'. As duas não são a mesma coisa. Pare com isso. Eu tenho amigos aqui, tenho uma comunidade. Estou sentada aqui tomando um drinque com você. Como você chama isso?"

"Não sei. Como *você* chamaria?"

"Uma vida plena."

"Você sabe o que estou perguntando."

"Está perguntando por que não tenho um namorado? Ou por que não quero um?"

"Uma pergunta razoável."

"Então você quer saber por que não estou saindo com Ramón?"

"Está vendo? Você só faz dançar em torno do assunto."

"Ah, Vicente. O que você quer que eu diga? Você sabe que fui casada, durante oito anos, e sabe como Thomas morreu. E, meu Deus, você deve saber que, de certa maneira, isso torna um pouco difícil pensar em iniciar uma coisa nova."

"Eu sei dessas coisas, Greer. Mas você nunca fala nelas."

Por que não lhe contar a verdade? Afinal de contas, ele era um bom homem, um bom amigo. Teve vontade de explicar sobre Thomas, sobre tudo o que acontecera com a tese dela, a vida deles em Massachusetts, o que ele fizera com seus dados sobre pólen, como ela dera seu amor à pessoa errada.

Vicente tentava ler-lhe a expressão. "Talvez você ainda esteja apaixonada por ele."

"Não. Se fosse assim, eu ao menos choraria como uma pessoa normal. Penso que na realidade nunca conheci meu marido."

Vicente ergueu as sobrancelhas. Talvez fosse assim que ele explicava para si mesmo as recusas dela: ainda estava apaixonada pelo marido. "É complicado, imagino", disse. "Um casamento, as maneiras como duas pessoas passam a vida juntas, depois vêem cada vida tomar seu rumo. Nunca fui casado. Nunca estive nem perto de me casar. Saí com muitas mulheres, mas foi sempre diversão. E quando não dá certo, tudo bem também. Não posso fingir que compreendo como é levar um relacionamento tão a sério e perdê-lo."

"Anos atrás, quando Thomas e eu tínhamos acabado de nos casar e eu era pós-graduanda, ele usou a minha tese para seu próprio ensaio. Roubou minha equação."

Vicente pareceu confuso. "Foi essa a fraude dele com dados?"

"Não. Isso foi antes da fraude. Meu marido se apropriou do meu trabalho e *eu* fui acusada de plágio."

"E o que você fez?"

"Nada. Não fiz absolutamente nada. Recusei-me a acreditar que tinha acontecido."

Vicente respirou fundo. "Quem imaginaria que uma coisa dessas poderia acontecer? É terrível. Mas, Greer, nem todos os homens são assim. Pouquíssimos fariam uma coisa assim."

"Eu sei. Ele foi um achado raro e excepcional."

"Dá raiva em você."

"Dava. Agora nem tanto."

"É por isso que você se mantém reservada? Sozinha com seu trabalho?"

"Quem sabe?"

"Acho que nada é simples assim."

O sol estava baixo no céu, banhando a enseada numa luz laranja. Cinco barcos de pesca já tinham retornado e estavam amarrados ao cais. Ao longe, outros três vinham se aproximando. Entre eles, flutuando rumo à praia, havia um globo de vidro verde.

"Ah, olhe!", disse Vicente, levantando do muro. "Venha."

Segurou-lhe a mão e levou-a até a água. Tirou os sapatos e enrolou a calça. "Volto num instante." Andou até o ponto onde o globo de vidro subia e descia com as ondas. "Perfeito!" Ergueu-o, gotejando, acima da cabeça. A água do mar escorreu-lhe pelo rosto e ele sorriu. "Um bom presságio, Greer! Um ótimo presságio!"

Voltou segurando o globo verde à sua frente como se fosse uma bola de cristal.

"Uma bóia! Uma ou talvez duas vezes por ano elas vêm dar na praia. São consideradas sinal de boa sorte."

Greer pensou em todas as bóias que pendiam do teto de Mahina, na sorte que a amiga merecia.

Ao chegar à areia, Vicente deu-a a Greer. "Pela sua sorte. Pela Islândia. Pelo futuro."

De volta ao muro, Vicente desenrolou a calça e Greer examinou o globo no colo, imaginando como teria sido viver ali centenas de anos antes, observando o mar, à espera de presentes, visitantes, vida. De Terevaka, a ilha devia parecer o centro do mundo. Greer tomou um gole do seu pisco azedo, deixando-o descer lentamente pela garganta.

"Você está bonita", disse Vicente. "Sim, está muito bonita." E Greer de repente se deu conta de que, pela primeira vez, prendera o cabelo com travessas. E pusera um vestido sem mangas, a única coisa que trouxera que lhe realçava as formas.

"As minhas roupas de campo exigiram aposentadoria."

"Sim, é claro." Ele deu um tapinha na bóia. "Gostou do seu presente?"

"Sim."

"Alguns homens dão pedrinhas minúsculas. Eu dou grandes peças de vidro."

Greer riu. "Originalidade é sempre melhor."

"E a minha idéia sobre Von Spee? Acha boa?"

"Acho."

"Ele foi um grande comandante, um homem de paixões fortes." Vicente olhou para o mar. "Foi apanhado numa guerra em que velhos amigos se tornaram seus inimigos, em que a vida de milhares de homens estava em suas mãos."

"Vicente, você fala exatamente como um homem apaixonado."

"É nova para mim, essa emoção."

Mas talvez fosse uma paixão fugaz, talvez seu amor por Von Spee passasse, talvez todos os amores de Vicente passassem. Como saber ao certo?

Greer pousou as mãos sobre a bola de vidro — seu presente, sua boa sorte.

Uma semana depois, começou a empilhar nos caixotes todos os seus guias sobre pólen e os livros. Mandou de volta para Kew Gardens a coleção de sementes e providenciou para que as amostras de plantas da ilha fossem guardadas no prédio da SAAS para investigadores futuros. Embalou a bóia sozinha num caixote, cuidadosamente acolchoada, esperando que atravessasse o oceano em segurança com ela. A última coisa sobre a longa bancada de trabalho era sua dissertação. Cinqüenta páginas de dados e análise, o produto de oito meses de trabalho. No final, a noz fossilizada tornara tudo possível. E agora ela tinha uma bolsa verdadeira: fora concedida. Ela faria parte de uma expedição oficial a Surtsey.

Estava limpando a centrífuga quando ouviu uma batida na porta. Virou-se e viu Luka Tepano. Uma barba por fazer, rala e grisalha, sombreava-lhe o rosto, dando-lhe às faces o brilho estranho de escamas de peixe. Estava de olhos fixos num rolo de papel que trazia na mão.

"Luka! Que bom que você veio. Eu não sabia onde encontrá-lo. Entre, por favor." Desde a noite em que ele estivera na casa de Mahina, Greer tentava localizá-lo. Fora à *caleta*, à colônia de leprosos, até ao local da caverna da velha, mas ele parecia ter desaparecido.

Puxou um dos bancos do laboratório e ofereceu-o a ele, que se sentou lentamente.

"Luka, eu queria lhe agradecer. Não tive oportunidade na outra noite. Obrigada por me achar e ter ido buscar Vicente. Não fosse isso, eu poderia ter morrido."

Os olhos dele examinaram o laboratório — as prateleiras vazias, a pilha de caixotes, a centrífuga parcialmente desmontada.

"*Soy de los Estados Unidos*", disse Greer. "Estive estudando as plantas da ilha."

Sobre a mesa diante deles havia um livro de fotografias, *Flora and fauna of the tropics*. Ele olhou para a capa e depois para Greer. Ela assentiu com a cabeça. Ele correu várias páginas, examinando as imagens de plantas.

"Você entende inglês? Um pouco de inglês?"

Ele levantou do colo o rolo de papel e colocou-o sobre a mesa diante dela.

"O que é isso?"

Ela desenrolou o papel grosso e o alisou. O rosto de um menino encarou-a. Tinha os olhos grandes, a boca cheia e sorridente. O pescoço era estreito, quase pequeno demais para o rosto tão cheio. Greer olhou para Luka. "É você."

E então, pela primeira vez, ela teve certeza de que ele compreendia. Moveu a cabeça, assentindo.

"Quando você era pequeno."

Viu no rosto dele, marcado pelo tempo, aquele fantasma de juventude. Conseguia enxergar o menino, os olhos preocupados, o nariz roliço, o sorriso inteligente. O retrato devia ter no mínimo sessenta anos.

Greer o enrolou com cuidado e devolveu a ele. "Que coisa preciosa de ter", disse.

Ele pegou o papel e simplesmente permaneceu sentado, como se esperasse alguma coisa.

"Você assina?", perguntou ela, erguendo as duas mãos no que lhe parecia o gesto natural para uma pergunta. "Ou escreve?" Arrancou uma página de seu caderno e empurrou-a para ele com uma caneta, mas ele não fez movimento algum para pegá-los. Ela foi até a caixa de amostras, tirou o fóssil e ergueu-o. "Isto. Você sabe o que isto é? Quando você me encontrou, eu estava com isto na mão."

Luka pareceu hesitar em pegar o fóssil, mas, quando ela o pousou sobre a mesa, ele o levou para perto dos olhos e o examinou com grande prazer.

"Foi a coisa mais importante que encontrei aqui."

Ele a olhava falar com tanta concentração que por um momento Greer achou que estivesse lendo-lhe os lábios. Ele sorriu.

"É uma semente de uma árvore muito grande. Uma semente fossilizada."

Ele se manteve imóvel por um instante, depois se levantou, ofereceu-lhe a noz como se fosse um presente, tomou-a de volta e repetiu o movimento.

"Um presente? *Você* me deu?"

Ele meneou a cabeça e tornou a oferecer-lhe o fóssil.

"Um presente de *outra pessoa*? Sua amiga me deu isto?"

Ele levou o papel ao peito, assentiu e segurou-lhe a mão.

"Ah, *doctora*! Seu trabalho! Está feito! Vou procurar uma garrafa de alguma coisa gostosa para nós."

Mahina estava sentada atrás da escrivaninha quando Greer chegou com sua dissertação. Atravessou a cortina de contas e voltou com dois cálices e uma garrafa com rótulo. Examinou-os contra a luz e serviu com entusiasmo. As duas brindaram.

"À *doctora*! Que terminou todo o seu trabalho."

Greer sorveu o líquido: conhaque.

"Mahina, gostaria de ler a minha dissertação?"

Mahina pousou o copo. "Eu ficaria honrada."

"Não é a norma, em dissertações científicas, fazer-se uma dedicatória, mas se eu pudesse dedicá-la a alguém, seria a você."

"*Doctora*."

Greer pegou a bolsa do chão e colocou-a no colo. "E eu quero lhe dar uma coisa." Tirou um grosso envelope branco. Desde que saíra do escritório da Lan Chile mais cedo naquele dia, vinha se perguntando como apresentar aquilo. "Esta é uma passagem de ida e volta para Santiago. O seu avião parte de amanhã a duas semanas, à uma da tarde. Seu hotel está reservado. E Elian, do Hotel Espíritu, prometeu vir olhar tudo aqui enquanto você estiver viajando. Isabel vai ficar com Sven, e você não tem nenhum hóspede com reserva para as próximas semanas." Lentamente Mahina balançava a cabeça de um lado para o outro; evidentemente aquilo era demais para ela absorver. "E se por algum motivo você achar que seu marido pode voltar enquanto você estiver fora, vamos deixar um bilhete para ele." Greer tinha escrito, em *rapa nui*, um bilhete que entregou a Mahina:

Fui a Santiago. Volto em poucas semanas.

"Simples. Agora, se eu fosse você, começaria a pensar no que vai levar."

Pronto, tinha feito. Pegou a bolsa e se levantou. Deu um abraço apressado em Mahina.

"Tenho um milhão de coisas para fazer antes de ir. E na verdade", sorriu, "você também tem."

29.

Análises Palinológicas da Biota da Ilha de Páscoa
Pacífico Sul, Território do Chile
Submetidas à Sociedade Internacional de Preservação Ambiental
Novembro de 1973
Greer Farraday, Ph.D.

Não é possível examinar plenamente os padrões de extinção e as mudanças na biota da ilha de Páscoa sem levar em consideração a estranha história da construção dos monumentos da ilha. As enormes estátuas de pedra, que há tanto tempo permanecem mudas perante os arqueólogos, oferecem uma sugestão importante sobre o destino da população indígena que as construiu. Embora os detalhes específicos de como as moai *foram esculpidas e transportadas continuem sem solução, eu proponho, pelo menos, a possibilidade de que algum aspecto da sua construção e transporte tenha afetado de maneira prejudicial o ambiente da ilha.*

Mais de duzentas estátuas ergueram-se um dia ao longo do litoral da ilha, transportadas da cratera de Rano Raraku, onde foram esculpidas em tufo vulcânico. Apesar de medirem mais de dez metros de altura e pesarem até oitenta e duas toneladas, foram transportadas por distâncias de até dez quilômetros, da pedreira às posições no litoral. Mais de seiscentas nunca deixaram a pedreira, lá permanecendo em todos os estágios de acabamento. A mais alta de todas essas tinha sessenta e cinco metros, e a mais pesada, duzentas e setenta toneladas.

A palmeira Paschalococos disperta e a Sophora toromiro foram em certa época as árvores mais abundantes na ilha (a única amostra viva de toromiro encontra-se atualmente no Real Jardim Botânico de Kew, em Londres), e amostras de sedimentos datadas dos anos 200 da era cristã indicam uma abundância de pólen dessas duas árvores na biota da ilha na época. As datas de radiocarbono mais antigas associadas com habitação humana são 318 d. C., 380 d. C. e 690 d. C. Portanto, na época da colonização, parece provável que a ilha tivesse florestas de no mínimo essas duas árvores.

O pólen e os frutos (dos quais se obteve um, fossilizado) da Paschalococos disperta apresentam uma notável semelhança com a Jubaea chilensis, a palmeira do vinho chilena, ainda existente, que atinge uma altura de vinte e cinco metros e um diâmetro de cerca de dois metros. Dos troncos altos e grossos da palmeira endêmica na ilha de Páscoa, os primeiros rapa nui teriam feito grandes canoas, abrigos e até fogueiras para se aquecerem — necessidades para os habitantes. A palmeira chilena também produz frutos comestíveis, o que sugere que a palmeira da ilha de Páscoa também teria fornecido alimento.

Essas palmeiras endêmicas também são boas candidatas a solucionar a questão do transporte e construção das moai. O tronco e os galhos da Sophora toromiro não teriam sido fortes o suficiente para arcar com grande peso, mas a madeira da Jubaea chilensis é notavelmente resistente. Vários arqueólogos sugeriram que as moai foram colocadas sobre trenós de madeira, arrastadas sobre rolos ou *trilhos de madeira lubrificada (com batata-doce), e depois erguidas para suas posições finais com toras e cordas — o que até hoje não se testou de maneira conclusiva. Sabemos que não é possível mover as* moai *somente com cordas, e sabemos que a expedição de 1872, descrita por Pierre Loti, conseguiu transportar uma* moai *para seu navio, usando "vigas enormes [que] foram usadas para construir uma espécie de carroça improvisada". Se os marinheiros foram capazes de transportar num dia uma* moai *com vigas de madeira amarradas, podemos supor que os ilhéus poderiam ter feito o mesmo.*

Propôs-se, embora seja difícil averiguar dados concretos, que a construção das moai *estivesse em andamento já no ano 500 d. C. e que a produção tenha atingido o seu pico por volta de 1400. A partir do registro de visitantes europeus, sabemos com certeza que as* moai *permaneciam eretas ainda em 1722, quando Roggeveen visitou a ilha, mas que não havia nenhuma construção em andamento em 1774, quando o capitão Cook observou que a maioria delas tinha tombado. Há consenso, porém, em torno de um fato: na época em que as* moai *foram abandonadas e as ferramentas foram largadas ao lado das estátuas na pedreira, dezenas delas, maiores do que qualquer uma das que se encontravam eretas, estavam sendo esculpidas. Especialistas interpretaram isso como sinal de que, bem no final, os escultores se lançaram a uma grande atividade. E em algum momento entre 1722 e 1774, a maioria das duzentas* moai *que estavam de pé, senão todas, foi derrubada.*

Não há evidências de uma catástrofe natural — na forma de maremoto ou erupção vulcânica — que explique o súbito desaparecimento das plantas nativas. Os dados palinológicos sugerem um decréscimo gradual do teor de pólen a cada camada subseqüente de sedimentos. Portanto, devemos considerar a mudança na biota como, essencialmente, resultado de destruição humana do hábitat.

O desaparecimento da toromiro *e da palmeira* disperta *é que teria tido o maior impacto imediato sobre os povos nativos. Como indica o uso de cavernas para habitação, os ilhéus puderam encontrar abrigo na ausência de material forte para construção. No entanto, na qualidade de ilha dependente do mar para a sobrevivência, e de barcos, especificamente da canoa com estabilizadores laterais, tipicamente polinésia, a escassez de madeira, e portanto de botes, exerceria impacto sobre atividades de pesca e de transporte de água. (Roggeveen, Cook, La Pérouse e Loti notaram a má qualidade e o pequeno número de canoas dos nativos. E muitos desses visitantes foram saudados por ilhéus que nadaram da praia ao seu encontro.)*

Um grande indício sobre essa escassez de embarcações é evidente nos diários de viagens de exploradores europeus. Roggeveen descreveu o primeiro momento de contato entre um ilhéu e seu navio: Essa infeliz criatura pareceu muito contente de nos observar, e demonstrou a maior surpresa com a construção de nosso navio. Prestou atenção especial ao retesamento de nossos mastros, à solidez de nosso cordame e ao equipamento corrediço, às velas, aos canhões — que examinou com a maior atenção. *Na expedição de Cook, ocorre o mesmo evento:* Quando o mestre se aproximou da praia no bote, um dos nativos nadou até ele e insistiu em vir ao navio, onde permaneceu duas noites e um dia. A primeira coisa que fez depois de subir a bordo foi medir o comprimento do navio, contando as braças desde o corrimão da popa até a popa. *La Pérouse presencia um grupo inteiro de ilhéus examinando seu navio:* Eles examinaram nossos cabos, âncoras, bússola e roda do leme, e voltaram no dia seguinte com um cordel, para tomar as medidas novamente, o que me fez pensar que discutiram o assunto em terra. *Considerando-se os objetos que exerceram mais fascínio sobre os primeiros* rapa nui, *podemos começar a compreender de que eles careciam.*

Em seguida devemos imaginar o drama humano *secundário causado pelo desmatamento: a erosão do solo tolheu o crescimento das plantações e um esgotamento generalizado da madeira resultou na incapacidade de pescar. Em questão de anos a população teria começado a passar fome.*

Outros pesquisadores apuraram que havia uma grande população no período da construção das moai; *segundo estimativas, a ilha teria tido de sete a vinte mil habitantes (a população atual é de aproximadamente três mil moradores). A demanda natural de uma população dessas sobre o ambiente — recursos alimentares — teria exercido pressão sobre a biota natural. Associado ao corte implacável das palmeiras e da* toromiro *para a finalidade de transportar as* moai, *isso teria criado, muito rapidamente, um ambiente inabitável. É provável que, de início, a população tenha sofrido um declínio gradual e natural, sem nenhuma compreensão específica das mudanças que ocorriam no ambiente.*

Em seguida devemos procurar nos próprios monumentos, atirados de cara no chão, a história silenciosa da catástrofe da população da ilha. As primeiras investigações conhecidas (Roggeveen, 1722) sobre a finalidade dos monumentos indicam que as estátuas se destinavam a ser memoriais, representações dos ancestrais mortos dos ilhéus. Embora não fossem descritas como estátuas religiosas ou, no nosso sentido, protetoras, não seria irrazoável supor que os escultores associavam esses monólitos com qualidades protetoras — o que equivale a dizer que acreditavam que sua tarefa de construir os monumentos era benéfica. Seja qual for o momento em que teve início a azáfama de construção de monumentos, devemos imaginar o árduo trabalho de erguer memoriais cada vez maiores e mais difíceis de transportar, associado com uma deterioração progressivamente rápida da ilha. Árvores e arbustos estariam desaparecendo, colheitas estariam minguando. A população teria começado a declinar e, talvez pela primeira vez, esse povo isolado experimentava a inanição.

O que podemos afirmar razoavelmente a partir das evidências é uma provável correlação entre o aumento da construção de monumentos e a devastação da paisagem terrestre — o que é digno de nota como o único caso conhecido na história da humanidade, talvez, em que, ao construir monumentos para seus mortos, um povo se destruiu.

Mas havia uma coisa que Greer não escreveu.

Referia-se à posição das *moai*. As estátuas não estavam de frente para o mar, como seria de imaginar; estavam voltadas para o interior, olhando para a ilha, de costas para o oceano, como se aquelas pessoas, a milhares de quilômetros de outros seres humanos, tivessem, ao longo das gerações, perdido o conhecimento do mundo exterior. Como se, ao construir aqueles monumentos, megálitos do passado com que se rodearem, tivessem esquecido ou tentado esquecer que existia qualquer coisa adiante de suas praias.

O que teriam pensado, então, no dia em que Roggeveen ancorou na costa, com o convés de seu navio enorme cheio de artigos que elas nunca tinham visto e os homens usando um vistoso arco-íris de chapéus, jaquetas e dragonas? O que teriam pensado ao encostarem suas canoas corroídas e subirem a bordo para tocar velas bem cuidadas e cordas macias? O que teriam pensado quando os homens de Roggeveen remaram até a praia e escalaram as rochas com pistolas e mosquetes polidos pendendo do corpo, os quais, ao serem erguidos, tiravam a vida num instante? O que pensaram, três dias depois, ao olhar para os corpos tombados dos amigos, enquanto o navio singrava para além das bordas do mundo que eles achavam que era só seu? Os ilhéus teriam corrido os olhos ao redor pela paisagem estéril? Pelas rochas, pelos caniços e pela grama amarelada? Lembrariam das árvores? Ou de histórias sobre árvores? As mães lhes teriam contado da garota que plantou a cabeça do amado na terra? Olhariam para as poucas canoas apodrecendo na arrebentação? Barcos que não podiam acomodar mais de quatro pessoas cada um e que vazavam demais para percorrer mais do que alguns quilômetros? Saberiam que estavam compartilhando o trágico destino de tantas criaturas, como as aves intrépidas que encontraram seu caminho até praias tão distantes e um dia acordaram para descobrir que já não podiam voar? Teriam olhado, então, para os gigantes de pedra que eles e seus ancestrais passaram séculos construindo? Para a sua própria história, agora insuficiente para protegê-los, mantê-los ignorantes da existência de um outro mundo?

Foi esse o momento em que um homem furioso deu a ordem — *Basta! Nunca mais!* —, em que eles souberam que os mortos os tinham traído, em que se aglomeraram em torno da estátua mais próxima, seus corpos em convulsão, enfurecidos, assustados com o peso daquela relíquia enorme, derramando o próprio sangue por um novo começo?

30.

O avião parte à uma da tarde, e Vicente e Mahina estão no aeroporto para se despedir dela. Sven e Isabel ajudaram a carregar a bagagem e se despediram no *residencial*. Agora há uma comoção no compartimento de carga enquanto os caixotes e amostras dela são embarcados, e todos observam enquanto o seu trabalho de oito meses é trancado no avião.

Enquanto os outros passageiros fazem fila ao lado do avião, Mahina se mantém estranhamente silenciosa, como se a partida de Greer fosse uma traição inesperada. Mas vestiu-se para a ocasião — um vestido de algodão branco, estampado com florzinhas amarelas; flores que não existem, pensa Greer. Flores de moda. Ao pescoço traz um colar de conchas.

"Obrigada pelos livros", diz Greer, batendo na mochila.

Naquela manhã, enquanto Greer embalava seus artigos de toalete e fechava as mochilas, Mahina chegou com uma pilha de livros. "Para a *doctora*", disse, e os colocou, um a um, em cima do colchão. Eram encadernados em couro, num tom de vinho desbotado, com os títulos em letras douradas na lombada. A coleção que estava no armário de vidro acima da escrivaninha. Greer pegou um livro e abriu. Charles Robert Darwin, *A viagem do Beagle*, Londres, 1839. A primeira página era gravada em relevo com:

Ex Libris
E.P.B.

Greer correu os dedos pelas páginas, pela encadernação.

"Mas, Mahina, você queria vender estes livros. São de Darwin. Primeiras edições. São extremamente valiosos. Eu não posso aceitá-los."

"São o seu tipo de livros. O que a *doctora* gosta de ler. E são um presente. Se recusar o meu presente, vou recusar o seu."

"Você é uma mulher dura."

"Sim. Sou uma mulher dura. E com a sua dissertação já tenho o suficiente para tentar ler. Não posso ter a preocupação de ler tanto inglês na minha vida." E, deixando Greer para acomodar os livros na mochila, foi chamar Ramón para ajudar a pôr as mochilas no jipe.

Mas Greer não sabe como Mahina se sente em relação ao presente que lhe deu. Ela ainda não disse nada sobre seus planos de viajar. Greer terá de esperar que Vicente lhe conte se Mahina usou a passagem. Espera que Mahina suba no avião e dê adeus à ilha, pelo menos por um breve intervalo.

Vicente começa a andar de um lado para outro. "Alemanha, então", diz. "Tenho certeza de que existe um bom solo úmido por lá, de onde coletar amostras. Venha nos visitar. Chame de viagem de pesquisa."

"Onde é a sua primeira parada?"

"O começo. Estrasburgo. Onde Von Spee morava."

"Estrasburgo? França?"

"Só depois da guerra. A cidade era alemã."

"Tenho uma amiga em Estrasburgo que estou pensando em visitar."

"Então você terá dois amigos em Estrasburgo."

Ele desembrulha um cone de lenço de papel e lhe dá uma única margarida. "Para a minha botânica favorita."

"Vicente."

"E a margarida, tenho certeza, é a flor que significa 'vejo você em breve'."

"Isso mesmo", diz Greer, entristecida por esse lembrete de todas as conversas que tiveram. Com que rapidez a gente forma um passado, ao mesmo tempo que tenta escapar de outro. Põe a flor atrás da orelha. "Vou sentir saudade de você, Vicente. Você foi maravilhoso."

"Nós nos encontraremos de novo. Tenho certeza. A flor está dizendo isso."

"Nunca discuto com flores."

Vira-se para Mahina e abre os braços. "E você..."

"*Iorana*", diz Mahina. "Nos dois sentidos agora. A *doctora* volta."

"Um dia", diz Greer. Neste adeus, ouve o eco de todos os outros adeuses que já disse. "Eu voltarei."

"Vai voltar para ver as *moai* em pé", diz Mahina.

Justo na véspera, foram informados de um novo "projeto de restauração das *moai*" por intermédio da SAAS. Uma equipe de arqueólogos franceses vai passar um ano recolocando na posição vertical uma fileira de *moai* no litoral. Os ilhéus estão divididos em relação ao projeto: as *moai* estão caídas há mais de duzentos anos e todo mundo está acostumado a vê-las assim. Também Greer está indecisa: as estátuas tombadas contam a verdadeira história da ilha, do seu trágico colapso, mas talvez esse projeto também se torne parte da história da ilha — renascimento.

"Sim", diz ela, "tenho que ver isso."

A aeromoça da Lan Chile, parada junto à base da escada portátil, acena aos passageiros para que avancem. Greer dá um abraço em Vicente, que a beija nas duas faces e depois na testa, dizendo simplesmente: "Estrasburgo". Depois Mahina tira o colar de conchas e o passa por sobre a cabeça de Greer. "*Doctora*", diz.

"É a minha vez." Greer pega a mochila, pesada com os livros novos.

Aproxima-se da aeromoça. É a mulher do seu vôo de oito meses antes. Ainda sorrindo.

"*Iorana. Buenos días.* Olá", diz, pegando a passagem de Greer. No alto da escada, Greer vira-se para Mahina, aponta para si mesma embarcando no avião. "Vê como é fácil?", grita, e, com um último aceno, entra a bordo.

Pega o travesseiro no assento e o põe atrás do pescoço. Tem um longo dia e noite de viagem pela frente. Santiago. Nova York. Londres. Reiquejavique. E depois o pequeno avião da expedição a Surtsey, trinta quilômetros ao sul da Islândia.

Examinou o material necessário para o projeto. A ilha á vulcânica, como a de Páscoa, mas nova, intacta — mal tem dez anos de idade. Presenciou desenvolvimento de vegetação, ainda sem corrupção. Já se avistaram erucas marítimas decorando a ilha com flores brancas e roxas, e os pequenos botões rosados de arenárias do mar. Naquele momento mesmo, enquanto ela está sentada ali, novas sementes rumam para a ilha. Greer imagina milhares de esporos de samambaias flutuando ao vento. Todas as sementes de buxo e sementes de Maria e campainhas, todas as sementes em todas as criaturas oscilando sobre madeira flutuante, levadas pela corrente, esperando para se apegarem, se enraizarem, romperem a escuridão e chegarem à luz, onde uma nova vida espera.

As hélices giram e o avião começa a rodar com ruído pela pista. Greer olha mais uma vez pela janela, mas agora a pista está vazia e o vidro do aeroporto é um borrão. Sua poltrona estremece quando o motor impele o avião para o ar, para a corrente, e logo ela está olhando para baixo, para a ilha que vai sumindo de vista.

Subindo por entre as nuvens, para acima de nada além de oceano, o avião se estabiliza. Greer corre os olhos pela cabine: vários turistas americanos, já dormindo; um jovem casal europeu, talvez alemão, de mãos dadas; uma mulher mais velha, chilena, com duas meninas.

Greer puxa a mochila de sob o assento e pega um dos livros de Mahina, um exemplar de *Sobre a origem das espécies*. Coloca-o no colo e adormece.

Horas mais tarde, em outro avião, acima de outro oceano, desperta de um sono profundo e se dá conta de que está quase lá. Para acalmar os nervos, abre o exemplar velho e gasto de Darwin e começa a ler. A encadernação de couro é macia, esbranquiçada nos cantos. As páginas estão amassadas. Há um desbotado sublinhado a lápis no livro, o que sem dúvida lhe compromete o valor como primeira edição, mas ela não tem a intenção de vendê-lo. Encontra a afirmação simples que sempre a fez se deter:

> *Ninguém deve se surpreender com o fato de muitas coisas ainda permanecerem inexplicadas no que diz respeito à origem das espécies e das variedades, se tiver em devida conta nossa profunda ignorância sobre as relações mútuas entre todos os seres que vivem a nossa volta.*

E ao lado do trecho, aquele outro leitor, aquele amigo invisível, escreveu numa letra nítida e inconfundivelmente feminina — letras longas e redondas — a simples palavra: *Encantador*.

Greer olha pela janela, para a ilha emergindo. Lá, abaixo dela, está o reluzir esmeralda de plantas que brotaram recentemente, uma ave de asas largas graciosamente sobrevoando a praia em círculos, uma flor branca tremeluzindo entre uma densa camada de verde. Tudo resplandece com o impulso de viver.

As mãos dela pousam suavemente sobre o livro.

É encantador, não é?

Nota da autora

Esta é uma obra de ficção, ainda que vários personagens tenham sido inspirados por personalidades históricas.

Todos os viajantes europeus dos séculos XVIII e XIX mencionados existiram de fato. Os excertos dos relatos deles sobre a ilha de Páscoa foram extraídos das traduções que se encontram na compilação de relatos de viagens feita por John dos Passos, *Easter Island: island of enigmas*.

A lenda do sonho de Hau Maka, apresentada em epígrafe, é uma compilação de lendas de várias fontes, sobretudo *The eighth land: the Polynesian discovery and settlement of Easter Island*, de Thomas Barthel.

O conde Von Spee foi realmente vice-almirante da Esquadra Leste-Asiática da Alemanha na Primeira Guerra Mundial, que ancorou na ilha de Páscoa antes da batalha das Falkland. As ações de Von Spee na ilha, porém, foram inteiramente inventadas para os fins desta história. *Graf Spee's raiders*, de Keith Yates, *Coronel and the Falklands*, de Geoffrey Bennett, e *The long pursuit*, de Richard Hough, forneceram as informações sobre os movimentos da esquadra de Von Spee. A cena em Tsingtao, quando Von Spee é informado sobre o início da guerra, é uma síntese fictícia de vários incidentes.

A expedição realizada por Elsa e sua família foi inspirada pela expedição, em 1914, de Katherine Scoresby Routledge e seu marido, maravilhosamente descrita no livro dela *The mystery of Easter Island*. Vale notar que a expedição de Routledge não desapareceu na ilha, mas retornou em segurança à Inglaterra.

A história da ecologia da ilha de Páscoa é factual. O primeiro exame minucioso do registro do pólen na ilha foi feito em 1977 pelo dr. John Flenley. Em 1984, John Flenley e Sarah King foram os primeiros a publicar provas de que antigamente a ilha de Páscoa tinha florestas de palmeiras.

Dois livros que tratam da biogeografia da ilha foram particularmente importantes para minha pesquisa: *The song of the dodo*, de David Quammen, um volume notável, e *Island life*, de Sherwin Carlquist, publicado dois anos antes de MacArthur e Wilson publicarem sua monografia formalizando o campo.

A pesquisa de Thomas sobre angiospermas se baseia no trabalho de várias pessoas que pesquisaram o pólen das magnólias naquela era. *The enigma of angiosperm origins*, de Norman F. Hughes, ajudou-me a compreender o processo de Thomas. No momento em que escrevo, porém, a magnólia já não é considerada a primeira flor. Por meio de análises genéticas conduzidas nos anos 1990, agora a *amborellacaea*, a *nymphaecaea* e a *illiciacaea* são consideradas as primeiras angiospermas.

Em 1955, a primeira *moai* da ilha de Páscoa foi reerguida por Thor Heyerdahl em Ahu Aturi Huke, perto de Anakena. Ahu Akivi foi restaurada em 1960 e Ahu Tahai em 1967, ambas pelo dr. William Mulloy. Ahu Nau Nau, em Anakena, foi restaurada em 1978 por Sergio Rapu Haoa. Entre 1992 e 1995, as quinze *moai* em Ahu Tongariki foram restauradas à posição vertical por uma equipe conjunta da Universidade do Chile e do Japão, num projeto financiado pela corporação japonesa TADANO. Até o momento, apenas cerca de 17% das estátuas que um dia estiveram em pé foram reerguidas, e muitas ainda correm o risco de erosão. Para protegê-las, a Fundação Ilha de Páscoa e outras organizações têm em andamento uma iniciativa permanente para arrecadar fundos.

O *rongorongo*, onde se originou e o que significa continuam sendo um dos grandes mistérios da ilha de Páscoa.

Agradecimentos

Pelos comentários inestimáveis sobre o original deste livro, eu gostaria de agradecer à dra. Margaret Davis, à dra. Sara Hotchkiss e à dra. Patricia Sanford. O dr. John Flenley, cujo trabalho sobre o pólen na ilha de Páscoa foi a inspiração para as atividades de Greer, foi de grande ajuda, bem como sua dissertação *The Late Quaternary vegetational and climatic history of Easter Island*. E um muito obrigada especial à dra. Georgia Lee, especialista em ilha de Páscoa, pelas respostas fornecidas com uma rapidez de relâmpago às minhas intermináveis perguntas.

Maururu a Maria Huke Rapahango e sua família pela excelente hospitalidade e pela grande gentileza, e a Ramon Edmunds Pacomio, guia *petit etahi* de Rapa Nui e amigo.

Pelo tempo para escrever este livro, tenho uma dívida enorme com a James McCreight Fellowship do Instituto de Redação Criativa de Wisconsin e com a Creative Writing Fellowship da Universidade Colgate. Agradecimentos especiais a Peter Balakian, Frederick Busch, Linck Johnson, Jesse Les Kercheval, Leila Philip e Ron Wallace.

Ao longo do trajeto, fui abençoada com vários professores extraordinários: Robert Stone, Caroline Rody, Barry Hannah, Stuart Dybek e Ethan Canin.

Pela amizade, pelo *feedback*, pela paciência e tudo mais: Emilie Baratta (que leu este livro mais vezes do que um amigo deveria ter que ler), Justin Cronin, Leila Hatch, Aimee Nezhukumatathil e Richard Powers. Pelo permanente bom humor, energia e tempo: Margo Lipschultz, Patrick Merla e Johanna Tani.

Um milhão de obrigados à minha espetacular editora, Susan Kamil. E obrigada a Irwyn Applebaum, Nita Taublib e à maravilhosa equipe de Bantam Dell.

E por último, mas não menos importante, este livro não existiria sem Maxine Groffsky, agente extraordinária e muita coisa mais.

ESTA OBRA FOI COMPOSTA EM ELECTRA PELA SPRESS E IMPRESSA
PELA GRÁFICA BARTIRA EM OFSETE SOBRE PAPEL PÓLEN SOFT DA
SUZANO BAHIA SUL PARA A EDITORA SCHWARCZ EM ABRIL DE 2005